तीन रंग

तीन रंग

विजय तेंडुलकर

वाणी प्रकाशन

वाणी प्रकाशन

4695, 21-ए, दरियागंज, नयी दिल्ली 110 002

फ़ोन : +91 11 23273167 फ़ैक्स : +91 11 23275710

शाखाएँ

अशोक राजपथ, पटना 800 004, बिहार

कॉफ़ी हाउस कैम्पस, महात्मा गांधी मार्ग, इलाहाबाद 211 001, उत्तर प्रदेश

महात्मा गांधी अन्तरराष्ट्रीय हिन्दी विश्वविद्यालय, वर्धा 442 001, महाराष्ट्र

सुल्तानिया रोड, मोतिया पार्क, भोपाल 462 001, मध्य प्रदेश

www.vaniprakashan.com
marketing@vaniprakashan.in
sales@vaniprakashan.in

TEEN RANG
by Vijay Tendulkar

ISBN : 978-93-88684-23-1
Play

प्रथम संस्करण 2020

मूल्य : ₹ 595

सिटी प्रेस, दिल्ली-110 095 में मुद्रित

वाणी प्रकाशन का लोगो मक़बूल फ़िदा हुसेन की कूची से

अनुक्रम

घासीराम कोतवाल

पहला अंक

[कतार में खड़े होकर बारह लोग नमन करते हैं : 'पहलाऽनमन' आदि। गणेश जी का आगमन]

सब लोग : *(एक बार इस ओर और एक बार उस ओर झूमकर)*
श्री गणराय नर्तन करी
हम पुणे के बामण हरि

[इन पंक्तियों को बार-बार दुहराते हैं। गणेश जी का नर्तन जारी है]

बामन हरि
नर्तन करी
श्री गणराय
फेर धरी
बाजे मृदंग
चढ़ता रंग
त्रिलोक दंग हो त्रिलोक दंग
देवी सरस्वती आती संग

[सरस्वती नाचती आती हैं। गणेश व सरस्वती नाचते हैं]

देवी सरस्वती आती संग हो
देवी शारदा आती संग
श्री गणराय मंगलमूर्ति
तेरे नाम से पर्वत ऽ तरते
देवी सरस्वती वादन करती
लक्ष्मी वहाँ वास करती
लक्ष्मी-शारदा दोनों सौतें
हो ऽ हो ऽ दोनों सौतें

[लक्ष्मी आकर नाचने लगती हैं, इन दोनों के साथ]

हे गणेश जी किरपा कीजै
आज के खेल को यश दीजै
मंगलमूर्ति मोरया
गणपति बप्पा मोरया
मंगलमूर्ति
गणपति बप्पा

[लगातार यही दुहराते हैं। लय बढ़ाते हैं। 'मोऽरया' का घोष करते हैं। गणपति-सरस्वती-लक्ष्मी का प्रस्थान]

पुंडलिक वरदा हऽरि विट्ठल।
ज्ञानदेव तुकाराम॥

[फिर लययुक्त स्वर में झूमते हुए]

श्री गणराय नर्तन करी
हम पुणे के बामन हरि

सूत्रधार : *(सबको 'हो' 'हो' का इशारा कर गाना रोककर, दर्शकों को)* ये सारे पुणे के ब्राह्मण। *(एक से)* आप कौन?

एक : वेदान्तशास्त्री

सूत्रधार : *(एक-एक से)* और आप?

दूसरा : वैद्यराज

तीसरा : तर्कशास्त्री

चौथा : ज्योतिर्मार्तंड

पाँचवाँ : भाषाभिषग्

छठवाँ : हम सरदार

और... : हम शृंगेरीकर
हम तंजावरकर
हम रामेश्वर
हम कुम्भकोणम्
हम बनारस
हम पुणेकर

सूत्रधार : वाह, वाह, वाहऽ

[मनुष्यों के इस हिलते परदे के किनारे एक भिक्षुक–ब्राह्मण लुकता-छिपता तेज़ी से जाने लगता है।]

सूत्रधार : ओऽ ओऽ ओऽऽ पण्डित जी... रुको, रुको, रोके!

पण्डित : तुपकै? किसकी तोप? फिरंगियों की या कुरंगियों की?

सूत्रधार : तुपकै नहीं, रुको?

पण्डित : मैं तो रुका ही हूँ। इसमें कहने जैसा क्या है रे?

सूत्रधार : प्रहरभर रात हुई, सवारी कहाँ चली?

पण्डित : यहीं थोड़ा...।

सूत्रधार : यहीं, यानी कहाँ?

पण्डित : यहीं, उधर आगे।

सूत्रधार : आगे, यानी कहाँ?

पण्डित : तुझे क्या मतलब है रे? चल हट! देर हो रही है। (*जाने लगता है।*)

सूत्रधार : पण्डित जी।

पण्डित : तेरे मुँह में आग लगे, जब देखो तब बीच में, बीच में, बीच में...

सूत्रधार : किसके बीच में?

पण्डित : बीच में यानी रास्ते में मुए।

सूत्रधार : किसके रास्ते में?

पण्डित : मेरे।

सूत्रधार : आपका रास्ता कहाँ जाता है?

पण्डित : रास्ता जाता मसान में!

सूत्रधार : तब मैं आऊँगा।

पण्डित : मैं आऊँगा! क्यों, मरने के लिए? चल हट, जहाँ है, यहीं ठीक है। हम जाते हैं। तेरे चक्कर में कौन फँसे। (*जाने लगता है।*)

सूत्रधार : (*मनुष्यों के परदे के पीछे से सामने आकर, फिर पण्डित जी महाराज...*)

पण्डित : तेरे पेट में खुजली पड़े, मुए! और क्या?

सूत्रधार : मसान में जाने की इतनी क्या जल्दी पड़ी है?

पण्डित : तू नहीं समझेगा...।

सूत्रधार : मसान में क्या होता है?

पण्डित : मुए, लकड़ियाँ।

सूत्रधार : तब मैं आऊँगा उधर। मुझे चार लकड़ियाँ चाहिए चूल्हे में जलाने के लिए।

पण्डित : हटा अपना चेहरा (*जाने लगता है।*)

सूत्रधार : मसान में और क्या मिलता है?

पण्डित : भूत।

सूत्रधार : तब तो मैं ज़रूर आऊँगा वहाँ। मुझे चार भूत चाहिए—बोतल में भरने के लिए।

पण्डित : खुद को भर ले। दूसरे अपने भाई को। तीसरा तेरा बाप, डसेगा तुझे साँप।

[जाने लगता है।]

सूत्रधार : अरे...अरे पण्डित जी...।

पण्डित : अब क्या है रे राँड के?

सूत्रधार : चौथा भूत रह गया। आप आयेंगे, बोतल में? नहीं-नहीं, चकले में? नाच-गाना सुनने?

पण्डित : क्या? तुझे कैसे हुआ मालूम रे? रुक लगाता हूँ एक तेरे थोबड़े पर...कहाँ है वो...।

पण्डित : (*पीछा करता है। मनुष्यों के परदे की आड़ में दोनों खो-खो खेलते हैं। मनुष्यों का परदा झूलता रहता है। 'श्री गणेराय...' की लय गूँजती रहती है। पण्डित इस परदे के पीछे ग़ायब हो जाता है। कतार के दूसरे छोर का दूसरा रेबीला ब्राह्मण जल्दी-जल्दी जाने लगता है। सूत्रधार बीच में आ जाता है। दोनों टकराते हैं।*)

ब्राह्मण : अरे ए, तेरी तो, कौन है रे तू? अन्धा है कि बहरा?

सूत्रधार : ग़लती हो गयी ब्राह्मण देवता।

ब्राह्मण : तुझे कोई लाज-शरम है कि नहीं?

सूत्रधार : ग़लती हो गयी ब्राह्मण देवता। माफ़ कर दो!

ब्राह्मण : तेरा क्या ये या वो...।

सूत्रधार : माफ़ कर दो बामन जी...।

ब्राह्मण : अरे सीधे धक्का मारता है, हरामजादे!

सूत्रधार : पाय लागूँ बामन जी।

ब्राह्मण : अरे मर्कट, ये क्या पेशवाई है या मुगलाई। पवित्र ब्राह्मण को धक्का क्यों मारा?

सूत्रधार : पर बाम्हनियन को नहीं।

ब्राह्मण : ठीक है, ठीक है। नहीं तो तेरे माथे पर सिन्दूर थापकर तुझे गधे पर उलटा बिठाकर घुमाता न?

सूत्रधार : पर गधा है ही नहीं।

ब्राह्मण : गधा नहीं है? पेशवाई में, गधा नहीं है? पेशवाई को तूने समझ क्या रखा है? अरे पेशवाओं ने मन में ठान ली तो एक क्या, सहस्र गधों की इस पुण्यनगरी में कतारें खड़ी हो जायेंगी।

सूत्रधार : (*उसकी ओर अँगुली दिखाकर*) ऐसी कतारें खड़ी होंगी। पर बामन जी कहाँ जा रहे हो?

ब्राह्मण : तू टोकने वाला कौन है?

सूत्रधार : ऐसे ही पूछ लिया।

ब्राह्मण : जाने वाले से कभी न पूछा जाये। अपशकुन होता है।

सूत्रधार : चूक हो गयी बामन जी। आने वाले को पूछ सकते हैं?

ब्राह्मण : हाँ।

सूत्रधार : तो आप घर से आ रहे हैं?

ब्राह्मण : पर चकले पर जा रहे...

[जीभ काटकर]

अरे, अरे रे ऽ ऽ! मैंने क्या बोल दिया यह सारा। हाय, हाय, ग़ज़ब हो गया। चलता हूँ...देर हो रही है। देव-दर्शन को जाना है।

(*कतार की भीड़ में से निकल जाता है।*)

[मनुष्यों का परदा 'श्री गणराय' की लय में झूलता रहता है। अब कतार में खड़े राजसी ब्राह्मण, मनुष्यों के परदे के आगे से जल्दी-जल्दी जाने लगते हैं।]

सूत्रधार : अजी ऽ आप, सरदार। अटारी वाले, गाड़ी वाले, घोड़ी वाले—कहाँ जा रहे हैं जी?

तीनों : (*एक साथ*) मन्दिर!

सूत्रधार : वाह, व्वाऽ, मन्दिर में इस समय क्या है?

तीनों : कीर्तन!

सूत्रधार : कीर्तन में कथा कौन-सी है?

तीनों : (*एक साथ*) मेनका-विश्वामित्र आख्यान। हाँ। वही।

सूत्रधार : कथावाचक महाराज कौन हैं?

तीनों : महाराज नहीं, महाराजिन...

[तीनों की जीभ दाँतों तले अचानक आ जाती है।]

सूत्रधार : महाराजिन? महाराजिन कब से कथा बाँचने लगी?

तीनों : (*गड़बड़ाकर*) कीर्तन नहीं, नाच!

सूत्रधार : नाच! नाच में आख्यान कब से शुरू हो गया?

तीनों : (*गड़बड़ाकर*) आख्यान नहीं, लावणी।

सूत्रधार : लावणी में मेनका-विश्वामित्र कब से आने लगे?

तीनों : (*गड़बड़ाकर*) मेनका विश्वामित्र नहीं; तोता-मैना।

सूत्रधार : और लावणी मन्दिर में कब से होने लगी है जी?

तीनों : मन्दिर में नहीं, चकले में। अजीब लगता है। बहुत हुई फ़जीहत। हम चले अब। राम-राम!

[कतार में खड़े लोगों के सामने से तेज़ी से चले जाते हैं। लोगों का परदा घटता जाता है और पीठ करके खड़े लोगों की पंक्ति दिखायी देने लगती है।]

सूत्रधार : (*ढोलक पर*) रात उतर गयी, पुणे के बामन चकले की ओर चले...चकले की ओर चले...चकले को चले ऽ ऽ ऽ
मसान में गये—
कीर्तन में गये—
देव-दर्शन के लिए गये
रोज जाते हैं वैसे ही आज गये
बामन चकले में गये!

[पीठ करके खड़े लोगों का परदा अब स्थिर है।]

परदा बनकर खड़े लोगों का समूह : राम शिव हरि
मुकुन्द मुरारी
राधेकृष्ण हरि
गोविन्द मुरली
चकले में जी चकले में
मथुरा जी उतरी

[यह जारी रहते हुए सूत्रधार मृदंग पर लय पकड़ता है।]

सूत्रधार : (*उपर्युक्त गीत जारी रहते हुए ही*)

बामन चकले में गये और बामनी घर पर रही, घर पर रही, घर में ही रही। राह देखती, नींद नहीं। चकले में गुलाबी नामवारी नामी नचनी है। वो नचनी का ऊँचा कोठा हैं कोठे पर क्या-क्या होता है?

पीठ करके खड़े लोग : मथुरा जी उतरी
चकले में जी चकले में
मथुरा जी उतरी—

[पीठ करके खड़े लोगों का परदा टूट जाता है और चकले का कोठा बन जाता है। एक नचनी नाचते हुए आती है। हाव-भाव सहित शृंगारिक नृत्य करती है। उसकी संगत कर रहा है घासीराम, लौंडा बनकर। लाचार, हास्यास्पद। लोग शृंगारिकता ओढ़कर निचले स्तर पर उतर आये हैं। उस समय गुनगुनाते हैं—मथुरा उतरी चकले में...]

ब्राह्मण : (*नाच समाप्त होते ही सीटियाँ बजाते, पगड़ी उछालते हैं।*)
बामनी-बामन शृंगार नाच होवै—बामनी-बामन शृंगार नाच होवै...

[नचनी और घासीराम मुजरा करके परे चले जाते हैं और बामन-बामनी बनकर आते हैं। ब्राह्मण की बड़ी तोंद और लम्बी चोटी है। उनकी लावणी और नाच होता है। दर्शक ब्राह्मण पगलाकर कहकहे लगा रहे हैं, ठहाके लग रहे हैं।]

सूत्रधार : (*ज़रा शोर थमने पर*)
रात चढ़ी, रात चढ़ी
ग्यारह की तोप बजी
दो प्रहर की रात ढली

पीठ करके बैठे लोग : (*एकत्र होकर कतार में पीठ किये हुए, झूमते-गुनगनाते हैं।*)
चकले में जी चकले में
मथुरा उतरी
चकले में जी...

सूत्रधार : बामन रमे चकले में और बामनी रह गयी घर में, घर में रह गयी...घर में। बामन रम गये देवदर्शन में, मसान में, कीर्तन में और उधर बामनी पड़ी रहे अकेली...

[राधे कृष्ण हरि, गोविन्द मुरली–गुनगुनाते मनुष्यों के झूलते, पीठ करके खड़े परदे से एक ब्राह्मणी, लयपूर्ण ब्राह्मणी शान से आती है। राह देखती है। शिन्देशाही पगड़ी धारण कर एक सरदार आता है। काल्पनिक दरवाजे पर दस्तक देता है। वह दरवाजा खोलती है, सरदार भीतर आ जाता है। दोनों शृंगारिक चेष्टाएँ करते हैं और उसी स्थिति में भीतर चले जाते हैं।]

सूत्रधार : (*मृदंग थपककर*) इधर ब्राह्मणी अकेली बैठी रहे, उधर ब्राह्मण गुलाबी के दर्शन करें...

पीठ करके खड़े लोग : (*गुनगुनाते हुए*)
चकले में जी चकले में
मथुरा उतरी होऽ
चकले में...

[मनुष्यों के परदे के बीच से पहले वाले ब्राह्मण-ब्राह्मणी के युग्म का नृत्य दिखायी पड़ता है।]

सूत्रधार : ऐसी ही रात चढ़ी...रात चढ़ी...रात चढ़ी, आधी रात अब हो चली। ऐसे में पेशवा के प्रधान नौकोट नाना श्रीमन्त, नानासाहब जी फडणवीस की सवारी गुलाबी के कोठे पर पधारती हो भई।

ब्राह्मण : (*मनुष्यों का परदा अब सामने को मुड़ता है, झूमता है और ज़ोर-ज़ोर से गाता है : 'मथुरा जी उतरी, हो ऽ कोठे में'। हाथ में चाँदी की मुठियावाली छड़ी लिए, कलाइयों में चमेली का गजरा धारण कर नाना फडणवीस तालबद्ध नृत्य करता हुआ प्रवेश करता है। मनुष्यों के परदे के पीछे से नचनी नाचती हुई आती है। दोनों नाचते हैं। घासीराम दूर खड़ा है; बामन-बामनी नाच की हास्यास्पद वेशभूषा में।*)

समवेत स्वर : राधे कृष्ण हरि
गोविन्द मुरली
राम शिव हरि
मुकुन्द मुरारी...

[नाच जारी रहता है। उपस्थित ब्राह्मण भी नाच में भाग लेते हैं। अब घासीराम भी इसमें उतरता है। धीरे-धीरे नृत्य-वृन्द पीछे चला जाता है।

अब अनेक ब्राह्मणियाँ और शिन्देशाही पगड़ी धारण किये हुए उनके यार नाचते हुए आते हैं। दोनों वृन्दों के नाच जारी रहते हैं। उसके बाद ब्राह्मणियाँ और उनके यार नाचते हुए भीतर चले जाते हैं।]

नाना : (*अचानक एक पैर उठाकर लँगड़ाते हुए।*)
ओय् ओय् ओय् ओय...ओय् ओय् ओय...

[सब नाच रहे हैं।
राधेकृष्ण हरि,
मुकुन्द मुरारी
बीच में एक पैर उठाकर नाच रहा नाना फडणवीस]

सूत्रधार : नाचते-नाचते क्या हुआ?
नाना श्रीमन्त का अंग-भंग हुआ
पैर मुड़ गया...मोच आ गयी...मोच आ गयी...

[नाच जोरों से जारी है। समवेत स्वर में गायन भी। ब्राह्मण वेशधारी घासीराम नाना को एक पैर पकड़कर नाचते और पीड़ा से व्याकुल होते देखकर आगे बढ़ता है और नाना के सामने झुककर उसके पैर को अपनी पीठ पर...सब एक-दूसरे से हाथ के संकेत से पूछते हैं।]

सूत्रधार : (*सब आपस में पूछ रहे हैं।*)...
क्या हुआ?
कैसे हुआ?
कहाँ गिरे?
लड़खड़ाये?
लड़खड़ाये?
टकराये?
पैर फिसला?

सब एक साथ : (*नाना से*) श्रीमन्त, क्या हुआ?

नाना : (*घासीराम की पीठ पर एक पैर रखकर और छड़ी की मदद से लड़खड़ाहट को सन्तुलित करते हुए*) कुछ नहीं, पैर ज़रा-सा मोच खा गया—आहा ऽ ऽ! *पैर के नीचे के घासीराम को देखकर मुश्किल से पैर उठाते*)
ये कौन?

[घासीराम नाना फडणवीस का दूसरा पैर जूते समेत हाथ में थामे बैठ जाता है।]

पुणे के शास्त्री दिखते हैं!
(*सारे देखने लगते हैं।*)
उठिए पण्डित जी, हम आपसे प्रसन्न हैं।

[गले का हार निकालकर आगे बढ़ाता है]

पण्डित जी, इनाम कुबूल करें।

[घासीराम नहीं लेता।]

पण्डित जी इनाम...

घासीराम : श्रीमन्त, इनाम मिल गया है हमें।
(*नाना के जूते वाले पैर की तरफ़ संकेत कर*)
हाथ लगा अपने आप...ईर्ष्या करे हमसे सारा जहाँ। ऐसा इनाम किसी को जनम में नहीं मिलता!

[विनम्रता से सिर झुकाकर बैठा हुआ।]

नाना : (*अत्यधिक प्रसन्न होकर*) वाह...वाह...! क्या ज़बान! क्या हाज़िर-जवाबी! क्या चाशनी घोली है। उठो! उत्तर भारत के लगते हो।

घासीराम : (*खड़े होकर*) जी।

नाना : नाम क्या है?

घासीराम : घासीराम साँवलदास (*सिर पर पहने चोटीदार टोप को उतारकर हाथ में रखता है।*)

नाना : खास कन्नौज के लगते हैं।

गुलाबी : (*आगे बढ़कर सहज नखरे से*)
चार दिन हुए सरकार, नचैया है हमार। परदेसी है, भूखा भटक रहा था। लगा रहेगा यहाँ। बासन भी माँजता है। तुनतुना भी बजा लेता है। वैसे हर काम कर लेता है।

नाना : (*उसके गाल में चिकोटी काटकर*) ठीक...ठीक...कोई है? पालकी ऊपर लाओ।

सब लोग : (*पालकी का आकार बनाकर*)
श्रीमन्त ले आये।

[नाना पालकी में दुखता पैर रखकर बैठने का नाटक करता है।]

सब लोग : नौकोट नाना पालकी में सवार ऽ
नौकोट नाना प्रस्थान करें हो ऽ ऽ

नाना : (*ज्यों पालकी में बैठा हो*) अं ऽ कौन हो तुम!...
हाँ घासीराम! लो, यह लो। (*हार फेंकता है। घासीराम लपककर थाम लेता है। नाना पालकी के साथ रवाना होता है। 'नाना प्रस्थान करें...' सब समवेत स्वर में कहते हैं।*)

सूत्रधार : नाना गये...ब्राह्मण बचे...बन्धन अशेष...भय समाप्त (लज्जा संकोच सब ऽ ख़त्म...चित्त उन्मत्त, चित्त उन्मत्त उन्मत्त...

[गुलाबी अकेली ही। उसे दो-चार जनों ने घेर लिया है, जो उससे छेड़छाड़ कर रहे हैं। शृंगारिक चेष्टाएँ करती हुई नृत्य-भंगिमाओं से उन्हें रोकने की कोशिश कर रही है। बाल बिखर जाते हैं। आँचल सरक जाता है। भीतर कोरस जारी है–

'राधेकृष्ण हरि, मुकुन्द मुरारी...।' एक ओर घासीराम कोतवाल नाना द्वारा फेंके गये हार से अति आनन्द से खेल रहा है।]

सूत्रधार : रात गयी...दिन उगा...पुण्यनगरी जगमगा उठी।

[ठुमरी गाने लगता है। गुलाबी भीतर चली गयी है। एक विंग में से ब्राह्मण और दूसरे विंग से शिन्देशाही पगड़ीवाले यार कतारबद्ध रंगमंच पर परस्पर-विरुद्ध दिशाओं में जाते हैं। चेहरे पर रतजगे का असर है। जम्हाइयाँ और अंगड़ाइयाँ। पगड़ियाँ सिर पर बमुश्किल रखी हुई। लड़खड़ा रहे हैं। जाते समय दोनों कतार के लोग एक-दूसरे की ओर मुड़कर देख रहे हैं। अब घासीराम हार ले जाने लगता है। गुलाबी भीतर से आकर उसे ठसके से रोकती है। कमर में पल्लू खोंसकर हार माँगती है, हिंसक हो जाती है–

'हार दे दे चुपचाप!'

घासीराम नहीं देता।]

घासीराम : यह मेरा है...नाना साहिब ने इनाम दिया है...यह मेरा है...।

गुलाबी : मैंने तुझ नचैया बनाकर रखा इसलिए तुझे नाना की जूती तो दिखी। यह हार मुझे मिलना ही चाहिए।

[फिर ठसक दिखाती हुई पैर पटकती है। गुलाबी भीतर इशारा करती है। दो-तीन लोग आस्तीन चढ़ाकर मृदंग की ताल पर आते हैं। घासीराम–'यह मेरा है...यह मेरा है' कहता हुआ सीने से चिपका लेता है। वे उसे खूब पीटते हैं, हार छीन लेते हैं और उसे धकेलकर गिरा देते हैं। घासीराम रंगमंच के सामने ही आकर गिर जाता है। कुछ देर में वह उठता है। धूल झाड़ता है। बाँह से ख़ून पोंछता है। चेहरा पीड़ा और अपमान से तिलमिलाया हुआ। मृदंग की लय में एक गोरे साहब की पालकी रंगमंच से भीतर जाने लगती है। पालकी के साथ दो ब्राह्मण अदब से साहेब को कुछ बताते चलते हैं। आगे भस्म-चन्दन आदि लगाया ब्राह्मण चिल्लाकर कहता है–'बाजू-बाजू साहेब सरकार की सवारी आ रही है...बाजू...बाजू...कहते हुए अपने उत्तरीय से भीड़ को हटाता जा रहा है।']

ब्राह्मण : बाजू हट बे कुत्ते...दिखता नहीं, साहब की सवारी आ रही है? नालायक, सड़क पर लोटता है! (*तुरन्त, पालकी में बैठे साहब से*) हमारे मुलुक के लोगों में हुजूर हँऽऽ हँऽऽ आजकल म्यानर ही नहीं है। साहेब हुजूर...कसम है जो स्वाभिमान से जी रहे हों–ये लोग...चलिए...चलिए हुजूर...रमने का मज़ा तो भीतर ही मिलता है...मैं हुजूर को भीतर घुसाता हूँ, तीन कलदार रुपिया हुजूर...

दूसरा ब्राह्मण : जा हट रे रामभट्ट...चलिए हुजूर...दो दीजिए...मैं घुसाता हूँ...।

तीसरा ब्राह्मण : मेरे लिए एक ही काफी है हुजूर...चलिए...चलिए...(*दूसरे से*) राँड के तू चुप रहे तो ठीक है।

दूसरा (*पहले से*) तुझसे कौन पूछता है रे मूरख?

पहला : दोनों भूखे-भिखारी, मौक़ापरस्त हैं हुजूर, चलिए...चलिए! आज रमने में ब्राह्मणों का सत्कार होने वाला है...स्वादिष्ट भोजन मिलेगा...दक्षिणा मिलेगी...चलिए...चलिए...।

[पालकी, साहेब और पीछे-पीछे ब्राह्मण दौड़ते जाते हैं। उनके पीछे-पीछे कई ब्राह्मणों की उतावली भीड़ बड़बड़ाते हुए जाने लगती है।]

सूत्रधार : पर्वतों की तराई से ब्राह्मणों की भीड़ निकली...ब्राह्मण निकले ...निकले ऽ...भीतर पेशवा दक्षिणा बाँटने लगे...ब्राह्मण भोजन पर टूटने लगे, झगड़ने लगे...अन्न ठूँसने लगे...दक्षिणा से लदने लगे...

[लालच भरी नज़रों से घासीराम देखता है। भीतर गये ब्राह्मण अब जल्दी-जल्दी कतार में खड़े हो रहे हैं। दो सिपाही इधर-उधर घूम रहे ब्राह्मणों को कतार में ठीक से खड़े रहने के लिए बार-बार कह रहे हैं। घासीराम एक ओर खड़ा है। उसके चेहरे से भूख झलक रही है। सिपाही घासीराम को टोकते हैं।]

पहला सिपाही : ए, कौन है तू?

घासीराम : मैं कन्नौज का घासीराम साँवलदास।

दूसरा सिपाही : चलो हटो, यहाँ क्यों आये हो?

घासीराम : बम्मनों का सत्कार है, भोजन है...

पहला सिपाही : तो तुम्हारा यहाँ क्या काम है?

घासीराम : मैं भी बम्मन हूँ...

दूसरा सिपाही : तुम बम्मन? दिखा तेरी चुटिया, काँधे का डोरा, जनेऊ, कहाँ है तेरा चन्दन का टीका, भस्म का पट्टा...

पहला सिपाही : बोल, क्या होता है वेद, और चतुर्वर्ण के भेद...

दूसरा सिपाही : कोई उठाईगीर लगता है...

पहला सिपाही : चोर-उचक्का लगता है...

घासीराम : नहीं, मैं बम्मन हूँ...कन्नौज का हूँ...पुणे में नया हूँ...

[दक्षिणा लेकर लौटते हुए एक ब्राह्मण बाराबन्द वाली कुर्ती की जेब टटोलते हुए बुरी तरह चीखता है : चोर-चोर...जेब कट गयी...दक्षिणा लुट गयी...! हाय...मैं लुट गया...डूब गया...। अरे, कोई बचाओ... कतार के लोगों का शोर।

घासीराम पकड़ में आता है, मार पड़ती है। वह बचने की कोशिश करता है पर सिपाही उसे घसीटते हुए ले जाते हैं। घासीराम चीखता है–'हमको नाना साहेब के पास ले चलो...नाना साहेब को मिला दो...' गोरा साहब रमने के भीतर से आकर यह तमाशा देखता है।]

साहब : क्या हुआ? उस आदमी को क्यों पीटा?

ब्राह्मण : आदमी नहीं हुजूर, जेबकतरा था। मुए ने मेरी दक्षिणा चुरा ली। हाथों में कीड़े पड़ेंगे...हाथ गल जायेंगे, राँड की औलाद के...

साहब : चोर तो दूसरा था, हमने देखा। रमने के अन्दर तुम्हारे पीछे से दक्षिणा ले कर वो भाग गया। पुअर फैलो। अच्छा ये लो... (*वह अपनी ओर से उसे सिक्का देता है।*)

ब्राह्मणम : थांक्यू, थांक्यू हुजूर...

[खुशी-खुशी जाता है। साहब भी जाता है। उसके पीछे दो-तीन बुभुक्षित ब्राह्मण दौड़ते जाते हैं।
पीछे कतार में खड़े ब्राह्मण अब मुड़कर–
श्री गणराय...
श्री गणराय...
श्री गणराय नर्तन करै...की टेक शुरू कर देते हैं। लहूलुहान घासीराम को दो सिपाही घसीटकर लाते हैं और पटक देते हैं।]

पहला सिपाही : मर साले अब इस कोठरी में।

दूसरा सिपाही : चुपचाप पड़ा रह, नहीं तो हड्डियों की गठरी बना देंगे। लगाऊँ क्या एक पेट के नीचे? कटे बकरे-सा छटपटायेगा...

[दोनों जाते हैं।]

सूत्रधार : (*पोशाक में मामूली परिवर्तन कर घासीराम से*) क्यों, क्या हाल है?

घासीराम : (*कराहते हुए*) मर जाता। जान बच गयी।

सूत्रधार : कैसे आना हुआ?

घासीराम : किस्मत का फेरा। किस्मत बनाने पुणे आया था। मेरी पत्नी और बेटी का नसीब था, इसलिए ईश्वर ने आज बचाया। पर मैंने चोरी नहीं की।

सूत्रधार : की या नहीं की। इस जगह कोई फ़र्क़ नहीं पड़ता। ये कहलाती ऐसी कोठरी, जहाँ बँधती सबकी ठठरी। गुनहगार। हम गुनहगार, तुम गुनहगार। पड़ा रह आराम से यार। यह पत्थर की गद्दी बेमिसाल...अनुभव से बताता हूँ—ख़ून की गर्मी की दवा है, इस फ़र्श की सर्दीली सतह।

घासीराम : आप यहाँ कैसे आये?

सूत्रधार : आप कह रहे हैं, वैसे नहीं। आप कहते हैं, कुछ न किया वे लाये हैं। हम कहते हैं, सब करके आये हैं। केवल 'न' का अन्तर। तुम्हारी 'ना' हमारी 'हाँ'। इसी पर तो घूमता सारा जहाँ। आप चोर, हम चोर। सिपाही की किरपा पर अपना जोर। अपनी चोरी उनकी जेब गरमी। कृपा खलास, हम खलास। ऐसे आये हम।

घासीराम : पर मैंने चोरी नहीं की...भगवान कसम नहीं की।...मैं वैसा नहीं हूँ। मैं बम्मन हूँ बम्मन...हाँ...कन्नौज का हूँ।...हफ़्ता हो गया पुणे आया हूँ...तकदीर आजमाने आया था और आबरू खो बैठा। यह क्या हुआ! अब मेरी पत्नी का क्या होगा? मेरी लाडली बेटी उसका क्या होगा? उनको मालूम हुआ तो वे क्या कहेंगे?

सूत्रधार : जो कहना है, कहेंगे।

घासीराम : तो ठीक है! यही कहेंगे ना कि मैं चोर हो गया हूँ? बस्स! मैं वही हूँगा...मैं चोरी करूँगा।

सूत्रधार : अगर सिपाही करने दें, तब न! बन्दे, चोर तो सिपाही के भरोसे; नहीं तो हड्डियों का चूरा...कभी टूटती हैं, कभी फूटती हैं और कभी जान पर बन आती है। चोर की कमाई बहुत मेहनत की, उधर सिपाही की फोकट में बरकत। वह भागीदार बन जाता है। चोर तो मामूली चोर; सिपाही सरकारी चोर! चोर को जीना है तो सिपाही को सलाम करे। उसे ख़ुश रखे। हफ़्ता दे हफ़्ता। फिर भी कभी ख़फ़ा हो जाये तो प्यारे तुम्हारा सब कुछ साफ़। लात और मुक्कों की मार...फिर खानगी कोठरी में; पता नहीं बाबा। ऐसे ही एक दिन खेल ख़त्म। कोई नहीं रोयेगा, कोई याद नहीं करेगा...क्यों याद करेगा? बड़े चोरों की दुनिया से एक क्षुद्र चोर कम हो जायेगा। इसलिए बन्दे तू भगवान की शरण में जा।

[एक क़व्वाली-सा हिन्दी का भक्ति गीत गाता है मृदंग की ताल पर। पीछे पीठ करके खड़े ब्राह्मण अब पगड़ियों के बिना कान पर हाथ रखकर संगत करते हैं। क़व्वाली ख़त्म होते ही फिर पीठ करके खड़े हो जाते हैं। सिपाही आते हैं। घासीराम को बलपूर्वक घसीट कर एक कोने में ले जाते हैं और प्रेक्षागार की ओर धकेल देते हैं।

मंच पर ब्राह्मणी, ब्राह्मण, गुलाबी, उसके चमचे, यार सारे खड़े होकर, नीचे पड़े घासीराम को देखते हैं।]

सिपाही : चला जा! चोर कहीं का, गधे की औलाद। फिर कभी इस पवित्तर पुण्य नगरी में क़दम रखा तो तेरा सिर उड़ा देंगे। जा, अपना काला मुँह लेकर यहाँ से दफ़ा हो जा—बहुत दूर निकल जा। फिर पुणे मत आना। तेरा साया तक न पड़े इस नगरी पर। चल भाग यहाँ से।

(सिपाही हाथ झाड़कर चल देते हैं। मंच से सभी लोग चले जाते हैं। प्रेक्षागार में सिर्फ़ छटपटाता घासीराम।)

घासीराम : *(प्रेक्षागार में कमरबन्द खोलकर धरती पर पटकता है।)* हाँ, आऊँगा, पुणे में आऊँगा, सबको मज़ा चखाऊँगा, महँगा पड़ेगा। लेकिन अब तुमको छुट्टी नहीं। मैं हूँ कन्नौज का बम्मन। लेकिन अब हो गया हूँ क्षुद्र, गुनहगार, जानवर, निकम्मा। नहीं, अब मुझे रोकने वाला कोई नहीं, रुकाने वाला, झुकाने वाला, फँसाने वाला, अब हूँ मैं शैतान। अन्दर से शैतान और बाहर से सुव्वर, जो मुझे बनाया है, तुम लोगों ने। सुव्वर की माफिक आऊँगा और शैतान हो कर रहूँगा। मेरे साथ सबको सुव्वर बनाऊँगा। पुणे को सुव्वर का राज बनाऊँगा। तभी मेरा नाम घासीराम और मेरे बाप का नाम साँवलदास सार्थक होगा, हाँ!

[मृदंग पर जोरदार ताल बजने लगे। घासीराम धूल में मुट्ठी पटक कर युद्धनृत्य की-सी भंगिमाएँ दिखाता है और पैर पटकता हुआ प्रेक्षागार से गुस्से से बाहर निकल जाता है। रंगमंच पर ब्राह्मण फिर मृदंग की लय में 'श्री गणराय नर्तन करी, हम पुणे के ब्राह्मण हरि'। कहते झूलते हैं, धीमी गति से। गणेश जी का आगमन। वे पालथी मारकर बीचोंबीच

बिराजते हैं। दो ब्राह्मण मंडपादि सजाते हैं। ढोल-ताशे बजने लगते हैं।]

सूत्रधार : *(कीर्तनकार की तरह काँधे पर उत्तरीय डालकर आता है। जो भी है वह समय के अधीन है, आज श्री गणेश का आदर भाव से नमन है।)*

[ताशा-नगड़िया के शोरगुल में उसकी आवाज़ दब जाती है, पर उसके हाव-भाव दिखते हैं। आख्यान शुरू हो चुका है। मंच पर खड़े चार लोगों को छोड़कर अन्य लोग आख्यानक के श्रोता बन जाते हैं। चार लोग कीर्तन में साथीदार बन जाते हैं। भीतर से ब्राह्मणी आदि आकर श्रोताओं में बैठ जाती हैं। नाना फडणवीस हाथ में एक फूल लिए हुए कुछ-कुछ थिरकते हुए आता है। सारे लोग खड़े हो जाते हैं। नाना संकेतों में सबको 'बैठिए, बैठिए' कहता है। अब बजनियों की आवाज़ें बन्द। उच्चासन पर नाना विराजमान। बाकी सब नीचे। नाना फूल सूँघते हुए स्त्रियों को निहार रहा है। कीर्तन की ओर ध्यान नहीं है। कीर्तनकार बना सूत्रधार दोहा-अभंग गाता है। नाना का ध्यान बारीकी से स्त्री-वर्ग की ओर है। कीर्तन की आवाज़ बीच में ही सुनायी पड़ रही है; केवल दृश्य दिखायी दे रहे हैं। स्त्री-वर्ग बेचैन। कुछ आँचल, पल्लू सँभालती हैं।

फिर अभंगों की अचानक लावणी हो जाती है। हरदास लावणी गा रहा है। वहाँ से अचानक दोहा-अभंग पर आ जाता है। फिर लावणी गाता है। नाना की अपनी धुन जारी है। नाना की अपलक नज़र में एक सुकुमार लड़की। वह सुन्दर है, सिर झुकाये हुए है भोली-भाली।

सब कीर्तनकार के पैर छूते हैं। नाना उस लड़की की ओर जाने लगते हैं। वह लड़की कीर्तनकार के पैर छूने के लिए चल देती है। पैर छूती है। नाना अपनी जगह से आगे बढ़ने के इरादे से क़दम उठाते हैं। सब लोग जाने लगते हैं। वह लड़की गणपति की प्रार्थना करने में मग्न रहकर पीछे रह जाती है। नाना नौकर को दरवाजा बन्द करने का संकेत करता है। कीर्तनकार बना सूत्रधार 'प्रोसेनियम आर्च' के

यानी रंगमंच के दर्शनीय भाग के बाहर आकर खड़ा हो जाता है।]

नाना : *(फुसलाते स्वर में)* बेटी, तुम्हें क्या चाहिए? आंऽ?

[वह चौंककर पीछे हटती है।]

तुम्हारी सारी मनोकामनाएँ पूरी करेगा—ये नाना।

[उसके काँधे पर हाथ रखता है; वह बदन चुराती है।]

अरी, इस तरह ना शरमाओ। यह हमारी ही हवेली है। यह निजी दालान है। कोई नहीं देखेगा। श्रीमन्त नाना फडणवीस की ओर आँख उठाकर देखने की किसी की हिम्मत नहीं है।

लड़की : वे देखेंगे।

नाना : वो देखेंगे?... कौन?

लड़की : *(गणेश जी की तरफ़ इशारा कर)* वो।

नाना : वो मंगलमूर्ति। सर्वमंगल गणाधीश? सुखकर्ता? अरी, उसे दो पत्नियाँ...एक इस पहलू में, दूसरी उस पहलू में। अगर तुम हमारे इस पहलू में बैठीं तो वह इस पर कुछ नहीं कहेगा।

लड़की : आप पिता...

नाना : सिर्फ़ उम्र में। परन्तु हम भक्त...इस सुडौल मूर्ति के फ़क़त। गँवाओ मत वक़्त। जाती जवानी आती नहीं। यह खिली बहार उड़ जायेगी।

[उसके करीब जाकर उसे बाँहों में भर लेने की कोशिश करता है।]

अरी, तुम हमारे लिए दूसरे की बेटी की तरह ही...!

लड़की : *(छिटककर)* मुझे डर लगता है।

नाना : डर? लेकिन हमें तो तुम पर केवल प्यार ही आता है। ओ होऽ ओ हो होऽ...ये तुम्हारा शरमाना...लजाना...

[उसे पकड़ने आगे बढ़ता है। वह छिटक जाती है। नाना उसका पीछा करते हैं। वह हिरनी-सी भयभीत होकर भाग रही है। वह नाना के हाथ से छूट जाती है और नाना नौकर को ही पकड़ लेता है। यह घासीराम है, नौकर के वेश में। उसने अपना मुँह साफ़े के छोर से ढाँप रखा है।]

नाना : *(आँखें मींचे हुए)* ओ हो...हो...ओ हो...हो...!

घासीराम : श्रीमन्त मैं मर्द हूँ, औरत तो भाग गयी।

नाना : *(आँखें खोलकर, अपेक्षा भंग से क्रोधित होकर)* कमबख़्त, ठहर, तुझे सूली पर चढ़ायेंगे! कोई है वहाँ? है कोई वहाँ? कोई है?

घासीराम : श्रीमन्त के हुकुम से ही महल में दूसरा कोई रुका नहीं। बन्दा तो पहरे पर तैनात था।

नाना : बेवकूफ़, नालायक... *(हाथ मलता है)*

घासीराम : बन्दे को अफ़सोस है, श्रीमन्त।

नाना : अफ़सोस? सारा सत्यानाश कर दिया रे। क्या रंग जमने को था, तूने रंग में भंग कर दिया। तू क्यों आया, बोल!

घासीराम : हुज़ूर ने ही आकर पकड़ा।

नाना : हमें क्या पता था...हाथ आया तो...नहीं, नहीं...शिकार हाथ से निकल गया।

घासीराम : फिर हाथ लगेगी वह।

नाना : अब क्या हाथ आयेगी।

घासीराम : शिकारी तैयार, तो शिकार मिलेगा!

नाना : पर 'वह' तो नहीं...।

घासीराम : वह भी...नहीं...वही...!

नाना : मिलेगी क्या रे? क्या बुलन्द इमारत थी रे...तून देखा? ठीक से देखा? उभारदार, कोमल, ओ हो हो...इतनी देखीं, इतनी छुईं, पर ऐसी नहीं। इसकी कोई सानी नहीं। कौन होगी यह?

घासीराम : कोई भी क्यों न हो। हुकुम होने पर बन्दा लाकर हाज़िर करेगा।

नाना : करेगा हाज़िर? उपकार होगा...नहीं...नहीं हम तुम्हारी सेवा की क़द्र करेंगे। पर कब रे?

घासीराम : कल, परसों, नरसों।

नाना : आज ही रात को? आंऽ?

घासीराम : श्रीमन्त, करूँगा कोशिश, पर भरोसा नहीं। राह मत देखिए। रंसभंग होने का डर है।

नाना : नहीं रे, सहन नहीं होता कल्पना करना भी...क्या चीज़ थी रे...

घासीराम : सिर सलामत तो पगड़ी पचास।

नाना : इसके बाद 'वह' नहीं मिली तो कुछ भी सलामत नहीं बचेगा। सारी शान ख़त्म। वह मिली तो यह नौकोट नाना हिन्दुस्तान

जीतेगा, तुम्हें बताये देता हूँ। क्या जोबन, क्या छाती, वो दो खिली कलियों का शबाब...ऐसे मसलें!

घासीराम : (*दाँत तले होंठ चबाकर, फिर भी शान्त स्वर में*)
हुजूर, हाथ की तलवार को म्यान करें...शिकार अभी कोसों दूर है श्रीमन्त!

नाना : कल का तो तय है न रे!

घासीराम : कोशिश करूँगा।

नाना : (*हाथ की अँगूठी निकालकर देते हुए*) इसे रख लो। रहने दो...हीरे की है। वह मिल गयी तो फिर क्या? उसकी चिन्ता मत करो...

घासीराम : जी।

नाना : (*मंगलमूर्ति मोरयाऽ के घोष सहित गणेश विसर्जन का जुलूस आता है।...रंगमंच पर लेझिम आदि बजाते, गुलाल उड़ाते... जुलूस में हाथी, घोड़े, स्वाँगधारी भी आते हैं। एक उग्र स्वाँगधारी राक्षस की तरह 'मास्क' वाला। नाना, नौकर (घासीराम) और गणेशमूर्ति ढँक जाते हैं। जुलूस कुछ देर ठहरकर गाते-बजाते भीतर जाता है। उसके साथ नाना भी चला जाता है।*)

सूत्रधार : (*कीर्तनकार का वेश उतारकर*)
गणपति गाँव गये...गाँव गये....गाँव गये....
नौकोट नाना बोले, पेशवाई डोले...नाना का रौब-दाब दिनोंदिन बढ़े...रौब-दाब बढ़े। दुश्मन भी बोले, एक अकेले नाना, बाकी सब जनाना...

[पीछे कतार में खड़े ब्राह्मण, 'एक अकेले नाना, बाकी सब जनाना...' 'राधेकृष्ण हरि हो गोविन्द मुरली, राम-शिवा हरि मुकुन्द मुरारी...' का घोष जारी रहता है। नाना नाचते आते हैं इस घोष की लय पर। वह पहले की सुकुमार लड़की, ज़्यादा शोख, ज़्यादा तैयार होकर नाचती हुई आती है। केवल लय और भंगिमाएँ। वह नाना के साथ शृंगारिक भ्रमपूर्ण चेष्टाएँ करती है। नाना को मूर्ख बनाती है। वह हाथ नहीं आती। बीच में नौकर (घासीराम) बार-बार खड़ा होता है। नाना एक के बाद एक उसकी ओर इनाम फेंकता रहता है। और नाचता है लड़की के पीछे। मृदंग, झाँझ की लय

पर ब्राह्मणों का घोष जारी रहता है। पीठ करके ब्राह्मण बगीचे के कुंजों का फॉर्मेशन करते हैं। नाना लड़की का पीछा करता हुआ बगीचे में घूमता है।

...'हीरा बाग में हो, हो सारसबाग में, हो मोतीबाग में मथुरा उतरी है हो...!' घोष जोर से चालू है। अन्ततः नाना नौकर की ओर (घासीराम की ओर) चाँदी की मुठियावाली छड़ी फेंककर उस लड़की के पीछे-पीछे ग़ायब हो जाते हैं। नौकर (घासीराम) छड़ी को झेलता है और क्रोधावेश में उसे मोड़ता है। फिर नाना और वह लड़की राधा-कृष्ण की तरह नाचते हुए आकर खड़े हो जाते हैं। सात-आठ कम उम्र ब्राह्मणियाँ, जो नाना की पत्नियाँ प्रतीत होती हैं; घेरकर गोपियों की तरह नाचती हैं। घासीराम रंगमंच से नीचे उतरकर प्रेक्षागार से रंगमंच का दृश्य देखकर ठठाकर हँसता रहता है।]

घासीराम : (*बीच में ही चीखकर*)

अब आ गया मुट्ठी में...मेरी लाडली बेटी...हैवान...!

(*फिर सीधे दर्शकों से चीखकर कहता है*) मेहरबान! देखिए, कैसे मैंने अपनी लाडली बेटी ललिता गौरी को उस लकड़बग्घे के जबड़े का शिकार बनने दिया है, देखिए! देखिए! इस बाप को देखिए! अपनी पेटजाई बेटी से धन्धा करवाने वाला यह बाप देखिए! देखिए मेरी मासूम बेटी कैसे धन्धेवाली बन जाती है, देखिए! वह ठूँठ-खूँसट देखिए, कैसे उसकी जवानी किस तरह ककड़ी-सी फाड़कर खा रहा है, देखिए! मुझ पर थूकिए ...मुझे पत्थर मारिए...देखिए...देखिए...लेकिन मैं छोड़ूँगा नहीं, इस पुणे शहर को सुव्वरों का राज ही बनाऊँगा...हाँ...!

[रंगमंच पर ब्राह्मणों का घोष और नाना-लड़की का नाच जारी है। घासीराम चीखता हुआ प्रेक्षागार से निकल जाता है, देखिए, तमाशा देखिए...देखिए, तमाशा देखिए ...देखिए...तालियाँ बजाइए तालियाँ...रंगमंच पर का नाच भीतर निकल जाता है।]

सूत्रधार : नौकोट नाना को गौरी के सिवा कुछ न सूझता...।

सारे लोग : सूझे ना।

सूत्रधार : नाना को गौरी के सिवा चैन पड़े ना...!

सारे लोग : पड़े ना।

सूत्रधार : नाना गौरीमय हो गये, गौरीमय हो गये...!

सारे लोग : ललिता गौरीमऽय हो ऽ ऽ ऽ गये।

सूत्रधार : घर में मन लगे ना...!

सारे लोग : बाहर मन लगे ना...!

सूत्रधार : काम में मन लगे ना...!

सारे लोग : राम में मन लगे ना...!

सूत्रधार : गौरी बिना चाले ना...!

सारे लोग : गौरी बिना निभे ना...!

सूत्रधार : काम में नाना कामातुर होने लगे...।

सारे लोग : पुंडलिक वरदा गौरी विट्ठल...।

सारे लोग : गौऽऽऽ री विट्ठल। घासीराम तुकाराम...

[सब पीछे हट जाते हैं। पीठ करके खड़े हो जाते हैं। नाना का प्रवेश होता है। परेशान हैं वे। घासीराम आता है।]

नाना : एक बार और...घासीराम...एक ही बार, चांडाल...।

घासीराम : जमेगा नहीं श्रीमन्त। बहुत हुआ। सिर से पानी गया। डूबकर मरने की नौबत आने से पहले रुके। अच्छा हुआ, वरना पूरे पुणे में मेरी बदनामी हो रही थी। लोग मुझे क्या कहेंगे? श्रीमन्त को क्या कहेंगे? श्रीमन्त पालकी से घूमेंगे। घासीराम सड़कों से लोगों के बीच से चलेगा। वह निभेगा नहीं। अब और नहीं हो सकता। अब बस। श्रीमन्त की मेहरबानी के कारण बहता गया। पेशवाओं के कान पर बात गयी तो मेरी जान के लाले पड़ जायेंगे। जो कुछ हुआ उसे भुला दें। मेरी बेटी अब श्रीमन्त की हवेली पर नहीं आयेगी। अब मैं उसकी शादी करने वाला हूँ। मैं रिश्ता ढूँढ़ रहा हूँ।

नाना : पर और कुछ दिन...अरे बाद में हम ही चाहें तो किसी अपने मातहत के साथ उसकी शादी ठाठ-बाट के साथ कर देंगे।

घासीराम : नहीं।

नाना : घासी, इस अवज्ञा का नतीजा जानते हो...!

घासीराम : चाकर तैयार है, श्रीमन्त। उस बदनामी से यह बेहतर है। लड़की की माँ का कुछ विचार करें। कुछ भी हो, वह आखिर उसकी औलाद है। अजी, तन-मन से सींचा है उसे...

नाना : हमारे लिए कुछ दिन और उसी तरह, घासीराम कहो अपनी पत्नी से, कहना हम उसका सारा ध्यान रखेंगे भई। उसके बच्चे अपने ही मानकर उनकी देखभाल करेंगे, सारी ज़िम्मेदारी निभायेंगे...।

घासीराम : जमेगा नहीं, श्रीमन्त!

नाना : इस तरह अटका रे चांडाल। अरे कोई चिन्ता है कि नहीं?

घासीराम : कलेजे के टुकड़े को आपको सौंपकर आपकी इन्द्रियों के चोचले शान्त करने वाला यह कलेजा श्रीमन्त?

नाना : याद रख, हमसे दुश्मनी बहुत महँगी पड़ेगी...।

घासीराम : मालूम है, इस चाकर को जाने का हुकुम हो...।

नाना : मैं उसे उठवाकर हवेली में लाऊँगा...

घासीराम : पेशवा अभी हैं, श्रीमन्त।

नाना : तो हम क्या करें?

घासीराम : श्रीमन्त, एक रास्ता है। लोग चर्चा नहीं करेंगे, मेरी बेटी की आबरू इस पुणे में साबूत रहेगी। ऐसी खास व्यवस्था की जानी चाहिए।

नाना : वह कैसे होगी?

घासीराम : लोगों के मुँह बन्द होने चाहिए।

नाना : अरे, पर कैसे?

घासीराम : इलाज बताया तो होगा मान्य? चखचख बिलकुल न हो...!

नाना : बता, पर पहले मुझे उससे मिलने दे रे!

घासीराम : ठीक है तो...श्रीमन्त, लोगों का मुँह बन्द करने के लिए मुझे पुणे का कोतवाल बनायें।

नाना : (*विस्मय से*) क्या! कोतवाल? घासीराम, हमारी कोतवाली, यानी पुणे शहर की रखवाली है...।

घासीराम : मान्य न हो तो रहने दीजिये...मुझे कहाँ खुजली है।

नाना : अरे, पर बहुत मुश्किल है यह करना...

घासीराम : श्रीमन्त, नाना के लिए क्या मुश्किल है? नाना कहेंगे उधर पूर्व दिशा होती है, इस पुणे में।

नाना : कोई दूसरी तरकीब बता...।

घासीराम : बस एक ही इलाज...नहीं तो ललिता गौरी इस हवेली में फिर कभी नहीं आयेगी।

नाना : नहीं, उसे भेज। बनाता हूँ तुम्हें कोतवाल। कब भेज रहे हो?

घासीराम : दस्तख़त-मुहर के साथ कोतवाली का लिखित फ़रमान मिलने के बाद।

नाना : चांडाल, तू मुझ पर घाटी में घेरकर हमला करना चाहता है रे...

घासीराम : हाँ, मेरे कलेजे के टुकड़े बेटी के पेट की घाटी में! (लगा कि उसके सिर पर ख़ून सवार है।)

नाना : (*भयभीत होकर*), घासी...

घासीराम : (*एकदम सन्तुलित होते हुए*) फ़रमान जारी करें।

[एक व्यक्ति फ़रमान की आवश्यक सामग्री लेकर आता है। नाना बमुश्किल फ़रमान पर दस्तख़त करता है। घासीराम को सौंपता है।]

नाना : जा...भेज उसे जल्दी।

[घासीराम फ़रमान अपने पास ठीक से रखकर सलाम कर, जाता है।]

नाना : (*होश मे आकर, मूँछों पर ताव देते हुए*) जा रे घसियारे, दोगले, बना दिया, बना दिया तुझे कोतवाल। नाच, नंगा नाच...पर इस नाना की चाल तुझे नहीं मालूम। अरे बेवकूफ़, हमने इस समय राजनीति की बन्दूक भरी है, दुनाली। पहले धमाके में चित करूँगा, तेरी सुकोमल लड़की; फिर दूसरे धमाके के साथ नाच उठेगी पुण्यनगरी सारी। अबे घसियारे! तू तो बाहरी, परदेसी, तुझे बैठाया है पुण्यनगरी की छाती पर...किसलिए? यहाँ के तमाम कपटी लोगों की धज्जियाँ उड़ाने... : काँटे से काँटा निकालूँगा। न तो तू उनमें शामिल हो सकेगा और हो भी गया तो उन्हें तुझ पर भरोसा नहीं होगा! क्योंकि तू ठहरा पराया, बाहरी। हमने कोतवाली के दरवाजे पर टुकड़ाखोर कुत्ता बिठाया है—तुझे। तेरी जंजीर हमारे हाथ होगी। अरे दोगले, घसियारे, तू चितपावन बम्मनों से बढ़कर ऐंठेगा, रोब गाँठेगा, धाक जमाएगा। पुख़्ता बन्दोबस्त करेगा, बेहतर कारभार करेगा। चिन्ता नहीं है। फिर हमारी गलतियाँ तेरे नाम जमा होंगी...ग़लती करेंगे हम, भरने को हमारा कोतवाल। (*ताली बजाता है ख़ुश होकर*) सुविधा अच्छी-खासी, नाना की सेवा

में घासी। फिर वह मुलायम, कोमल-सी ककड़ी वो लड़की? हमारे पास, जब चाहा मसला, खाया...वाह वा...वाह। घासी, कोतवाल बनो..। इस नाना का तुम्हें आशीर्वाद है! (*मुड़ता है*)

[ढिंढोरा पीटने वाला आता है सामने रंगमंच पर]

ढिंढोरे वाला : सुनो, हो सुनो...घासीराम साँवलदास को पुणे का कोतवाल मुकर्रर किया हो ऽ ऽ।

[सामने की तरफ़ से शोर मचाते हुए आने वाले ब्राह्मणों की भीड़ में नाना खो जाता है। मंच पर शोर। शोर बढ़ता जाता है। फिर एकदम थम जाता है। सींगी, तुरही रंगमंच पर बजने लगती हैं।

मंच पर कुछ लोग झुककर मुजरा करते प्रवेश करते हैं। पीछे से घासीराम कोतवाल ज़री-जड़े पोशाक में आता है। सिर पर शानदार पगड़ी। चाल में मग़रूरी। यह दूसरा ही घासीराम है! उग्र और भव्य लगता है।]

[सींगी, तुरही के संगीत में...मध्यान्तर]

दूसरा अंक

[पहले अंक की तरह बारह व्यक्ति मंच पर झाँझ लेकर खड़े हैं। सूत्रधार आता है। दो-एक नमन के चरण गाने के बाद 'श्री गणराय' का धीमा घोष जारी है।]

सूत्रधार : पुण्यनगरी में घासीराम, कोतवाल हो गये...

अन्य : हो ऽ ऽ गये ऽ

सूत्रधार : उनका कारभार चले, कारभार चले, कारभार चले...

अन्य : च ऽ ऽ ले ऽ ऽ

सूत्रधार : गौरी बोले, नाना डोले, घासीराम का कारभार चले...

अन्य : कारभार च ऽ ऽ ले

सूत्रधार : गौरी नाचे, नाना नाचे, घासीराम अवसर साधे

अन्य : अवसर सा ऽ ऽ धे

सूत्रधार : घासीराम कोतवाल ने फ़रमान निकाला

अन्य : फ़रमान निकाला।

सूत्रधार : पुराने फ़रमानों पर खूब अमल होगा...

अन्य : अमल होगा।

सूत्रधार : फ़रमान बिना रंडीबाज़ी बन्द

अन्य : बन्द

सूत्रधार : घासीराम कोतवाल ने हुकुम निकाला...

अन्य : हुकुम निकाला।

सूत्रधार : बिना फ़रमान मुर्दा फूँकना बन्द।

अन्य : बन्द।

सूत्रधार : घासीराम कोतवाल बोले, निचली जाति के लोगों के हाथ का खाना खाना गुनाह...

अन्य : गुनाह।

सूत्रधार : घासीराम कोतवाल बोले, बिना फ़रमान बकरा काटना, पेट गिराना, खानदानी औरत का धन्धा करना, धन्धेवाली की भड़ुवागिरी करना, बाम्हन के साथ अनीति करना, किसी से छेड़छाड़ करना, चोरी करना, तलाकशुदा स्त्री के साथ गृहस्थी बसाना, पति के ज़िन्दा रहते दूसरा घर बसाना, जाली सिक्का चलाना, जान देना...सब गुनाह है....

अन्य : सब गुनाह है।

सूत्रधार : गुनाह करने वाले को कड़ी सजा मिलेगी, माफ़ी नहीं मिलेगी।

अन्य : (*गुनगुनाते हैं*) माफ़ी नहीं होगी, हो...माफ़ी नहीं होगी।

सूत्रधार : घासीराम कोतवाल रोज रात को ग्यारह बजे के तोप दागने के बाद पुणे में फेरी पर निकलने लगे। घूमने लगे और स्वयं जायज़ा लेने लगे, रास्ते पर कोई दिखा तो टोकने लगे, रोकने लगे, पकड़ने लगे, फ़रमान माँगते, धरने लगे, मुकदमा करने लगे...।

अन्य : मुकदमा करने लगे...।

सूत्रधार : जेल भरने लगे...।

अन्य : भरने लगे...।

सूत्रधार : गौरी बोले, नाना डोले, घासीराम का कारभार चले...।

अन्य : (*वही दुहरा कर*) कारभार चले।

सूत्रधार : सारी पुण्यनगरी घबरा गयी...

अन्य : घबरा गयी हो, घबरा गयी...

सूत्रधार : (*रात में घर पर ही रहने की सख़्ती हुई...*)

अन्य : सख़्ती हुई ऽ, हो हुई ऽ

सूत्रधार : शादी की पत्नी के साथ रहने की सख़्ती हुई...।

अन्य : सख़्ती हुई।

सूत्रधार : शादी के पति के साथ सोने की सख़्ती हुई...

अन्य : सख़्ती हुई हो... सख़्ती हुई।

सूत्रधार : नीति के अनुसार चलने की, प्रसूत होने की, पतिव्रता रहने की, जीने की भी सख़्ती हुई...!

अन्य : हुई...हो हुई।

सूत्रधार : चकले सूने हुए, टोहियागिरी बन्द हुई, भड़ुवागिरी भीख माँगने लगी और खोटे सिक्के बन्द हुए...

अन्य : बन्द हुएऽऽ

सूत्रधार : गौरी नाचे, नाना नाचे, घासीराम का राज्य तो ऐसा है...

अन्य : (*वही दुहराकर*) ऐसा हैऽ...

सूत्रधार : फ़रमान बिना सारा बन्द

अन्य : बन्द मतलब बन्द!

[दो बड़ी मशालें, दो गश्ती के सिपाही साथ लेकर घासीराम आता है। गश्ती के सिपाही ललकारते आते हैं। बारह लोग पीठ करके खड़े रहते हैं। सूत्रधार सटकना चाहता है।]

घासीराम : (*उसकी कलाई पकड़कर हँसता है।*) बेवकूफ़ अच्छा मिला! कहाँ जा रहा था?

सूत्रधार : ऐसे ही सरकार।

घासीराम : चोरी करने के लिए?

सूत्रधार : नहीं सरकार।

घासीराम : फिर रंडीबाजी करने?

सूत्रधार : नहीं-नहीं सरकार।

घासीराम : (*तमाचा मारकर*) सच बोल।

सूत्रधार : नहीं, नहीं सरकार।

घासीराम : फिर कहाँ?

सूत्रधार : घर...

घासीराम : किसके घर? (*घूँसा लगाता है।*) सच बोल। किस कुलटा से मिलने गया था?

सूत्रधार : नहीं सरकार, अपने ही घर...

घासीराम : फिर इतनी रात गये बाहर कैसे? (*लात मारता है।*) बता जल्दी। बोल।

सूत्रधार : सरकार, दाई को बुलाने गया था...

घासीराम : दाई को? किसकी जचकी हो रही है?

सूत्रधार : लुगाई की।

घासीराम : फिर इतनी रात गये वह कैसे जन रही है (*कोड़ा मारकर*) बता जल्दी।

सूत्रधार : दिन पूरे हुए।

घासीराम : तब कहाँ है दाई?

सूत्रधार : नहीं आयेगी। फ़रमान नहीं है उसके पास। बोली, भोर चार की तोप दगने के बाद आयेगी।

घासीराम : अच्छी बात है। तो तुम्हारे पास फ़रमान है? बोल...

सूत्रधार : नहीं सरकार।

घासीराम : क्यों नहीं? फ़रमान के बिना रात गये रास्तों पर घूम रहे हो? कोड़े पड़ेंगे?

सूत्रधार : दया करें सरकार।

घासीराम : (*घूँसा मारते हुए*) फ़रमान क्यों नहीं निकाला?

सूत्रधार : पहले मालूम नहीं था कि लुगाई के दिन रात में भरेंगे...

घासीराम : क्या। लुगाई के दिन कब पूरे होंगे तुझे मालूम नहीं? लुगाई तेरी ही है न?

सूत्रधार : हाँ सरकार, मारिये मत...

घासीराम : (*सिपाहियों से*) जाओ। इसके साथ जाओ। घर जाकर सच देखकर आओ। झूठ बोल रहा हो तो नंगा करके पच्चीस कोड़े लगाओ। चोर, यार, रंडीबाज हो तो कोठरी में बन्द कर राख की रोटी खिलाना, जाओ!

[सूत्रधार और एक सिपाही जाते हैं। बाहर लोग पीठ करके वैसे ही खड़े हैं। घासीराम मूँछ पर ताव देता खड़ा है।]

घासीराम : छह महीने में इस चोचलेबाज शहर को ठीक कर दूँगा। (*एकाएक*) यह कैसी आवाज़? दुबारा? फिर एक बार! इतनी रात गये लोग इस समय क्या कर रहे हैं?

सूत्रधार : (*बारह में से सातवें की पीठ पर दरवाजा मानकर उसकी पीठ पर दो-तीन बार दस्तक देता है।*)
दरवाज़ा खोलो पहले!

[वह आदमी मुड़कर आँखें मलता है।]

सातवाँ आदमी : क्या है?

घासीराम : अन्दर क्या चल रहा है!

सातवाँ आदमी : मालूम नहीं।

घासीराम : (बाँह झकझोर कर) अबे सीधे बोल! सच बोल! झूठ बोला तो ज़बान काट डालूँगा। भीतर से काहे की आवाज़ें आ रही थीं।

सातवाँ आदमी : कुछ नहीं थीं।

घासीराम : भगवान की कसम खाकर सच बोल। हमने अपने कानों से सुनी हैं।

सातवाँ आदमी : फिर क्यों पूछते हैं, काहे की हैं?

घासीराम : (*उसकी चोटी पकड़कर*) सीधे जवाब दे! नहीं तो चोटी का एक-एक बाल उखाड़ दूँगा।

सातवाँ आदमी : (*घबराकर*) कु....कुछ नहीं..गृहस्थ आदमी के घर और क्या आवाज़ आयेगी? सोये थे हम...ज़रा आँख खुल गयी तो...

घासीराम : भीतर कौन है?

सातवाँ आदमी : बीबी।

घासीराम : सच बोल रहा है?

सातवाँ आदमी : राम कसम, आज ही मायके से आयी है।

घासीराम : (*दूसरे सिपाही से*) जा रे, भीतर जाकर देख कर आ। कुछ लफड़ा दिखा तो खींच ला बाहर।
(*सातवें से*) तू यहीं रुक।

[सिपाही पीठ करके खड़े आदमियों की कतार पार करके भीतर जाता है। घासीराम मूँछों पर ताव देता है।]

एक-एक शोहदे, लफंगे, रंडीबाज को नरम करता हूँ।

[सिपाही एक खानदानी औरत का हाथ पकड़कर लाता है। औरत बेतरतीब, बिफरी हुई। किसी तरह खुद को सँभालती है। आँचल सँभालकर खड़ी रहती है।]

सिपाही : भीतर थी, सरकार।

घासीराम : (*निहारकर*) क्यों जी, खानदानी हो ना?

[औरत होंठ चबाकर सिर झुकाकर 'हाँ' कहती है।]

मंगलसूत्र दिखाओ तो।

[वह दिखाती है]

असली है कि दिखावे का? इसी का है या कोई और?

औरत : (*किसी तरह*) इसी का है।

घासीराम : (*उस सातवें आदमी और उस औरत की ओर बारी-बारी से देखते हुए मूँछों पर ताव देता है।*)
सच नहीं लगता। सबूत है क्या?

सातवाँ : सबूत...

घासीराम : (*सिपाही से*) अरे, पड़ोसी के दरवाजे पर दस्तक दे। सबको उठाओ। (*सिपाही आठवें की पीठ पर दस्तक देता है। वह मुड़कर उनींदा-सा खड़ा रहता है।*)

आठवाँ आदमी : एनु? (*कन्नड़ में*) क्या है?

[सिपाही अन्य तीनों की पीठ पर दस्तक देता है। लगभग सभी मुड़कर सामने आते हैं।]

सब लोग : (*तमिल, तेलुगु, मलयालम, हिंदी में एक साथ*) आदद्देनु? एन्द सम्भविचु? एन्न आचू? सुद्दियेनु? एमि आयिन्दि? क्या हुआ? क्या हुआ?

[औरत शर्म से पानी-पानी हो जाती है।]

घासीराम : (*इशारा करके*) यह औरत...इसके घर से मिली है। क्या यह इसकी ब्याही बीबी है? सच बोलिए, नहीं तो हड्डियाँ टूटेंगी ...सच बोलिए! नहीं न? नहीं न? बोलिए...(*सब नकारते हैं।*)

घासीराम : (*खुश होकर*) ये बात! कैसे जाना मक्कारों? (*सिपाहियों से*) बाँधो इनके हाथ और लाओ कोतवाली में। कल करता हूँ न्याय...साले व्यभिचार करते हैं!

[सिपाही दोनों को धकेलते हुए ले जाते हैं; पीठ करके खड़े सभी आदमी मुड़कर कतार में खड़े हो जाते हैं।]

घासीराम : (*मशालचियों से*) देखो, कान हों तो ऐसे। कहीं हल्की आवाज़ भी हो तो अनाचार का पता चलना चाहिए। कोतवाली का सख़्त दबदबा होना चाहिए। चलो।

[घासीराम और उसके साथी जाते हैं। पीठ करके खड़े ग्यारह लोग सामने आते हैं।]

ग्यारह : इस तरह घासीराम कोतवाल के आतंक से, जुल्म से पूरी पुण्यनगरी त्राहि-त्राहि करने लगी...त्राहि-त्राहि!

सूत्रधार : (*कतार से आगे आकर*) त्राहि...त्राहि...

ग्यारह : पर कौन क्या करे, कौन क्या करे?

सूत्रधार : घासीराम के सिर पर पेशवा के प्रधान का हाथ। हाथ लगाया तो पैर गँवाओ। पैर बचाया तो घासीराम का आतंक भयंकर ...घासीराम कोतवाल...

ग्यारह : महाचंड, उद्दंड, बरबंड

सूत्रधार : उसकी मग़रूरी की...

ग्यारह : सीमा नहीं रही, हद नहीं बची।

सूत्रधार : पर उपाय क्या है?

ग्यारह : उपाय नहीं...

सूत्रधार : बोलिए, राम शिव हरि

ग्यारह : मुकुन्द मुरारी
राधेकृष्ण हरि
गोविन्द मुरली...

[घोष जारी रहता है। पीठ करके खड़े रहते हैं। इस घोष में रंग-पंचमी मनाते नाना, गौरी और नाना की बीवियाँ नाचते आते है। रंग उड़ाते हैं। हँस रहे हैं, खिलखिला रहे हैं। रंग-पंचमी की लावणी। नचनिया गुलाबी लावणी पर उन्मत्त नाचती है। नाना खुश होकर कलाई से कड़ा उतारकर देते हैं। खुश होकर, गौरी मस्त। नाना मस्त।

डाउन स्टेज कोने में फौजी वर्दीधारी एक अंग्रेज़ अफ़सर यह सब देखता खड़ा है। पीठ करके खड़े कतार वाले अब रंगमंच पर सामने आकर यह दृश्य ढाँप लेते हैं।]

घासीराम : अपनी बीबी और अपने शौहर को छोड़कर अगर कोई दूसरे मर्द या औरत के साथ रंग खेलता हुआ दिखायी दे तो उसे फौरन हिरासत में ले लो। नैतिकता की रक्षा होनी चाहिए। शोर करते समय अश्लील भाषा का इस्तेमाल करने वाले उस ब्राह्मण को पकड़ लाओ। शोर चल भी जायेगा। गाली बिलकुल नहीं। कान खोलकर सुनते रहो, ठीक से। आँख में तेल डालकर देखना। फ़रमान की जाँच करना...।

[सिपाहियों के साथ जाता है। सामने आये पीठ करके खड़े कतारवाले टूटकर फिर रंगमंच के पिछले हिस्से में जाते हैं। नाना-गौरी दृश्य और लावणी जारी है। एक औरत दौड़ती आती है।]

औरत : सरकार फ़रियाद लीजिए। मेरे आदमी और देवर को कोतवाल के सिपाहियों ने पकड़ लिया है। मेरे ससुर की मौत हो गयी हुजूर...उसे चिता पर रखने नहीं देते। जलाने का फ़रमान हमारे पास है, पर उसे नकली कह रहे हैं। सरकार सुबह से ससुर की लाश मरघट पर पड़ी है। कुत्ते जमा हो गये हैं, सरकार! आप ही न्याय करें।

नाना : (*रंगभंग से बिगड़कर*) कोई है उधर। इस औरत को पहले बाहर ले जाओ। बिना आज्ञा उसे भीतर किसने आने दिया? सारे फ़रियादी-वरियादी कोतवाल देखें। जाओ। किसी को भीतर न आने दिया जाये।

[नौकर औरत को ले जाते हैं।]

(*लावणी नचनिया से*) हाँ...चलने दे...चलने दे...क्या री, तेरा नखरा वाह...वाह!

[नाच-गाना जारी है। उस धुन पर पीठ करके खड़े कतार वाले सभी नाचते हुए रंगमंच पर आते हैं। अब ये फिर बारह हैं। नाच-गाना ढँक जाता है। रुक जाता है। सामने के सभी कतार वाले पगड़ियाँ पहनकर कतार में दर्शकों के सामने खड़े होते हैं।]

सूत्रधार : दिन बीते, महीने पलटे, हर साल की तरह सत्कार के लिए पुण्यनगरी के शास्त्री पण्डित भट भिक्षुक फिर रमना में जमा हुए।

कतारवाले : रमना में जमा हुए...

[घासीराम कतार से आगे आते हैं। सब लोगों को ठीक से खड़ा करने के बहाने एकाध को धक्का मारता है, धौल जमाता है, गाली देता है। दक्षिणा पाकर तृप्त हुए ब्राह्मण दूसरी तरफ़ से आकर भीतर घुसने की कोशिश करते हैं। उनमें से एक अचानक चीख-पुकार मचाना शुरू कर देता है—'हाय मैं लुट गया, मैं लुट गया' गड़बड़, शोरगुल। घासीराम तत्परता से मुड़ता है तो चिल्लाने वाले ब्राह्मण के पीछे से आता एक ब्राह्मण घबराकर भागने लगता है।]

घासीराम : पकड़ो...पकड़ो...हरामखोर को...भागने न पाये...मुश्कें बाँधो स्साले की...छोड़ना मत...पकड़ो...!

[उस भागते ब्राह्मण के पीछे सिपाही और कुछ अन्य लोग दौड़ते हैं। उसे पकड़ कर लाते हैं। वह बुरी तरह घबराया हुआ है। दया की भीख माँगता है।]

पकड़ा गया! ब्राह्मण कुल में जन्म लेता है और चोरी करता है?

[एक तमाचा लगाता है।]

निकम्मे...!

ब्राह्मण : नहीं, सरकार...नहीं जी नहीं...मैंने चोरी नहीं की, राम कसम... हमने कभी बुरा काम नहीं किया, तुलसी कसम नहीं...

[हाथ जोड़ता है।]

घासीराम : तलाशी लो इसकी।

[ब्राह्मण की झड़ती लेते हैं। कुछ नहीं मिलता।]

घासीराम : हो सकता है इसने असली माल रास्ते में कहीं फेंक दिया हो? जाओ पता लगाओ। (ब्राह्मण से) रुक आज तुझे ब्रह्माण्ड के दर्शन कराता हूँ। ठहर कुलनासी! तू समूची ब्राह्मण जाति के लिए कलंक है?

सिपाही : (*आकर*) हुजूर, माल तो रास्ते में कहीं नहीं मिला...

घासीराम : क्या? कहीं नहीं मिला? ऐसे कैसे होगा? फिर वो क्यों चीख रहा था?

ब्राह्मण : (*रोते हुए*) क्योंकि वह मुझसे बैर रखता था...जलता था...उसके चार अनुष्ठान मुझे मिल गये थे...पर हुजूर इसमें मेरा क्या दोष? अफ़वाह थी सरकार कि वह अछूत स्त्री से फँसा है। उसे लगता है यह अफ़वाह मैंने उड़ायी है।...मैंने कुछ नहीं किया ...राम कसम नहीं...मेरा कोई सम्बन्ध नहीं...उसी ने मुझसे बैर पाला है हुजूर...मुझे बचाइए...छोड़ दीजिए (*रोता है*)।

घासीराम : (*मूँछों पर ताव मारता है।*) अच्छी बात है—ब्राह्मण देवता...तुम दिव्य करते हो? अग्नि परीक्षा के लिए तैयार हो?

[ब्राह्मण काँप उठता है]

सच बोल रहे हो न? तो दो अग्नि-परीक्षा, तेरी ही परीक्षा।

[ब्राह्मण थरथर काँपता है।]

गुनाह कबूल कर नहीं तो, अग्नि-परीक्षा के लिए तैयार रह! अरे कोई है? इसे हवालात में बन्द करो। कल भोर में इसकी अग्नि-परीक्षा की व्यवस्था करो। जाओ...

[ब्राह्मण को ले जाते हैं। घासीराम दूसरी ओर जाता है। कतार वाले 'पुंडलिक वरदा' का घोष करते हैं। पीठ करके खड़े हैं, अब ये ग्यारह।

ब्राह्मण अकेला ही आकर बैठता है, हवालात में आने-सा। घुटनों में सिर छिपाकर...]

सूत्रधार : रात हुई।

कतारवाले : (*अस्पष्ट*) हुई ऽ ऽ ई।

सूत्रधार : मध्यरात्रि हुई, उत्तररात्रि हुई...ब्राह्मण की आँख में नींद नहीं आयी।

कतारवाले : नहीं आयी।

सूत्रधार : सिपाही आये।

[सिपाही आते हैं। सूत्रधार के वर्णन के अनुसार मूक अभिनय करते हैं।]

सूत्रधार : ब्राह्मण के दाहिने हाथ की अँगुलियों के नाखून निकाले,
अँगुलियों के निशानों को दर्ज किया।
पंजों को थैली में डालकर मुहरबन्द किया।
ऐसे अग्नि-परीक्षा की तैयारी की गयी।

कतारवाले : (*धीरे से*) ज्ञानबा तुका ऽ राम...

[सैनिक चले गये हैं।]

सूत्रधार : पहला प्रहर बीत गया।

कतारवाले : बीत गया...

[इनमें से एक व्यक्ति मुर्गे की बाँग देता है। दूसरा बाँग देता है।

ब्राह्मण बैठे-बैठे सो गया है। वह जागता है।]

सूत्रधार : अग्नि-परीक्षा का समय हो गया।
सात मंडलन की रेखा खींची गयी।

[कतार में से एक व्यक्ति इसका मूक-अभिनय करता है।]

अग्निकुंडाय नमः।

[दूसरा अग्निकुंड प्रज्वलित करने का मूक-अभिनय करता है।]

लोहार आ गया। लोहे का गोला लाल होने तक गरम किया।

[तीसरा उसका मूक अभिनय करता है।]

गोला ख़ूब गरम हुआ, गोला गरम हुआ।
घास डालते ही फुर्र से जल जाये इतना गरम हुआ।
मुहर जाँच कर पंजा बाहर निकाला

[मूक अभिनय जारी]

दो हाथों पर छह पत्ते
घी मला उसके ऊपर
चीरपत्र, भालपत्र ब्राह्मण के मस्तक पर बाँधे।

कतारवाले : ज्ञानबाऽ तुकाराम

सूत्रधार : कोतवाल की सवारी पधारी।

[घासीराम आकर खड़ा होता है।]

सूत्रधार : ब्राह्मण के मुँह से बयान लिया। एक कुंड में एक अछूत से पानी डलवाया, दूसरे अछूत से दूसरे कुंड में। पानी की शपथ ली। अग्निपरीक्षा की शुरुआत हुई, शुरुआत हुई...।

कतारवाले : शुरुआत हुई।

[कोई मन्त्र हल्की आवाज़ में गुनगुनाने लगते है। मन्त्र जारी रहते हुए लोहार लाल गोला अभिनय से उठाता है। ब्राह्मण की ओर आता है। अत्यन्त गम्भीर वातावरणः ब्राह्मण की हथेलियाँ बलपूर्वक फैला दी जाती हैं। काँप रही हैं।]

ब्राह्मण : (*एकदम बकरे की तरह चिल्लाता है।*) नहीं सरकार...नहीं, मेरे हाथ जल जायेंगे...नहीं...ना...

घासीराम : (*मूँछ पर ताव देकर अट्टहास करता हैं*) मजबूती से पकड़ो रे उसे! उसके हाथ आगे रखो (*सैनिक वैसा करते हैं।*) (*ब्राह्मण से*) अब क्यों? तुमने तो सच्चा बयान दिया है न?

ब्राह्मण : हाँ...तुलसी कसम...

घासीराम : फिर तुझे किस बात का डर है रे पण्डित? साँच को आँच क्या? अग्नि-परीक्षा तो होगी?

ब्राह्मण : नहीं...नहीं...मुझे छोड़ दीजिये...ओ मइया...नहीं...

घासीराम : अग्नि-परीक्षा होकर रहेगी! अग्नि-परीक्षा होगी! धर्मभ्रष्टा, आज तुम्हें दिखाता हूँ, चोरी का मज़ा। लाओ रे गरम गोला। पकड़ो उसके हाथ कसकर। चिल्लाये तब भी बिलकुल मत छोड़ना। जलने दो करारा। चमड़ी जलने की गन्ध आनी चाहिए, गन्ध!

[ब्राह्मण बिबियाता रहा। तपा हुआ गोला उसकी हथेलियों पर रखने का मूक अभिनय। वह एकदम आर्त स्वर में चीखता है। फिर गोला बगल में गिरने का मूक अभिनय। ब्राह्मण ज़मीन पर लुंज-पुंज होकर गिर पड़ता है। ढोर की तरह चीखता है। यह सब घासीराम ध्यान से देखता है। मूँछ पर ताव देता है]

घासीराम : बोल, झूठ बोला कि नहीं?

ब्राह्मण : *(चिल्लाकर)* नहीं...।

घासीराम : नहीं बोला? फिर हाथ जले कैसे? झूठ बोला कि नहीं?

ब्राह्मण : नहीं...नहीं...

घासीराम : फिर झूठ...लाओ वो गोला और फिर रखो उस हरामखोर की हथेली पर।

ब्राह्मण : नहीं...नहीं...

घासीराम : फिर कबूल कर पण्डित! चोरी की कि नहीं?

ब्राह्मण : *(कराहते हुए)* नहीं...

घासीराम : नहीं? तो ले गोला हाथ पर और दे परीक्षा। लाओ वो गोला और पकड़ो उसके हाथ कसकर।

ब्राह्मण : *(प्राणों के भय से)* नहीं..., मैंने चोरी की; मैं कबूल करता हूँ! *(घासीराम ठठाकर हँसता है।)*

घासीराम : *(आसपास के लोगों से)* लो आ गया न ठिकाने पर ऐसा पुख़्ता काम चाहिए। चोर, और कबूल न करे? जाओ, इसके दोनों हाथ काटकर, इसे पुणे की सीमा के बाहर फेंक दो। ब्राह्मण और चोरी। देखता हूँ अब ब्राह्मण चोरी करता कैसे है?

[घासीराम मूँछों पर ताव मारते निकल जाता है।]

ब्राह्मण : *(छटपटाकर)* मैंने चोरी नहीं की...मैंने चोरी नहीं की...मैंने चोरी नहीं की...मैं गरीब, निरपराध ब्राह्मण, तूने मुझे पकड़कर क्लेष दिया है रे घासीराम, तू निःसन्तान हो जायेगा। तू मुझसे भी ज़्यादा क्लेष भोगेगा...अरे कुत्ते की तरह एड़ियाँ घिस-घिस कर मरेगा रे...

[उसके चीखने-चिल्लाने के दौरान ही सूत्रधार और अन्य कतारवाले एकदम,
'राधेकृष्ण हरि
मुकुन्द मुरारी...'
...का घोष ऊँची आवाज़ और संगीत में ज्यों उस आक्रोश को डुबा देने के लिए गाते हैं। रंगमंच को ढककर खड़े रहते हैं। पिछला दृश्य दिखायी नहीं पड़ता। आवाज़ें भी सुनायी नहीं पड़तीं। सुनायी पड़ता है–केवल यह घोष।]

सूत्रधार : वसूली...

कतारवाले : बढ़ गयी।

सूत्रधार : अपराध...

कतारवाले : घट गये।

सूत्रधार : घासीराम के आतंक से पुण्यनगरी तो थरथर काँपने लगी।

कतारवाले : काँपने लगी।

सूत्रधार : चोर...यार ठीक रास्ते पर आ गये।

कतारवाले : बड़े-बड़े तीसमारखाँ पस्त हो गये।

सूत्रधार : अनाचार ठंडे पड़ गये और सदाचार भी मन्द पड़ गये।

कतारवाले : घासीराम...राज आया, घासीराम...राज आया।

घासीराम : *(मूँछों पर ताव देते हुए)* कोतवाली हासिल की और पुणे की नीयत सुधर गयी। यहाँ का सारा बेढंगापन, उद्दाम ब्राह्मण जमात को कैसे ठीक कर दिया। इस घासीराम से अब किसी की आँख मिलाने की हिम्मत नहीं बची है। अब तो अपनी लाड़ली बेटी...मेरे कलेजे का टुकड़ा...ललिता गौरी के लिए कोई सही जोड़ा खोजकर उसकी शादी कर दूँ तो सब...मेरे मन लायक हो गया...। ऐसी शान से शादी करूँगा कि मेरी बेटी के बारे में ऐसी-वैसी बात करने की किसी की हिम्मत ही नहीं होगी। किसी ने जुर्रत की तो उसकी ज़बान काटने में कितना समय लगेगा? तो अब दूल्हे की खोज करनी चाहिए। भरपूर पैसा, गहने, मान-सम्मान सब कुछ होने पर दूल्हा मिलना क्या मुश्किल? उसमें भी मेरी बेटी का रूप लाखों में एक है। जल्दी ही लोगों को काम पर लगाता हूँ और व्यवस्था में लग जाता हूँ...! *(जाता है।)*

[पीछे बैठे कतारवाले 'श्री गणेशजी' का घोष जारी रखते हैं। कतार के सामने के पहले हिस्से के आरम्भिक कतार का भिक्षुक छाती तानकर दुलकी चाल से जाने लगता है।]

सूत्रधार : पण्डित जी, पण्डित जी, रुकिए।

पण्डितजी : पीछे हटो, समय नहीं है।

सूत्रधार : इतना क्या, आज ब्रह्म कार्य है?

पण्डितजी : अरे मुए, पूछ लिया? कर दिया न सत्यानाश? अब क्या होगा?

सूत्रधार : किसे हुआ? क्या हुआ! बेटा कि बेटी?

पण्डितजी : बस रे, तेरी पहचान मत जता। चल, जाने दे मुझे?

सूत्रधार : पण्डितजी, कौन, ये तो बतायें?

पण्डितजी : क्या किसकी? शादी?

सूत्रधार : *(ताली पीटकर)* अब समझ में आया।

पण्डितजी : तेरी खटिया खड़ी हो! अब तो मैं चला...

सूत्रधार : किसकी शादी है, पण्डित जी? किसके साथ? बताइए न!

पण्डितजी : तेरी माँ की, उसके यार के साथ...मैं जाता हूँ, देर हो रही है। चला मैं...

सूत्रधार : दक्षिणा जोरदार मिलेगी लगता है...

पण्डितजी : तो? शादी है किसकी? पर तुझे कैसे मालूम रे?

सूत्रधार : आपने ही तो बताया?

पण्डितजी : क्या? मैंने? नाना की शादी है कहा? शिव...शिव!

सूत्रधार : (*ताली पीटकर*) शादी नाना की!

पण्डितजी : अरे मुरदे...

सूत्रधार : नाना की सातवीं शादी का मुहूर्त! सच है कि नहीं पण्डित जी?

पण्डितजी : अरे धीरे बोल मुए, मेरी जान के पीछे क्यों पड़ा है!

सूत्रधार : वो भला कैसे?

पण्डितजी : बात ये है...कि मैं हवेली पर जा रहा हूँ। बात चल रही है। वैसे लगभग तय ही समझो। पर अभी तक गुप्त है। मैंने बताया यदि यह घासीराम जान जायेगा तो मुझे कच्चा चबा जायेगा। तुमने कुछ नहीं सुना...समझा? मैं जाता हूँ। लड़की को अभी-अभी सिर्फ़ चौदहवाँ साल लगा है भई! कुछ समझा क्या?

सूत्रधार : हाँ...नहीं, नहीं। जाइए आप। इस कान की दूसरे कान को खबर नहीं होगी।

[पण्डित जल्दी-जल्दी जाता है।]

(*पीछे से जाते हुए*) पण्डित जी...पण्डित जी...(*आवाज़ देता है।*) ये एक पण्डित जी गये...

(*पीछे से दूसरा जाता है।*)

(*तीसरा जाता है।*)

चौथे गये, पाँचवें गये, छठवें गये...साढ़े सत्ताईस पण्डित जी गये...!

[सब अलग-अलग तरीके से जाते हैं।]

हवेली पर नाना की सातवीं शादी की तैयारी चल रही है...

कतारवाले : तैयारी चल रही है।

सूत्रधार : शादी की तैयारी चल रही है, शादी की तैयारी चल रही है, नाना की शादी की तैयारी चल रही है।

[रंगमंच पर पुरानी ब्राह्मणी-पद्धति की विवाह-विधि और भागमभाग मूक अभिनय द्वारा शुरू होती है।]

सूत्रधार : *(सुर में और ढोलकी पर।)*

हमारे नाना का है ब्याह
उमर दुल्हन की है चौदह
हमारे नाना का है ब्याह
दुल्हन हमारी है मुलायम
जैसी ककड़ी नरम-नरम
दुल्हन गोरी-गोरी पतली
इसी साल भई ऋतुमती
हमारे नाना का है ब्याह
उमर दुल्हन की है चौदह

[रंगमंच पर सामुदायिक मूक अभिनय जारी।]

ब्राह्मण आये
मुहूर्त पाये

[रंगमंच पर के मूक अभिनय चलने तक इसे दुहराया जाता है।]

जमे बराती
मंडप गाड़ा

[रंगमंच पर इसका मूक अभिनय]

गहने आये, थाल सजाए
धूम मचायी, ठाठ रचाये!

[रंगमंच पर इसका मूक अभिनय]

बजनिया बजावै
हमारे नाना का ब्याह
इसी साल भई ऋतुमती
हमारे नाना का ब्याह

[रंगमंच पर इसका मूक अभिनय]

सूत्रधार : ब्याह को चलिए...
ब्याह को चलिए...

[कतारवाले मूक अभिनय से यह कहते चलते हैं।]

ब्याह को चलिए, आप ब्याह को चलिए, आप ब्याह को चलिए,
आप ब्याह को चलिए...
सखुबाई
सालुबाई
कालुबाई
सईबाई
ब्याह को चलिए...
पेशवा का प्रधान
अभी ब्याह को नादान
मूँछें अभी-अभी उगी हैं
बत्तीसी नहीं झरी है
उसकी नहीं झरी बत्तीसी
पहले से हैं छह बीबियाँ
फिर भी फीकी है दुनिया
इसीलिए ब्याही नयी
उसकी सेवा में दासियाँ
इसलिए :
सखुबाई,
सालुबाई,
कालुबाई,
सईबाई
ब्याह को चलिए...

[रंगमंच पर मूक अभिनय जारी। वधू को लाते हैं। सेहरे के कारण चेहरा दिखायी नहीं देता। सूत्रधार यह पारम्परिक गीत गाता रहता है। बीच में ही यह छोड़कर...]

[सबके साथ]

सूत्रधार : झुनझुन बजनिया बजाते
सामने नचनिया नाचतीं

[नाना को सेहरा बाँधकर लाया जाता है।]

द्वार पर वर आये
वधू को कैसे लायें
दूँगा मोहरें तीन सौ दान
वधू खरीद ले जायें
मेरे नाना का है ब्याह
विवाह-वेदी पर आया दूल्हा
दूल्हा-दुल्हन कैसे ले जायें
बड़े ईनाम में जमीन दे जायें
दुल्हन खरीद ले जायें!

[रंगमंच पर अन्तर्पट ताना जाता है। सूत्रधार मंगलाष्टक गाने लगता है। अंग्रेज़ देखता खड़ा है। अन्त में–घोष : 'शुभमंगल सावधान! बजाओ रे बजाओ...' सारे वाद्य एक साथ बज उठते हैं।

घासीराम जल्दी में वहाँ पहुँचता है। बहुत बेचैन है। नाना और उसकी नयी बीबी की बारात रंगमंच पर घूमकर भीतर जाती है। बारात में अंग्रेज़ हैं।]

घासीराम : (*बारात भीतर जाते समय*) कहाँ है मेरी बेटी, कहाँ है?

[बारात जाती है। अकेला घासीराम रंगमंच पर बचता है।]

घासीराम : (*छटपटाकर*) कहाँ है मेरी लाड़ली कहाँ है? नाना, अब तू है और मैं हूँ!

[जाता है, ज्यों नाना के पीछे विंग में कतारवाले गुनगुना रहे हैं :

'राम-शिव हरि
मुकुन्द मुरारी'

दूसरी ओर से नाना और नयी वधू का प्रवेश। ज्यों शय्यागृह में आये हों। नाना की वधू एक किनारे थरथर काँपती खड़ी है। नाना जाकेट उतारता है। कुरते की बाँह मोड़ता है। कामातुर है। वह वधू के पास जाकर कामुक हरकतें करता है। वधू और घबराकर काँपने लगती है।]

नाना : अरी लजाओ नहीं, लजाओ नहीं...कितना लजाये लड़की जात...आँ? छोड़ री लाज...(*उसे पकड़ने जाता है।*

[पीछे से घासीराम कहीं से बाघ की तरह छलाँग लगाकर आता है। उसके हाथ में तलवार है।]

घासीराम : नानासाब, कहाँ है मेरी गौरी?

नाना : (*चौंककर*) अएँ? (*इतना डर जाता है कि मुँह से शब्द नहीं निकलते। क्-कौन, घ्...घासी?*)

घासीराम : मेरी बेटी कहाँ है, नानासाब।

नाना : होगी...होगी कहीं...मैंने नहीं देखा...मैं तो शादी की हड़बड़ी में...

घासीराम : (*हाथ मलता हुआ*) नानासाब, सीधे बताओ नहीं तो...

नाना : (*घासीराम के तेवर देखकर धोती सँभालते*) न...नहीं घासीराम ...सुन..सुनो घासीराम...सुनो तो...

घासीराम : मेरी बच्ची कहाँ है, बस इतना बताइए नानासाहब...बस्स...आज दस दिन से किसी को दिखायी नहीं दी।

नाना : मुझे सचमुच...मालूम नहीं रे घा...

घासीराम : (*एकदम आक्रामक तेवर से*) बताओ नहीं तो अभी के अभी...

नाना : हाँ...बताता हूँ...वह...वह...ना...वह...तो चन्द्रादाई के पास...

घासीराम : (*भयंकर क्रूर चेहरा*) क्या?

(*नाना भीतर से घबराये हुए। उनकी नयी दुल्हन डरी हुई। पल भर लगता है कि घासीराम नाना को खड़े से चीर डालेगा। पर वह ऐसा कुछ नहीं करता।*) चन्द्रादाई? कस्बेवाली?

नाना : (*अब भी घबराया हुआ*) हाँ...वही...

[घासीराम अपने आपको सँभालते हुए जल्दी-जल्दी चला जाता है। नाना लम्बी साँस लेता है, फिर सामान्य हो जाता है।]

(*वधू से*) घबरा गयी क्या री? अरी क्या कर लेता वह घसिया इस नाना का? उसके पूर्वज उतर आयें, तब भी मेरा कुछ नहीं बिगाड़ सकते। इस अँगुली के एक इशारे पर नाना उसका काम-तमाम कर देगा।...चलो...तुम चलो।

[उसे लेकर भीतर जाता है। जाते समय एक पैर कुछ काँपने लगता है।]

लगता है पैरों में झुनझुनी भर गयी...
(*ताली बजाकर*) कोई है क्या रे उधर?

सूत्रधार : (*आकर*) जी।

नाना : उस घसिया को अब आगे महल में प्रवेश न करने दिया जाये। समझे? जबरदस्त पहरे का इन्तजाम किया जाये। हमारे आसपास रक्षक बढ़ाये जायें। जाओ।

[नाना वधू को आगे ठेलकर उसके पीछे-पीछे जाता है।]

दूसरी ओर से धीमे क़दमों से, आँचल से मुँह ढँककर एक काली-कलूटी औरत...चन्द्रादाई...पीछे-पीछे घासीराम आता है।

घासीराम : कहाँ है मेरी लाड़ली बेटी? बताओ कहाँ है?

चन्द्रा : (*भयंकर घबराई हुई*) वहाँ...वहीं गाड़ दिया उसे...

घासीराम : कहाँ? यहाँ?

[बैठकर कुत्ते की तरह वहाँ की मिट्टी खोदने का अभिनय करता है। फिर पास जाकर फावड़ा लाने-सा दर्शाकर उससे भराभर मिट्टी खोदने-सा दिखाता है और कुछ दिखते ही अचानक मुँह ढाँप लेता है।]

ओह मेरी बेटी! मेरी गौरी! मेरे कलेजे का टुकड़ा! ओह! ओह! ओह! ओह! ओ ऽ ह! ये तेरा क्या हो गया है? क्या हुआ? क्या किया उस शैतान नाना ने? हैवान कहीं का!!!

[उठकर खड़ा होता है। पैरों से मिट्टी धकेलता है। उसकी आँखों में ख़ून उतर आया है। उसका ध्यान चन्द्रा की ओर जाता है। वह प्राण-भय से काँप उठती है।]

तूने मेरी बेटी की जान ली...

[उसके गले को पकड़ टूट पड़ता है! गला दबाकर उसे मार डालता है।]

(*फेंकते हुए*) मर जाओ! जहन्नुम में जाओ!

एकदम छोटे बच्चे-सा गला फाड़कर रोते हुए नीचे बैठ जाता है।

गौरी मेरी लाडली...क्या हुआ यह बेटी? तेरी माँ को अब मैं मुँह कैसे दिखाऊँ? मैंने ये क्या कर डाला...नहीं, मैंने नहीं, मैंने नहीं यह सब नाना ने किया।)

नाना...मेरे दुश्मन...अब सामने आ हरामजादे! आ!!

[नाना घबराया हुआ है, पर हिम्मत से आता है। खड़ा रहता है। घासीराम नाना की तरफ़ फटी आँखों से पर अविश्वास से देखता रहता है।]

कौन? नाना...साब।

नाना : (*थूक निगलकर पर धैर्य से*) हाँ, मैं ही। (*और आगे बढ़कर*) घासी, कितना दुःखी होगा रे? शान्त हो जा अब। कुछ भी हो तो भी रीत नहीं छूटनी चाहिए। उसे भूला न जाये। किसके सामने खड़ा है? पहले मुजरा कर। कर तो मुजरा। (*घासीराम वशीभूत जंगली जानवर की तरह हो जाता है। मुजरा करता है। पर उसकी आँखों में ख़ून उतर आया है।*)

शाबाश! तुम्हारी स्वामीनिष्ठा मालूम है हमें। हमारी कृपा से ही तुम कोतवाल पद पर चढ़े हो। हमें ख़ुशी ही है।

घासीराम : लेकिन नानासाब...

नाना : (*चौकन्ना होकर घासीराम के पास जाता है, जो उसे अंगार-भरी आँखों से एकटक देखता है। नाना सावधानी से उसकी पीठ पर हाथ रखता है।*) तुम पर जो गुजर रही है, उसे हम समझते हैं घासी...

घासीराम : लेकिन नानासाब, तुमने ये क्या किया!

नाना : अरे ये तुम्हारा भ्रम है, और क्या? अरे करने-कराने वाला तो वो है, ऊपर वाला, सबका मालिक...हम तो केवल निमित्त मात्र...बस्स। बैठो घासी। हम तुम्हारा दुःख समझते हैं।

घासीराम : (*झटके से दूर होकर*) तुम हमको फँसाते हो नाना-साहेब...तुमने क्या किया...मेरी बच्ची की जान ली...मेरी इकलौती, प्यारी और मासूम लड़की को...तुमने मारा...

नाना : (*ज़रा हट कर*) तुम पागल हो गये हो घासी। बेटा, इस हाथ से कभी कोई चींटी भी नहीं मरी होगी...! इस हाथ में सदा कृष्ण की मुरली...जिसने गोपियों की भूख-प्यास हर ली। (*ठसके से*) और पेशवा के प्रधान पर आरोप लगाने से पहले ज़रा सोच तो लेना चाहिए। दिमाग़ ठिकाने है न तुम्हारा? किसके सामने कर रहे हो बेअदबी? पेशवा का प्रधान तुम्हारे सामने खड़ा है घासी...

घासीराम : (*अभी भी ख़ून उतर नहीं रहा है, पर मूढ़-सा*) नानासाब!

नाना : क्या लगातार नानासाब-नानासाब करता है? जो भी हुआ, उसे भूल जायेंगे। वह सब गंगाजी में बह गया। गतं न शोचूयम्! वेद में ही कहा गया है। और घासी, हम भी कहाँ तक रहेंगे (*लम्बी साँस खींच कर*) हम सबको एक दिन जाना है भाई ...यह देह मिट्टी है मिट्टी, कुछ भी शाश्वत नहीं, जो आया है, वो एक दिन जायेगा...बचेगी सिर्फ़ चुटकी भर राख...

घासीराम : लेकिन...मेरी बेटी...

नाना : वह थी, वह भी एक भ्रम है। माया है। जल जायेगी यह काया। गौरी नहीं है यह भी माया है। मरण भी मिथ्या है घासी। जीवन भी मिथ्या है। कोई किसी का नहीं। न कोई किसी की बेटी है, न तो कोई किसी का बाप। अरे अन्त में हमें अपना ही जीवन जीना पड़ता है यानी यह सब चार दिन का नाटक है। हम बस अपना कर्म करते रहें। बस्स! मैं प्रधान, तू कोतवाल, हमें चलनी है अपनी-अपनी चाल, यही हमारे कर्म! तो घासीराम जाओ, अपने काम पर। बड़ी ज़िम्मेदारी है बाबा तुझ पर। सारे पुणे की ज़िम्मेदारी है तुझ पर घासी! हम ख़ुश हैं निहायत तुम पर, जाओ...काम पर जाओ...हम भी जाते हैं...जाने से पहले मुजरा करना मत भूलना...

[नाना खड़ा है अब काफी आत्मविश्वास के साथ। फिर भी पैर कुछ काँप रहे हैं।]

और हाँ...जो हादसा हो गया है, उसकी बेकार में चर्चा नहीं ...जो हुआ सो हुआ, दुनिया को कुछ पता न चले...तुम्हारी आबरू, हमारी आबरू...तुम्हारा दाब तो हमारा रौब...पेशवा के कोतवाल के बारे में कोई उल्टा-सीधा कहेगा, तो केवल पाप होगा वह। ऐसे में बात कहीं ज़ाहिर न हो इसकी सख़्त सावधानी बरतनी होगी। कोई अगर ऊल-जलूल बकता है, तो बिना कुछ सोचे...उसका सिर उड़ा देना...बिना देर किये...पेशवा के कान तक कोई बात नहीं पहुँचेगी, यह ज़िम्मेदारी मेरी। अब जाओ घासी...जाओ...

[घासीराम सुन्न होकर जाने लगता है।]

नाना : भूल गया घासी...की न गुस्ताख़ी,...अरे चांडाल मुजरा करना कैसे भूल गया...

[*घासी मुजरा करता है।*]

शाबाश! ऐसे ही चोखा होना चाहिए। ऐसे कैसे हो गया रे पगला-सा, आंऽ?

[घासीराम चेतनाहीन जाता है। नाना ताली बजाता है। सूत्रधार आता है।]

नाना : गौरी की लाश यहाँ से उठाकर तुरन्त नदी में फेंक दो। किसी को उसकी हड्डी तक मिली तो तुम्हारी हड्डी-पसली एक हो जायेगी...

[नाना रौब में कुछ नाचते जाते हैं। सूत्रधार खड़ा है। और तीन आते हैं। गौरी की लाश कपड़े में बाँधकर नदी में फेंकने का दुःखभरा अभिनय करते हैं। पार्श्व में कतारवाले इकट्ठा होकर धीमे स्वर में गुनगुनाते रहते हैं–

'राधेकृष्ण हरि
हो मुकुन्द मुरारी
राधेकृष्ण हरि
गोविन्द मुरारी...']

यह गुनगुनाहट जारी रहती है। सूत्रधार आगे आता है।

सूत्रधार : गौरी गयी, नाना बचे, घासीराम कोतवाल ने गौरी-वियोग को कलेजे में ठूँसा...कोतवाली तो चलनी चाहिए...

कतारवाले : चलनी ही चाहिए।

सूत्रधार : आबरू...टिकनी चाहिए...

कतारवाले : टिकनी चाहिए।

सूत्रधार : आतंक रहना चाहिए...

कतारवाले : रहना ही चाहिए।

सूत्रधार : गुनहगार थरथर काँपने चाहिए...

कतारवाले : काँपने ही चाहिए।

सूत्रधार : गुनाह बन्द हो इसलिए चोर-साव, धार्मिक-पाखण्डी सब पर धाक बनी रहनी चाहिए...

कतारवाले : बनी रहनी चाहिए।

सूत्रधार : ढिलाई कोई न हो। घासी कोतवाल की बेटी पेट से होकर मरी इसलिए किसी को तरस खाने की ज़रूरत नहीं...

कतारवाले : तरस खाने की ज़रूरत नहीं।

[परदे के पीछे घासीराम की दहाड़...'ए सुअऽर की औलाद! मेरी ओर देखकर हँसता है? हँसता है? क्यों हँसता है? बोल, क्यों? रुक तेरा थोबड़ा फोड़ता हूँ...' ढोर की तरह वेदना से चीखना। घासीराम के शब्द...जा, मर पड़ा रह। कोई उठायेगा उसे तो ख़बरदार! रंगमंच पर आता है। बिलकुल अलग लगता है। उसके हाथ ख़ून से रँगे हुए।]

घासीराम : *(दर्शकों को दिखायी न देने वाले ख़ून को सन्तोष से निहारते हुए।)*
अच्छा लगता है! (हाथ में चिपका ख़ून देखता घूमता है।)

सूत्रधार : दिन बीता, रात बीती
कोतवाल की शान बदली

कतारवाले : शान बदली, शान बदली

सूत्रधार : ज्यों ज़ख्मी शेर को ख़ून की लत लग जाये
त्यों कोतवाल की स्थिति हो गयी।

कतारवाले : कोतवाल को आदमी के ख़ून की लत लग गयी।

सूत्रधार : लत कुछ बुझे ना
मन कहीं रमे ना

कतारवाले : मन कहीं रमे ना

सूत्रधार : नींद बिलकुल लागे ना

कतारवाले : नींद बिलकुल लागे ना

सूत्रधार : कोतवाल कोई न कोई बहाना करके

कतारवाले : आदमी फाड़ने लगा, आदमी मारने लगा।

सूत्रधार : पूरी पुण्यनगरी के चेहरे पर हवाइयाँ उड़ने लगीं।

कतारवाले : चेहरे पर हवाइयाँ उड़ने लगीं।

सूत्रधार : किसी को भी अपनी जान का भरोसा नहीं रहा और डर से लोग अधमरे हो गये...

कतारवाले : अधमरे हो गये भई, अधमरे हो गये...

[यह सब जारी रहते में घासीराम भीतर गया हुआ]

सूत्रधार : न्याय किससे, कैसे माँगे, स्थिति ऐसी हुई आगे...

[कतारवाले एकदम
चकले में
मथुरा उतरी...

राधेकृष्ण हरि,
गोविन्द मुरली
गुनगुनाने लगते हैं
नाना, गुलाबी नाचते हुए आते हैं।]

नाना : क्या री तेरा नखरा...ओ हो हो ऽ...क्या री तेरा मुखड़ा–

[कतारवालों की गुनगुनाहट में यह घोष जारी रहता है। दोनों के साथ कतार के दूसरे पगड़ी पहने, उत्तरीय नाचते-नाचते आते हैं। चकले के प्रवेश-सा दृश्य उपस्थित होता है विंग से, चीत्कार, चीख, कराह की आवाज़ें। फिर नाचने वाली गुलाबी लावणी गाकर नाचती है। नाना सुध-बुध भूलकर गले का हार, हाथ का कड़ा उतार-उतारकर नज़र करता जाता है। नाचते हुए दोनों का प्रस्थान।]

सूत्रधार : पुंडरीक वरदा हरि विट्ठल...
नामदेव तुकाराम

[कतार के आधे अब छिटककर पुणे से बाहर के ब्राह्मणों से आगे बढ़ते हैं। बचे हुए आधे दक्षिण का संगीत गाने लगते हैं। वह रुकने के बाद।]

एक व्यक्ति : (*सूत्रधार को तंजावर के ढंग में*) पण्डित यही है क्या पुण्यनगरी?

सूत्रधार : हाँ, यही है अन्धेर नगरी।

दूसरा : न समझकर, क्या अंग्रेज नगरी?

सूत्रधार : पुण्यनगरी कहते हैं, वह यही है।

तीसरा : बहुत आनन्द आया। मुकाम मिला।

चौथा : पुण्यनगरी...नसीब खुले। नियति...सौभाग्य!

सूत्रधार : दुर्भाग्य।

तीसरा : बहुत नाम सुनाऽ जी...ख्याति

दूसरा : पेशवा...दयालु...दानशूऽर, ख्याति दूर-दूर।

पहला : हम दरिद्र जी, पुण्यनगरी का राह पूछते आया।

सूत्रधार : आये? धन्य हुए! नसीब से जो चाहिए वही आपको दिखाये, यह पुण्यनगरी भैया!

दूसरा : आनन्द, आनन्द। यहाँ धर्मशाला कहाँ है!

सूत्रधार : धर्मशाला नजदीक नहीं है। उस बाग में जायें। वो...उधर की नहीं...वो कोतवाल की...उधर गलती से भी न जायें...वह पड़ोस

में गणेश मन्दिर, वहाँ जाइए। रात गुजारिये। ढूँढ़िए नियत! नसीब कहीं मिलेगा तो साथ रहेगा पर सँभालकर। राम-राम!! *(सूत्रधार जाता है। ये सब बाग में पहुँचने से आनन्दित। बैठते-लेटते हैं।)*

एक-एक : पुण्यनगरी...बहुऽत सुन्दर...बहुत बाँका...रावण की लंका... *(एक-दूसरे को दिखाते हैं...बैठे हुए ही एक-एक स्थान।)* पर्वती, चतुशृंग...बड़ा सुन्दर।

पहला : *(तड़पते हुए)* बड़ी भूख

दूसरा : बहुत भूख

दूसरा : भू ऽ ऽ ख ऽ *(एकाएक ऊपर देखकर, खुश होकर)* राजा ऽ, फल?

चौथा : मधुर फल ऽ!

[सब आनन्दित हो जाते हैं। एक-दूसरे को खींचकर उधर ले जाते हैं। फल तोड़ने का मूक अभिनय]

घासीराम : *(भीतर से चीखकर)* कौन है वहाँ? कौन फल चुरा रहा है?

[घोड़े पर सवार होकर आता है। घोड़ा मूक अभिनय द्वारा, घासीराम के अभिनय से साकार। सब जल्दी में समूह में आते हैं और काल्पनिक फल खाते हैं।]

: कैसे पकड़ लिया! पकड़े गये चोर...लुच्चे...। किसने चुराये कोतवाली के बगीचे के फल? चोर, लफंगे, बदमाश।

[किसी को नहीं मालूम कि यह कोतवाल है। सब एक-दूसरे की ओर देखते हैं।]

: सीधे खड़े रहो सब!

[वे किसी तरह खड़े रहते हैं–बावलों की तरह। फल खाते रहते हैं।]

: ठीक से खड़े रहो।

[वे विशेष ध्यान नहीं देते।]

: *(मूँछ पर ताव देते हुए, होंठ चबाते हुए)* कोतवाली का कानून तोड़ते हो? ऊपर से बेअदबी! कोई है?

: *(भीतर से सूत्रधार और दो-तीन वहाँ सैनिक बनकर आते हैं।)* पकड़ो सबको। कोतवाली में रातभर बन्द करो सबको और ताला ठोंक दो। सुबह फैसला करेंगे इन चारों का। ले जाओ...।

[आये हुए सैनिक फल खाने वालों की धर-पकड़ करते हैं। अब वे सब घबराये हुए। क्या होगा, ठीक से उन्हें समझ नहीं आता। सैनिक उन्हें धकियाते हुए ले जाते हैं।]

घासीराम : हरामखोर, कोतवाली के बगीचे के फल चुराते हैं!

[चल पड़ता है 'घोड़े' पर सवार होकर
फल खाने वाले ब्राह्मणों को सैनिक विंग की कोठरी में ले जाते हैं। ताला ठोंकते हैं।]

सूत्रधार : *(विंग से लौटते हुए साथ वालों से)* रानबा, लगता है कोठरी बहुत छोटी और आदमी कुछ ज़्यादा ही हो गये? भीतर समा नहीं रहे। ठेल-ठेल कर धकेला तब कहीं समाये...क्या हालत हो गयी है, कारावास छोटा लग रहा है अब पुणे का; यह कलियुग है जी, कलियुग। चलो चिलम का सुट्टा लगाकर सो जाते हैं, सुबह तक... *(खाँसते हुए जाता है।)*

[पीछे से सैनिक तुरन्त लौट आते हैं कतारवाले और सूत्रधार बनकर।]

सूत्रधार : रात हो गयी।

कतारवाले : हो गयी।

सूत्रधार : आधी रात हो गयी।

कतारवाले : हो गयी।

सूत्रधार : पुण्यनगरी गहरी नींद में डूब गयी...

कतारवाले : डूब गयी।

[पहला रोते कुत्ते की आवाज़ निकालता है। दूसरा, दूसरी ओर वैसी ही आवाज़ निकालता है। तीसरा गस्ती वाले की आवाज़ निकालता है। 'जागते रहो'। वे आवाज़ें धीमी होती जाती है।
विंग से आवाज़ : बचाओ! मर गया! साँस...मुझे साँस लेने दो रे! अम्मा री! अरे कोई तो छुड़ाओ...
ज्यों आवाज़ दब रही है...दम घुट रहा है...साँस लेने की ज़ोर की आवाज़ें...।]

सूत्रधार : कोठरी के ब्राह्मणों को हवा नहीं मिल रही है। उनका दम घुट रहा है चिल्लाने लगे हैं। कराहने लगे हैं, छटपटाने लगे हैं। छोड़िए...छोड़िए कहकर आवाज़ दे रहे हैं। पर कौन छोड़ेगा?

सब तो नींद में हैं। पहरेदार तो नशे में डूबे हैं। रात में कुछ ब्राह्मण मर गये।

कतारवाले : मर गये।

सूत्रधार : कुछ अधमरे, कुछ बेहोश हो गये। अन्तिम घड़ियाँ गिन रहे हैं।

कतारवाले : दिन निकला।

[विंग से कराहने की आवाज़। कतार से एक मुर्गे-सा बाँग देता है। एक पगड़ी वाला ब्राह्मण मन्त्र बुदबुदाता हुआ, पगड़ी कान पर लपेट कर जल्दी में जाता है। एक चरवाहा काल्पनिक गाय-बैलों को हाँकता हुआ जाता है। फिर कराहने की आवाज़। अब घोड़े पर सवार एक सरदार जाने लगता है। घोड़े से उतरकर विंग में जाता है। सरदार रंगमंच पर आता है उत्तेजित होकर।]

सरदार : *(चिल्लाकर)* अरे कोई है उधर? दौड़ो! भागो! जल्दी आओ। कोई है रे? पहले दौड़ो!

[कतार में से कुछ दौड़ते आते हैं।]

: तोड़ दो वो कोठरी! भीतर लोग दम तोड़ रहे हैं...तोड़ो! फोड़ो! बाहर निकालो उन्हें!

[सारे विंग में दौड़ते जाते हैं।]

सूत्रधार : कोठरी फोड़ दी।

कतारवाले : फोड़ दी।

सूत्रधार : बाईस मरे हुए, बाकी अधमरे, सब बाहर निकाले।

[कुछ को खींचकर ले जाने का मूक अभिनय। इसके बाद मूक अभिनय से लाइन में।]

कतारवाले : बाहर निकाल लिए।

सूत्रधार : सरदार मानाजी राव फाकड़े ने तहकीकात की, कोठरी में किसने क़ैद किया?

कतारवाले : घासीराम कोतवाल।

सूत्रधार : सरदार फाकड़े का घासीराम से छत्तीस का आँकड़ा—उसे बैठे-बिठाये मौक़ा मिल गया।

कतारवाले : उसे तो मिला गुप्त खजाना।

सूत्रधार : उसने मुर्दे उठाये। पेशवा के सामने डाले। बोला, सरकार न्याय दें। घासीराम ने इन्हें दम घोंटकर मारा है। गुनाह?

कतारवाले : फल चुराये हैं।

सूत्रधार : श्रीमन्त, फल चुराने की सजा देहदंड? ये कहाँ का न्याय?

कतारवाले : अन्धेर नगरी कहो अन्धेर नगरी का।

सूत्रधार : यह कैसी पेशवाई?

कतारवाले : यह मुगलाई है मुगलाई।

सूत्रधार : राज किसका? आपका या...

कतारवाले : घासीराम का।

सूत्रधार : श्रीमन्त क्रोधित हुए, नाना को सन्देश भिजवाया। जिस हालत में हों महल में हाज़िर हों।

कतारवाले : पर...

[नाना थिरकता-नाचता हुआ, धार्मिक विधियाँ करता और मन्त्र बुदबुदाता हुआ मंच पर आता है। विंग की ओर चिल्लाकर कहता है...'हाँ...हाँ...सन्देशा मिल गया...पूजा करके आता हूँ। कह देना श्रीमन्त से।' फिर जनेऊ पर हाथ फिराते, मन्त्र बुदबुदाते हुए, थिरकते हुए दूसरे विंग में चला जाता है और वहीं पूजा करने बैठ जाता है।]

सूत्रधार : प्रधान के पास समय नहीं...उधर पेशवा इन्तज़ार में—प्रधान कब आये? यह बात पूरे पुणे में फैल गयी...।

[कतारवाले एक-दूसरे से धीरे-धीरे 'बाईस' ब्राह्मण, 'घासीराम' 'मारे' 'दम घुटकर' जैसे शब्द उलट-पुलट कर बोलते जाते हैं। देखते-देखते बहुत शोर होने लगता है। क्रोधित स्वर और कसी हुई मुट्ठियाँ। कोतवाल।]

पुणे के ब्राह्मण भड़क गये।

कतारवाले : भड़क गये।

सूत्रधार : नाना की हवेली पर पहुँचे।

[एक ओर नाना पूजा में मग्न, दूसरी ओर कोलाहल बढ़ता ही जा रहा है। उधर से सूत्रधार नाना की ओर दौड़कर आता है।]

सूत्रधार : (*मुजरा करके*) श्रीमन्त ग़ज़ब हो गया। हवेली के सामने ब्राह्मणों की भीड़ इकट्ठा हो गयी है। सन्तप्त है श्रीमन्त!

नाना : (*घबराकर*) क्-क्या...भीड़ चिल्ला रही है? अरे तब मुँह क्या देख रहे हो? हवेली के दरवाज़े बन्द करो। पहरेदार बढ़ाओ... पहरा बढ़ाओ।

सूत्रधार : ब्राह्मण बहुत गुस्से में हैं श्रीमन्त! हवेली में घुसने के नारे लगा रहे हैं। हज़ारों हैं...

नाना : हवेली में घुसने...। आने मत दो किसी भी कीमत पर...

सूत्रधार : मौक़ा बड़ा नाजुक है सरकार...

नाना : अनुष्ठान करो, शतचंडी कराओ, महामृत्युंजय का जाप करो, मनौती मनाओ।

सूत्रधार : ब्राह्मण मानने को तैयार ही नहीं।

नाना : क्...क्या चाहते हैं? क्या माँगते हैं?

सूत्रधार : घासीराम कोतवाल के वध का हुकुम!

नाना : (*परेशान खड़े थे। अब अचानक उछलकर*) धत्त तेरे की! बस इतना ही? ला, कलम ला जल्दी से, और काग़ज़ भी।

[सामग्री हाथ में आते ही किसी तरह लिख कर]

ये लो, दे दो उन्हें। घासी के वध का हुकुमनामा। दे दो। कहना अब सन्तुष्ट हों...और यह भी कह देना कि उसकी चाहे जितनी दुर्गति करें। जाओ भागो...।

[सूत्रधार दूसरे छोर पर आता है।]

सूत्रधार : सुनिए, सुनिए, हो ब्राह्मण सुनिए। पेशवा के प्रधान श्रीमन्त नाना फडणवीस ने आपकी माँग के अनुसार देखिए घासीराम कोतवाल के वध का हुकुम दिया है। पहले उसका सिर मूँडकर सिन्दूर छिड़का जाये, फिर ऊँट पर बैठाकर जुलूस निकाला जाये। फिर हाथी के पैर में बाँधकर घुमाया जाये और अन्त में मृत्यु की सजा दी जाये।...और हाथ बाँधकर घासीराम सॉंवलदास को भीड़ के बीच छोड़ दिया जायेऽ।

[कतार में खड़े लोग प्रसन्न होकर चिल्लाते हैं, दूसरे छोर पर नाना खड़ा ख़ुश है। भीड़ ढोलकी की लय पर लौट जाती है।]

नाना : काँटे से काँटा निकलेगा स्साले का। बहुत ख़ूब, झंझट मिटी ...वैसे भी अब वह हमारे किस काम का रह गया था।

[थिरकते-नाचते दूसरी ओर चला जाता है।]

सूत्रधार : घासीराम का विनाश निकट आ गया...

कतारवाले : दिन फिरे, नियति फिरी...

सूत्रधार : फिर भी उसका दिमाग़ ठिकाने नहीं रहा। गुनहगार ब्राह्मणों को पकड़ा तो था घासीराम ने, पर कोठरी में तो उसने नहीं भरा था...पर...

कतारवाले : अन्त आया, दिन फिरे...

सूत्रधार : कोतवाल की ठसक जैसी थी वैसी ही...रस्सी जल गयी पर ऐंठन नहीं गयी...

[घासीराम आता है।]

घासीराम : कौन है रे उधर पहरे पर...कोई है? कोई है...कहाँ मर गये सब हरामजादे?

(सूत्रधार खाँसते हुए, आँखें मलते आगे आता है।)

घासीराम : हरामजादे, क्या कर रहा था? चलो, कोठरी खोलो। अभी करता हूँ गुनहगारों का फैसला। स्साले फल चुराते हैं!

[सूत्रधार आँखें मलते खाँसता हुआ विंग में जाता है। पल भर में घबराया हुआ लौटता है।]

सूत्रधार : *(ग़ज़ब हो गया सरकार। कोठरी का ताला टूट गया है...)*

घासीराम : क्या ऽ ऽ आ! *(गुस्से में)* बेवकूफ़, तू क्या कर रहा था? ताला किसने तोड़ा? कैसे तोड़ा? बता नालायक! गुनहगारों की चमड़ी उधेड़ डालूँगा। मिर्च भरूँगा उसमें, उल्टे टाँगकर...सूली पर चढ़ाऊँगा...

[भीतर से अचानक रंगमंच पर क्रुद्ध चिल्लाहट। देखते-देखते भीड़ घासीराम के सामने हिंस्र और आक्रामक हो उठती है। घासीराम चकरा जाता है। बहुत कोलाहल।]

घासीराम : *(चिल्लाकर)* ठहरो! खड़े रहो सब! क्या है? क्या हुआ है? क्यों है यह शोर? चुपचाप खड़े रहो कम्बख़्तों!

[पल भर भीड़ अपनी जगह ठिठक गयी।]

: वापस जाओ। पहले वापस जाओ सब। चले जाओ। नहीं तो खड़े से चीर डालूँगा एक-एक को!

[भीड़ एक-एक क़दम आगे बढ़ते हुए उसे घेरने लगी। घासीराम पीछे हटने लगता है। घिरे हुए जंगली जानवर की तरह। भीड़ उसे चारों ओर से पूरी तरह घेर लेती है।

क्षणभर प्रचण्ड कोलाहल। घासीराम दिखायी नहीं पड़ता। भीड़ की जंगली आवाज़ धीमी होती है। पीठ करके खड़े लोग मुड़कर खड़े हो जाते हैं। ये हमेशा के कतारवाले हैं। घासीराम दिखायी नहीं पड़ता।]

सूत्रधार : घासीराम कोतवाल घेर लिया गया।

कतारवाले : घेरा हो घेरा।

सूत्रधार : उसे ख़ूब पीटा, उसका सिर मूँडा। सिर पर सिन्दूर भरा।
ऊँट पर उलटा बिठाकर घुमाया।
हाथी के पैर में बाँधकर जुलूस निकाला।
पूरे पुण्यनगरी ने आँख भर देखा...

कतारवाले : देखा हो देखा
आँख भर देखा

सूत्रधार : अन्त में, अन्त आया।

[एक हाथ बँधा घासीराम मंच पर आता है। पिटा हुआ। विद्रूप रूप, रक्तरंजित]

हाथ बाँधकर घासीराम को ब्राह्मण के सामने छोड़ा गया।

[कतार वाले शिकारी की तरह घात लगाये खड़े। बीच में हिंस्र चिल्लाहट...व हाव-भाव व्यक्त करते हैं।]

घासीराम : मारो, ना मारो हमको! और मारो! और पीटो! मारो!

[सिर को बाँह से ढँकता है, ज्यों पत्थर आ लगा हो।]

दूर से क्यों मारते हो कायरों, करीब आकर मारो। घबराते हो? धत्त् तेरे की! मारो, नज़दीक से मारो। अरे आओ, आओ ना! सिर में पत्थर मारो! कायर, डरपोक! करीब से मारो हिम्मत हो तो! मारो! देखो एक हाथ बँधा है! फिर भी डरते हो? आओ आगे, मारो! कुचलो मुझे!

[भीड़ गुस्से से चीख रही है।]

: घासीराम साँवलदास?! घासीराम साँवलदास! तुम्हारी छाती पर नाचा, रौंदा, पर अपनी बेटी की फूल-सी ज़िन्दगी कुचल दी मैंने। मैं गुनहगार हूँ अपनी बेटी के ख़ून का। मारो, मुझे मारो! और मारो! पीटो। मेरे हाथ-पैर तोड़ो। मेरा सिर फोड़ो! आओ आगे आओ...आओ...देखो, इधर देखो...यहाँ हूँ मैं...बहुत ख़ूब...बहुत अच्छे...

[भीड़ का गर्जन। ढोल-ताशे जोर से बज रहे हैं। अकेला घासीराम अब मार खाता-सा लड़खड़ाते हुए रंगमंच पर, गिरता-पड़ता आता हैं नीचे गिर पड़ता है, फिर उठता है... फिर गिरता है। जानवरों की तरह चीखता है। नीचे गिरा हुआ सरपट सरकता है। चित होता है, औंधा हो जाता है। उठने की कोशिश करते-करते निढाल हो जाता है। अन्ततः निःचेष्ट हो जाता है–घासीराम।

नाना जाता है, पालकी से। प्रधान की शान। जरी के चटकदार वस्त्र। पालकी से उतरने का मूक अभिनय करते हुए भीड़ को शान्त करता है।]

नाना : पुण्यपत्तन-निवासी नागरिकों! इस पुण्यनगरी का एक बड़ा संकट आज टल चुका है।

(*भीड़ की हर्षदर्शक गर्जना*) एक रोग मिट चुका है। हम सबको परेशान करने वाले नरकासुर का...घासी कोतवाल का...आज वध हुआ, वध। श्रीगणेश जी की इच्छा से सब कुछ ठीक सम्पन्न हुआ। उनकी कृपा हम पर सदैव है ही। (*घासीराम की लाश को लाठी से हल्के से धकेलकर*) इस पापी घासीराम की लाश सड़ने दो यहीं। सियार, कुत्तों को उसे फाड़ने दें। कीड़े पड़ने दें। जो भी इस लाश को उठायेगा उसे कड़ी सजा मिलेगी। जो सूतक पालेगा, उसे मृत्युदण्ड मिलेगा। घासीराम साँवलदास के जो भी रिश्तेदार होंगे, जहाँ भी मिलेंगे, गिरफ्तार किये जायेंगे और उन्हें देश-निकाला दिया जायेगा। घासी की सारी सम्पत्ति सरकार को जमा कर दी है। पवित्र पुण्यनगरी में आज से इस पापी का कोई नामोनिशान नहीं रहेगा, ऐसा बन्दोबस्त हमने किया है। आज से तीन दिन तक इस शुभ घटना के निमित्त पुणे में उत्सव आयोजित हों, यह हमारा हुकुम है।

[भीड़ खुशी से चिल्लाने लगती है। मंच की पुनर्रचना। झाँझ, गुलाल, उत्सव। अब गुलाबी नाचती हुई आती है। नाना की बीबियाँ नाचती आती हैं। नाना उसमें सहभागी होते हैं।

भीड़ नाचती है :
'श्री गणराय नर्तन करी
हम पुणे के बामण हरि
बजे मृदंग
चढ़े रंग
त्रिलोक रंग
त्रिलोक दंग हो त्रिलोक दंग
श्री गणराय...']

(परदा गिरता है)

'घासीराम कोतवाल' जन्मकथा

'घासीराम कोतवाल' नाटक लिखे अब दो दशकों से अधिक समय बीत चुका है।

जिस परिस्थिति ने इस नाटक के बीज मेरे दिमाग़ में बोये, वह 1969 का वर्ष था। 1969 फरवरी में मुम्बई शहर में बड़ा दंगा हुआ या कहें करवाया गया। बेलगाँव-कारवार के सीमा-प्रश्न इस दंगे का कारण बना। इस दंगे ने शिवसेना के वर्चस्व को इस शहर पर पहली बार स्थापित किया। इस दंगे में सामान्यतः बीस की उम्र के आसपास के बच्चे थे। ये बच्चे महाराष्ट्रीय कामगार और मध्यवर्गीय परिवार से थे। उनके मन में उनकी अपनी परिस्थिति के बारे में एक असन्तोष उबल रहा था। कुल चार-पाँच दिन चलने वाले इस दंगे में पचास से अधिक लोगों को अपनी जान से हाथ धोना पड़ा और सार्वजनिक सम्पत्ति का बहुत नुकसान हुआ। अन्त में इस दंगे में घोषित गुण्डों ने प्रवेश किया। परन्तु, यह दंगा प्रमुखतः इन बच्चों द्वारा ही 'लड़ा' गया। इनमें से अधिकांश के बाप वाम-कारगार आन्दोलन में पहले भाग ले चुके थे।

परन्तु, प्रत्यक्ष नुकसान की तुलना में अप्रत्यक्ष रूप में इस दंगे ने जो परिणाम दिये वे महत्त्वपूर्ण थे।

शिवसेना के संगठन का जन्म हुआ। इसका मुख्य उद्देश्य था, इस शहर में मराठी मानुष पर होने वाले अन्याय का विरोध करना। इसे कामगार आन्दोलन का बल मिला, क्योंकि इस शहर में कम्युनिस्टों ने अपने पैर जमाये हुए थे। उनके सहयात्रियों को इस आन्दोलन से उखाड़ फेंकने की मुहिम और यह मुहिम प्रमुखतः सत्ताधारी काँग्रेस दल ने स्वतन्त्र पार्टी व समविचारी दलों के सहयोग से (*इसमें समाजवादी-तत्कालीन प्रजा समाजवादी—बड़ी संख्या में थे*) सोची थी, और प्रचण्ड आर्थिक और अन्य शक्ति के साथ शुरू की थी। शिवसेना का और उसके युयुत्सु मनुष्य बल का उपयोग इस मुहिम में मुख्य रूप से किया गया और इस निमित्त शिवसेना को सब प्रकार की आर्थिक और अन्य मदद भरपूर दी गयीं। शिवसेना ने इस मदद का उपयोग अपने संगठन को मज़बूत बनाने में

किया और अपनी बढ़ी शक्ति को 1969 की फरवरी के दंगे के निमित्त तपाकर जाँचकर निर्विवाद रूप से सिद्ध किया। दंगे के दिनों में शिवसेना का राज था, यह कहना ग़लत नहीं होगा।

शिवसेना की बढ़ी शक्ति का परिचय, इस दंगे ने तमाम राजनीतिक दलों को और उनके नेताओं को करा दिया। इसमें सत्ताधारी दल भी था।

अब तक सत्ताधारी दल ने, अपनी कुछ स्वार्थ-सिद्धि के लिए ही शिवसेना की मदद हर तरह से की, यह तो स्पष्ट हुआ है। इस दंगे के दौरान भी सत्ता पक्ष के द्वारा शिवसेना के बारे में बहुत कठोर निर्णय लेना टाला गया; पर दंगे के बाद सत्ताधारी दल के अधिकांश सभी वरिष्ठ नेताओं ने दंगे का और शिवसेना का निषेध किया। उसे 'फासिस्ट' विशेषण भी इन नेताओं ने इस समय—नये रूप में दर्शन होने पर लगाया। शिवसेना की यह वृद्धि बिलकुल अनपेक्षित हो, ऐसा आश्चर्यजनक और मानसिक आघात का स्वर सत्ताधारियों के निषेध में था।

यही स्वर अन्य राजनीतिक दलों के निषेध में भी था। इसमें प्रजा-समाजवादी दल मुख्य रूप से था। इस दल ने इससे पहले मुम्बई महानगरपालिका के चुनावों के समय शिवसेना के साथ संयुक्त मोर्चा बनाया था और दंगे के काल में भी यह मोर्चा कायम था। दंगे का निषेध और शिवसेना के बाबत 'सामंजस्य' की भूमिका—जैसी दोहरी नीति इस दल की इस समय की प्रतिक्रिया में दिखायी देती है। इस भूमिका के प्रमुख समर्थक बैरिस्टर नाथ पै थे। सीमा-समस्या के दौरान इस दंगे के पीछे होने के कारण उस भाग के नाथ पै अन्य नेताओं की तुलना में अलग और अधिक उलझनपूर्ण झमेले में थे। दंगे के समय गिरफ्तार श्री ठाकरे से विशेष रूप से जेल में जाकर उन्होंने मुलाक़ात की।

वैसे देखा जाये तो शिवसेना का विस्तार अनपेक्षित कतई नहीं था। उसका विकास निरन्तर और खुलमखुल्ला हुआ और उसमें अन्य दलों की—विशेष रूप से सत्ताधारी दल की ही मुख्य भूमिका रही। यह निर्विवाद सत्य है। सत्ताधारी दल के मुख्यमन्त्री श्री वसन्तराव नाईक उस समय निजी सम्भाषणों में यदि कोई शिवसेना के बारे में डर या चिन्ता व्यक्त करता तो वे मन्द मुस्कान बिखेरकर सामने के टेबल पर हाथ का अँगूठा दबाकर दिखाते—'हमने केवल इतना किया तब भी काऽफी है। आप लोग बेवजह डरते हैं। उनके संकेतों का यही अर्थ होता। परन्तु, दंगे के समय उन्होंने ऐसा कुछ करना टाला। (*वह दंगा भी बहुत चला नहीं*) और उसी समय केन्द्र सरकार के गृहमन्त्री श्री यशवन्तराव चव्हाण ने शिवसेना के 'आकस्मिक' विकास के बारे में आश्चर्य व्यक्त किया और उसे 'फासिस्ट' विशेषण लगाया।

इस दंगे का एक और पहलू था, वह भी महत्त्वपूर्ण है मुम्बई के अ-महाराष्ट्रीय निवासियों के मन में दंगे को लेकर एक आतंक था। इनमें मुख्यतः वे लोग थे जो व्यापारी और दुकानदार थे और जिनके आर्थिक सम्बन्ध इस शहर से जुड़े थे। डरे हुए व्यापारी-उद्यमी लोगों के प्रतिनिधि मंडल तब मुख्यमन्त्री से निरन्तर मिलते रहे। कारखाने वालों ने शिवसेना के कामगार-संगठनों से मेल-मिलाप कर रास्ता निकाला।

यह सब जब हो रहा था, तब मैं मुम्बई में 'लोकसत्ता' नामक मराठी दैनिक के कार्यालय में सहसम्पादक के रूप में काम कर रहा था। समाचार-पत्र का कार्यालय एक अर्थ में दुनिया का तिराहा ही होता है। हर घटना वहाँ तत्काल पहुँचती है। प्रकट भी और गुप्त भी। परदे के सामने की भी और पीछे की भी, इसमें सब कुछ होता है।

उपर्युक्त वर्णित सारी बातें मुझ तक पहुँच रही थीं। जब दंगे हो रहे थे तब मैं सड़कों पर दंगे और उसमें शामिल लोगों को देख रहा था। उनके भीतर का असन्तोष और गुस्सा मैं अनुभव कर रहा था। ऐसे में, शिवसेना के सेनापति श्री ठाकरे के साथ, मेरे व्यक्तिगत सम्बन्ध से पहले *(तब शिवसेना अस्तित्व में नहीं थी।)* 'मार्मिक' व्यंग्यचित्र साप्ताहिक पत्रिका के सम्पादन के निमित्त कुछ समय सम्पर्क हुआ था। यह दंगा इसी कारण मेरी दृष्टि में कोई दंगा ही नहीं था।

उस समय की मेरी राजनीतिक समझ के अनुसार शिवसेना का उदय देखते-देखते, उसके धारण किये उग्र और बलशाली रूप और इस फैलाव के 'जनक' और उनकी प्रतिक्रियाओं का एक गणित मेरे मन में उभरा। उसने मुझे इस नाटक की ओर धकेला, यह कहा जा सकता है।

स्पष्ट शब्दों में इस नाटक का विषय या आशय तब...यानी नाटक प्रत्यक्ष आँखों के सामने आने से पहले...सम्भवतः मेरे लिए बताना सम्भव न होता। मेरे किसी भी नाटक का विषय सूत्र रूप में मेरे मन में नाटक लिखने से पहले नहीं था; यह नाटक भी उसका अपवाद नहीं था, परन्तु केन्द्र सरकार के तत्कालीन गृहमन्त्री श्री यशवन्तराव चव्हाण द्वारा शिवसेना का 'फासिस्ट' के रूप में किया वर्णन और यह संगठन ऐसा हो, इस बारे में व्यक्त आश्चर्य, मेरे मन में निश्चित रूप में था; ऐसा मुझे याद आता है।

चव्हाण द्वारा किया गया वर्णन और व्यक्त आश्चर्य मुझे यूरोप के हिटलर के उदय से अस्त तक ले गये। फिर दो बातें हुईं—

पहली : इसमें मुझे वैश्विक और कालातीत आशय नज़र आया।

दूसरी : मुझे लगा कि इस आशय में मराठी नाटक का पारम्परिक यथार्थवादी ढाँचा नहीं चलेगा।

इसमें से पेशवाई के घासीराम कोतवाल—घटना की ओर *(व्यक्ति-रेखा नहीं)* मुझे ले जाया गया। यह घटना इतिहास की कोई बहुत बड़ी घटना नहीं थी। इतिहास मेरा कोई विशेष रुचि का विषय नहीं था। केवल संयोगवश मुम्बई मराठी ग्रन्थ संग्रहालय द्वारा प्रकाशित, स्व. मोरोबा कान्होबा द्वारा लिखित आद्य मराठी उपन्यास 'घासीराम कोतवाल' का नया संस्करण मेरे हाथ लगा। प्रत्यक्ष में यह दन्तकथा और चुटकुलों का ही एक संग्रह था। उसकी नयी प्रस्तावना में उस काल के प्रसिद्ध इतिहासकार न.र. फाटक का संक्षेप में लिखा 'घासीराम कोतवाल' का पढ़ा इतिहास मेरे स्मरण में रह गया था। 1969 की घटनाओं ने और उस बारे में आयी प्रतिक्रियाओं ने मेरे मन में यह ऐतिहासिक घटना अनायास ही जागृत कर दी। और मुझे जो कहना था *(वह अब भी शब्दों के बाहर ही है)* उसके लिए मुझे वह सटीक लगी। इसमें तो इन घटनाओं के सूक्ष्म विवरण या क्रम मेरे मन में नहीं थे, क्योंकि वे मुझे मालूम ही नहीं थे।

घटना तो तय हो गयी। पर इस घटना के लिए नाटक को अलग आकार *(फॉर्म)* चाहिए था। यह नाटक मेरे उस दौर के नाटकों जैसा व्यक्ति-आधारित न होकर समूह-पात्र-आधारित होने वाला था। घटना के अपरिहार्य भाग के रूप में अन्य पात्र आने वाले थे। इन अन्य पात्रों को हाड़-माँस के 'व्यक्ति' का स्वरूप ठीक नहीं लगा। घटना के अपरिहार्य हिस्से के रूप में वे रंगमंच पर निरन्तर रहने वाले थे।

यह सब इन शब्दों में उस वक़्त मेरे मन में नहीं था, फिर भी निःशब्द रूप में था, ऐसा लगता है। अन्यथा पारम्परिक लोकनाट्य के विविध ढाँचे की ओर मैं न मुड़ता। जिस प्रकार इतिहास मेरे अध्ययन का कभी विषय नहीं था, उसी प्रकार लोकनाट्य भी कभी नहीं था। अपने समय में सर्वस्व में उलझा मैं पक्का शहरी व्यक्ति था। फिर भी इस नाटक ने इन दोनों विषयों तक मुझे पहुँचाया।

मूल रूप से लोकनाट्य परम्परा का अध्ययन शून्य। ऊपर से मैं शहर में रहने वाला। लोकनाट्य के नाम पर जो कुछ थोड़ा-बहुत पहले देखा था, वह शुद्ध नहीं था। मूल परम्परा के शहरी, फ़िल्मी अभिरुचि के लिए तैयार किये गये 'सुसंस्कृत' या मिलावटी रूप ही उनमें ज़्यादा थे। वैसे वह सब अधिक गम्भीरता से देखा भी नहीं था। क्योंकि, उस समय उसका उपयोग करने का सवाल ही नहीं था।

इसका कुछ अपवाद था—तमाशा। तमाशा का उपयोग कर मैंने पहले 'सरी ग सरी' नाटक लिखा था, जो चला नहीं।

अब मन से मैं इस नये 'सम्भाव्य' नाटक के लिए लोकपरम्परा का ढाँचा ढूँढ़ने लगा। प्रत्यक्ष में, तमाशा प्रारम्भ में ही उसके विशुद्ध हास्यप्रधान स्वभाव के कारण खारिज हो गया था। मुझे जो कहना था वह गम्भीर स्वभाव का था। फिर

'भवाई' नामक गुजराती लोकनाट्य-प्रकार या सच तो यह है कि उसके शहरी 'सोफिस्टिकेटेड' रूप—'भवानी भवाई' नामक पारम्परिक नाटक दिल्ली के एक मंचन के निमित्त सामने आया। इसका विषय गम्भीर था। परन्तु यह बात मेरे अपने विषय के लिए पर्याप्त होगी, ऐसा मुझे नहीं लगा। इसके बाद, दशावतारी नाटकों के मुम्बई के एक उत्सव में मैंने एक दशावतारी नाटक देखा। इस मोड़ को भी मैंने मुम्बई के सम्भाव्य नाटकों तक सीमित कर वहीं खारिज कर दिया। इन दोनों में समूह को पात्र बनाने की सुविधा नहीं थी। पर, दशावतारी की भाषा का प्रस्तुतीकरण कानों में गूँजता रहा।

इसके आगे क्या करें, क्या देखें, कहाँ खोजें यह समझ न पड़ता और मन में उमड़ रहे विषय के प्रति मैं बेचैन रहता। अन्य काम करते हुए उस विषय के प्रति मन ही मन सोचता रहता।

फिर एक संयोग हुआ। 'घासीराम कोतवाल' तक वह सीमित सिद्ध हुआ। वह संयोग घटित न होता तो शायद यह नाटक लिखा ही न जाता। आकार, ढाँचे के अभाव में वह बीज सड़कर मर गया होता। ऐसे कई बीज ढाँचे के अभाव में रोज किसी न किसी नाटककार के मन में मरते हैं।

मैं उस समय, आज जहाँ रहता हूँ उस इलाके में—मुम्बई के पास पूर्व विलेपार्ले में—रहता था। स्टेशन से घर की ओर आते समय रास्ते में साठेवाड़ी नामक एक अच्छी-बड़ी झोपड़पट्टी है। वह आज भी है। मुख्य रूप से कोंकणी लोगों द्वारा यह बसायी गयी थी और उस पर कोंकणी संस्कृति की छाप थी। *(आज भी वह कम नहीं हुई है।)* दिन में या रात में मैं उन दिनों स्टेशन से घर पैदल ही आता। कई बार मैं रात की अन्तिम लोकल से आता और अपने विचारों में मग्न घर तक चुपचाप चलता आता था। उस दिन भी हमेशा की तरह रात में देर से मैं स्टेशन पर उतरा और घर की ओर चल पड़ा। मन में कुछ चल रहा था, पर मन में सम्भाव्य नाटक के बारे में उस समय कुछ नहीं था।

रास्ते में, साठेवाड़ी में कुछ घरेलू निमित्त एक घर के सामने 'खेले' नाच रहे थे।

'खेले' कोंकण का लोकनाट्य है और इसके विषय पौराणिक 'दशावतारी' की तुलना में गरीब और सामान्य। मेरे बचपन में उस वक़्त की 'मराठी' मुम्बई में होली के अवसर पर खेले नाचते थे। मैंने वह उस समय देखा था। इस बीच काफी समय बीत गया था।

अब लगभग आधी रात हो आयी थी। अपने विचारों में खोया घर की ओर चलते हुए मेरा ध्यान साठेवाड़ी के 'खेले' ने खींच लिया। मैं रुक गया। देखने लगा। *(मन में प्रकट रूप में नाटक नहीं था।)*

नाचनेवालों का समूह घर के सामने के खुले आँगन में, बत्ती की रोशनी में एक धीमी लय में गा रहा था, झाँझ बजाते नाच रहा था। नाच की तुलना में वह वास्तव में झूल रहा था। एक बार इस दिशा में, एक बार उस दिशा में, देखने में मग्न मेरे शरीर को कहीं से हलकी हवा टीस भर रही थी। वह झूलना मेरी नज़र को बाँध लेने वाला था। मुझे लगा, यह झूलता परदा ही है। नाटक को 'खेला' को परदा चाहिए और यहाँ परदा नहीं है। तो 'खेल' वालों ने परदा अपनी हलचल से तैयार किया है। यह मनुष्यों का परदा है...झूलता परदा...

इतने में मेरे सामने के 'खेल' के मनुष्यों का परदा दो भाग में हो गया। फिर तीन भाग में। फिर एकत्र हो गया। 'परदे' में से ही दो पात्र एक-दूसरे का पीछा करते हुए मज़ा करते हुए, मुक्त रूप से दौड़ने लगे। 'परदा' तेज़ हिलने लगा। ठहाके लगाने लगा। दर्शक भी ठहाके लगाने लगे, पात्र ठहाके लगा रहे थे और 'परदा' भी ठहाके लगा रहा था। मैं मन्त्रमुग्ध यह देखता खड़ा रहा। मन में सोच रहा था—'मनुष्यों का परदा!'

उस स्थिति में, उस रात, उन कुछ क्षणों में मुझे 'घासीराम कोतवाल' नाटक का ढाँचा या फॉर्म मिला। मनुष्यों के उस पारम्परिक परदे की सैकड़ों सम्भावनाएँ मेरे मन में उस क्षण सरक गयीं। समूह 'पात्र' के रूप में युक्ति मुझे मिल गयी थी।

उसके बाद मैं घर पहुँचा तो 'घासीराम कोतवाल' को मन के रंगमंच पर नचाते हुए ही। कानों में लयबद्ध कोंकणी संवाद थे।

मन के विषय ने अब पहली बार आकार ले लिया था। अभी काफी कुछ खोजना था। पर नाटक बनेगा यह तय हो गया था। यह नाटक बहुत अलग होगा, यह भी तय था।

इसके बाद कुछ दिन कई कारणों से निरन्तर लेखन सम्भव नहीं था। परन्तु, इसकी कोई जल्दी भी नहीं थी। किसी से भी इस नाटक का वादा नहीं किया था। अपनी मर्जी से मैं उसे लिखने वाला था।

इसके आगे की घटनाएँ मेरे मन में स्पष्ट नहीं थीं। इस नाटक के निर्देशक डॉ. जब्बार पटेल से बात कर मैंने कुछ पन्ने स्पष्ट किये, जो इस तरह हैं—

इस नाटक के प्रारम्भिक पृष्ठ जो मैंने कभी एक साथ लिखे थे (*नाना के प्रवेश तक*) डॉ. पटेल को मैंने वे पृष्ठ, दिखाये। इन पृष्ठों में नाटक का ढाँचा क्या होगा, यह स्पष्ट हो गया था। बाकी कुछ मुझे भी स्पष्ट नहीं था। डॉ. पटेल को इन कुछ पन्नों में क्या समझ में आया, पता नहीं। परन्तु, उन्हें ढाँचा पसन्द आया। वह नाटक उन्हें ही करना है, यह यहीं तय हो गया।

प्रारम्भ के कुछ पृष्ठों के बाद मैंने लगभग छह महीने कुछ नहीं लिखा और

मुझे याद है, उसकी जल्दी भी मुझे नहीं थी। इसी बीच अमेरिका की मेरी पहली यात्रा भी हुई। वहाँ उनके अनेकानेक संगीत नाटक देखते हुए, मेरे मन में बन रहे नाटक में संगीत भी था।

प्रत्यक्ष में, बचा हुआ नाटक मैंने एक साथ लिखा, निरन्तर और आज पुस्तक में जो है वही इस नाटक का एकमेव मसौदा है, कच्चा-पक्का कुछ नहीं करना पड़ा और रिहर्सल में भी कोई खास परिवर्तन नहीं करना पड़ा।

आशय और ढाँचे का गठन मेरे मन में कैसे और कहाँ से आया, मुझे नहीं मालूम। केवल इसी नाटक के बारे में ऐसा हुआ, ऐसा नहीं है। नाटक लिखते समय मुझे वह नाटक 'दिखता' है। 'घासीराम कोतवाल' के लिए यह 'दिखना' विशेष महत्त्वपूर्ण था, क्योंकि इन नाटक का आशय और परिणाम जितना शब्दों में है, उससे कई गुना तो उसके 'दिखने' में है। यह सही अर्थों में 'देखने' का नाटक है। शब्द, संगीत और दृश्य इन सभी घटकों के अभिन्न मिश्रण से यह नाटक 'घटित' होता है और खुलता चला जाता है। शब्द लेखक का, ढाँचा निर्देशक का और संगीत का आकार संगीत निर्देशक का; इस नाटक के निर्माण में नहीं घटा। ये तीनों बातें इस नाटक में लेखक ने दीं। उनका विकास निर्देशक, संगीत निर्देशक, नृत्य-निर्देशक और पात्रों ने आगे किया।

इस नाटक के संवाद लयबद्ध हैं। इससे पहले 'राजारानी को श्रमजल चाहिए, नामक बालनाटक में मैंने इस प्रकार के संवाद की 'रिहर्सल' की थी। यह बात बाद में मेरे ध्यान में आयी। वह बालनाटक लिखते समय 'घासीराम कोतवाल' दिमाग़ में नहीं था।'

'घासीराम कोतवाल' के कुछ पारम्परिक लोकगीत बचपन में होली के 'खेले' में और अन्यत्र सुने हुए थे। जिनका अल्प-स्मरण ही कानों में था। उन्हें लेकर मैंने अपने शब्द जोड़े। कुछ गीत नाटकों के मंचन से सम्बन्धित दूसरों को दिये।

अब केवल एक बात लिखनी रह गयी। मैंने इस नाटक को अनैतिहासिक क्यों कहा?

नाटक लिखते समय वैसे यह शब्द या उसके नजदीक का 'ऐतिहासिक' मेरे मन में भी नहीं आया था। मुझे जो कहना था वह मुझे चाहिए—वैसा कहने के और एक नया फॉर्म हाथ लगने के मुक्त-आनन्द में मैं डूब गया था।

इन दो शब्दों का भान मुझे तब हुआ जब इस नाटक का मंचन शुरू होने के बाद जो तूफान इस नाटक पर उठा, उसके आरम्भ में।

यह तूफान दोहरा था। इतिहास का विकृतिकरण (*इसमें नाटक के नाना फडणवीस केन्द्र स्थान में रखे गये थे।*) और ब्राह्मण-वर्ग से सम्बन्धित द्वेष।

यह नाटक ऐतिहासिक नहीं है, यह आभास देने का प्रयत्न भी उसके लेखन में नहीं है, यह बात तूफान की पहली लहर के रूप में नाटक की ओर फिर देखते हुए मेरे ध्यान में आयी। इतिहास की एक घटना मैंने अपने आशय की सिद्धि के लिए इस्तेमाल की थी, परन्तु यह नाटक इतिहास के लिए या उस घटना के लिए नहीं था, उसके आशय के लिए था, और यह आशय उस अकेली घटना तक सीमित नहीं था, वह बहुत अधिक व्यापक था। नाटक में यह सब स्पष्ट होता है। इसलिए इस नाटक को मैंने 'अनैतिहासिक' कहा। नाटक का लोकनाटक का ढाँचा ही प्रत्यक्ष मंचन में यह निरन्तर दिखाता रहा।

फिर भी घटना इतिहास की थी और उसमें मैंने अपने आशय के लिए सुविधाजनक परिवर्तन किये थे। मेरे आशय के लिए आवश्यकता के अलावा इसका समर्थन मेरे पास नहीं था। पर यह आवश्यकता बहुत सही थी।

नाटक हो या कोई भी कलाकृति—विशिष्ट कालखण्ड और विशिष्ट परिस्थिति में लिखी जाती है। किसी भिन्न कालखण्ड में या परिस्थिति में या तो वह कलाकृति निर्मित ही नहीं होगी या बिलकुल अलग रूप में बनेगी। कलाकृति के निर्माता का इस परिस्थिति पर आमतौर पर नियन्त्रण नहीं होता है, इतना ही नहीं यह परिस्थिति ही उससे निर्मिति करवाती है, यह भी कहा जा सकता है।

उस परिस्थिति में यह कलाकृति बनते समय उसके अपने स्वतन्त्र नियमों से वह बनती है। एक ही लेखक की अलग-अलग कृति से यह स्पष्ट किया जा सकता है। उनके नियम वही नहीं होते हैं। लेखक की मानसिक स्थिति, उसके आसपास की परिस्थिति और इन दोनों की माँगे; ये सब मिलकर एक-एक कृति के लिए नियम बनते हैं। इसमें लेखक निर्माता के रूप में अपना अलग वर्चस्व स्थापित करने की बजाय निर्मिति की प्रक्रिया में पूरी तरह घुल-मिल जाता है और कुछ हद तक खो भी जाता है। निर्मिति-प्रक्रिया के साथ वह बह जाता है, यह कहें तो अतिशयोक्ति नहीं होगी।

आशय की माँग से पहले कभी निरुद्देश्य पढ़े हुए 'घासीराम कोतवाल' का ऐतिहासिक प्रसंग मेरे मन में मेरे बिन बुलाये आ जाये और मैं कुछ तय करूँ इससे पहले आशय उसे स्वीकार कर ले, अपना ले, यह मेरे मन में उभरा; परन्तु, यह तय करने वाला मैं नहीं था, यह जब मैं कहता हूँ तो उसे उस दृष्टि से देखना चाहिए।

उसी तरह कुछ भी 'ऐतिहासिक' स्वीकार करते समय उसे जाँच लेना चाहिए, इस नियम के बारे में मैं अनभिज्ञ नहीं था। परन्तु, ऐतिहासिक कुछ लिखने का मेरे मन में था ही नहीं। मेरे मन में उसके आगे की बात थी और उसके लिए मैं कथा का ढाँचा ढूँढ़ रहा था। मैं जब 'घासीराम कोतवाल' के जन्म-काल की

ओर मन में जाता हूँ, तब मुझे यह दिखायी देता है। मेरे पास वह कहानी मन के भीतर के आशय की वाहन थी और आशय ने अपनी सुविधा के लिए, जैसा चाहिए था, वैसा मोड़ लिया था।

यह किसी भी बात का समर्थन नहीं, जो कुछ हुआ उसे समझाने की कोशिश है।

एक बार यदि किसी कृति की 'इमारत' खड़ी हो गयी तो उसमें बड़े परिवर्तन तो क्या, कभी-कभी ब्यौरे के परिवर्तन भी सम्भव नहीं होते। उसके परिवर्तन में हाथ डालने से इमारत के ही जमींदोज़ होने के ख़तरे होते हैं।

इसके लिए दो उदाहरण दे सकेंगे। 'खामोश! अदालत जारी है' मेरे इस नाटक में एक स्थान पर बेणारे अपने ऊपर चल रहे 'मुकदमे' से निकल जाना चाहती है और सभागृह के दरवाजे की कुंडी बाहर से लगी होती है। बेणारे को 'मुकदमे' में रोकने वाला कोई नहीं था। उसे रोकता है, केवल संयोग : बाहर से ग़लती से लगी कुंडी।

इस मुद्दे पर नाटक के निर्देशक और कलाकार एक ओर और मैं दूसरी ओर था। उनका कहना था, यह संयोग के तर्क पर नहीं जँचता। मेरा कहना था, एक अलग तर्क से यह घटित होता है और यह घटना उस समय अपरिहार्य है। वे सुनने को तैयार न थे और मैं भी अपनी बात पीछे न लेता। अन्ततः मैंने अपनी बात सही ठहरायी।

वस्तुतः यह एक ब्योरा था। परन्तु, उसे बदलने से पूरा नाटक ही गिरता है, यह मेरी भावना थी।

'घासीराम कोतवाल' पर उठाये गये आक्षेप से अधिक करीब का उदाहरण मेरे 'गिद्ध' नाटक का है। उसके प्रमुख पात्र—रमाकान्त और उमाकान्त—उनके प्रत्यक्ष प्रथम नाम को ही लेकर इस नाटक पर आक्षेप हुए। उन नामों को बदला जाये, यह बात बाद में मेरे मन में आयी। परन्तु, नाम के परिवर्तन से मेरे मन के पात्र की व्यक्ति रेखा ही बदल जायेगी; यह मुझे लगा और मैंने वह विचार छोड़ दिया।

सम्भवतः ऐसा होगा कि किसी नाम के लिए हमारे पास कोई व्यक्तित्व हो, प्रत्यक्ष रूप की एक पार्श्वभूमि होती है। कितने ही सन्दर्भ होते हैं और केवल उस नाम से हम वह सब अपने लेखन में लाते हैं। कम से कम हम ऐसा मानते हैं और नाम के हिलने से सब कुछ हिलता लगता है।

'घासीराम कोतवाल' नाटक में ऐसे सन्दर्भ थे कि मुझे वे सन्दर्भ नाटक में चाहिए थे। इसीलिए इन सन्दर्भों का मेरे पास उस समय, उस परिस्थिति में, उस नाटक के लिए पर्याय नहीं था। वे सन्दर्भ नाटक में अपरिहार्य थे।

यह उस नाटक के जन्म की ओर देखते समय आज मन में आने वाला तर्क है।

मेरे नाटक के नाना फडणवीस पर गुस्सा व्यक्त होने लगा, तब मैंने उत्सुकतावश पेशवाई का इतिहास पढ़ा। उसे पढ़ने के बाद मेरा यह मत बना कि नाटक के नाना इतिहास के नाना से सुसंगत हैं। इतिहास के नाना अव्वल दर्जे के बुद्धिमान, चतुर, कूटनीतिज्ञ थे। पुरुषार्थी थे। मेरे नाटक के नाना भी ये सब हैं। इतिहास के ये व्यक्तित्व नाटक में मुझे भी अभिप्रेत हैं। उनका पुरुषार्थ मेरे नाटक में प्रत्यक्ष दिखाने का अवसर नहीं था, फिर भी वह क़दम-क़दम पर अभिप्रेत है। नाना शासक-वर्ग के निर्विवाद नेता हैं। पर मेरे नाटक के नाना शूरवीर नहीं, लम्पट हैं। वे राष्ट्रपुरुष नहीं हैं, व्यक्तिगत स्वार्थ है उनमें। सत्ता का लोभ है। इतिहास में मुझे दिखे नाना ये सब थे। 'घासीराम' नामक पुणे की छाती पर अल्प-समय नाचा राक्षस उन्हीं की निर्मिति थी और सत्ताधारी ब्राह्मण-वर्ग का ह्रास भी पेशवाई के उत्तरकाल की वस्तुस्थिति थी। नाना के तुरन्त बाद पेशवाई की बरबादी का और क्या कारण है? इतना होने के बाद भी 'घासीराम कोतवाल' नाटक को मैं 'अनैतिहासिक' कहता हूँ। क्योंकि इतिहास के दर्शन कराना इस नाटक का उद्देश्य न होकर इतिहास में छा जाने के बाद एक सर्वकालीन सत्य दिखाना इस नाटक का उद्देश्य था, और है।

महाराष्ट्र के बाहर इस नाटक के किसी भी भाषा के मंचन की ओर (*मराठी समेत*) दर्शकों ने इसी तरह देखा। विदेशों में वहाँ के सन्दर्भ इस नाटक को मिले। महाराष्ट्र में भी आपातकाल के समय इस नाटक की ओर मराठी दर्शकों ने तत्कालीन ताज़े सन्दर्भ में देखा। उस कालखण्ड के नाना, घासीराम, ब्राह्मण भिन्न थे, और इस नाटक के नाना, घासीराम, ब्राह्मण अलग थे यह नाटक में दर्शकों को स्पष्टतः दिखता था।

यह नाटक इसी के लिए था। फिर भी अनुभवों के बाद मुझे एक बात समझ में आयी कि कोई भी दर्शक नाटककार का नहीं, स्वयं के मन का नाटक—सामने के नाटक में देखता है। इसी पर उसे किसी नाटक का पसन्द या नापसन्द होना अवलम्बित होता है। उसी पर नाटक का आकलन तय होता है।

नाटक अन्ततः दर्शकों के लिए और उनका होता है।

इस बारे में शिकायत नहीं।

यह नाटक लेखक का था तब तक किसी तरह बनता गया। इसका 'इतिहास' एक बार दर्ज कराने के लिए यह सब लिखा।

—विजय तेंडुलकर

मुम्बई
दि. 20 मई, 1994

बाईस साल के बाद

'घासीराम कोतवाल' नाटक लिखने के वर्षों बाद 'लोकसत्ता' दैनिक में 'रामप्रहर' नामक दैनिक-स्तम्भ लिखते हुए घासीराम अचानक मेरे सामने आया।

–विजय तेंडुलकर

कल 'डेक्कन क्वीन' ट्रेन से पुणे आ रहा था। फर्स्ट क्लास के डिब्बे में मुझसे कुछ दूर बैठा एक व्यक्ति लगातार मेरी ओर ही देख रहा था; यह बात मेरे ध्यान में आयी।

ढीली जीन्स, उस पर रंगीन तंग 'टी' शर्ट, घनी भौंहें, भरपूर काली मूँछें, कान के ऊपर तक कल्ले और आँखों पर काला चश्मा।

परिचित नहीं लग रहा था। मैंने मुड़कर देखा तो वह गलमूँछों के बीच बाअदब हँस रहा था।

अपरिचित यदि कोई इस तरह लगातार देखता रहे और बेवजह हँसता रहे तो संशय तो होता ही है। उसका हँसना शिष्टतापूर्ण था फिर भी रूप तो उग्र ही था।

अन्ततः वह उठकर मेरे पास आया और झुककर उसने मेरा मुजरा किया। यह तो अच्छा हुआ कि अधिकांश यात्री अपनी-अपनी जगह ऊँघ रहे थे। अन्यथा उन्हें लगता कि यह क्या 'ऐतिहासिक' झंझट है?

मैं अचकचाकर कुछ पीछे खिसका तो वह दिलासा देता बोला, 'लगता है आपने मुझे पहचाना नहीं।' मैं घासीराम साँवलदास। आपने मुझ पर एक नाटक लिखा था। मैं नाटक के कपड़ों में नहीं हूँ, इसलिए आप असमंजस में पड़ गये शायद। वे ऐतिहासिक कपड़े फट जाने के बाद मैं इन कपड़ों में होता हूँ।

घासीराम और डेक्कन क्वीन के फर्स्ट क्लास में? मैंने तो उसे नाटक के अन्त में पत्थरों से कुचलकर मार डाला था। नाटक के 'नाना' द्वारा घासीराम रूपी दुष्ट और नीच प्रवृत्ति का नाश होकर सत्प्रवृत्ति की विजय होने की, नाटक के अन्त में घासीराम की लाश को साक्षी रखकर घोषणा की थी और नाटक के ब्राह्मणों ने आनन्दोत्सव मनाया था।

'नाटक में आपने मुझे मारा, पर मैं मरा नहीं।' डेक्कन क्वीन के घासीराम ने मुझसे कहा, 'नाटक में हर बार मरा फिर भी अगले मंचन होते रहने के कारण मर कर ज़िन्दा रहने का तरीक़ा मुझे सीखना पड़ा। उसका उपयोग हुआ। नाटक में मरा, पर मैं ज़िन्दा ही बचा।'

मुझे विश्वास न होता, पर सामने साक्षात् वही खड़ा था। 'आजकल क्या करते हो?' बुजुर्ग की तरह मैंने अनौपचारिक पूछताछ की।

'मिलेगा वो काम करना आपने ही सिखाया। जो भी काम मिलता है, करता हूँ और नाटक की तरह प्रत्यक्ष में भी मैं बहुत उपयोगी व्यक्ति बन गया हूँ।' दोनों हाथों की सोने की अँगूठियाँ मेरी नज़र में आयें, इस तरह वह अपनी अँगुलियाँ नचा रहा था। 'कभी मुम्बई में होता हूँ, कभी दिल्ली में तो कभी दुबई में। आज साहब का मुकाम पुणे में है, इसलिए पुणे जा रहा हूँ।'

'साहब' कौन? यह पूछना मुझे सूझा।

'साहब ने खास फ़ोन करके मुझे बुलाया है।' घासीराम गर्दन टेढ़ी और भौंहें ऊपर कर मूँछ पर सहज ताव देता मुझसे बोला, 'कुछ तो अर्जेंट काम होगा। आजकल की सिचुएशन ऐसी है न।'

मुझे विश्वास होना सम्भव नहीं था। मुझे लगने लगा, यह मेरे नाटक का घासीराम न होकर कोई नकली आदमी है।

'मेरे बिना साहब का ही क्या, अच्छे-अच्छों का पत्ता नहीं हिलता' उसने ढीली-ढाली पैंट की पिछली जेब से दो-चार महँगे विजिटिंग कार्ड्स निकालकर मेरे सामने रखे। उस पर लिखे नाम पढ़कर मैं चकित रह गया। इतने 'ऊपर' तक उसके हाथ पहुँच गये हैं? मेरी नज़रों का अविश्वास पढ़कर उसने 'सीट' के ऊपर रखी ब्रीफ़केस उठाकर उसमें रखी अपनी डायरी निकाल कर कुछ पन्ने मेरे सामने रखे। उसमें आद्याक्षर[1] ही आद्याक्षर और सारे देशी-विदेशी बड़ी जगहों का उल्लेख था। एक-एक आद्याक्षर पढ़कर मेरा सिर चकराने लगा। मैं डायरी के पन्ने देखता, भौंचक खड़ा रहा। चमकती लाल आँखों से 'घासीराम' मेरे हैरान चेहरे को निहार रहा था।

'अब हुआ विश्वास?' डायरी बन्द कर ब्रीफ़केस में रखते हुए उसने पूछा, 'आपने नाटक में जो करवाया उसका प्रत्यक्ष में ऐसा उपयोग हो रहा है। कोई भी टेढ़ा काम कहें, मैं वो करता हूँ। अच्छे-बुरे का सवाल ही नहीं। नाटक ख़त्म हुआ और मैं बेकार हो गया। ज़िन्दा कैसे रहूँगा, यह सवाल था। एक चाकू

---

1. आद्याक्षर—किसी के नाम का पहला अक्षर।

ख़रीदकर छोटे-बड़े दुकानदारों से हफ़्ता वसूल करने लगा। फिर उस **पैसे से** पहली पिस्तौल ख़रीदी और बड़े दुकानदारों की ओर मोर्चा मोड़ा। इसके बाद सरकारी ज़मीन पर एक झोपड़पट्टी बसायी और उसका किराया वसूल करने लगा। वहीं जुआ और चकला चलाने लगा। उसके बाद मैं उस इलाके का दादा बन गया। बिल्डर लोग मुझे किसी का 'बन्दोबस्त' करने के लिए सुपारी देने लगे। यहीं नेताओं का ध्यान मेरी ओर और मेरे 'कार्यों' की ओर पहली बार गया। फिर अपने छोटे-बड़े काम वे मुझे सौंपने लगे। अपना काम बढ़िया। उसमें कोई झोल नहीं। ऊपर से इस कान की उस कान को ख़बर नहीं। थोड़े ही दिनों में बड़े-बड़े स्मगलर तक मेरी पहुँच हो गयी। वहाँ भी यश मिला। वहाँ से नशीले पदार्थों के चोर-व्यापार में पदार्पण। यश ही यश। इस बीच हथियारों के चोर-व्यापार में तेज़ी आयी। मैं वहाँ पहुँच गया। बड़े पदों पर बैठे महत्त्वपूर्ण लोगों की कमजोरियाँ भाँपकर उन्हें अपनी मुट्ठी में कैसे रखा जाये, यह तो मूल रूप से आपने ही सिखा रखा है। रास्ते में जो भी आयेगा उसे कैसे 'खपाना' यह तो ख़ून में ही है। उसने यहाँ तक पहुँचाया। आपकी कृपा।' 'घासीराम' ने झुककर बलात् मेरे पैर छुए और बोला, 'कितने लोगों को आज तक यमलोक पहुँचाया है, इसकी गिनती नहीं।'

'ये ठीक नहीं है। देखो इसका दण्ड तुम्हें मिलेगा।' मैं किसी तरह कह पाया।

'दण्ड?' घासीराम सुरंग से जाने वाली डेक्कन क्वीन-सा गरजकर हँसा। 'कौन देगा दण्ड? दण्ड देने वाले एक-एक का नाम बताइए, वह मेरा ग्राहक है। इस देश का लोकतन्त्र मेरे पैसों और बल पर चलता है, लेखक महोदय! आप हैं कहाँ?'

'पर राजनीतिक अस्थिरता के दिन हैं। तुम भ्रम में मत रहो। सरकारें बदलेंगी।', मैंने संकेत किया।

'जो भी सरकार आयेगी, उसमें अपने ही लोग होंगे।' घासीराम ने उलटे मुझे ही जवाब दिया। 'पार्टी बताइये, अपने लोग बताता हूँ। झूठ नहीं बोलूँगा, कम-से-कम आप जैसे ग़रीब और जिसे कोई नहीं पूछता ऐसे लेखक से झूठ बोलने का क्या फ़ायदा? मैं शपथ लेकर आपसे कहता हूँ, इसके बाद यदि मैं मरा तो अपनी ही मृत्यु से। क्योंकि घासीराम के अलावा इस देश में नाना का ही क्या, लोकतन्त्र का भी अब नहीं चलता। नम्बर दो का पैसा, आधुनिक हथियार और मेरे जैसे दगाबाज़, विश्वासघाती, देशद्रोही, शैतान, उपयोगी लोगों पर वह खड़ा है। आपके नाटक का घासीराम अब देश चला रहा है, लेखक महोदय...'

इतने में कोई जंजीर खींच दे इतने बड़े झटके के साथ डेक्कन क्वीन थर्रा उठी। देखते-देखते दरवाजों, खिड़कियों के रास्ते बन्दूकधारी भीतर घुसे। गोलियों

की धुआँधार बारिश में स्वयं को 'घासीराम साँवलदास' कहने वाला वह पगला, उन्मत्त शरीर की छलनी बनकर ख़ून के डबरे में नीचे गिर गया।

पूरा डिब्बा 'वह दहला देने वाला नाटक' सपना देख रहा हो ऐसे आँखें फाड़कर देख रहा था। सबने तालियाँ बजायीं और एक बड़े दैत्य का वध करने पर आतंक-विरोधी दल का हार्दिक अभिनन्दन किया।

पर मैं इस दुःस्वप्न से जागते ही बहुत बेचैन हूँ। बार-बार मारे जाने के बाद मेरे नाटकों का 'घासीराम' फिर-फिर ज़िन्दा होते हुए दिखता है और दिल्ली से गली तक के 'नाना' उसके आश्रयदाता।

मुम्बई
दि. 21 मार्च, 1993

—विजय तेंडुलकर

जाति ही पूछो साधु की

इस नाटक की पहली मंचीय प्रस्तुति 'आविष्कार' संस्था द्वारा छबीलदास नाट्यगृह दादर में 12 नवम्बर, 1976 को रात साढ़े 8 बजे की गयी।

दिग्दर्शक : अरविन्द देशपाण्डे

भूमिका

महीपति : विहंग नायक
बबन्या : नाना पाटेकर
नलू : सुषमा तेंडुलकर
चेयरमैन : अरविन्द देशपाण्डे
अक्का : शरयू मोपटकर
ईश्वरभाई : अरुण काकड़े
प्राचार्य : प्रभाकर पोतनीस

अन्य भूमिकाएँ 'आविष्कार' के कलाकारों ने कीं।

अंक : एक

[चकिया (जाता) चलने की घरघराहट के साथ महिला स्वर में गीत। परदा उठता है। महीपति रंग-बिरंगी कमीज़ पहने एक थैली कन्धे पर लटकाये, चेहरे पर मुस्कान लिए खड़ा है। मुस्कुराना उसका स्वभाव है, इसका उसके पास कोई इलाज नहीं।]

महीपति : कुछ क्षण एकाग्र होकर गीत सुनने के बाद, उनका स्वर कम होते ही दर्शकों को सम्बोधित करते हुए—वाह! ये गीत सुनते ही आँखों के सामने आ जाती है, गाँव की ज़िन्दगी। वहाँ की सुबह, अधखुली नींद और अपना सर गोद में लिए चकिया चलाती माँ (लम्बी साँस लेकर) यह सब तो कब का ख़त्म हो गया। मेरा भी कहीं कुछ गड़बड़ा गया है। साला गीत सुनता हूँ तो मुझे याद आती है पढ़ाई की चक्की और उसमें से पिसकर चून बनकर चुटकी-चुटकी निकले हम। एम.ए... महीपति बभ्रुवाहन पोरपारणेकर, एम.ए. विथ थर्ड क्लास... एम.ए. होना ही है, एक पुराना सपना। दिल में कब से पाल रखा था। सपने में बार-बार देखी थी नेमप्लेट—प्राध्यापक एम.बी. पोरपारणेकर एम.ए.—वा, वा, वा, कल्पना मात्र से शरीर रोमांच से भर उठता। इस स्वप्न की पूर्ति के लिए क्या-क्या किया। क्या नहीं किया ये पूछिए। एस.एस.सी. का सर्टिफिकेट हाथ आते ही गाँव से गिरते-पड़ते शहर में आ पहुँचा, रहने का कोई ठिकाना नहीं। न भोजन का कुछ पता। लेकिन कोई चिन्ता नहीं। स्टेशन पर सोये। लाई चना खाकर दिन काटे, उधारी, छोटी-मोटी चोरियाँ कीं। प्रतिष्ठित तरीके से भीख भी माँगी। मान-अपमान के फेर में नहीं पड़े।

हम्माली भी की। होटल में बैरे का काम किया। अख़बार बेचे। एक प्राध्यापक के बच्चों की देखभाल की, और दूसरे के यहाँ सरकारी दूध की बँधी बोतलें डेढ़ साल तक नियमित पहुँचायीं। पूछिए, किसकी जी हुजूरी नहीं की। कॉलेज के क्लर्क को भी प्राचार्य का रुतबा देकर कॉलेज की फीस न भरने के बावजूद नाम कटने से बचा रहा।

चपरासी के पाँव पड़कर, लाइब्रेरी में पढ़ने के लिए देर तक बैठने की जुगत भिड़ाई। उद्देश्य एक ही... दुनिया को अलविदा कहने से पहले एम.ए. होना है। लड़कियों की तरफ़ आँख उठाकर नहीं देखा। किसी को आँख नहीं मारी, सीटी नहीं बजायी। हाथ थे, बेंच भी थी। लेकिन दूसरे लड़कों की तरह बेंच बजाकर स्टपिंग का जश्न नहीं मनाया। सरसराते हाथों को बाँधे चुपचाप बैठा रहा। मन-ही-मन कहता ठीक है बच्चम जी...एक बार एम.ए. हो जाऊँ फिर दिखाता हूँ। तब तक चुपचाप ही रहना है। एम.ए. का आख़िरी साल कैसा गुज़ारा वो या तो मैं या केवल ईश्वर ही जानता है। दिनभर नौकरी, रात भर पढ़ाई, ठीकठाक पेपर देने के बावजूद पेट में गोला उठता, दिल धड़कता... और रिजल्ट आ गया। झक्क पास...। उत्तीर्ण। थर्ड क्लास तो थर्ड क्लास ही सही। लेकिन डिग्री तो हासिल की। एम.ए...कितनी बड़ी कीमत चुका कर कितनी घोर तपस्या के बाद। (*बाँह से आँखें पोंछते हुए*) उस दिन वो थर्ड क्लास भी फर्स्ट क्लास की तरह कीमती मालूम पड़ा था। अपने पैसे से एक दोस्त के साथ रात को पिक्चर देखी। उसे अपने थर्ड क्लास वाली बात नहीं बताई। बेकार में ही हँसी-वसी होती। रात को सोते समय तय किया। दृढ़ निश्चय किया कि नौकरी में कल दस रुपये की बढ़ोतरी माँगूँगा। आख़िर एम.ए. किया है। इतना करने के बाद बदले में, क्या कोई इतना भी नहीं करेगा। सिर्फ़ दस रुपये? वो भी इतने सालों बाद?

[रंगमंच पर दूसरी ओर ईश्वरभाई आकर टेबल के पास बैठकर नाक की नोक पर चश्मा रखकर प्रूफ देखना शुरू करते हैं, मुँह खुला हुआ है।]

सुबह काम पर गया मन पक्का कर, मन-ही-मन दुहरा रहा था... ईश्वरभाई एक ख़बर देनी है, ईश्वरभाई मैं कल एम.ए. पास हो गया। पास रॉयल क्लास में, एक गुजारिश है, इतने साल में कभी कोई माँग नहीं की, कभी काम में कोई कसर नहीं की, अब...वेतन में बढ़ोतरी...(*थूक गुटककर*) मिलेगी, बहुत नहीं बस दस रुपये (*पसीना पोंछते हुए*) बढ़ोतरी चाहिए थी सिर्फ़ दस रुपये (*घबराहट और नर्वस होता है*)। दस रुपये वो भी एम.ए. पास कर लिया इसलिए...

ईश्वरभाई : (*देखते हुए*) कौन? महीपति? क्यों रे? क्या बात है?

महीपति : कुछ नहीं कल ही...(*थूक गुटकते हुए*)

ईश्वरभाई : कौन जाता रहा, देखो भाई एडवांस वग़ैरह इस हफ्ते तो नहीं मिल सकता।

महीपति : नहीं कोई मरा नहीं मैं पास हो गया।

ईश्वरभाई : अरे हाँ, अब याद आया मैं तो भूल ही गया था, तुम्हें एक बात बतानी थी, बैठो बैठो,...बैठो भी—महीपति।

महीपति : कैसे बैठूँ?

ईश्वरभाई : अरे कल एम.ए. पास हुए हो तुम, बैठो।

महीपति : (*शर्माता है*)

ईश्वरभाई : अब तुम कनिष्ठ नहीं रहे चाय मँगवाऊँ। अच्छा तो, नहीं मँगाते। लेकिन कल अपने ट्रस्टीज की मीटिंग हुई उसमें तुम्हारे बारे में भी बात हुई। मैंने ख़बर सुनायी सबने तुम्हें बधाई दी है। उसके बाद अब अपनी ये संस्था ठहरी आदर्शवादी दूसरे इन दिनों काम भी कम होने से, तुम्हें तत्काल नोटिस देकर तुम्हारी सेवाएँ समाप्त करने का, एकमत से निर्णय लिया गया।

महीपति : (*हक्का-बक्का*) क्या...?

ईश्वरभाई : और क्या, अरे नौकरी तो तुम्हें कहीं भी मिल जायेगी, वेतन भी ज़्यादा मिल जायेगा अब तुम एम.ए. हो। इसके बाद तुम्हारी योग्यता के हिसाब से यहाँ काम भी कहाँ बचा है?

महीपति : लेकिन, यानी मैं...

ईश्वरभाई : जाओ अब तुम। एक तारीख को आकर अपना बकाया ले जाना, बस बहुत हुआ। इतने दिनों तक तुम्हें इस संस्था ने

सहारा दिया। तुम एम.ए. पास हुए इस बात पर हमें गर्व है, लेकिन अब तुम्हारे पर निकल आये हैं, तुम जाओ, जय हिन्द।

[ईश्वरभाई अन्दर चले जाते हैं]

महीपति : (कुछ देर तक बुत की तरह खड़े रहने के बाद) बढ़ोतरी मिलने की बजाय नौकरी से ही निकाल दिया। एम.ए. पास करने का यह पहला इनाम। वेतन बढ़ाने का सवाल ही खड़ा न हो इसलिए आदर्शवादी ट्रस्टीज ने मुझे नौकरी से ही निकाल दिया। बड़े होशियार। अब इस पर हँसूँ या रोऊँ। समझ में नहीं आ रहा।

महीपति बभ्रुवाहन पोरपारणेकर, एम.ए. बेकार-बेकार

[वहाँ गाँव वाले आते हैं राम-राम करते हैं, लेकिन महीपति अपनी सुध-बुध में नहीं]

पहला : क्यों रे महिया, बेटवा, मस्ता गये एम.ए. होते ही, एँ?

दूसरा : भड़वे पहचानता भी नहीं हमें?

तीसरा : तेरे एम.ए. के मास्टर ने यही पढ़ाया तुझे, क्यों?

पहला : कुछ बीड़ी-सिगरेट तो निकाल बचुवा।

दूसरा : तेरे वास्ते, तेरे बाप ने धूल फाँकी इसीलिए तू एम.ए. हो सका न।

तीसरा : हम तेरे बाप की तरह हैं और तू क़ायदे से पाँव छूना तो दूर राम राम भी नहीं करता? एँ?

पहला : धिक्कार है, थू तेरी।

दूसरा : वो जाने दो साहेबराव, ऐसा तो होना ही था। देख महिया, तू बीड़ी पिला कि न पिला, चाय पिला न पिला, पाँव छू या नहीं, लेकिन जाति के पंचों ने तुम्हारा अभिनन्दन करने का प्रस्ताव पास किया है।

पहला : हाँ, इसीलिए तो इस नालायक के पास आये हैं।

दूसरा : और इसे देखो तो टाँगें आसमान पर हैं।

तीसरा : ऐ बच्चू एम.ए. पास किया तो क्या इन्द्र के सिंहासन का रिजर्वेशन मिल गया तुझे?

पहला : हम बताते हैं मामा, अपुन जो पढ़ा होता न, तो इसकी तरह एम.ए. वेम.ए. करके न रुक जाता। पूरा एस.एस.सी. करके ही मानता। हाँ।

दूसरा : चुपकर तू, महिया कुछ भी क्यूँ न हो हमारी जाति में तो तू ही पहला एम.ए. है।

पहला : अन्धों में काना राजा ही सही!

तीसरा : इसीलिए तेरा अभिनन्दन जाति के लोगों को करना ही चाहिए। ये हमने तय किया है, और तहसील के तहसीलदार को ही, वो क्या कहते हैं अध्यक्ष—हाँ वही, उसे फिक्स भी कर दिया है। समझे।

[सभी लोग फ्रीज पोज़ीशन में]

महीपति : (*दर्शकों से*) महीपति पोरपारणेकर एम.ए. बेकार, ऊपर से सत्कार—अन्धों में काना राजा होने के उपलक्ष्य में। तबीयत हुई थी कि एक लट्ठ लेके सबको दौड़ा दूँ। लेकिन डिग्री के लिए हाथ में पेन और पुस्तक का बोझा ढोते-ढोते लट्ठ पकड़ने की प्रेक्टिस नहीं रही। हाथ उठाने के बजाय हाथ फैलाने की आदत पड़ गयी थी और उसमें भी गाँव का मामला। अगर कहीं कुछ नहीं मिला, कोई भी काम तो दो जून की रोटी तो ये गाँव खिला ही देगा।

गाँव वाले : (*फ्रीज पोजिशन से एकदम चेतन होते हुए*) तो फिर अब जायें?

[महीपति सब के पाँव छूता है।]

तीसरा : हाँ अब देखो साहेब राव, पढ़ा-लिखा है पर बेटा कैसा है।

दूसरा : आप ही देखो मामा, इतना काफ़ी है।

पहला : कैसा भी हो, है तो अपनी जाति का, चलो चलो

[पहला, दूसरा, तीसरा सब अन्दर जाते हैं।]

महीपति : (*दर्शकों से*) जाति मेरी—जाति कौन-सी? सच तो यह है कि इस जाति को भुलाने के लिए ही रात-दिन एक करके डिग्री हासिल की। माथे पर भले ही डिग्री की सफ़ेदपोश मुहर लग गयी हो लेकिन पीठ पर चस्पाँ जाति का रबर स्टाम्प नहीं हट सका। कैसा भी हो मगर अपनी जाति का है जाति की ओर से अभिनन्दन। जाति का पहला एम.ए.। जाति और सच कहूँ तो गाँव के उन अन्धों के बीच, अभिनन्दन के बहाने ही सही थर्ड क्लास एम.ए. वाले काने राजा की तारीफ़ सुनते-सुनते हार पहनते हुए, मन ख़ुशी से झूम रहा

था, ये तो मानना पड़ेगा। अभिनन्दन के जवाब में आभार व्यक्त करते हुए गला भर आया था और आँखें नम हो आयी थीं। जान रहा था कि साला सब बेकार है, ओछापन है, टुच्चेगिरी है, अपने आप से कहा अरे बैल, बेकार कर देने वाली इस डिग्री की लँगड़ी टाँग लेकर पहले यहाँ से भाग। लेकिन उस सम्मान समारोह में मेरा बाप भी हाज़िर था। एक निरक्षर, बाबरा चौपाये की भक्ति करता जीव। माँ थी सिर्फ़ बाप की परछाईं की तरह। पाँच बच्चे जनने वाली। उनमें से ही एक मैं। दो भाई थे। कब का स्कूल छोड़कर खेत में खटने वाले। सब को ऐसा लग रहा था जैसे एक साथ सातवें आसमान को छू लिया हो। और ऐसा भी लगा जैसे मैं कोई पराया हूँ। जैसे एक डिग्री से मेरा नाता उनसे छूट गया था। दरअसल पहले से ही मैं उनसे अलग हो बैठा था। अज्ञान, अन्धविश्वास, घर-बाहर एक-सी ज़िन्दगी भुलाने के लिए ही तो मैं घर छोड़कर शहर भाग आया था। उनके लिए दो दिन गाँव में रहना पड़ा। दोनों वक़्त प्यार से परोसा भोजन पेटभर खाते समय भी शहर की उस भुखमरी के लिए मन तरस रहा था। जब शहर में आया तो जान में जान आयी। अब नया सवाल था नौकरी की तलाश।

[ईश्वरभाई आकर टेबल के पास बैठते हैं दाँत कुरेदते हुए]

ईश्वरभाई : क्यों रे महीपति, अभी नहीं एक तारीख को। एक तारीख को आना। अभी जाओ।

महीपति : नहीं, वेतन लेने नहीं आया (*दर्शकों से*) पता नहीं कैसे, अब पहले-सा डर लिहाज नहीं होता।

ईश्वरभाई : फिर।

महीपति : बस यूँ ही।

ईश्वरभाई : ऐसे ही, कुछ तो कारण होगा।

महीपति : नहीं, बिल्कुल नहीं।

ईश्वरभाई : होगा, कुछ तो ज़रूर होगा, तुम थाह थोड़े न लेने दोगे। अब एम.ए. हो न तुम।

महीपति : (*दर्शकों से*) राष्ट्रीय आन्दोलन में कूद पड़ने के कारण खुद ईश्वरभाई मैट्रिक तक पास नहीं थे।

(*ईश्वरभाई से*) सच कुछ भी वजह नहीं। वक़्त नहीं कट रहा था। चला आया। आदत पड़ी हुई है न?

ईश्वरभाई : अगर सोच रहे हो कि चाय-वाय मिलेगी, तो वो मिलने वाली नहीं है। समझे। क्या ज़माना आया, आर्थिक परिस्थिति पर एक सम्पादकीय लिखने की सोच रहा हूँ। ज़रा तीखा चुभता हुआ लिखूँगा।

महीपति : (*दर्शकों से*) ईश्वरभाई पाक्षिक चुभन और तीखा पढ़ने वाली पाठक जनता महाराष्ट्र में सिर्फ़ दो हज़ार है। मैं ही तो डिस्पैच करता था।

(*ईश्वरभाई से*) ज़रूर लिखिए। वैसे भी मुझे चाय की कोई चाहत नहीं थी। (*आगे आकर बेफ़िक्री से कुर्सी पर बैठ जाता है*) ए गंगाराम।

ईश्वरभाई : *(नापसन्दगी से)* क्या काम है गंगाराम से, वो तो संस्था का प्यून है।

महीपति : आपके लिए चाय ऑर्डर कर रहा था।

ईश्वरभाई : (*मुँह खुला का खुला*) कौन तुम?

महीपति : हाँ, मैं ही क्यों?

ईश्वरभाई : लगता है एम.ए. होते ही जेब गरम हो गयी है।

महीपति : आपको चाय पिला सकूँ इतनी तो है।

ईश्वरभाई : मुझे अभी सच में इच्छा नहीं है चाय पीने की।

महीपति : लेकिन मेरी है न *(दर्शकों से)* मेरी मँगवायी हुई चाय ईश्वरभाई ने चुसकी ले लेकर पी।

ईश्वरभाई : मैं क्या करूँ तुम्हारे लिए? तुम्हें नौकरी से निकालने का निर्णय संस्था ने लिया है।

महीपति : फिर से काम पर लीजिए, इस वास्ते मैंने आपको चाय नहीं पिलाई।

ईश्वरभाई : नहीं वो क्या है, बात साफ़ हो तो अच्छा, इसके अलावा उधार दे सकने लायक पैसे भी मेरे पास नहीं हैं।

महीपति : मुझे चाहिए भी नहीं।

ईश्वरभाई : पहले से बता देना अच्छा, अगर एडवांस के लिए...

महीपति : मुझे एडवांस नहीं चाहिए।

ईश्वरभाई : फिर तुम्हें चाहिए क्या?

महीपति : सन्तोष। आपके सामने आपके माफ़िक बैठकर, अपने पैसे से आपको चाय पिलाने का सन्तोष।

ईश्वरभाई : *(सुनकर अच्छा नहीं लगा—फिर भी)* अबे चोट्टे।

महीपति : थर्ड क्लास एम.ए. पास होने के एवज़ में इतना छोटा-सा सन्तोष। बहुत दिनों से मन में था। आपने कभी मुझे बैठने तक के लिए नहीं कहा, चाय की बात तो दूर। नौकरी से हटाते वक़्त ज़रूर, सिर्फ़ नाम के लिए पूछा था, बैठो चाय पियोगे?

ईश्वरभाई : ज़िन्दगी इसी का नाम है।

महीपति : वो अभी देखना है। लेकिन आप जैसे हैं, उससे मुझे कोई शिकायत भी नहीं।

[ईश्वरभाई कुनैन की गोली खाये जैसा कड़वा मुँह बनाये बैठे है।]

मुझे काफ़ी दिनों तक समझ नहीं आया कि आदर्शवाद इतना कंजूस क्यों होना चाहिए? अब जान गया हूँ। आदर्शवाद में भी दुनियादारी शामिल है।

ईश्वरभाई : क्या बात कही है महीपति, दुनियादारी से कोई नहीं बचा।

महीपति : हम ही ग़लतफ़हमी पाल लेते हैं, उदात्त, महान वग़ैरह समझकर।

ईश्वरभाई : अच्छा भाई, अभी मुझे सम्पादकीय लिखना है।

महीपति : एकदम चुभता हुआ लिखियेगा।

ईश्वरभाई : हाँ लिखता हूँ तो फिर अब निकलते हो?

महीपति : ख़ूब तीखा लिखियेगा।

ईश्वरभाई : अच्छा, अब जाओ तो।

महीपति : आप कह रहे हैं इसलिए जा रहा हूँ, लेकिन जब-तब इधर आने का इरादा है। नहीं, आपकी इजाज़त नहीं माँगी। लोग आते हैं न आपसे मिलने—बस उसी तरह।

ईश्वरभाई : तुम्हारी मर्ज़ी।

महीपति : इन टाँगों को आदत लगी है न। यहाँ आये बग़ैर अच्छा नहीं लगेगा और इन दिनों कोई काम भी नहीं है।

ईश्वरभाई : क्या काम करने का इरादा किया है?

महीपति : अर्जियाँ भेजने का, चुन-चुन कर सारे कॉलेजों में आवेदन करूँगा। नाम के आगे प्राध्यापक लगना चाहिए। अर्जी का ड्राफ्ट सायक्लोस्टाइल करके रखने का विचार है।

ईश्वरभाई : हूँ।

महीपति : *(दर्शकों से)* सायक्लोस्टाइल का तो मामला जमा नहीं, लेकिन हाँ अर्जियाँ लिख-लिखकर भेजी हैं। पहले शहर के प्रसिद्ध कॉलेजों में, फिर नये कॉलेजों में उसके बाद गाँव के नये कॉलेजों में भी आख़िर पाक्षिक पत्रिका को डिस्पैच करने में हाथ माहिर थे। लिखो, डालो लिफ़ाफ़े में, लगाओ टिकट और करो डिस्पैच। डाक टिकट का ख़र्च एम.ए. की किताबें और कॉपियाँ बेचकर पूरा किया। वैसे आज की शिक्षा पूरी तरह बेकार साबित नहीं होती।

[ईश्वरभाई अन्दर जा चुके हैं।]

महीपति : जैसा बोओगे वैसा काटोगे।

[पृष्ठभूमि में प्लेकार्ड्स दिखते है]

नो वेकेन्सी, जगह खाली नहीं,
जग्या नथीं
नो वेकेन्सी उर्दू में भी लिखा है।

ये सब बोयी हुई अर्जी के जवाब उग आये थे। जवाब पाने के लिए टिकट लगा लिफ़ाफ़ा नहीं माँगा था। इतनी अर्जियाँ आती होंगी कि बेचारा क्लर्क भूल ही जाता होगा कि कौन-सी अर्जी में टिकट लगा लिफ़ाफ़ा नहीं आया है। मजमून वही लेकिन रोज़ डाक आती है इसी ख़ुशी में दिन अच्छे गुज़र रहे थे। किसी के इन्तज़ार की ख़ुशी का नया तजुर्बा। हर रोज़ नये इनकार लेकर आने वाले पोस्टमैन का इन्तज़ार, इनकार में भी फ़र्क़ होता है जैसे सीधा-साधा इनकार। दूसरा खेदयुक्त इनकार, परोक्ष इनकार, मज़बूत बेरुख़ी से इनकार। इन इनकारों के वर्गीकरण की नयी हॉबी जागी। कहीं-कहीं से कोई जवाब ही नहीं आया, इससे यह भी साबित हुआ कि टिकट लगा लिफ़ाफ़ा भेजने के बाद भी जवाब आयेगा ये ज़रूरी नहीं वैसे ये बात और है कि मैंने जवाब के लिए टिकट लगा लिफ़ाफ़ा भेजा ही नहीं था। पर जवाब भेजने

वालों के पास इतना समय कहाँ कि किसने भेजा, किसने नहीं इसका ध्यान रखें।

[लिफ़ाफ़ों का एक बण्डल उठाकर महीपति उन लिफ़ाफ़ों को जगह-जगह फूलों की तरह सजाना शुरू कर देता है।]

देखते-देखते हमारा शीशमहल इनकार महल में बदल गया। ये भी सम्भावना थी कि किराया न दे पाने की वजह से हमें कमरा देने से ही इनकार कर दिया जाता। टाइम टेबल पक्का हो चुका था। रोज़ सुबह निःशुल्क वाचनालयों (लाइब्रेरी) में समाचार-पत्रों में उच्च शैक्षणिक वाण्टेड विज्ञापनों को देखना। पते नोट करना। दोपहर में पुराने लिफ़ाफ़े पर नया काग़ज़ चिपकाकर फिर नयी अर्जी भेज देना, डाक का इन्तज़ार करना, आने वाले इनकार का वर्गीकरण, विश्लेषण। फिर बायीं करवट लेकर थोड़ी नींद। शाम को घूमने और आसपास की सुखदायक चीज़ें देखने की कसरत। रात को भरपूर नींद और नींद न आये तो चिन्तन-मनन या फिर आये हुए इनकार की गिनती करना और कल कितने आयेंगे इसका अनुमान लगाना। मिला हुआ वेतन अभी ख़त्म नहीं हुआ था इसलिए पेट भरने की चिन्ता नहीं थी। कभी-कभार ईश्वरभाई के दर्शन। मैं कुछ भी नहीं माँगता ये देखकर अब वो मुझसे नार्मल यानी इन्सान की तरह पेश आने लगे थे। इसी बीच 'सिफारिशिज़्म' पर मेरा अध्ययन जारी था।

[इसी बीच...का व्यक्ति आकर बैठ जाता है।]

महीपति : (*दरवाज़े की बेल बजाने का अभिनय करते हुए*) मे आई कम इन सर।

गृहस्थ : (*चिढ़कर*) कौन है, इन दिनों ज़रा इत्मीनान से बैठना भी मुश्किल है।

[महीपति आकर अपने स्वभाव के मुताबिक़ हँसते हुए झुककर नमस्कार करता है।]

महीपति : मैं प्राध्यापक महीपति वभ्रुवाहन पोरपारणेकर।

गृहस्थ : (*चेहरे पर बदबू आने का भाव लाकर*) क्या है, आप कहाँ प्रोफ़ेसर हैं?

महीपति : प्राध्यापक...अभी होना बाकी है। हूँ नहीं। अभी-अभी एम.ए. पास किया है। (*थैली में से एक पुड़िया निकालकर उनके सामने रखता है*)

गृहस्थ : क्या है ये?

महीपति : मिठाई। मेरे एम.ए. पास होने की खुशी में। शुद्ध घी की है, जानबूझकर लाया हूँ।

गृहस्थ : रखिए, रखिए (*मजबूरी से*) अच्छा है, अच्छा है, पास हो गये।

महीपति : (*खुद बैठते हुए*) वो तो अभी तय होना है सर। (*पुड़िया में से मिठाई निकालकर देते हुए*) लीजिए, चखिए।

गृहस्थ : (*चखकर सन्तोष व्यक्त करते हुए*) अच्छी है, कहाँ मिलती है?

महीपति : मैं ही ला दूँगा फिर से, उसमें क्या बड़ी बात, मेरे रास्ते पर ही तो दुकान है।

गृहस्थ : थैंक्यू, थैक्यू (*सन्देह से*) किसी काम से आये हैं मेरे पास।

महीपति : काम यही, आपको मिठाई देने का।

गृहस्थ : लेकिन हमें ही क्यों, याद नहीं आता आपको कहाँ...

महीपति : एकदम सच कहूँ सर, आप जैसे लोगों का आदर्श सामने रख मैंने पढ़ाई पूरी की। आपने नहीं देखा होगा मुझे लेकिन मैं आपको रोज़ देखता था पूरे मन से। शायद इसे आप अतिशयोक्ति समझें लेकिन मेरे एम.ए. पास होने का आधा क्रैडिट आपको है।

गृहस्थ : (*अविश्वासपूर्वक*) नो, नो।

महीपति : नहीं कैसे सर—है ही, मैंने कहा ही था आपको अतिशयोक्ति ही लगेगी, लेकिन इसके पहले आपके पास मिठाई लेकर आने का कोई कारण मेरे पास नहीं था। इस बात पर विचार करें न सर। लीजिए और लीजिए। अस्सल चीज़ है।

गृहस्थ : (*मिठाई लेते हुए*) इसमें कोई शक नहीं (*खाते हुए*) अच्छी है। बहुत अच्छी है।

महीपति : (*दर्शकों से*) सिफ़ारिशिज़्म का ये पहला पाठ जो मैंने, प्रेक्टिकल कर के देखा। आदमी पहचान कर उसे ख़ुश कर देना। इसमें सफल रहा। इस आदमी को मैंने तीन बार ख़ुश किया। उसने भी मुझे अमुक-अमुक जगह चिपक़वा देता

हूँ का आश्वासन देकर बार-बार खुश किया। लेकिन बस इतना ही, साले ने काम नहीं किया। सिर्फ़ भरपेट मिठाई खायी मेरी, मेरे आख़िरी वेतन के पैसों की और मुझे सिर्फ़ सब्ज़बाग़ दिखाये।

मिठाई मेरी खायी और चिपकवा दिया अपनी जाति के उम्मीदवार को। कोई अपनी जाति के, कोई अपने रिश्तेदार तो कोई अपनी जान-पहचान के उम्मीदवार को चिपकाने का वादा लिए बैठा था और अकेले हम ही साले ऐसे थे जिसका कोई भी चिपकवा सकने के क्षेत्र में था ही नहीं। मतलब ये कि सब्ज़बाग़ का हरा-भरा जंगी स्टाक हमारे पास जमा हो गया लेकिन प्राध्यापक नाम का हरा-भरा पेड़ किसी तरह हाथ नहीं लग रहा था। कहीं हमारा थर्ड क्लास दग़ा दे जाता तो कहीं हमारी जाति आड़े आ जाती और समस्या ये थी कि अपनी जाति न तो एकदम ऊँची थी और न ही एकदम नीची। कभी लगता कि अधर में लटकी-सी अपनी जाति की दिक्कत को धर्म परिवर्तन कर, दूर किया जाये।

[गृहस्थ अन्दर चले जाते हैं।]

और एक रोज़ निशाना लग गया। पता नहीं कैसे एक अर्जी निशाने पर जा लगी और इण्टरव्यू का कॉल आ गया। कहाँ से? महाराष्ट्र के उस इलाके के नये नवेले एक वर्ष पुराने कॉलेज से। जिसे कुछ लोग पिछड़ा इलाका कहते हैं। प्रोफ़ेसरी तो अभी बहुत दूर थी लेकिन इण्टरव्यू कॉल मात्र से ही हम ख़ुशी से नाच उठे। गा उठे। प्राध्यापक महीपति पोरपारणेकर ने चक्रव्यूह का पहला चक्र तो पार कर लिया था। बार-बार इस बात का यकीन कर लिया कि कॉल किसी और को नहीं हमें ही आया है। हमारा सरनेम ही कुछ ऐसा था अलौकिक कि किसी दूसरे का कॉल हमें आने की सम्भावना ही नहीं थी। पूरे भारत में दूसरा कोई पोरपारणेकर एम.ए. नहीं था। इसी पोरपारणेकर को ही कॉल कर किया गया था, मुलाक़ात का वादा। पहला साक्षात्कार उर्फ़ पहला इण्टरव्यू।

[ईश्वरभाई अन्दर आते हैं दाढ़ी के बाल नोंचते हैं।]

ईश्वरभाई : क्यों भाई महीपति, आज ब्रह्ममुहूर्त में दर्शन दिये।

[महीपति लिफ़ाफ़ा पकड़ाता है उसे देखकर]

क्या है? कॉल *(खोलकर देखते हैं और मुँह बनाकर वापस करते हुए)*।

अभी इण्टरव्यू होना बाकी है, फिर सिलेक्शन, हज़ार लफ़ड़े हैं अभी।

महीपति : लेकिन कॉल तो आया।

ईश्वरभाई : अगर हमसे पूछते हो तो सच कहूँ कि इसमें बछड़े की तरह उछलने जैसी कोई बात नहीं है महीपति। बस इतने पर इस तरह उछलना उथलेपन की निशानी है। अपरिपक्वता का लक्षण है।

महीपति : वैसे भी मैं अपरिपक्व हूँ, लेकिन आज चाय पिलाइए न।

ईश्वरभाई : चाय।

महीपति : हाँ, सेलिब्रेट करते हैं।

ईश्वरभाई : सिर्फ़ इसलिए कि इण्टरव्यू कॉल आया है। अरे पहले सिलेक्शन तो होने दो। वो इतना आसान नहीं। महीपति। आसान नहीं।

महीपति : इसीलिए, उसके बारे में अभी क्या सोचना। आज तो सिर्फ़ कॉल सेलिब्रेट करें। इसीलिए आपके पास आया हूँ। अगर सिलेक्ट हो गया तो नहीं माँगूँगा लेकिन आज तो चाय पिलाइए ही।

ईश्वरभाई : *(शिकायती लहजे में)* तुम भी हद करते हो...

महीपति : मैं नहीं हालात कराते हैं यही कह लीजिए। क्योंकि चाय पीते-पीते मैं आपसे इण्टरव्यू के लिए जाने का यात्रा ख़र्च भी माँगने वाला हूँ।

ईश्वरभाई : *(शॉक्ड)* क्या?

महीपति : वैसा नहीं सिर्फ़ उधार, क़र्ज़ के तौर पर। अपनी पहली तनख्वाह से मैं उसे वापस करूँगा। पक्का। मेरे पास इण्टरव्यू में जाने के लिए पैसे नहीं हैं और अगर इण्टरव्यू में ही नहीं गया तो सिलेक्शन नहीं होगा, सिलेक्ट नहीं हुआ तो पहला वेतन नहीं मिलेगा... ये चलेगा आपको। महाराष्ट्र की पिछड़ी जातियों का विकास होना चाहिए। ये बात आप हमेशा कहते हैं।

ईश्वरभाई : ग़लती हो गयी *(जेब से पैसे निकालते हुए)* बस इतने ही हैं बाकी और किसी दूसरे से माँगो।

महीपति : और चाय?

ईश्वरभाई : जाओ जाओ, तुम पियो जाकर, उसका ख़र्च मुझ पर मत लादो।

[ईश्वरभाई अन्दर चले जाते हैं।]

महीपति : *(दर्शकों से)* वैसे सेविंग बैंक खाते में कम-से-कम जितने रखने होते हैं उतने थे मेरे पास। खाता बन्द करके वो पैसे निकाल लिए और मालिक की दुआ से मा बदौलत इण्टरव्यू के लिए आ पहुँचे।

(महीपति विंग में जाकर पानी पीता है और 'उम्मीद' भरा कोई फ़िल्मी गीत बजता है। जैसे—मामा च्या गावा ला जाऊ या)

[बीच में ही गीत अस्पष्ट-सा सुनायी देने लगता है।]

(दर्शकों से) लेकिन हाँ, एक बात बताना तो रह ही गयी। इण्टरव्यू की ज़बरदस्त तैयारी मैंने की थी। मुफ़्त यानी निःशुल्क वाचनालय में बैठकर। पिछले छह महीने के रोज़ के अख़बार धैर्यपूर्वक पढ़े थे। सामान्य ज्ञान की एक किताब एक बुक डिपो से यूँ ही उठा लाया था उसे दो बार पढ़ डाला था और उसे वापस वहीं रख आया था। इसके अलावा ईश्वरभाई की पाक्षिक पत्रिका की फाइलें उलट-पलट कर महाराष्ट्र की, भारत की, सामाजिक, आर्थिक, राजनीतिक, सांस्कृतिक, नैतिक आदि बातों को भी जान लिया था। इसके अलावा फ़िल्मों के नाम, अभिनेताओं के नाम, लेखकों के नाम, मन्त्रियों के नाम और विभाग आदि के बारे में भी जानकारी जमा की थी, पता नहीं क्या ज़रूरत पड़ जाये। यह भी कहीं पढ़ा-सुना था कि अब के प्रोफ़ेसर वैल ड्रेस्ड सूट-बूट में रहते हैं, थोड़ा देखा भी था इसलिए यह भी तय किया था कि इस मामले में भी पीछे नहीं रहना है।

[लॉण्ड्रीवाला आकर बीड़ी पीता बैठा है।]

लॉण्ड्रीवाला : अब नहीं लूँगा आपके कपड़े महीपति, वापस ले जाओ। सिर्फ़ प्रेस भी नहीं करूँगा, पिछला काफ़ी बकाया है।

महीपति : प्रेस के लिए कपड़े डालने ही नहीं हैं।

लॉण्ड्रीवाला : फिर? क्यूँ आये?

महीपति : गुडबाय करने।

लॉण्ड्रीवाला : (*एक लम्बा कश खींचते हुए*) आप सुसाइड-बुसाइड करने चले हो क्या महीपति। हमारे बकाया बिल का क्या होगा। पहले वो चुकाओ, फिर करो जो करना है।

महीपति : कहाँ से दूँ। नौकरी के इण्टरव्यू में जाने के लिए ढंग के कपड़े भी नहीं हैं, नौकरी नहीं मिली तो बिल कहाँ से चुकाऊँगा। अब गाँव जाके रहूँगा।

लॉण्ड्रीवाला : जान देने का इरादा नहीं है न?

महीपति : नहीं।

लॉण्ड्रीवाला : ठीक है, ठीक है, मुझे लगा मरने का इरादा है।

महीपति : इरादा बुरा नहीं हैं, लेकिन पूरा करना आना चाहिए न?

लॉण्ड्रीवाला : इण्टरव्यू है?

महीपति : (*कॉल लेटर दिखाते हुए*) ये देखो, इण्टरव्यू कॉल आया है।

लॉण्ड्रीवाला : (*उलट पुलट कर देखता है वापस करते हुए*) क्या साब बण्डलबाजी तो नहीं कर रहे हैं न?

महीपति : नहीं, सच मैं गाँव जा रहा हूँ। घर के छह लोगों में मेरे अकेले का बोझ महसूस नहीं होगा। प्रोफ़ेसर की नौकरी के लिए जाना है, तो ढंग के कपड़े तो होने चाहिए न। अच्छे कपड़े नहीं होंगे तो इण्टरव्यू में इम्प्रेशन कैसे पड़ेगा।

लॉण्ड्रीवाला : (*लम्बा कश खींचकर*) कम-से-कम कपड़ा वापस तो करेगा न साब?

महीपति : कपड़े?

लॉण्ड्रीवाला : हम आपको कपड़े वापरने के लिए देता है। लेकिन काम होते ही वापस करने होंगे। नहीं तो साला हमारा ही गला काटेगा। बिल भी जायेगा और ग्राहक के कपड़े का पैसा भी भरना पड़ेगा।

महीपति : वो नौबत नहीं आयेगी। चाहो तो, अपने दो कपड़े हम गिरवी रख देते हैं। प्रेस करके तुम अपने पास ही रख लो। एम.ए. का सर्टिफिकेट ही रख दिया होता, लेकिन इण्टरव्यू में उसकी ज़रूरत पड़ेगी।

लॉण्ड्रीवाला : रहने दो। *(उठकर विंग से कुछ लाता है।)* देखो इन्हें, तुम्हारे नाप के जो हों उन्हें प्रेस कर देता हूँ।

[महीपति दो एक साफ और जरा कीमती कपड़े पहनकर देखता है।]

महीपति : पैण्ट ज़रा ढीली है, और अगर हो तो एक टाई भी चाहिए।

[लॉण्ड्रीवाला एक रंग-बिरंगी टाई लाकर देता है, अन्दर जाता है, महीपति टाई बाँधता है। कुछ अलग और अजीब दिखने लगता है। ईश्वरभाई कड़वा मुँह बनाये आते हैं और उसे एक ब्रीफ़केस दे जाते हैं।]

महीपति : हाँ तो इस तरह सुसज्जित होकर मैं इण्टरव्यू में जा पहुँचा। रेडी फॉर अटैक। इधर-उधर से बटोरा हुआ ज्ञान, लॉण्ड्रीवाले से उधार लिए कपड़े, ईश्वरभाई की आदर्शवादी ब्रीफ़केस और मेरे अपने ही पुराने पैच लगे पॉलिश मारे हुए जूते।

[एक फटे कपड़े पहने देहाती आदमी उसकी ओर मुड़-मुड़कर देखते हुए गुज़रता है।]

बस-स्टैण्ड पर उतरते ही मुझे ऐसा महसूस होने लगा कि हर कोई मेरी ओर ही देख रहा है। बचपन में, गाँव में जब सर्कस आती तो सब जैसे उस प्रचार वाले हाथी या ऊँट की ओर मुड़-मुड़कर देखते थे, उसकी याद मुझे हो आयी, उनके पीछे बाल गोपाल भी वैसे ही। फ़र्क़, बस इतना कि मुझे पूँछ नहीं थी पर शायद वो भी थी डिग्री की पुछल्ली!

[एक ओर कुछ देहाती अपने असली लिबास में क़तार में पान तम्बाखू खाते, कुछ बतियाते बैठे हैं।]

इण्टरव्यू जाहिर है कॉलेज में ही था, इसलिए पूछते-पाछते चला। *(आये हुए एक देहाती से—काय हो, कॉलेज का रास्ता कौन-सा है?)*

देहाती : कॉलेज यानी क्या? हाँ हाँ पुराने तबेले की ओर जाना है?

महीपति : मुझे अफ़सोस हो रहा था कि इन बेचारों को अभी तक कॉलेज और तबेले का फ़र्क़ नहीं पता, तभी मुझे पता चला कि पुराने यानी पहले के तबेले में ही अभी का ये कॉलेज है। बीच में आँगन और इर्द-गिर्द कच्ची बैरकों वाला ये तबेला सहकारी डेयरी का था। सहकारी डेयरी के लिए नयी

आधुनिक बिल्डिंग बनायी गयी थी और ये पुराना तबेला कॉलेज के लिए दिया गया था। बाहर बोर्ड लटक रहा था। कैलाशवासी मातुश्री गयाबाई सुताराम मुंडाशे कला और विज्ञान महाविद्यालय। कॉलेज अभी बन्द ही था। वेकेशन वग़ैरह चल रही थी। तो दूसरी जगह कुछ ऑफ़िस जैसा दिखा वहाँ मैं घुसा और नाक दबाकर उल्टे पैरों लौटा। इस कदर बदबू थी वहाँ और शायद सुनहरे अतीत की याद और निशानी के रूप में एक डीलडौल वाला भैंसा वहाँ बँधा था। यानी वो दफ़्तर तो नहीं ही था। उस भैंसे को भी मेरा वहाँ अनाधिकार प्रवेश, शायद अच्छा नहीं लगा या शायद मेरी लाल टाई को देखकर वो भैंसा महाशय भड़के, पता नहीं। लेकिन मुझे ऐसा लगता है कि अगर मेरे बारे में कॉलेज के संचालक मण्डल ने उस भैंसे की सलाह ली होती तो वो कहता, इसे नौकरी पर हरगिज़ न रखें, पहले निकाल बाहर करो। इसमें कोई सन्देह नहीं। बताने की बात ये है कि वो भैंसा कोई साधारण भैंसा नहीं था बल्कि चेयरमैन साहब का अपना भैंसा था, ये मुझे बाद में पता चला। उनकी हवेली की मरम्मत जारी थी इसलिए अध्यक्षीय भैंसे के अस्थायी निवास की व्यवस्था कॉलेज की लैब में की गयी थी।

एक आदमी : (*पीछे से*) ऐ बाबू? क्या चाहिए।

महीपति : (*हड़बड़ाकर*) ऐं क्या... क्या—कुछ नहीं, कुछ भी तो नहीं।

दूसरा : अभी-अभी शहर से आ रहे हो, लगता है।

तीसरा : (*दूसरे को देखते हुए*) यही होगा सर, वैसा ही दिख रहा है।

पहला : नौकरी के इण्टरव्यू के लिए आये हो क्या?

महीपति : हाँ, हाँ, वही, मैं वही हूँ।
(सबको अपनी तरफ़ एकटक घूरते देखकर, जैसे याद करके झुककर नमस्ते)

पहला : बैठो।

[महीपति एक कुर्सी पर बैठना चाहता है, तभी ये देखकर।]

नहीं, नहीं, वहाँ मत बैठो, बाहर बैठो अभी कमेटी आनी है, कमेटी आने पर बुलायेंगे समझे न?

दूसरा : *(तीसरे से)* हैं भेनचो, यहीं बैठ रहा था, जाओ बैठो बाहर।

[फिर से एक बार विनम्रता से नमस्कार कर महीपति बाहर आकर खड़ा होता है।]

महीपति : कहा ज़रूर कि बैठो, लेकिन बाहर बैठने के लिए सिवाय ज़मीन के कुछ था नहीं और लॉण्ड्रीवाले की पैण्ट का ध्यान कर गोबर लिपी ज़मीन पर बैठना हितकर नहीं था। इसलिए खड़ा ही रहा। वैसे भी क्लास में पढ़ाने की दृष्टि से खड़े रहने की आदत डालनी ही थी। बाद में पता चला कि मैंने जिन्हें झुककर नमस्कार किया था वे सब मैनेजिंग कमेटी के छुटभैये मेम्बर थे। संस्था के महत्त्वपूर्ण लोग तो अभी आने थे वे इत्मीनान से आये।

[दो व्यक्ति आते हैं एक सीना ताने दूसरा अपने में लीन झुका-झुका सा, आगे वाला कोट धोती में देहाती नेता टाइप। पीछे वाला चश्मा पहने थोड़ा गंजा-सा, पेट की तरफ़ से झुका हुआ। उनके आते ही बैठे हुए खड़े हो जाते हैं। इनमें से सीना फुलाये चलने वाला संस्था का चेयरमैन और दूसरा प्राचार्य।]

चेयरमैन : *(मूँछों पर ताव देते हुए)* बैठिए, बैठिए। *(खुद बैठकर टेबल पर रखे काग़ज़ उलटते-पलटते हुए)* आज का एजेण्डा क्या है मास्टर?

प्राचार्य : एक इण्टरव्यू है, मराठी के प्राध्यापक की जगह भरनी थी। शहर से एक कैण्डीडेट आने वाला था, शायद आ गया हो।

दो, तीन : हाँ, हाँ, आया है न, होगा यहीं-कहीं बाहर।

चेयरमैन : *(समझते हुए)* वही तो नहीं जिसने कमर की उतार के गले में बाँध ली है *(खुद ज़ोर से हँसता है)* क्या कहते हैं उसको टाई। हाँ खड़ा तो था। तो फिर निपटाइए जल्दी। आगे हमें क्रैडिट बैंक की मीटिंग में भी जाना है। मास्टर जी अपना कोई है क्या इस पोस्ट के लिए।

प्राचार्य : हमने सबसे पूछ लिया है, अपना कोई नहीं।

चेयरमैन : बला टली, हमने कहा एकाध तो रहने दो इस कॉलेज में बिना सिफ़ारिश का टट्टू आख़िर विद्या का मन्दिर है, भैंचो, ज़रा तो पवित्रता रहे। क्यो मास्टर?

प्राचार्य : हाँ, हाँ, ठीक कहा आपने।

चेयरमैन : कितना पढ़ा है ये लँगोटिया?

प्राचार्य : एम.ए. है थर्ड क्लास।

चेयरमैन : फर्स्ट डिवीजन वाला मइयो का, यहाँ क्यूँ आता नौकरी ढूँढ़ते? थर्ड क्लास तो थर्ड क्लास ही सही, बहरा, गूँगा, अन्धा, पगलेट तो नहीं है न? रख लो तुरन्त, क्या हनुमान सेठ? वैसे भी अपने बच्चे कहाँ पढ़ते-लिखते हैं ऊपर की क्लास में जाने से मतलब।

हनुमान सेठ : आप जैसा कहें।

चेयरमैन : दस्तख़त के लिए भेज देना काग़ज़ बँगले पर, अब और क्या है एजेण्डे में?

प्राचार्य : वो उसका इण्टरव्यू—बिना इण्टरव्यू ज़रा ठीक नहीं होगा। ले लें तो अच्छा...।

चेयरमैन : हम भैंचो कौन लगते हैं पूछने वाले? एँ? क्या सर्जेराव? क्या पूछेंगे हम?

सर्जेराव : लेकिन कह रहे हैं मास्टर जी तो...

हनुमान सेठ : हाँ, तो हो जाने दो फिर।

चेयरमैन : ठीक है, बुलाओ।

महीपति : (*दर्शकों से*) ये सब उनके बीच का संवाद, इतनी ऊँची आवाज़ में था कि मुझे भी सुनायी दे रहा था। बुलावा आते ही कुल देवता का स्मरण किया और अन्दर गया।

[बैठे हुए लोगों को मुस्कुराते हुए झुक कर नमस्कार करता है।]

चेयरमैन : क्या नाम है तुम्हारा?

महीपति : एम.बी. पोरपारणेकर, सर।

चेयरमैन : क्या? पोरपारणेकर *(ठहाका लगाकर हँसता है सब हँसते हैं)* ऐसा मास्टर नहीं चाहिए अपने कॉलेज में। क्या नाम है कहता है चोरपारणेकर।

महीपति : *(थोड़ा मुस्कराते हुए)* पोरपारणेकर नाम का गाँव है, पोरपारणे और चोरपारणे दो हैं, मैं पोरपारणेकर।

चेयरमैन : अच्छा ऐसा है, तो फिर ठीक है, ये हमारे बड़े मास्साब हैं।

प्राचार्य : प्राचार्य।

चेयरमैन : हाँ प्राचार्य, कॉलेज के हेडमास्टर।

[महीपति झुककर नमस्कार करता है।]

इनका भी नाम कुछ वैसा ही है, तेरे जैसा, लेकिन अब हमें आदत हो गयी है मास्टर ज़रा पानी लाना, जल हो जाये।

[प्राचार्य पानी लाकर देते हैं।]

दूसरा : (*महीपति से*) कौन जाति हो आप!

महीपति : जायकवार (*इतना बताना काफ़ी नहीं—सोचकर*) वैसे हम लोग क्षत्रिय हैं हमारे पूर्वज होलकर की फ़ौज में अफ़सर थे। महाराज ने जब युद्ध में लूट मचायी, जौहर दिखाये तो हमारे पूर्वजों ने बड़ा पराक्रम किया था।

चेयरमैन : वाह! वाह! और आप क्या जौहर दिखाओगे हमारे कॉलेज में? (*जोर से हँसता है*) हमारे कॉलेज को लूटना नहीं बस, इतना ही। क्या सर्जेराव?

सर्जेराव : (*खोखली हँसी ताली बजाकर*) होः होः होः हाः

चेयरमैन : हमारा इण्टरव्यू ख़त्म, भैंचो क्या पूछना है घण्टा? मुद्दे के एक दो सवाल पूछ लिए। बस हुआ। हनुमान सेठ आप भी कुछ पूछिए। पूछिए अगर पूछना है।

हनुमान सेठ : (*प्रयत्नपूर्वक*) नाम? हाँ वो तो हो गया है। फिर गाँव? हाँ वो भी हो गया। पोरपारणे। अब जाति के बारे में एक सवाल पूछना था। लेकिन वो भी चेयरमैन साहब ने शायद पूछ लिया है। (*चेयरमैन साहब से*) सब कुछ तो पूछ लिया है (*हाँ, याद करते हुए*) एक सवाल रह गया है, बच्चे कितने हैं तुम्हारे? (*सर्जेराव*) परिवार नियोजन का बरस कौन-सा है।

महीपति : एक भी नहीं।

चेयरमैन : बढ़िया, शाब्बाश।

हनुमान सेठ : (*सन्देहपूर्वक*) अभी एकाध सवाल रह गया है। (*याद करके*) हाँ, खाद कितने किस्म की होती है।

चेयरमैन : हनुमान सेठ

हनुमान सेठ : नईं, वो क्या है चेयरमैन साब कि आख़िर हमारे बच्चे गाँव के हैं मास्टर को इतना...

प्राचार्य : प्रोफ़ेसर कहिए, प्रोफ़ेसर।

हनुमान सेठ : प्रोफ़ेसर को खेती का थोड़ा तो आइडिया होना चाहिए न?

चेयरमैन : क्या हनुमान सेठ—अपने बच्चे कॉलेज पढ़ के क्या खेत में खटने वाले हैं हल को हाथ लगाने के लिए भी तैयार नहीं होंगे। दूसरा कुछ पूछो। उन्हें मराठी भाषा पढ़ानी है। समझे।

हनुमान सेठ : वो तो पढ़ायेंगे ही, हमारा कहाँ कुछ कहना है। आपने कहा तो कर दिये दो सवाल। सर्जेराव—पूछिए, अब आप भी कुछ पूछिए। अब आपका नम्बर है।

सर्जेशन : (*गला साफ़ करते हुए*) ए मास्साब आपने वो छप्पन छुरी की लावणी देखी है क्या।

चेयरमैन : ठीक है आपने पूछा अब इनका क्या?

सर्जेराव : बताता हूँ, पूछ रहा हूँ इस सवाल का जवाब देने दो, दूसरा सवाल तैयार ही है।

चेयरमैन : बोलो मास्साब, पोरपारणेकर, देखी है? दो सवाल का जवाब।

महीपति : हाँ देखी है, मगर उसको देखे कई साल हो गये...

सर्जेराव : ओल रैट—उस लावणी में एक चौबोला था उसका पहला अक्षर था घोड़ा और आखरी अक्षर था राजा। तो बोलो उसके बोल बोलो (*चेयरमैन से*)—ये है पॉइण्ट, इसे पकड़ना आसान नहीं होगा।

महीपति : बात यह है कि लावणी वैसे तो श्रृंगारिक साहित्य है और अगर हम राष्ट्र का यानी नौजवानों का कल्याण चाहते हैं राष्ट्र को ज्वलन्त रखना चाहते हैं तो हमें स्फूर्तिदायक ज्वलन्त राष्ट्रीय साहित्य की निर्मिति करनी होगी। उदाहरण के लिए पोवाड़ा आल्हा वग़ैरह। यदि आप अनुमति दें तो मैं एक उत्साहवर्धक वीर काव्य का नमूना प्रस्तुत कर सकता हूँ। वह अद्‌भुत है।

चेयरमैन : सुनाइए, सुनाइए।

सर्जेराव : हम तो छप्पन छुरी की लावणी...

चेयरमैन : सर्जेराव मास्टर ठीक कहता है, क्या हेडमास्साब?

प्राचार्य : जी बिल्कुल। प्राचार्य, हेडमास्साब नहीं।

चेयरमैन : अरे, मास्साब, आप समझो आसान चीज़ों के लिए कठिन शब्द क्यों चाहिए। पोरपारणे मास्साब सुनाओ सुनाओ अच्छे से।

महीपति : *(अपनी ब्रीफ़केस पर ताल देते हुए एक वीर काव्य प्रस्तुत करता है)*

जिनके कबन्ध ने ही,
चटा दी तीन सौ को धूल
उन वीरों को हम
कैसे जायें भूल
ऽ... ऽ... ऽ... ऽ...

(बाकी आप चाहें तो फिर कभी सुना सकता हूँ।)

चेयरमैन : सब्बास, क्या हेडमास्साब (*खी-खी कर हँसते हुए*) आप भी हाथ धोलो बहती गंगा में कुछ पूछ लो।

प्राचार्य : (नर्वस) नहीं, कुछ नहीं पूछना आप सब ने तो पूछ ही लिया है (*महीपति से ज़रा बेचैन होकर*) अब आप जा सकते हैं। निर्णय आपको सूचित किया जायेगा।

चेयरमैन : अब और क्या निर्णय रह गया है, दूसरा कोई है भी, मइयो का।

प्राचार्य : ठीक है...आप जा सकते हैं।

महीपति : *(झुककर सबको अभिवादन करते हुए)* अच्छा तो, आभार, थैंक यू, शुक्रिया।

[तीनों उठकर जाते हैं चेयरमैन स्टेज पर बैठे हैं।]

(दर्शकों से) इण्टरव्यू हो गया, संस्था के अध्यक्ष ने, "दूसरा और कौन है भइयो का आया भी तो नहीं।" ये कहकर उचित सूचना तो दे ही दी थी। फिर भी मन में सन्देह था। वो हेडमास्टर उर्फ़ प्राचार्य कुछ गड़बड़ भी तो कर सकता है, दूसरे दो लोगों को मेरा वीरकाव्य कैसा लगा होगा? स्कूल में याद किया हुआ काम आ गया। वरना उस छप्पन छुरी ने वो चाल चली थी कि चारों खाने चित ही होता। बच गया। सोचा पहले खूँटा गाड़कर अच्छी तरह हिलाकर देख लूँ, उसके बाद ही शहर वापस जाऊँ। संस्था के चेयरमैन को, शाम को उनके घर जा घेरा *(उनके नज़दीक सरककर)* ज़रा नियुक्ति—वो एपॉइण्टमेण्ट का पक्का पता चल जाता तो...

चेयरमैन (*नशे में स्वर लड़खड़ाते हुए*) क्या मास्साब, रख लिया आपको, रख लिया, पत्थर की लकीर समझो यहाँ हम जो करें सो क़ायदा...

महीपति : थैंक यू...

चेयरमैन : आप वापस मत जाओ अब, यहीं रहो, सारा इन्तज़ाम हो जायेगा। पियोगे?

महीपति : क्या (*जल्दी से*) नहीं-नहीं।

चेयरमैन : थोड़ी-सी।

महीपति : बिल्कुल नहीं। पी ली है सुबह ही। नहीं-नहीं दोपहर में। अहाँ—शाम को, नहीं-नहीं यानी मैं पीता नहीं हूँ।

चेयरमैन : हम ठहरे समाजवादी। सब के साथ बैठते हैं। एक-दूजे को साथ ले, दोनों चले सुपन्थ। देखो आप भी चलो थोड़ा सुपन्थ। पियो थोड़ी।

महीपति : नहीं-नहीं।

चेयरमैन : पियो, थोड़ी पियो।

महीपति : नहीं जी, हाँ ऐसा करता हूँ कि ये खाली बोतल रख लेता हूँ अच्छी है।

चेयरमैन : अच्छा तो, ले जाओ, आपको रक्खा हमने मास्साब, रख लिया। वो हेडमास्टर की चिन्ता मत करो वैसे थोड़ा चालाक चलता पुरजा है वो। लेकिन हमें उससे कोई परेशानी नहीं। जाओ आप। रख लिया आपको।

महीपति : वैसे अगर एपॉइण्टमेण्ट लेटर...

चेयरमैन : लैटर गया गधी की...में। हमने भैंचो कह दिया हमारी बात काफ़ी नहीं तुम्हारे लिए। वो लिखित-विखित कुछ नहीं चलता यहाँ।

महीपति : ठीक है, ठीक है।

चेयरमैन : रहो यहाँ नईं तो जाओ ऐसी-तैसी में, ज़बान दी, रख लिया है आपको, पक्का। कौन मइयों का अपने को अपोज़ करता है। उस मा (*रुककर*) जाओ जाओ, राम-राम।

[खुद उठकर अन्दर जाता है।]

महीपति : इस तरह नौकरी का जुगाड़ तो कर लिया। वो भी प्रोफ़ेसर की। लेक्चरर की नहीं। प्रोफ़ेसर। पहले ही झटके में। स्टार्टिंग

ही चमकदार। नये जॉब को कन्धे पर लटकाये शहर वापस आया। लॉण्ड्री वाले के कपड़े और ईश्वरभाई की ब्रीफ़केस भी वापस करनी थी।

[ईश्वरभाई अपनी दाढ़ी बनाते हुए आकर बैठ जाते हैं।]

ईश्वरभाई : ई-इस्स, लग गया साला ब्लेड (*उस्तरा*) कट गया। कौन? महीपति क्या भाई, क्या हुआ इण्टरव्यू का?

महीपति : ये लीजिए डफली (*ब्रीफ़केस सौंपता है*)

ईश्वरभाई : क्या?

महीपति : डफली, बजाने वाली।

ईश्वरभाई : ठीक तो हो न?

महीपति : आपके ब्रीफ़केस और वीरकाव्य की वजह से।

ईश्वरभाई : वीरकाव्य?

महीपति : जी हाँ, वही वो अपना धन्य-धन्य सरदार।

ईश्वरभाई : क्या हुआ तुम्हारा, रिजेक्ट हो गये क्या? अरे ये सब तो चलता रहता है हिम्मते मरदाँ...

महीपति : रिजेक्ट नहीं हुआ, सिलेक्ट हुआ हूँ सिलेक्ट। नॉट एज ए सिम्पल लेक्चरर। द प्रोफ़ेसर।

ईश्वरभाई : प्रोफ़ेसर (*ऑ...*)

महीपति : यस, उन्होंने कहा नौटंकी के बारे में पहला शब्द घोड़ा, आख़िरी का राजा, मैं उन्हें होशियारी से वीरकाव्य तक ले गया। गाकर सुनाया आपकी कसम। आपके ब्रीफ़केस को डफली बनाकर, ताल देते हुए। चेयरमैन ख़ुश—बोले—रख लिया।

ईश्वरभाई : रख लिया कहा?

महीपति : हाँ जी, कीजिए शेविंग पूरी ईश्वरभाई।

ईश्वरभाई : तुम्हारे हाथ में कुछ लिखित दिया है। एपॉइण्टमेण्ट वग़ैरह। अगर नहीं तो वो अपनी बात घुमा भी सकते हैं। समझे।

महीपति : नहीं।

ईश्वरभाई : मैं बता रहा हूँ तुम्हें।

महीपति : आप तो बाबा आदम के जमाने से बता रहे हैं ईश्वरभाई। लेकिन आज मैं आपको बताता हूँ। मैं, प्राध्यापक, लेक्चरर नहीं, हेड ऑफ़ द मराठी डिपार्टमेण्ट, कैलाशवासी मातुश्री

गयाबाई सुताराम मुंडाशे कला और विज्ञान महाविद्यालय में प्रोफ़ेसर बन गया हूँ।

ईश्वरभाई : कोई सबूत–

महीपति : सबसे बड़ा सबूत ये है कि इण्टरव्यू के लिये दूसरा कोई कैण्डीडेट था ही नहीं, हम अकेले थे। दूसरा सबूत ये कि संस्था के चैयरमैन साहब ने कहा–कि अब वापस क्यों जाते हो, यहीं रहो। बहुत प्यार से आग्रह कर रहे थे और तीसरा सबूत ये ईश्वरभाई कि उन्होंने मुझे ये ऑफ़र की, ये (*बोतल दिखाते हुए*)

ईश्वरभाई : (*बोतल देखते हुए*) क्या, तुमने पी?

महीपति : नहीं, लेकिन बतौर सबूत आपके लिए लाया हूँ।

ईश्वरभाई : (*तरस खाते हुए*) ऑ... छी छी छी ये क्या महीपति? तुम यहाँ के आदर्शवादी संस्कारों में पले-बढ़े और...

महीपति : इसीलिए तो शराब न पीकर खाली बोतल लाया। ईश्वरभाई, आज तो मैं बिन पिये ही नशे में हूँ।

ईश्वरभाई : ज़्यादा घमण्ड मत करो महीपति, घमण्डी का घर पाताल...

महीपति : आप अपनी दाढ़ी पूरी करो, हम चलते हैं।

ईश्वरभाई : और ये बोतल यहाँ से जाते हुए अपनी जेब में रखो।

महीपति : (*हाथ की बोतल को वहीं रखते हुए*) ये आपके लिए सादर सप्रेम भेंट। महीपति की ओर...नहीं सॉरी–प्रोफ़ेसर एम. बी. पोरपारणेकर की ओर से सस्नेह। बाय-बाय।

[शॉक्ड - ईश्वरभाई बोतल उठाकर अन्दर जाते हैं।]

(*दर्शकों से*) तो साहब मैं प्रोफ़ेसर बन ही गया।

[पृष्ठभूमि में क्लास के छात्रों के कटआउट क़तार में उभरते हैं।]

लॉण्ड्री वाले के कपड़े साभार वापस किये और उसे भी ये शुभ समाचार दिया।

महीपति : उसे अपने लिए बड़ा अफ़सोस हुआ कहने लगा, 'आज की तरह कॉलेज होते तो क्या पता साला अपन भी पढ़-लिखकर प्रोफ़ेसर हो गये होते'। लेकिन फिर उसने हमारा अभिनन्दन किया। उसे ये भरोसा देकर कि पहली तनख्वाह मिलते ही पैसे लौटाऊँगा, कुछ पैसे उधार ले लिये और बाज़ार से

दो नये कपड़े ख़रीदे। लॉण्ड्री वाले ने कहा, 'टाई, बाद में लौटाओगे तब भी चलेगा दरअसल टाई उस लॉण्ड्री वाले की ही थी। वैसे भी धुले कपड़े बाँधने के ही काम आती है ये टाई आजकल। तुम करो इस्तेमाल महीपति। अपॉइण्टमेण्ट लैटर आया तो ईश्वरभाई को भी दिखाया। वे भावुक हो गये। आँखें पोंछते हुए बोले, 'अच्छा हुआ। आख़िरकार तुम्हें प्रोफ़ेसर बना ही दिया। लेकिन महीपति घमण्ड मत करना। अध्यापन एक कठोर व्रत है हर किसी के लिए इसका पालन सम्भव नहीं। पदवी मिलने पर पढ़ाने का अधिकार नहीं मिल जाता। आदमी विद्वान नहीं हो जाता। सँभल के रहो।' उनसे विदा लेते समय मेरा मन भी ज़रा भारी हो आया। आदत जो पड़ गयी थी। घर पर सूचना दी। हिदायत मिली—हर महीने बिना भूले कुछ न कुछ घर भेजते रहना। अगली सहालग में ब्याह का विचार करना। थोड़ा लिखा बहुत जानना आदि शुभकामना भी मिली। मकान मालिक को भी सूचना दी। उनकी तो जैसे बाँछें खिल गयीं, मैं कमरा छोड़कर जो जा रहा था। बोले—शुभस्य शीघ्रम्। इस तरह गा-बजाकर धूमधाम से महीपति बभ्रुवाहन पोरपारणेकर शहर छोड़कर उनकी पहली प्राध्यापकीय नियुक्ति पर जा पहुँचे।

[विंग में जाकर पानी पीता है। तब तक पुलिस बैण्ड बजता राहत है विद्यार्थी आकर बैठते हैं।]

(कपड़ों पर हाथ फेरकर गला साफ़ करते हुए और टाई को ठीक करते हुए) प्राध्यापक—यानी पैदाइशी ज्ञानी *(जानकार)* व्यक्तित्व, प्रौढ़, गम्भीर, प्रतिष्ठित रुबाबदार, विद्वता के बोझ तले थोड़ा झुका हुआ, थोड़ा रूखा-सा, आत्मकेन्द्रित, भुलक्कड़। कुल मिलाकर एक आदरणीय व्यक्तित्व और लगातार एक अलग धूसर अन्तराल में तैरता हुआ। अगर थोड़ी चाँद निकल आयी हो तो और अच्छा लेकिन यदि गंजापन न हो तो कम-से-कम मोटे फ्रेम का चश्मा हो और मुख्य रूप से भाषा विशुद्ध प्राध्यापकीय और एक अलग दुनिया की। उसका रियाज़ भी उसने कर लिया था।

[भाषा का एक लम्बा और क्लिष्ट अनुच्छेद सहजता से बोलकर दिखाता है ।]

लेकिन ये बात बाद में पहले दिन जब उसने एन्ट्री ली तो–

एक लड़का : ए टिकट कलेक्टर!

दूसरा लड़का : असरानी।

तीसरा लड़का : मुझको माफ़ करना यारों मैं नशे में हूँ।

[हँसी, प्रो. महीपति पोरपारणेकर के ऊपर कोई चीज़ तीव्रगति से आकर गिरती है ।]

चौथा लड़का : (*जनानी आवाज़ में*) ए चुप भी रहो (*हँसी*)।

महीपति : (*धीर-गम्भीर स्वर में*) सायलेन्स।

चौथा लड़का : (*ज़नानी आवाज़ में ही*) मैंने कहा न चुप रहो। (*हँसी*)

महीपति : दैट्स ऑल फ़ॉर द टाइम बीइंग। (*दर्शकों से*) देहाती लड़के धुआँधार अंग्रेज़ी बोलने वाले से निश्चित ही ज़रा दबकर, डरकर रहेंगे, यही सोचकर ऐसे कुछ चुनिन्दा सैन्टैन्स मैंने ज़ेहन में रख छोड़े थे। (*छात्रों से*) टाइम फ़ॉर वर्क नाऊ।

एक लड़का : (मुँह में उँगली डाल सीटी बजाते हुए) चिड़ी का गुल्टू।

[तेज़ शोरगुल]

दूसरा लड़का : गुलबिया जान लगता है।

चौथा लड़का : (*ज़नानी आवाज़ में*) ए चुप, निगोड़े! दुपट्टा न खींच मेरा। (*हँसी*)

अरे, रहने दे न। आज तो मैं होंठ सिलवा के आयी हूँ। (*आवाज़ें, हँसी, तालियाँ और एक अश्लील आवाज़*)

महीपति : ऑल राइट नाऊ आइ विल गिव ओनली वन मिनिट फ़ॉर सेलिब्रेशन एण्ड देन वी स्टार्ट वर्क।

[छात्र एक, फिर दूसरा, फिर तीसरा मिलकर कोरस गाने लगते हैं, जय-जय सन्तोषी माता... साथ ही तालियाँ, बैंच, सीटियाँ और सन्तोषी माता के पोज़ में एक लड़का खड़ा हो जाता है ।]

महीपति : मिनिट इज़ ओवर, नाऊ टू वर्क।

[कोरस गाना चालू ही है ज़रा अस्पष्ट स्वर में ।]

सूट-बूट और अंग्रेज़ी का इस्तेमाल आजकल ग्रामीण इलाकों में भी अपेक्षित भय निर्मित नहीं करता, ये तो समझ में आ गया।

[इस बीच कोरस फिर ज़ोर से शुरू होता है।]

अब क्या इसी सोच में पाँच एक मिनट और चले गये और उतने में वो कोरस गीत भी ख़त्म हुआ। तत्काल मैंने अपना दूसरा हथियार लड़कों पर फेंक मारा। (*प्राध्यापकीय भाषा के दुरूह परिच्छेद एक के बाद एक, एक ही साँस में बोलने लगता है*) (*थोड़ा रुक कर*) शुरू में लड़के हक्के-बक्के होकर थोड़ी देर के लिए शान्त हो गये। उसकी ओर चकित होकर देखने लगे।

(*परिच्छेद कहता जाता है*) अचानक एक दीर्घ स्वर।

[एक लड़का पोज़ लेकर गिर जाता है।]

एक लड़का : (*खड़े होकर*) सर-सर, ये देखिए बबना पवार को मिर्गी आयी है। अरे ज़रा जूता लाना, जूता!

दूसरा लड़का : प्याज लाओ, प्याज!

तीसरा लड़का : प्याज भाई प्याज।

[गड़बड़ मची है।]

महीपति : मैंने देखा तो सचमुच एक लड़का नीचे गिरा हुआ था उसे होश में लाने के लिए मैंने भी कुछ मार्गदर्शकात्मक कोशिश शुरू की।

[साभिनय दिखाता है।]

चौथा लड़का : सर बबन्या मर गया।

दूसरा लड़का : अरे! नब्ज़ ही नहीं मिल रही।

तीसरा लड़का : साँस ही नहीं ले रहा मास्साब!

महीपति : मैं भी ज़रा घबराया। यानी नौकरी के पहले ही दिन...

एक लड़का : ए, बबन के बाप को बुलाओ।

दूसरा लड़का : डॉक्टर को बुलाओ, डाक्टर को।

तीसरा लड़का : सर बबन्या को चाहे जब आती...

सब लड़के : गज़ब हो गया मास्साब, बबना मर गया।

महीपति : (*दर्शकों से*) मेरी साँस ऊपर की ऊपर, नीचे की नीचे, फिर भी धैर्यपूर्वक उस बबना नाम की औंधी पड़ी देह को ठीक से देखा, उसकी साँस नहीं चल रही थी। बाप रे बाप! शायद मर गया।

[लड़के बबन्या को उठाकर ले जाने लगते हैं।]

लड़के : *(रुआँसे स्वर में)* राम बोलो राम; राम नाम सत्य है...

[बबन्या को ले जाते वक़्त वह एकदम से उठकर बैठ जाता है और हाथ हिलाने लगता है।]

बबन्या : अबे ओ, कहाँ ले जा रहे हो छोड़ो मुझे।

[लड़के भूत-भूत कर दूर भाग जाते हैं बबन्या ज़मीन पर पड़ा है, अब वो ठीक से खड़ा हो जाता है।]

बबन्या : भैंनके मुझे ज़िन्दा जलाने चले थे।

[बबन्या अब एक फ़िल्मी गीत पर महमूद स्टाइल का डांस करते हुए गाने लगता है। लड़के भी साथ देकर हौसला बढ़ाते हैं।]

महीपति : अब मैं हँसू की रोऊँ, यही समझ नहीं आ रहा था। बबन्या पवार बड़ा चालाक, एकदम नम्बरी। मुझे बहुत गुस्सा आ रहा था खोपड़ी आउट होना चाह रही थी। इतनी महत्वाकांक्षा से हासिल की हुई प्रोफ़ेसर की पदवी का यूँ सत्यानाश; वरदान के रूप में मिली हुई इस नौकरी का पहले ही दिन इतना हास्यास्पद अन्त। इतनी बेहतर तैयारी करने के बाद भी ऐसी बचकानी हार। क्या फिर से बेरोज़गारी। हट साला। *(चिल्लाकर)* बबना ऽ ऽ।

सब लड़के अचानक ख़ामोश हो गये, बबन्या कमर पर हाथ रखे महमूद स्टाइल में खड़ा। कूल्हे मटकाता है। *(दबी-दबी हँसी)*

महीपति : बबन्या भड़वे साले, तेरी माँ...इधर आ।

[बबन्या को यह नहीं समझ आता कि इसे सीरियसली ले या लाइटली। लड़के दम साधे देख रहे हैं।]

महीपति : इधर आ पहले। *(कोट उतार कर फेंक देता है, टाई निकाल देता है, शर्ट की बाँहें चढ़ाता है)* असल बाप का बेटा है तो सामने आ, आ इधर!

[बबन्या थोड़ा चकराता है, फिर कुछ सोचकर पोज़ बनाकर खड़ा हो जाता है।]

महीपति : *(दर्शकों से)* मेरी टाँगे ज़रा काँप रही थीं, लेकिन अब पीछे हटना बेकार था। *(बबना से)* अब नाच, मटका कमर! *(बबन्या तय नहीं कर पा रहा कि क्या करे। अगर नाचे तो*

पता नहीं क्या अंजाम हो और न नाचे तो लड़कों के सामने बेइज़्ज़ती।)

बबन्या : (*गुर्राकर*) हाँ नाचेंगे, हमें कौन रोकेगा।

महीपति : (*दर्शकों से*) बाद में मालूम चला कि बबन्या सरपंच का लड़का है। इसी दम पर वह हर साल निर्विरोध जिमखाना का सेक्रेटरी और स्टूडेण्ट्स यूनियन का सेक्रेटरी चुन लिया जाता है। उस वक़्त ये नहीं पता था और नहीं पता था यही अच्छा था। (*चिल्लाकर*) अबे भड़वे नाच, हिम्मत है तो नाच अब।

बबन्या : (*गुर्राते हुए*) क्या करोगे?

महीपति : वो हम देखेंगे। साले। कॉलेज को मज़ाक समझता है। दिखाता हूँ तुझे अभी। (*चिल्लाकर*) चल नाच।

बबन्या : हिम्मत करके एक स्टैप उठाता है और थोड़ा हिचकता है। (*स्टाइल में*) हमारा मन होगा तब नाचेंगे। किसी की ज़बर्दस्ती है क्या?

महीपति : ए भैंचो, नामरद साला। अब तेरी हिम्मत नहीं है नाचने की।

बबन्या : चिढ़ाओ मत। खोपड़ी गरम है अपनी।

महीपति : पौने आठ है साले तू। मैं कुछ बोल नहीं रहा था तो मस्ती छाँट रहा था। अब तो तू नाचेगा, नाच! (*दर्शकों से*) पाँव मेरे इस कदर थरथरा रहे थे कि लगा ख़ुद ही नाचने लगूँगा किसी भी क्षण, लेकिन अब कोई तरीक़ा नहीं था इससे बचने का।

बबन्या : (*लड़कों से गुर्राकर*) ए, चलो नाचो सब।

[लड़के चुपचाप खड़े हैं।]

धत्त तेरे की। मइय्यो के साले—सब के सब डरपोक। (*इज़्ज़त दाँव पर लगी होने से बबन्या नाच का एक पोज़ बनाता है लेकिन नाचता नहीं।)*

ये देखो नाचा, अब कौन हमें हाथ लगाता है, देखता हूँ। नाचेंगे हम।

महीपति : (*दर्शकों से*) नाचने का ढोंग करके अब बबन्या पवार अपना सवाल मुझ पर ढकेल रहा था। मुझे चुनौती देकर ख़ुद बचना चाह रहा था।

बबन्या : लो नाचे हम, अब क्या करोगे।

महीपति : (*दर्शकों से*) अब क्या करूँ? बबन्या का हट्टा-कट्टा शरीर मुस्टंडे की तरह सामने खड़ा चुनौती दे रहा था। अगर चुनौती स्वीकार न करता तो अफ़वाहें फैलती और प्रोफ़ेसरी भी जाती रहती। अब मैं फँस गया था। बच के निकलने का कोई रास्ता नहीं था।

महीपति : (*आगे बढ़कर एक तमाचा रसीद कर देता है। बबना और लड़के सुन्न हैं।*) महीपति अपनी हथेली पीछे छुपाकर सहलाता है। सोचता है कि अगर किसी भी क्षण बबना का चौड़े हाथ वाला रैपटा कनपटी पर पड़ा तो मैं तो पानी भी नहीं माँग सकूँगा। पल गिन रहा था।

[बबन्या अचानक वहाँ से चला जाता है। लड़के आश्चर्य से देखते हैं।]

गया बबन्या, एकदम गायब, दूर तक कहीं पता नहीं। जय हो ईश्वरभाई के चेले की (*चिल्लाकर*) और किसी में है हिम्मत तो आये सामने। हो ही जाने दो। हो जाये निपटारा। (*सब चुप हैं*)

जाओ, सब, अपनी-अपनी सीट पर बैठ जाओ और पढ़ाई शुरू करो चुपचाप। चलो जाओ।

[सब लड़के अपने-अपने स्थान पर बैठ जाते हैं, मोटरसाइकिल की दूर होती आवाज़ सुनायी देती है।]

इतने में घण्टी बज गयी, वरना आफ़त थी। प्राध्यापकीय, धीर-गम्भीर, रुबाबदार व्यक्तित्व को जल्दी थी वहाँ जाने की (*टॉयलेट जाने की*) मैंने जंग जीत ली। पहला दाँव तो जीत ही लिया। मैं मन-ही-मन अपनी पीठ थपथपा रहा था। यह भी समझ लिया था कि यहाँ अदबी शहरी प्राध्यापकीय भाषा का कोई काम नहीं। साला, भड़वा मइयों के जैसे शब्द ही सारा अर्थ समझाने की ताक़त रखते हैं। यही यहाँ की साहित्यिक भाषा है। उस पर भी तमाचा, रैपटा जड़ा तो हज़ार शब्दों से ज़्यादा का काम करेगा, लेकिन यह भी उतना ही सच है कि इस हथियार का इस्तेमाल बहुत सोच-समझकर करना होगा। वरना उसकी भी धार जाती रहेगी।

महीपति : (*दर्शकों से*) संक्षेप में यह कि अगर प्रोफ़ेसरी टिकाये रखनी है तो यहाँ अपनी सारी समझ और मान्यता नये सिरे से परख लेनी होगी। यहाँ प्रोफ़ेसर ताड़ जैसे हट्टे-कट्टे, ऊँचे-पूरे, पहलवान से लड़कों का गुरुजन वग़ैरह नहीं बन सकता उलटे उनसे दुगना ताक़तवर कप्तान बनकर टिक सकता है। उन्हीं का दोस्त जैसा बनकर। यहाँ के दाढ़ी-मूँछें निकले लड़कों को पढ़ाने की कोशिश करना बेमानी है। वो पढ़ने के लिए कॉलेज नहीं आते हैं। वो कॉलेज इसलिए आते हैं कि उनका बाप मालदार है, पैसे वाला है। कॉलेज के वातावरण में चार साल मौज-मस्ती करने के लिए ही वे आते हैं या कहें कि भेजे जाते हैं। ऐसा है तो ऐसा ही सही। उस रात मैंने अब तक सीने से लगाकर रखी तमाम ग़लतफ़हमियों, भ्रान्तियों को खटमल की तरह ढूँढ़-ढूँढ़ कर मसल दिया। ज्ञान, अध्ययन, विद्वता सब व्यर्थ है। प्राध्यापक के लिए भी पेट—यही सबसे बड़ा सवाल है और प्रोफ़ेसर की पोस्ट के लिए विद्वता की कोई शर्त या ज़रूरत नहीं है। प्राध्यापक यानी कॉलेज के प्यून या क्लर्क की नौकरी करने वाला, बिना इस नाम के। बढ़िया, अपना काम आसान हो गया। आख़िर अपन भी साले हैं तो देहाती मिट्टी के ही बने न?

[ये कहते हुए महीपति सूट टाई वग़ैरह उतार देता है और असली देहाती पहनावा कुर्ता-पायजामा पहनता है। जेब से पुड़िया निकालकर तम्बाकू घिसता है, और मुँह खोल गाल में दबाता है। दो एक बार पीक पच्च से थूकता है। तब तक उसके क्लास के लड़के आ पहुँचते हैं और ये सब देखकर हडबड़ाए हुए हैं।]

एक लड़का : (*आश्चर्य से*) बहन का...।

दूसरा लड़का : कौन? गबरू झबरू (*जीभ दाँतों तले*) मास्टर साहब, आप?

तीसरा लड़का : आज तो आप एकदम डिफरेन्ट लग रहे हैं।

चौथा लड़का : (*आदर से देखते हुए*) हमने तो पहचाना ही नहीं होता। काय?

पहला लड़का : सर और इस भेस में! (*आश्चर्य से*)

महीपति : अरे कैसा हल्का-हल्का लगता है भैंचो इस ड्रेस में। ए सालुंके निकाल कुछ बीड़ी-सिगरेट हो तो।
(*सालुंके—लड़का नं. 1 आश्चर्य और ख़ुशी का भाव एक साथ है—सिगरेट देता है। लड़का नं. 2 सुलगाता है और महीपति कश खींचता है। खींचो तुम भी खींचो उसमें किस बात की शरम। संकोच नहीं, खींचो।*)

[पहले तो लड़के सकुचाते हैं लेकिन बाद में खुलकर सिगरेट के कश लगाने लगते हैं।]

महीपति : बबन्या कहाँ गया? कहाँ है गुरु। और क्यों रे सालुंके तू उस छिपकली पर लाइन मार रहा था। लड़ाओ इश्क़, चलने दो। निशाना लगाते रहो। एक दिन लग जायेगा ठिकाने पर।

लड़का 1 : (*शर्माया-सा मगर थ्रिल्ड*) लड़की साली हैगी चूज़ा।

[लड़के मुहँ बाए देखते हैं।]

महीपति : (*आँख मारकर*) क्यों भइये, क्या हम कुछ नहीं जानते?
(*लड़कों का अभी भी आश्चर्य की मुद्रा में रहना।*)

महीपति : (*दो उँगलियाँ मुँह में डालकर सीटी बजाता है*) सुनो, सुनो, अपने क्लास की एक ट्रिप जायेगी। ठीक?
(*लड़के ख़ुशी से नाच उठते हैं महीपति अन्दर जाता है। मोटरसाइकिल की पास आती आवाज़ और फिर रुकने का स्वर*) बबन्या पवार झूमता-झामता आता है।

बबन्या : (*गुर्राकर*) काहे बे! कहीं दिखा क्या वो झबरू। भैंचो, दिखे तो एक बार पीस के धर दें साले को।

पहला लड़का : ए बबन्या छोड़ न!

बबन्या : छोड़ दें। भड़वे ने भरी क्लास में हमें तमाचा मारा है। मेरा? बबना पवार का अपमान! इन्सल्ट।

दूसरा लड़का : लेकिन अपना मास्टर है न?

बबन्या : तो, तो क्या सारी लौंडियों के सामने तमाचा मारेगा? भैंचो अगर ओखली में डाल के कूटा नहीं साले को तो सरपंच की औलाद नहीं कहना। (*मूछें ऐंठता है*) चलो देखें तो भैंचो कहा दुबका है, ढूँढ़ते हैं उसे।

तीसरा लड़का : मैं तो नहीं आता।

बबन्या : क्या नहीं आयेगा?

दूसरा लड़का : वैसे मास्टर भला आदमी है।

बबन्या : (*आश्चर्य से*) भला आदमी! तुम सब हमारी गैंग के मेम्बर हो के उसे भला आदमी कहते हो।

पहला लड़का : हमें तो वो पसन्द है।

तीसरा लड़का : अपने में से ही एक लगता है।

दूसरा लड़का : कुछ डिफरेन्स ही नहीं लगता।

बबन्या : (*चिल्लाकर*) बस। क्या हो गया है भैंचो तुम लोगों को। मेरे अपमान का बदला नहीं लोगे तुम लोग?

सब (एक साथ) : नहीं।

[बबना एकदम शॉक्ड चकित]

बबन्या : नहीं (*कुढ़कर*) ठीक है, ठीक कह रहे हो।

पहला लड़का : ए बबन्या, अगर तुमने उसको छुआ भी तो हम देखते हैं फिर।

दूसरा लड़का : हमें तुम्हारे ख़िलाफ़ एक्शन लेना पड़ेगा।

तीसरा लड़का : बताये देते हैं, भूसा कर देंगे भूसा।

दूसरा लड़का : ओखली में डाल के कूटे बग़ैर नहीं मानेंगे।

[बबन्या आश्चर्य से सर खुजलाता है। महीपति आता है।]

महीपति : (*बबना को देखकर पहले हिचकता है, फिर सँभलकर*) कौन...बबना? क्यों भई! क्या हाल है?
(*बबना गुस्से से सिर्फ़ देखता है महीपति पोरपारणेकर को, महीपति थोड़ा ज़्यादा ही नर्वस होता है। फिर बबन्या अपना हाथ आगे बढ़ाता है।*) महीपति इसका अर्थ नहीं समझ पाता, फिर बबना का बढ़ाया हुआ हाथ अपने हाथ में (*कुछ डरे-डरे भाव से*) लेता है। बबन्या शेकहैण्ड करता है ज़ोर से, महीपति अपना हाथ छुड़ाता है और सहलाता है।

महीपति : (*हाथ सहलाकर*) चलो ट्रिप पर जाना है।

[सभी लड़के ख़ुशी से ताली बजाते हैं। लडकियाँ भी आकर शामिल होती हैं और फिर ट्रिप का माहौल, उत्साह, गाना, नाचना ढोलक का थाप, महीपति इसमें शामिल होता है। महीपति एक तरफ़ अकेला ही प्रकृति का सौन्दर्य देखते बैठा है। पार्श्व में ढोलक की थाप पर गानों का अस्पष्ट स्वर चालू है।]

पहला लड़का : क्या मास्साब...(*बगल में बैठते हुए*) अकेले ही बैठे हैं यहाँ?

महीपति : हाँ? नहीं, कुछ नहीं। प्रकृति का सौन्दर्य देख रहा था। (*भाव भरे स्वर में*) पुलक प्रकट करती है धरती हरित तृणों की नोंकों से...सुन्दर-सुन्दर मखमली गलीचे में...

दूसरा लड़का : हम भी कहें।

महीपति : क्या हम भी?

तीसरा लड़का : वही, प्रकृति सौन्दर्य।

चौथा लड़का : क्या कहा—कहते भी नहीं बनता क्या प्रकृति सौन्दर्य...

[गिलास, बोतल छुपाकर चारों लड़के और बबन्या एक-दूसरे को इशारा करते हैं। अपने मास्साब के सामने कैसे पियें? बबना संकेतों में कहता है कि तो क्या हुआ? उनसे क्या डरना। चलो, भरो गिलास लेकिन दूसरे लड़के सुकचाते हैं।]

बबन्या : (*महीपति की ओर सरकते हुए*) क्या मास्साब, प्यास-न्यास नहीं लगी क्या?

महीपति : नहीं तो। तुम्हें लगी है क्या?

बबन्या : लगी तो है, आप भी पियो न?

[दूसरे लड़के उसे इशारा कर रहे हैं।]

महीपति : क्या?

बबन्या : यही और दूसरा क्या?

महीपति : (*देखकर*) क्या? ओह, तुम लोग शराब पी रहे हो?

बबन्या : पीते हैं कभी-कभी। कॉलेज के पीछे ही तो शराब की भट्टी है।

महीपति : कॉलेज के पीछे?

बबन्या : ये तो कुछ भी नहीं। पहले तो अपनी ही मुतारी, पेशाबघर में बनती थी।

महीपति : दारू की भट्टी?

बबन्या : और नहीं तो क्या? आपको क्या पता, आप तो अभी कल-परसों में ही आये हो न। हम इस कॉलेज में चार बरस से हैं। दो साल से 'वन्समोर' ले रहे हैं। लीजिए पकड़िए, पकड़िए भी, मर्द हैं न आप?

[भरा हुआ गिलास ज़बर्दस्ती महीपति के हाथ में देता है।]

बबन्या : कीजिए शुरू *(अन्य लड़कों से)* पियो रे...

महीपति : लेकिन...शराब (*हिचकिचाते हुए*)

बबन्या : धत् तेरे की, दारू पीने से घबराते हो क्या मास्साब?

महीपति : घबराना कैसा? लेकिन...

बबन्या : तो फिर पियो। (*दूसरों से*) ए, मास्साब को ज़्यादा मत देना। (*महीपति* से) आपको जितनी जँचे उतनी ही लेना मास्साब। (*खुद बड़ा-सा घूँट लेता है फिर कहता है साली स्ट्राँग नहीं है*)

महीपति : (*दर्शकों से*) मेरे दिमाग़ का बल्ब जल उठा। मुझे समझ में आ रहा था कि बबन्या पवार ने हमें, अपनी नयी जुगलबन्दी में खींच लिया है।)

महीपति : यहाँ भी हम पीछे नहीं हट सकते। और बबना भी यही चाहता है। उसकी टोली में, मेरे बारे में जो आदर पैदा हो चुका है, उसे बबन्या ख़त्म करना चाहता है। राजा महीपति, सावधान! रात बबना की है। एक बडा-सा घूँट लेने का अभिनय करते हुए धत्त साला, ये तो एकदम पानी है। *(चारों लड़के सकते में)*

बबन्या : (*दूसरा घूँट लेते हुए*) भैंचो, कोई मजा ही नहीं।

महीपति : (*दूसरे घूँट का अभिनय करते हुए*) ठीक है, तुम लौंडों के लिए ठीक है।

बबन्या : *(घूँट लेते हुए)* सरबत है सरबत!

[चारों लड़के आश्चर्य से देख रहे हैं।]

बबन्या : (*घूँट लेने का एक्शन करते हुए*) खाँसी की दवा साली। सिर्फ़ गले को गुदगुदा रही है, बस।

[बबन्या और चारों लड़के महीपति के गिलास की ओर सन्देह भरी नज़र से देखते हैं।]

बबन्या : क्या सर, अभी तो कुछ पी ही नहीं आपने।

महीपति : (*चतुराई से गिलास पीछे की ओर करके थोड़ी दारू गिरा देता है*) बबन्या तुमसे ज़्यादा पी है हमने (*उसके गिलास के बगल में अपना गिलास पकड़ते हुए।*) देखो (*दूसरे लड़कों से*) देखो सब।

बबन्या : *(ज़िद के साथ एक घूँट में अपना गिलास खाली करते हुए)* अब! अब बोलो।

महीपति : *(ये देखकर थोड़ा नर्वस होता है लेकिन अपने को सँभालते हुए)* उसमें क्या है ऐसे तो साला कोई भी पीकर दिखा सकता है। कछुआ और खरगोश की कहानी जैसी है बबन्या की कहानी। खरगोश ने पहले ज़ोरदार दौड़ लगायी, वो दौड़ लगायी कि कछुआ महाराज बहुत पीछे रह गये, लेकिन अन्त में जीता कौन?

चारों लड़के : कछुआ *(सबका पीना जारी है)*।

बबन्या : *(तैश के साथ गिलास खाली करते हुए)* उड़ेलो बे। देखता हूँ कौन जमा रहता है।

महीपति : *(अपना गिलास बगल में पूरा उड़ेल देता है और फिर खाली गिलास आगे करते हुए)* देखते हैं, ढालो।

[लड़के दोनों के गिलास भरते हैं। साथ ही ख़ुद भी पी रहे हैं।]

बबन्या : *(बड़ा-सा घूँट लेते हुए)* हम हार जायें तो अपने बाप की औलाद नहीं।

महीपति : ज़रा सँभल के बबन्या। नहीं तो महँगा पड़ेगा, फाँस लग जायेगी। *(नया घूँट लेने का अभिनय करता है)* बच्चे हो अभी।

बबन्या : अरे जा बे झबरू, पोरपाड़विच्चा *(अब इसे चढ़ गयी है)* किसके आगे तू टैं-टैं कर रहा है। चल खाली कर गिलास। ये देख, अपना तो खाली हो गया। *(गिलास गले में उड़ेलता है और खाँसता है। हिचकी आती है।)*

महीपति : *(अपना गिलास पहले की तरह बगल में गिरा देता है और फिर आगे करता है)* हमारा तो पहले ही खाली हो चुका है। *(शराब पिये लड़कों के चेहरे पर बेहद आश्चर्य के भाव)* दो पानी दो बबन्या को! फाँस लग गयी है गले में देखो।

पहला लड़का : पियो, पानी पियो बबन्या।

दूसरा लड़का : बच्चे हो अभी।

तीसरा लड़का : बच्चे हो बच्चे *(सब के सब झूम रहे हैं, धुत्त हैं)*

(चौथा लड़का कुछ परेशान है, ज़रा-सा उठकर नीचे देखता है, फिर बैठ जाता है) ऐसा करते हुए तीसरे लड़के से सट जाता है।

तीसरा लड़का : क्या बे? क्या हुआ?

चौथा लड़का : कुछ नहीं *(लेकिन नर्वस है)*

बबन्या : ए, गिलास भरो।

महीपति : हाँ भरो उसकी माँ का...भैंचो!

[लड़के दोनों का गिलास भरते हैं चौथा लड़का सरकते हुए तीसरे से इतना सट जाता है कि वो गिरने को होता है।]

तीसरा लड़का : *(झुँझलाकर चौथे लड़के से)* अरे यार, ये क्या कर रहा है?

चौथा लड़का : कुछ भी तो नहीं।

बबन्या : *(गिलास मुँह से लगाता है)* बम भोले।

तीसरा लड़का : *(चौथे लड़के से)* अबे मेरी गोद में बैठेगा क्या? सरक थोड़ा उधर।

चौथा लड़का : *(नर्वस है)* नहीं।

तीसरा लड़का : नहीं, अरे हटो, सरको पहले। *(धकेलते हुए)*

चौथा लड़का : *(सरकने के बजाय)* गीली है।

तीसरा लड़का : क्या? क्या गीली है?

चौथा लड़का : *(ज़मीन की तरफ़ उँगली दिखाकर)* ज़मीन।

तीसरा लड़का : ज़मीन?

महीपति : *(बबन्या का जोश देखकर उसे बढ़ावा देते हुए ज़ोर से)* जय भोले की।

[गिलास बगल में उड़ेलकर लगे हाथ मुँह से लगाकर खाली करने का अभिनय करता है।]

1,2,3,4 लड़के : *(जोश भरते हुए)* भले-भले/शाबास-शाबास।

चौथा लड़का : *(कराहते हुए)* हो गयी।

तीसरा लड़का : क्या, क्या हो गयी?

चौथा लड़का : *(अपनी पैण्ट आगे-पीछे छूकर और नर्वस होकर)* कुछ नहीं हमें ख़ुद समझ में नहीं आ रहा है क्या हो रहा है।

[हड़बड़ाकर उठकर विंग में भाग जाता है।]

1,2,3,4 लड़के : *(देखते हुए)* अरे यार। *(हँसी से लोटपोट)* अबे छुटके ने

पतलून गीली कर दी साले ने। *(एक-दूसरे को ताली ठोंकते, हँसते)*

[बबन्या धुत्त है, झूम रहा है।]

महीपति : *(दर्शकों से)* छुटका अपनी गीली पैण्ट के लिए ज़िम्मेदार नहीं था। मैंने जो शराब ढुलकाई थी उसका ही नतीजा था कि छुटका गीला हो आया था। लेकिन फ़िक्र की कोई बात नहीं।

(खाली गिलास बबन्या के आगे रखते हुए) बबन्या साले भड़वे, रख गिलास, भर भैंचो।

[बबन्या अब दूसरी ही दुनिया में है, एक हिचकी आती है और उलटा लेट जाता है।]

1,2,3 लड़के : *(लड़खड़ाती आवाज़ में)* बबन्या आउट। डण्डा गोल।

महीपति : *(जैसे देवता चढ़ गये हों एकदम खड़े होकर, भाषण देने के अन्दाज़ में)*—विद्यार्थी मित्रो!

1,2,3 लड़के : *(झूमते झामते देखते हैं मुँह बाए)*

महीपति : *(दर्शकों से)* किक तो अपने को भी लगी थी, आँखों के आगे ईश्वरभाई चमक रहे थे। परमपूज्य दादा भाई, पूज्यनीय फफे गुरु जी, श्रीसन्त बोडकेगावकर महाराज, एक से एक बढ़कर दीप्यमान सितारों की श्रृंखला जैसे खोपड़ी के शून्य में विचरण कर रही थी। संस्कार और सोया आत्मविश्वास दोनों सजग हो खड़े हो गये थे। जय बजरंग, जय भारत। जय ईश्वरभाई और जय मैं *(तैश के साथ व्याख्यान शुरू कर देता है)*। ''आज का नौजवान और नैतिक मूल्य'' विषय पर।

[भाषण जारी है और 1,2,3 नं. के विद्यार्थी भी बबन्या की हालत में पहुँच गये हैं औंधे लेटे हैं। महीपति का भाषण जारी है दम फूल रहा है और ब्लैक आउट, एक निस्तब्धता।]

[स्पॉट की तेज रोशनी में एक लड़की खड़ी है, गुड़िया की तरह।]

महीपति : ट्रिप ने बड़े गुल खिलाये। जाहिर है उसके बाद प्राचार्य के पास असन्तुष्ट प्राध्यापकों ने शिकायतें भी कीं। लेकिन सरपंच

की औलाद साक्षात् बबन्या पवार के सामने ये तथाकथित प्राचार्य क्या कर सकते थे? क्या उखाड़ सकते थे? मामला दबा दिया गया और इतना ही नहीं अपना दबदबा भी कॉलेज में हो गया। धाक जम गयी। (*एक लड़की को देखकर*) अब ये कौन है जो मेरी आँखों में तैर रही है। कौन है, कहाँ से आयी, और कहाँ चली गयी? उसकी वजह से प्राध्यापक पोरपारणेकर उर्फ़ मैं यानी मेरी नारी पात्र रहित ज़िन्दगी में कैसी-कैसी उथल-पुथल हुई। ये जानने के लिए, देवियों और सज्जनों दूसरे अंक की प्रतीक्षा कीजिए।

[अँधेरा, ट्रिप में गाये गये गीत, तालियाँ और जोश भरे, शोरगुल के साथ, पार्श्व में जारी है परदा गिरता है।]

अंक : 2

[परदा उठता है कॉलेज के कुछ प्रोफ़ेसर स्टाफ रूम में आकर बैठते हैं। एक प्रोफ़ेसर पैर पसारकर ऊँघना शुरू कर देता है। महीपति प्रवेश करता है, पैण्ट, टाई और कमीज़ पहने है।]

पहला प्रो. : *(होंठ चबाते हुए दूसरे प्रोफ़ेसर से)* आ गया चिड़ी का इक्का।

दूसरा प्रो. : *(ये हिन्दी पढ़ाते हैं)* बबन्या के साथ कल रात भी तमाशा का खेल जमा होगा। (महीपति से) आइए। पोरपारणेकर जी आइए। आपको सूचना मिली या नहीं?

महीपति : सूचना? कैसी सूचना। हमें तो नहीं मिली।

पहला प्रो. : अरे, आपको नहीं मिली।

महीपति : क्या?

दूसरा प्रो. : *(पहले प्रोफेसर से)* लो इनको तो कुछ पता ही नहीं।

महीपति : किस बात की ख़बर, कौन मर गया?

पहला प्रो. : कोई मरा नहीं है, टट्टू आ रहा है।

महीपति : टट्टू?

दूसरा प्रो. : हाँ टट्टू *(भेद भरी हँसी)*

महीपति : कैसा टट्टू?

पहला प्रो. : सिफ़ारिश का मियाँ।

महीपति : किसकी सिफ़ारिश?

दूसरा प्रो. : टट्टू की और किसकी *(पहले प्रोफ़ेसर से हाथ मिलाता है)*

पहला प्रो. : बहुत पहुँच वाली सिफ़ारिश है।

महीपति : आने दो न।

तीसरा प्रो. : आने दो! *(ज़ोर से हँसता है)*

महीपति : इसमें हँसने की क्या बात है?

चौथा प्रो. : *(ये अंग्रेज़ी पढ़ाते हैं, बदन पर पुराने किस्म का सूट है रंग उड़ा हुआ)* नथिंग *(ज़ोर से हँसता है)*! आने दा—ही सेज़, आने दो *(कन्धे उचकाता है)*

पहला प्रो. : गंगू चला बाज़ार न छोड़ो, जाने दो *(स्वर में गुनगुनाते हुए, पुस्तक पर थाप देते हुए)* हूँ।

दूसरा प्रो. : पोरपारणेकर भाई, ज़रा बच के रहना।

महीपति : है क्या जो बचूँ, क्या मतलब सँभल के रहना है।

तीसरा प्रो. : है न बात, बहुत हाईलेवल की सिफ़ारिश है। टट्टू आ रहा है।

महीपति : तो आने दो न। लेकिन ऊपर के लेवल से का क्या मतलब?

चौथा प्रो. : फ्रॉम चेयरमैन ऑफ़ अवर सोसाइटी।

दूसरा प्रो. : आप जूनियर मोस्ट हैं, पोरपारणेकर जी भूलियेगा नहीं।

तीसरा प्रो. : ऊपर से टेम्परेरी हैं।

पहला प्रो. : अगर टट्टू ने झाड़ी दुलत्ती तो सीधे आसमान दिखायी देगा।

तीसरा प्रो. : वैसे भी कॉलेज घाटे में चल रहा है इस बात की चर्चा मैनेजिंग कमेटी में उठती रहती है।

चौथा प्रो. : सैलरी भी डोंट गेट इन टाइम।

पहला प्रो. : जायेंगे बारह के भाव से।

चौथा प्रो. : बी केयरफुल। आय एम गिविंग यू एडवायस।

[महीपति भर्रा उठता है, दर्शकों की ओर आता है।]

महीपति : ख़तरे की घण्टी, नौकरी पर गाज गिरने की आशंका। फिर से बेरोज़गारी। मुश्किल से बसाया आशियाना फिर बिखरने को है। बैक टू ईश्वरभाई। अपनी तो खिसक रही थी। एक बार सोचा कि बबना के मार्फ़त उसके सरपंच बाप का दबाव डलवाया जाये। फिर सोचा पहले ही ये पत्ता खेलना ठीक नहीं होगा। फिर दूसरा क्या किया जाये? फिर तय किया कि पहले देखें तो कौन टट्टू आ रहा है, फिर देखेंगे साले को। हमने भी कोई मरी माँ का दूध नहीं पिया *(ताल ठोंककर)* हो जाये—स्साला।

[पीछे खड़े सारे प्रोफ़ेसर एक स्वर में—हो जाये, हो जाये।]

स्वर गान जारी रखते हैं तभी एक नाजुक गुड़िया जैसी लड़की आकर खाली कुर्सी पर बैठ जाती है। एक किताब में अपना

सिर घुसाये है। सिर पर पल्लू है। किसी ओर नहीं देखती। अब प्राध्यापकों का गाना बन्द है। सब तरफ़ सन्नाटा। सारे प्राध्यापक एकदम फ्रीज़ पोज़ीशन में। एक प्रोफ़ेसर मुँह में उँगली डालकर सीटी बजाने की मुद्रा में, वैसे ही जड़ खड़ा है। सब आँखें फाड़े देख रहे हैं—अब महीपति अब मुड़कर उसकी ओर देखता है।

महीपति : कौन? यही है वो सिफ़ारिशी टट्टू। ये तो टट्टूवानी है। *(थूक निगलता है)* हमारी नौकरी पर ये बला आयी है। *(पहले प्रो. से धीरे से)* कौन है ये?

पहला प्रो. : यही है वो।

महीपति : वो यानी, कौन?

दूसरा प्रो. : अरे भाई, वही टट्टू।

महीपति : लेकिन कौन?

तीसरा प्रो. : भतीजी है भतीजी *(धीरे से)*

महीपति : लेकिन किसकी भतीजी?

चौथा प्रो. : चेयरमैन साहब की।

दूसरा प्रो. : नलिनी शिंदे।

[महीपति अपना लॉकर खोलकर किताबें और उत्तर-पुस्तिकाओं का गट्ठा निकालता है। इस बीच शेष प्रोफ़ेसर अपनी-अपनी जगह पर सेंट्रल टेबल के पास बैठ जाते हैं।]

दूसरा प्रो. : *(महीपति से ऊँची आवाज़ में)* पोरपारणेकर। वह *(नलिनी शिंदे)* चौंककर ऊपर देखती है। फिर तत्काल सिर का पल्लू सँभाल किताब में सिर छुपा लेती है। आइए भाई, चाय तो पीते हैं।

पहला प्रो. : भाई आज तो तुम्हीं पिलाओ।

तीसरा प्रो. : हम सिर्फ़ चाय ही तो माँगते हैं यार।

चौथा प्रो. : *(तीसरे को आँख मारते हुए)* लकी फेलो।

महीपति : *(टेबल की ओर आते हुए नर्वस आवाज़ में)* क्या हुआ?

तीसरा प्रो. : और क्या होना था। हो गया सब। रात अँधेरी। क्यों?

पहला प्रो. : बिल्कुल। *(पीरियड की घण्टी बजती है)* बजा दी घण्टी। *(सब प्रोफ़ेसर महीपति और नालिनी शिंदे की ओर घूर-घूर*

कर देखते हुए) किताबें, चॉक लेकर पढ़ाने क्लास के लिए निकलते हैं। महीपति और नलिनी ही रह जाते हैं। नलिनी सिर पर पल्लू किये है। आँख सामने खुली किताब पर। महीपति अगले पीरियड की तैयारी में, बनावटी रूप से।

नलिनी : *(एकाएक)* पल्लू की आड़ में—सर।

महीपति : *(चौंककर देखता है)* हाँ?

[नलिनी फिर किताब में सिर छुपाये है—महीपति वहम समझकर फिर अपने काम में जुट जाता है।]

नलिनी : *(गला साफ़ करते हुए)* नलिनी।

महीपति : (*सर उठाकर*) है न, है वो रहा उधर मटके में, भर के...

नलिनी : नहीं, पानी नहीं, नलिनी, मैं नलिनी शिंदे।

महीपति : अच्छा-अच्छा मुझे लगा...

नलिनी : आज से मैंने ज्वाइन किया है।

महीपति : बहुत अच्छा।

नलिनी : दाजीबा बोले हैं आपको रिपोर्ट करूँ।

महीपति : दाजीबा, कौन दाजीबा?

नलिनी : अरे, अपने प्राचार्य जी! हम उन्हें घर में दाजीबा कहते हैं। अक्सर हमारे घर आते हैं।

महीपति : लेकिन मुझे किसलिए रिपोर्ट करने को कहा।

नलिनी : आप मराठी के हेड हैं न! मैं आपके अण्डर में लेक्चरर का काम करूँगी।

महीपति : मेरे अण्डर में? *(दर्शकों से)* ये हुई न धोबी पछाड़? यानी इसे धीरे से जमा के हमारा पत्ता साफ़ और उसकी तैयारी भी हमें ही करानी है।

हमें अपनी क़ब्र ख़ुद खोदनी है। अरे दा जी, स्साले नीच। *(नलिनी से)* ठीक है कोई बात नहीं।

[थोड़ी देर सन्नाटा।]

नलिनी : फिर सर, अब मुझे क्या करना है?

महीपति : वो ऐसा है कि, मुझे दाज्या ने...सॉरी, प्राचार्य जी ने कुछ नहीं बताया है इस सम्बन्ध में। उनसे बात किये बग़ैर मैं भी आपको क्या बता सकता हूँ। ठीक है न?

नलिनी : ठीक है फिर मैं रुकूँ या जाऊँ।

महीपति : ये मैं कैसे कहूँ कि आप रुकें या जायें।

नलिनी : नहीं वो क्या है, मैं और मेरी सहेली फ़िल्म के लिए जाने वाले थे।

महीपति : आप ही तय करें।

नलिनी : कल कितने बजे आना है।

महीपति : अपनी सुविधा से आइए।

नलिनी : अच्छा। *(तेजी से पल्लू सँभालते हुए अपना पर्स और मराठी डिटेक्टिव उपन्यास उठाये बाहर निकल जाती है)*

महीपति : *(उसे जाते देखते हुए)* तो यह है मेरी कॉम्पटीटर। इसी से सामना है। आस्तीन का साँप। मुँह में राम बगल में छुरी। साला देख लेंगे।

[उठकर जाता है, रास्ते में जाते हुए प्राचार्य से, लगभग टकरा जाता है।]

प्राचार्य : *(विद्यार्थी समझकर)* अरे, ज़रा देखकर चला करो। *(देखकर)* कौन? अरे पोरपारणेकर हो। कैसी है, असिस्टेंट?

महीपति : कौन असिस्टेंट, सर?

प्राचार्य : आज हमारी नली ने रिपोर्ट की होगी न आपको?

महीपति : नली?

प्राचार्य : अरे वो लेक्चरर है। आज ही नियुक्त किया है। आपके ही डिपार्टमेण्ट में।

महीपति : *(अचानक ध्यान आया दिखाते हुए)* अच्छा-अच्छा। मुझे लगा कि वो बी.ए. की कोई स्टूडेण्ट है।

प्राचार्य : लेकिन मैंने उसे बताया था कि आपको रिपोर्ट करे।

महीपति : ऐसी बातें लिखित देना बेहतर होता है। नहीं क्या? वो फ़िल्म देखने गयी हैं। कहा कि सहेली के साथ फ़िल्म देखने जाना तय है।

प्राचार्य : सिनेमा की बड़ी शौक़ीन है हमारी नलू। लेकिन बीच-बीच में उससे काम भी करा लीजियेगा। ज़रा सँभाल लीजियेगा। क्या है अभी बच्ची है हमारी नलू।

महीपति : हाँ-हाँ, सही कहा आपने।

प्राचार्य : *(विशेष अन्दाज़ में)* चेयरमैन साहब की भतीजी है वह।

महीपति : ओ हो, वाह-वाह फिर क्या कहना, छोटी चेयरमैन ही कहिए। सँभालना ही चाहिए।

प्राचार्य : क्या बात कही आपने। चलें तो फिर *(जाते हैं)*।

महीपति : मैं उसे सँभाल लूँ और उचित अवसर देखकर, सँभालकर मुझे आप यहाँ से चलता कर दें। *(चक्कर मारता है)* छात्रों के बीच मेरी पाप्यूलैरिटी जिन प्रोफ़ेसर्स को फूटी आँख नहीं सुहाती उनके लिए सुनहरा मौक़ा है। वे तालियों बजायेंगे, खुशियाँ मनायेंगे। पोरपारणेकर नाम का काँटा निकल गया अपने आप। हमने भी तय कर लिया ये दाँव पलट देंगे। दो बड़ी अलमारियाँ स्टाफ रूम में एक तरफ़ लगवायीं और मराठी डिपार्टमेण्ट के लिए एक केबिन बनवायी।

[अलमारियों के कटआउट से केबिन तैयार हुआ है। वहाँ एक टेबल-कुर्सी पहले से रखी थी। स्टाफ रूम की एक कुर्सी खींचकर अपने केबिन में रखते हुए। ये कुर्सी छोटी चेयरमैन लेक्चरर कुमारी नलिनी शिंदे के लिए है। उस कुर्सी पर सिर पर पल्लू ठीक करते हुए नलिनी शिंदे मराठी डिटेक्टिव उपन्यास खोलकर बैठ जाती है।]

महीपति : दाँव आसान नहीं था। कभी ये दाँव लगाकर भी नहीं देखा था और यही इस खेल की सबसे बड़ी दिक्कत थी।

[अपनी कुर्सी पर बैठ जाता है पीछे स्टाफ रूम में ज़ोरदार कहकहा।]

महीपति : क्या नलिनी ता... *(जीभ काटकर)* मैडम क्या कहते हैं लड़के *(बच्चे)*?

नलिनी : *(चौंककर)* बच्चे? किसके बच्चे?

महीपति : अपने... यानी यहाँ कॉलेज के।

नलिनी : अच्छा-अच्छा, क्या हैं कि...

महीपति : पीरियड लेती हैं न आप?

नलिनी : हाँ, लेकिन लड़कों को कौन देखता है।

महीपति : कौन देखता है यानी? फिर आप पढ़ाती कैसे हैं?

नलिनी : वैसे ही। पढ़ाते समय लड़कों की ओर क्यों देखना पड़ता है?

महीपति : फिर कहाँ देखती है?

नलिनी : ऐसे ठीक नाक के सामने।

महीपति : नाक की सीध में। तब भी कभी-कभार तो नज़र इधर-उधर जाती होगी?

नलिनी : नहीं बाबा।

महीपति : कानों में कुछ सुनायी तो पड़ता होगा।

नलिनी : *(मुँह से आवाज़ निकालती है)* कच्च।

महीपति : क्या सुनायी पड़ता है? च्यक्क।

नलिनी : सुनता कौन है?

महीपति : लड़कों का...

नलिनी : कौन सुनता है।

महीपति : यानी आप सुनती भी नहीं है? ये कैसे?

नलिनी : वैसे ही, *(पल्लू कानों के गिर्द अच्छी तरह लपेट कर)* पल्लू ऐसा ले लिया कि कुछ सुनायी नहीं देता। हमारी खानदानी परम्परा है। हमारी दादी ने तो मरने से पहले भी पल्लू को सिर पर लिया, ठीक से सिर ढँका फिर मरी। जैसा चाहो वैसा मरने का भी रिवाज़ नहीं हैं हमारे यहाँ।

महीपति : यानी हमारे और आपके खानदान की एक ही बात।

[स्टॉफ रूम में वाद-विवाद का ऊँचा स्वर, नलिनी ने किताब सामने कर रखी है और कान पल्लू में।]

महीपति : इन प्राध्यापक लोगों को मुँह चलाने का बड़ा शौक़ है। सच कहें तो ध्यान साधना का अभ्यास यहाँ होना चाहिए। अध्ययन, *(ज़रा रुककर)* क्या पढ़ रही हैं?

नलिनी : *(चौककर)* कहाँ कुछ?

महीपति : नहीं, मैंने कहा किताब कौन-सी है?

नलिनी : *(खुद कवर देखकर)* 'जानी दुश्मन', ' उभा दावा'।

महीपति : 'उभा दावा' किस बारे में है ये किताब।

नलिनी : असली जानी दुश्मनी।

महीपति : जानी दुश्मनी।

नलिनी : नहीं तो और किस बारे में।

महीपति : लेकिन आप तो पढ़ रही हैं न?

नलिनी : नहीं बाबा।

महीपति : तब फिर?

नलिनी : ऐसे ही, देखने के लिए है ये किताब।

महीपति : देखने के लिए?

नलिनी : हाँ, चार लोगों के बीच औरत जात किसी चेहरे की ओर नहीं देखती हमारे खानदान में। इसीलिए किताब साथ रखकर उस किताब में देखती हूँ।

महीपति : अच्छा, आपके पास किताब पढ़ने के लिए नहीं सिर्फ़ देखने के लिए होती है। फिर तो अब इसकी ज़रूरत नहीं, क्योंकि अब हम दोनों के अलावा यहाँ कोई नहीं... *(गले में अटकाव अनुभव कर खाँसता है)*

नलिनी : क्या हुआ?

महीपति : कुछ नहीं, ज़रा गले में कुछ अटक गया था। *(स्टाफ रूम में प्राध्यापकों का ठहाका)* मैं कह रहा था, अभी हम दो ही हैं इसलिए किताब की ज़रूरत नहीं है।

नलिनी : ज़रूरत है।

महीपति : है? *(नर्वस होकर)*

नलिनी : है तो।

[नलिनी फिर किताब सामने कर लेती है।]

महीपति : *(दर्शकों से)* होगी ही। यानी मेरे प्लान की सफलता में प्राचार्य, अन्य प्राध्यापक, प्यून्स, लड़के और इन सबके साथ खानदान की इस परम्परा की भी बाधा आने वाली थी। इस रिवाज़ की रुकावट। आगे किताब, दोनों ओर से कसकर चिपकाया पल्लू। नलिनी, यानी एक दुर्गम खानदानी क़िला। बताइए इसे कैसे जीता जाये? दूसरा कोई रास्ता भी नहीं था। या तो नलिनी का हाथ थामना, नहीं तो बेकारी का सामना। एक विकट समस्या। मुझे बबना का स्मरण हो आया।

[मोटर साइकिल की ज़ोर की आवाज़, महीपति स्टेज के दूसरी ओर आता है।]

बबन्या : *(आते हुए)* राम-राम मास्साब।

महीपति : राम-राम। क्यों भाई बबन्या, साले भड़वे आज इधर कहाँ कॉलेज में? और वो भी क्लासेस के समय में।

बबन्या : नहीं वो क्या है, एक काम निकल आया था। सोचा थोड़ा घूम आयें। थोड़ी वसूली भी करनी थी, दो-चार लड़कों से।

सोचा लगे हाथ अपनी हाज़िरी भी लग जायेगी। इसीलिए आ गया, बस। निकालो कुछ बीड़ी-सिगरेट, मास्साब।

महीपति : नहीं सिर्फ़ तम्बाकू है।

बबन्या : खाओ तुम्हीं *(गोल्ड फ़्लैक निकालकर लाइटर से सुलगाता है)* सुना है तुम्हारे स्टाफ में नयी चिड़िया आयी है।

महीपति : *(ज़रा सँभलकर)* तुम्हें कैसे मालूम हुआ?

बबन्या : मुझे कैसे मालूम हुआ यानी, अपनी नज़र है उस पर।

महीपति : *(ज़रा सँभलकर)* नज़र है मतलब?

बबन्या : अरे उसी के पीछे फिर रहे हैं अपन, मास्साब।

महीपति : *(सँभलकर)* उसके पीछे।

बबन्या : हाँ, उसके जवान होने के पहले से।

महीपति : वो किसलिए?

बबन्या : किसलिए क्या पूछते हो मास्साब। वैसे कोई खास कारण भी नहीं, वही अपना टाइमपास।

महीपति : अच्छा-अच्छा, टाइमपास।

बबन्या : मतलब उतना ही, बस टाइमपास। टाइमपास यानी... अब कैसे बतायें कि आप समझ पायें। हाँ, अपना वक़्त कट जाता है।

महीपति : *(दर्शकों से)* फिर वही सवाल। जो मेरे लिए जीने-मरने का सवाल है वही मेरे आश्रयदाता के लिए सिर्फ़ टाइमपास है। सहारा पाने के लिए जहाँ हाथ रखते हैं वहीं साला गड्ढा।

बबन्या : *(आँख मारकर)* चिड़िया टंच है न मास्साब। क्यों?

महीपति : *(ज्यों-त्यों)* हाँ, है ही कह लो।

बबन्या : हम एक बार तो पकड़ के ही रहेंगे, देखना मास्साब।

महीपति : एक बार?

बबन्या : कम-से-कम एक बार, ज़्यादा से ज़्यादा तो कितनी ही बार।

महीपति : अच्छा-अच्छा, कितनी भी बार *(चकराया हुआ)*।

बबन्या : लेकिन इसमें दिक्कत एक ही है।

महीपति : *(दर्शकों से)* मेरी भी। *(बबन्या से)* कैसी मुश्किल?

बबन्या : अब क्या पूछते हो मास्साब, उसका चाचा *(बाप)*।

महीपति : अरे हाँ सच है *(थूक निगलकर)* उसका बाप ही तो...।

बबन्या : मतलब ये कि मुश्किल पहले वाले की नहीं।

महीपति : ठीक कहते हो, बाद वाले की है।

बबन्या : वो क्या है मास्साब, उसका बाप और हम रिश्तेदार हैं और रिश्तेदारी भी एकदम करीब की। कुछ हुआ तो मेरा बाप लात मार के बाहर ही निकाल देगा घर से।

महीपति : ऐसा।

बबन्या : और बाप के बग़ैर अपना यहाँ क्या चलता है? अरे उसकी सरपंचगिरी के दम पर ही तो अपन गुलछर्रे उड़ा रहे हैं। बस यही प्रॉब्लम है। *(लम्बा कश खींचता है)*

महीपति : समझ गया। समझ गया। *(आशा से)* तो फिर अब?

बबन्या : इस हालत में दूसरी दो चिड़िया भी हैं नज़र में।

महीपति : अच्छा। *(दर्शकों से)* इस साले को तीन विकल्प। मुझे तो बस एक ही। अपना भविष्य तो इसी एक चिड़िया पर अटका है *(बबन्या से)* वो मैं क्या कह रहा हूँ बबन्या कि...

बबन्या : कहो-कहो मास्साब!

महीपति : छोड़ दो न इसे।

बबन्या : छोड़ दें।

महीपति : तीन में से अगर एक उड़ भी गयी तो क्या फ़र्क़।

बबन्या : यानी ये उड़ गयी।

महीपति : तब भी दो तो रहती हैं न?

बबन्या : लेकिन क्यों? तीन की तीन क्यों नहीं और मास्साब हम तो पूछते हैं चार क्यों नहीं।

महीपति : *(फँसा हुआ-सा)* हाँ, वो भी ठीक ही है।

बबन्या : जिसने छोड़ दिया वो नामर्द। ऐसा आदमी अपनी माँ की औलाद ही नहीं। वो तो भैंचो बैंगन का भुरता। पकड़ना मर्द का काम, जो छोड़ दे...

महीपति : नामर्द *(दर्शकों से)* यानी उसमें हम भी...लेकिन नहीं *(रुककर)* साला हम भी वैसे बिना विरोध नामर्द बनने को तैयार नहीं। अचानक दिमाग़ में बिजली कौंधी। *(बबन्या से)* बबन्या, छोड़ना मत।

बबन्या : जँचा न मास्साब।

महीपति : अब मुफ़्त में टाइम मत गँवा। पकड़ यार।

बबन्या : *(साशंक)* पकड़।

महीपति : हाँ, पकड़।

बबन्या : *(पूरी तरह जोश में)* पकडूँ।

महीपति : पकड़।

बबन्या : *(पूरी तरह इंस्पायड)* पकड़ा ही समझो। कहाँ है वो मास्साब?

[बबन्या इस मन्त्रमुग्ध अवस्था में एक तूफ़ानी सीटी बजाकर उसे ढूँढ़ता घूम रहा है। अन्दर जाता है क्योंकि वो स्टेज पर नहीं है।]

महीपति : दाँव पूरी तरह वैज्ञानिक था, लेकिन था ख़तरनाक। इधर बबन्या जैसा बाज पीछे पड़ा नहीं कि चिरैया सीधे अपनी झोली में आ गिरेगी। मेरी झोली में नहीं तो और किसी की झोली में, लेकिन इसके अलावा अब कोई चारा नहीं था। जोखिम उठा लिया था, पासा फेंका जा चुका था।

[परेशान-सा बबन्या, तेज़ी से दौड़ता हुआ, महीपति से आ टकराता है।]

महीपति : *(आश्चर्य से)* कौन, अरे बबन्या तुम? क्या हुआ बे भड़वे?

बबन्या : *(परेशान)* मर गये मास्साब।

महीपति : वो कैसे? बाप ने लात मार के घर से बाहर कर दिया क्या?

बबन्या : नहीं।

महीपति : तो फिर?

बबन्या : वो चिड़िया, हमारे रिश्तेदार की भतीजी—वो नलू...

महीपति : हाँ, तो उसका क्या, उसने लात जमा दी क्या?

बबन्या : बाप उतर आये उसका, पर हमें हाथ नहीं लगा सकता, बबन्या पवार हैं हम।

महीपति : तो आख़िर हुआ क्या?

बबन्या : होना क्या था, मिल गयी हमें लुहारपाड़ा के उस तरफ़ यानी हम लुहारपाड़ा के इस तरफ़ और वो उस तरफ़। कोई नहीं था आसपास। सुबह से ही घात लगाये बैठे थे।

महीपति : और फिर?

बबन्या : फिर क्या, पकड़ा हाथ।

महीपति : *(सीने की धड़कन तेज़)* पकड़ा हाथ? तब फिर?

बबन्या : अरे फिर क्या?

महीपति : हुआ क्या?

बबन्या : मिर्गी आ गयी मास्साब *(महीपति को पकड़कर)*

महीपति : *(सन्देह से)* वो कैसे?

बबन्या : *(थरथराते हुए)* वो ऐसे।

महीपति : ऐसे ही।

बबन्या : हाँ, ऐसे ही।

महीपति : अरे, लेकिन ऐसे-कैसे उसी वक़्त मिर्गी आयी?

बबन्या : अब क्या आपसे झूठ बोल रहा हूँ *(अभी भी महीपति को पकड़े थरथरा रहा है)* अब भी सीने में धकधक हो रहा है, देखो *(महीपति का हाथ सीने पर रखता है)* देखा!

महीपति : उसने कुछ किया तो नहीं?

बबन्या : हम करने देंगे? छोड़ो मास्साब।

महीपति : और अपने आप मिर्गी आ गयी? ऐसे ही?

बबन्या : *(हाँफते हुए)* हाँ, ऐसे ही। ज़रा दम लेने दो। अभी कुछ मत पूछो।

महीपति : *(दर्शकों से)* यह सब अद्‌भुत था। एकदम अजूबा *(बबन्या से)* लेकिन बबन्या भड़वे...।

बबन्या : *(हाथ से इशारा करता है रुकने का, हाँफ रहा है, फिर उठकर)* हाँ, अब पूछिए। नहीं तो कुछ मत पूछो मास्साब। पूछने जैसा है भी क्या? क्या है पूछने काबिल!

महीपति : दम लो। फिर मिर्गी आ जायेगी। लम्बी साँस लो।

बबन्या : ली मास्साब।

महीपति : अब ज़रा ठीक से सोचकर बताओ। उसका हाथ पकड़ा था क्या? यानी उसका ही हाथ था न जो पकड़ा था? तुमने पहले क्या किया?

बबन्या : हाथ पकड़ा, हाँ इसी हाथ में।

महीपति : उसका ही हाथ न?

बबन्या : हाँ-हाँ, उसका ही हाथ।

महीपति : *(उसका हाथ पकड़ते हुए)* ऐसे?

बबन्या : *(अपना हाथ छुड़ाकर महीपति का हाथ पकड़ते हुए)* ऐसे।

महीपति : अबे, ज़रा धीरे। हाँ फिर क्या हुआ?

बबन्या : बाप याद आ गया।

महीपति : बाप दैट्स इट, यू रिमेंबर्ड योर बाप मीन्स फादर दैट इज़ सरपंच और तुम्हें मिर्गी आ गयी।

बबन्या : हाँ, बिल्कुल सही।

महीपति : बाप की लात याद करके?

बबन्या : बिल्कुल ग़लत। वो तो हम बचपन से खाते आये हैं। मास्साब लातों की कोई बात नहीं। लेकिन सोचा अगर घर से निकाल दिया तो क्या होगा? आख़िर उसकी सरपंचगिरी पर ही तो सब जगह अपनी चलती है। है न?

महीपति : अच्छा।

बबन्या : भैंचो तभी ये करम हो गया, जब नहीं होना चाहिए था।

महीपति : अच्छा ही हुआ।

बबन्या : *(ज़रा गुस्से से)* क्या कहा?

महीपति : मैंने कहा, अच्छा नहीं हुआ।

बबन्या : ये हुई न बात ज़रा क़ायदे से बोलो मास्साब, अभी बाप ने घर से बाहर निकाला नहीं हैं हमें।

महीपति : मंजूर। फिर अब आगे क्या?

बबन्या : अब क्या आगे और क्या पीछे मास्साब। दिल की लगी हो गयी है, अपने लिए। अगर सीना चीर कर दिखाया तो अन्दर भारी घाव दिखेगा। इतना बड़ा तो होगा ही। आज तो खाना-पीना भी अच्छा नहीं लगेगा। रात नींद भी नहीं आयेगी। क्या ज़िन्दगी हो गयी भैंचो। ज़रा उस तरफ़ हो, सरको मास्साब और अब सुनो *(एकदम पोज़ लेकर)* तुझसे इतना भी न हो सका ग़ालिब। हाय, साले ऐसे जीने से भाड़ में क्यों नहीं जाते।

महीपति : वाह-वाह। सुभान अल्लाह। लेकिन जो हुआ वो बहुत बुरा हुआ। लेकिन मैं कहता हूँ कि तुम दुबारा कोशिश क्यूँ नहीं करते।

बबन्या : न भई।

महीपति : लेकिन क्यों?

बबन्या : जाने भी दो मास्साब। अपना तो राम बान वाला हिसाब है। पहला ही तीर निशाने पर लगा तो ठीक, नहीं तो गया गधी की गां... में। इस चिरैया को समझो हमने छोड़ा मास्साब।

महीपति : छोड़ दिया?

बबन्या : हाँ छोड़ा। जिसे चाहिए वो ले जाये। हमने तो छोड़ दिया।

महीपति : *(दर्शकों से)* जो कुछ हो रहा है वो अपने फ़ायदे का है, या घाटे का, यही ठीक से समझ नहीं आ रहा था। *(बबन्या से)* ठीक है बबन्या। सिर सलामत तो पगड़ी पचास। क्या कहते हो।

बबन्या : मास्साब सरको ज़रा *(पोज़ लेकर)* हम आसमाँ से टकराये, तूफ़ान से चले आये, समन्दर को भी एक छलाँग में पार किया। लेकिन हाय, ग़ालिब, एक लड़की ने हमारी मार डाली। *(दाद के लिए हथेली आगे करता है)* ये अन्दर का दिल बोलता है, बस्स *(हिन्दी फ़िल्मों के मासूम हीरो की तरह खिरामा-खिरामा चलता जाता है।)*।

[बबन्या की मोटरसाइकिल की तेज़ आवाज़ दूर जाती हुई। पीछे, सिर पर पल्लू डाले नलिनी शिंदे आकर अपनी कुर्सी पर बैठ जाती है) उसके सामने वही मराठी डिटेक्टिव किताब खुली हुई है। चेहरा छुपाती-सी।]

महीपति : बबन्या गया। अब मैदान अपने लिए साफ़ हो गया था। लेकिन अब जंग कहाँ से शुरू की जाये ये यक्ष प्रश्न तो अब भी मुँह बाए खड़ा था। नाकाबन्दी ज़बर्दस्त थी।

[महीपति जैसे ही उसके सामने जाकर बैठता है, नलिनी शिंदे हाथ की किताब नीचे रख, उठकर उसके पास जाती है और उससे लिपटकर फफक-फफक कर रोने लगती है।]

महीपति : *(दर्शकों से)* अर्रर...। ग़ालिब, किधर गये ग़ालिब मियाँ

महीपति : *(नलिनी से)* नलिनी जी, नलिनी, रोइए मत,...क्या हुआ। नलिनी, कोई देख लेगा। नलिनी जी, ज़रा वहाँ बैठकर रोइए। नली, नलिनी, मैडम, शान्त हो जाइए, बस-बस बहुत हुआ। क्या हो गया नलिनी? *(उसे थपथपाता है, एकाग्रतापूर्वक)*

[और नलिनी एकदम से कुर्सी पर बैठकर अपने सामने किताब कर लेती है और फिर से चेहरा छुपा लेती है महीपति अचरज से देखता है।]

महीपति : *(गला साफ़ करते हुए, सँभलकर)* कहिए अब कैसी हैं *(आवाज़ फट जाती है)* यानी ठीक हैं न अब!

नलिनी : हाँ ठीक हूँ *(किताब की ओर देखते हुए ही)* अब ये विषय यहीं ख़त्म कीजिए।

महीपति : *(दर्शकों से)* अरे साला।

नलिनी : *(किताब की आड़ से ही)* सर जो हुआ वो हुआ ही नहीं, बस ऐसा ही समझें।

महीपति : *(दर्शकों से)* कमाल है।

नलिनी : *(किताब में देखते हुए)* कृपा करके इस बारे में किसी से कुछ न कहें और कुछ भूल चूक हुई हो तो क्षमा करें।

[रोने के बाद जिस तरह नाक से सूँ करते हैं, वैसी आवाज़ निकालती है।]

महीपति : उसमें माफ़ी की क्या बात है, उलटे मुझे इस वजह से...नहीं, आपको इस वजह से अच्छा लगा हो तो मुझे इस बात की ख़ुशी ही होगी। *(दर्शकों से)* एक जवान लड़की सीने पर सिर रखकर रोती है, इसमें बुरा लगने जैसा क्या है?

नलिनी : *(किताब में सर गड़ाये)* मुझे अच्छा लगा।

महीपति : क्या कहा तुमने—यानी आपने? इतना तो कम-से-कम मेरी ओर देखकर कहो।

नलिनी : *(सिर के पल्लू से दोनों आँखें पोंछते हुए)* वो हमारे खानदान का रिवाज़ नहीं है।

महीपति : रिवाज़ नहीं है तो रहने दो, लेकिन ऐसा क्या हुआ कि आपको इतनी तकलीफ़ पहुँची, वो तो हमें बतायेंगी न? या इसका भी रिवाज़ नहीं है।

नलिनी : *(किताब में देखकर)* कैसे कहूँ, यही समझ में नहीं आ रहा।

महीपति : कहना शुरू कीजिए, आ जायेगा, समझ में। हाँ बताइए।

नलिनी : सुनिये। *(हडबड़ी में पल्लू का छोर रुलाई रोकने के लिए मुँह में ठूँस लेती है। फिर मुँह से पल्लू निकालकर किताब पर आँखें जमा देती है।)*

नलिनी : सर, हमारे खानदान की प्रतिष्ठा पर हमारे हाथ से बट्टा लग गया। *(फिर से रोना और मुँह में पल्लू ठूँसना और फिर पल्लू निकालकर किताब में देखना)* खानदान की इज़्ज़त धूल में

मिला दी। आज तक खानदान में जो किसी ने नहीं किया होगा। वो मुझसे हो गया। *(गला भर आया)*

महीपति : *(भावुक होकर)* ऐसी भी क्या बात है, अगर मेरी मदद की ज़रूरत है तो मैं तैयार हूँ। आदमी से ग़लती हो जाती है। हम उसे सुधार लेंगे।

नलिनी : *(नज़र किताब में)* लेकिन मास्साब, ये ग़लती सुधर नहीं सकती।

महीपति : सुधर नहीं सकती। बात काफ़ी आगे बढ़ गयी है क्या?

नलिनी : *(किताब में एकटक)* मेरा ये बायाँ हाथ काटकर फेंक दूँ, ऐसा मन करता है।

महीपति : *(सन्देह से)* वो क्यों?

नलिनी : यही हाथ उसने पकड़ा था।

महीपति : किसने?

नलिनी : हाँ, यही हाथ उसने पकड़ा।

महीपति : उसने यानी बबन्या ने? बबन्या पवार।

नलिनी : मास्साब *(फिर रोने लगती है इस बार सिर्फ़ किताब की ओर देख रही है। जल्दी ही तटस्थ होती है। किताब पर ही नज़र।)*

महीपति : अच्छा, बबन्या ने हाथ पकड़ा इसलिए रो रही हो तुम। धत्त तेरे की। अरे नलू तुम पगली हो कि बावली। बबन्या यहाँ आकर तुमसे पहले ही आँसू बहा गया। तुम्हारा हाथ पकड़ने का बड़ा अफ़सोस था मन में। पश्चात्ताप हो रहा था। सच, तुम्हारी कसम।

नलिनी : *(किताब में देखकर)* लेकिन मास्साब। खानदान की प्रतिष्ठा का क्या?

महीपति : *(उसके पास सरक कर)* देखो नलू कोई किसी का सिर्फ़ हाथ पकड़ ले तो इज़्ज़त धूल में मिल जाये इतनी हल्की नहीं होती इज़्ज़त और अगर वो इतनी ही हल्की है, तो कल मिलती हो तो आज मिल जाये मिट्टी में। नलू, शोक से बाहर आओ।

नलिनी : *(किताब में ही देखते हुए)* हाँ, ठीक हैं आप कितने सहृदय हैं सर और समझाते भी कितना अच्छा हैं।

महीपति : होती है किसी-किसी में ये कला। और हाँ अब वो किताब क्या नाम है 'उभा दावा' 'जानी दुश्मन' ज़रा बगल में रख दो। वरना अपनी ही जानी दुश्मन हो जायेगी और ठन जायेगी अपनी उससे।

[नलिनी पल्लू में ही हँसती है। महीपति निर्निमेष दृष्टि से देखता है, अपलक कहते हैं जिसे। तभी दूध में नमक की डली पड़ गयी हो जैसे, ऐसे दो प्राध्यापक स्टाफ रूम में घोड़े की तरह हिनहिनाते आ टपकते हैं। फिर महीपति दूसरी एक किताब में और नलिनी 'जानी दुश्मन' में डूब जाते हैं।]

महीपति : *(किताब रखकर दर्शकों के सामने आकर)* इस तरह क़िला जीतने से पहले ही हाथ में आ गया। हथियार चलाने से पहले ही जंग ख़त्म हो गयी और हमारी फ़तह हुई। पूरी जीत। जय ईश्वरभाई। जय बबन्या।

[अब दूसरे प्रोफ़ेसर आकर महीपति के सामने क़तार में खड़े हो जाते हैं, पहले आये दोनों प्रोफ़ेसर भी इन्हें ज्वाइन करते हैं।]

पहला प्रो. : क्या पोरपारणेकर जी। आजकल दिखायी नहीं देते?

महीपति : यहीं होता हूँ कॉलेज में।

दूसरा प्रो. : अजी, आपका दर्शन दुर्लभ हो गया है जी।

महीपति : वो क्यों? होता तो है।

तीसरा प्रो. : आप अच्छे तो हैं?

महीपति : मुझे क्या हुआ है?

तीसरा प्रो. : नहीं, हमने कहा अच्छे ही रहना।

महीपति : हाँ अच्छा हूँ।

चौथा प्रो. : फ़ॉरगेट अस नॉट। मिस्टर पोरपारणेकर।

महीपति : हाँ, हाँ।

पहला प्रो. : क्या कहता है आपका टट्टू?

महीपति : टट्टू? हाँ, हाँ, टट्टू। अच्छा ही है। वो अच्छा काम करती हैं।

तीसरा प्रो. : करती हैं, वो?

महीपति : हाँ, शिंदे मैडम।

दूसरा प्रो. : मैडम, ग़ज़ब हो गया जी।

महीपति : क्यों क्या मैडम नहीं हैं वो?

पहला प्रो. : अच्छा करती हैं न काम? बस, फिर ठीक। उनसे बहुत ज़्यादा काम मत लेना।

महीपति : नहीं ही लेते।

तीसरा प्रो. : वैसे समझदार हैं, अपने पोरपारणेकर।

चौथा प्रो. : ही हैज ह्यूमेनिजम।

पहला प्रो. : *(महीपति से)* आप भी ज़रा सँभलकर रहियेगा।

तीसरा प्रो. : आप माइनॉरिटी में आते हैं।

महीपति : हाँ-हाँ वो एहतियात बरतता हूँ मैं।

दूसरा प्रो. : अगर मदद की ज़रूरत हो तो हमसे कहियेगा।

महीपति : जरूर-जरूर, बतायेंगे न।

पहला प्रो. : तो हम चलें?

महीपति : हाँ, निकलिए।

तीसरा प्रो. : चलते हैं।

महीपति : जी अच्छा।

चौथा प्रो. : पार्टिंग इज़ सच स्वीट-सॉरो पोरपारणेकर।

महीपति : नहीं, ऐसी क्या बात है। ये तो चलता है। लोकनीति है। *(सभी प्रोफ़ेसर्स वहीं खड़े हैं)*

चौथा प्रो. : स्पीक—पुंडरीक वरदा...

अन्य : हरि विट्ठल।

दूसरा प्रो. : पोरपारणेकर महाराज की...

अन्य : जय हो।

[महीपति दिग्भ्रमित-सा ये सब देखता है। सभी जाते हैं।]

महीपति : थोड़ी देर बाद दिमाग़ की ट्यूबलाइट जली कि सारे के सारे हमें उल्लू बनाने आये थे। मैं माइनॉरिटी जाति वाला हूँ और संस्था की मैनेजिंग कमेटी में मेरी जाति का कोई नहीं है। सभी मुझसे ऊँची जाति वाले हैं। मतलब ये कि मुझे फुर्ती दिखानी होगी। ज़्यादा वक़्त नहीं है। जितना मैंने दाँव चलने से पहले सोचा था। ज़रूरी है कि दुश्मन की शिकायत सिंहासन के सामने पहुँचे, उसके पहले मेरी चाल और मोर्चाबन्दी पुख़्ता हो जानी चाहिए। जय बजरंग।

[नलिनी की तरफ़ जाता है, जो पिछली कुर्सी पर बैठी है किताब और पल्लू में चेहरा छुपाये।]

महीपति : नलू!

नालिनी : *(किताब किनारे रख एकदम उठकर)* प्रभु

महीपति : *(पीछे हटते हुए)* ऐसा उतावलापन अच्छी बात नहीं।

नालिनी : लेकिन मुझसे अब तुम्हारे बिना रहा नहीं जाता, प्रीतम प्यारे।

महीपति : मुझसे भी नहीं रहा जाता, लेकिन ज़माना दुश्मन है। रात पीछे पड़ी है।

नालिनी : अरे रात कहाँ है अभी। अभी तो दिन है।

महीपति : ठीक है। दिन दुश्मन है। हमारे दुश्मन चारों तरफ़ घात लगाये बैठे हैं।

[नयी रोशनी में एक तरफ़ घात लगाये बैठे प्राध्यापकगण दिखायी देते हैं,... सब लोग एक-दूसरे पर गिरते-पड़ते इन्हें देखने की कोशिश करते हैं प्रकाश मन्द होता है।]

नालिनी : तो फिर अब क्या करना है? मैं तो बेकरार हूँ धैर्य नहीं है।

महीपति : जब चैन खोने लगे, धीरज जाने लगे तब ही धीरोदात्त प्रेम की पहली कसौटी होती है। समझीं नलू।

नालिनी : कितनी सुन्दर बात कही है।

महीपति : हाँ।

[पल्लू सिर पर, नज़र सामने जानी दुश्मन पर और चेहरा गम्भीर और महीपति खुद इस मुद्रा में कि जैसे पेपर जाँच रहे हों।]

नलिनी : लेकिन मुझे लग रहा है कि अपना दिल खोलकर तुम्हारे सामने रख दूँ। अपने पवित्र प्रेम की सरिता में नहला दूँ तुम्हें।

महीपति : फिलहाल तो इसे लिख डालो। खत लिखो मुझे।

नलिनी : पत्र?

महीपति : हाँ, *(नज़र किताब पर ही)* खत।

नलिनी : लेकिन तुम्हारे सामने होते हुए भी?

महीपति : कोई चारा नहीं है।

नलिनी : अरे कितना मजा आयेगा न पत्र लिखने में भी।

महीपति : हाँ, ज़रूर आयेगा। लेकिन खत लिखते वक़्त चेहरा गम्भीर रखना होगा, मिस शिंदे।

नलिनी : ऐसा कितने दिन करना होगा?

महीपति : थोड़े दिन मिस शिंदे। खत पूरा हुआ कि नहीं?

नलिनी : नहीं जानेमन *(जीभ काटकर)* नहीं सर, अभी लिखती हूँ।

[लिखने लगती हैं। बीच में ही जीभ निकालकर नाक तक ले जाती है। पत्र लिखने में मगन है, बीच में चोर निगाह से महीपति को देखती है।]

[स्टाफ रूम में प्राध्यापक लोग आपसी चर्चा कर रहे हैं लेकिन सारा ध्यान इनकी तरफ़ ही है।]

तीसरा प्रो. : *(बीच में ही उठकर महीपति के टेम्परेरी केबिन में ज़रा घुसकर)*
पोरपारणेकर, वो आपके उसके नोट्स ज़रा चाहिए थे। *(नलिनी की ओर ध्यान से देखते और अनुमान लगाते हुए कि चल क्या रहा है)* उसके यानी...वो सीता स्वयंवर...।

महीपति : क्यों? किस सीता के स्वयंवर का मुहूर्त निकाला है, घोडनवरे सर?
(खुद ठहाका लगाकर हँसते हुए दाद पाने के लिए हाथ आगे बढ़ाता है) तीसरा प्राध्यापक मजबूर होकर हाथ आगे करता है। महीपति उसके हाथ पर एक कॉपी रखता है

तीसरा प्रो. : सॉरी सर, आपको डिस्टर्ब किया।

महीपति : जब चाहे करिए, एट योर सर्विस। क्या मिस शिंदे? हो गया क्या पूरा? कितनी देर लगाती हैं आप? किसने लेक्चरर बनाया आपको।

[तीसरा प्राध्यापक भुनभुनाते हुए अपनी कुर्सी पर बैठ जाता है। नलिनी लिखा हुआ पत्र महीपति को देती है और शरमाते हुए सिर के पल्लू और सामने रखी किताब पर नज़र जमा देती है।]

महीपति : *(दर्शकों से)* खत में क्या लिखा होगा आपको बताने की आवश्यकता नहीं।
(पत्र पढ़कर एक ओर तो थ्रिल महसूस करता है, लेकिन फिर प्राध्यापकीय चेहरा बनाता है) कितनी ग़लतियाँ हैं,

स्पेलिंग मिस्टेक्स। न और ण के बीच का मामूली फ़र्क़ भी नहीं मालूम आपको और आप बच्चों को पढ़ाने आयी हैं।

नलिनी : *(किताब में देखते हुए)* ऐसा न बोलो जानेमन दिल टुकड़े टुकड़े हुआ जाता है।

महीपति : *(पत्र को नोट्स की तरह जाँच रहा हो इस पोज़ीशन में)* यह भी ग़लत ह्दिय नहीं हृदय। पहले 'ह' का उच्चारण फिर 'र' का। दिल (*हृदय*) टूक-टूक हुआ जाता है क्यों? *(कहते हुए हाथ धीरे से दबाता है)* बढ़िया है, बढ़िया। होने दो टूक-टूक। ज़रा आदत डालिए तो ज़्यादा नहीं होगी—तकलीफ़ मेरा मतलब ग़लतियाँ।

[पत्र तहकर ठीक से जेब में रखता है। बाहर पीरियड की घण्टी बजती है। नलिनी अन्दर आती है। एक बार उसकी ओर जानलेवा ढंग से देखती है और संयमित होकर आगे बढ़ जाती है।]

महीपति : *(दर्शकों से)* देखते ही देखते चौदह पत्र लिख गये। सब में मैटर एक ही। वही चींटी की तरह ज़नानी लिखावट काट-पीट और अनेक ग़लतियों से भरे।

महीपति : एक मासूम अल्हड़ हृदय का प्रेम प्रलाप। सब मैं सँभाल कर रखता जाता था सबूत के तौर पर कि कभी नौबत आयी तो इस्तेमाल कर सकूँ। एक बार जंग के मैदान में उतरे तो सही-ग़लत कुछ नहीं होता। प्रेम और जंग में तो सब जायज़ है न? और यहाँ तो दोनों यानी प्रेम और जंग एक साथ थे।

[नलिनी लेडीज़ छाता लिए उसमें छुपती सी दर्शकों के सामने महीपति के पास आकर रुकती है।]

नलिनी : *(इधर-उधर देखते हुए)* जानेमन।

महीपति : *(नाक की सीध में देखते हुए)* क्या है नलू!

नलिनी : खत लिखते-लिखते थक गयी हूँ और कितने दिना लिखनी हैं अभी? सिर्फ़ चिट्ठियाँ?

महीपति : *(इधर-उधर देखकर)* दिना नहीं 'दिन'। दिना भाषा का ग्राम्य रूप है।

नलिनी : अच्छा बाबा दिन। लेकिन बहुत लम्बे होते हैं ये दिना दिन। अब रहा नहीं जाता।

महीपति : *(फिर इधर-उधर देखकर)* रहा नहीं जाता?

नलिनी : मैं कुछ कह रही हूँ और तुम मेरी भाषा की गलतियाँ गिनाने में लगे हो।

महीपति : *(नाक की सीध में देखते हुए)* वो तो ऐसे ही, मुख्य मुद्दा समझ में आ गया है।

नलिनी : फिर?

महीपति : फिर क्या? मेरे घरवालों का तो कोई सवाल नहीं, क्योंकि मेरा घर ही नहीं है। तुम अपने घर में बात चलाओ।

नलिनी : मुझे डर लगता है।

महीपति : तब फिर बात आगे कैसे बढ़ेगी?

नलिनी : वो ठीक है लेकिन...

महीपति : उसमें डरने की क्या बात है? मैं कहता हूँ...*(किसी जाने वाले से घबराकर पीठ कर खड़ा हो जाता है फिर उसे गया जानकर सामने आता है)* हम एक-दूसरे से प्यार करते हैं न?

नलिनी : हाँ, वो तो है।

महीपति : एक-दूसरे के बिना हम जी नहीं सकते।

नलिनी : हाँ जानेमन।

महीपति : बस तो फिर। निडर होकर अपने चाचा से कह देना...।

नलिनी : तब भी मुझे डर लगता है न प्यारे...।

महीपति : कहो नलू, पर ज़रा ठहरो, कोई आ रहा है *(देखकर)* हाँ कोई नहीं है। बोलो।

नलिनी : तुम्हीं क्यूँ नहीं पूछते?

महीपति : किससे तुम्हारे चाचा से। *(थूक गुटककर)* बात ये है नलू कि मेरा पूछना ज़रा ठीक नहीं होगा। और मान लो मेरे पूछने से बात बिगड़ गयी तो?

नलिनी : तुम्हीं पूछो।

महीपति : नहीं, तुम्हारा पूछना ही उचित है।

नलिनी : नहीं, तुम्हीं पूछो।

[इनकी बातचीत के समय... सारे प्राध्यापक और प्राचार्य। प्राध्यापक लोग प्राचार्य को नलिनी और महीपति के बारे में बता रहे हैं और प्राचार्य सन्देह, क्रोध, अविश्वास और निश्चय के भाव से सर हिला रहे हैं। अन्ततः प्रोफ़ेसर्स

ने प्राचार्य के मन में सन्देह का बीज बो दिया है, हवा भर दी है। सब मिलकर बाहर जाते हैं।]

महीपति : ठीक है। मैं तुम्हारी बात पर एक बार सोचता हूँ, अब मैं जाऊँ?

नलिनी : एक बार प्यार से देखो तो मेरी तरफ़ *(भावनावश होकर)*

महीपति : हाँ-हाँ, मिलते हैं न कॉलेज में।

[नलू एक तरफ़ से बाहर जाती है। महीपति दूसरी तरफ़ से। पीछे नलू के चाचा–सोसायटी के अध्यक्ष आकर बैठते हैं और अपने साथ लाई बन्दूक की सफाई करते हैं।]

[प्राचार्य दूसरी तरफ़ से आते हैं, दोनों के बीच मौन संवाद चलता है। प्राचार्य कोई बहुत प्राइवेट बात बता रहे हैं। नलू के चाचा देखते ही देखते तनकर खड़े हो जाते हैं और बन्दूक प्रिंसिपल की ओर ही तान देते हैं अर्थात् कल्पित महीपति पर। प्राचार्य उन्हें शान्त कराने की कोशिश करते हैं। पीछे यह चल रहा है और सामने–]

नलिनी : *(एक तरफ़ से आकर दूसरी तरफ़ से आये महीपति से)* क्या करें बताओ न?

महीपति : क्या करें?

नलिनी : तुम पूछो न?

महीपति : नहीं, तुम्हीं पूछो।

(अपनी ही जगह पर दोनों एक चक्कर घूमते हैं)

नलिनी : मुझे डर लगता है न।

महीपति : मुझे समझ में नहीं आता कि इसमें डरने की क्या बात है? बहुत हुआ तो क्या करेंगे? न कहेंगे, और क्या करेंगे?

नलिनी : वो बात नहीं।

महीपति : अच्छा तो मुझे और सोचने दो।

[प्राचार्य स्टेज पर जाते हैं। नलू के चाचा (अध्यक्ष) बन्दूक लेकर तमतमाते से चक्कर काट रहे हैं। नलू और महीपति दोनों पहले विपरीत दिशा में चेहरा किये फिर दो क़दम चलकर अब एक-दूसरे के सामने आते हैं।]

नलिनी : फिर क्या सोचा तुमने?

महीपति : सोचा, पर कुछ समझ नहीं आया।

नलिनी : वो जाने दो। लेकिन कुछ तो तय करना पड़ेगा। वो भी जल्दी।

महीपति : हाँ, तय तो करना ही है।

नलिनी : हमें, आजकल ठीक से नींद भी नहीं आती। बहुत जी घबराता है। चिन्ता सताती है।

महीपति : किस बात की चिन्ता?

नलिनी : अगर चाचा जी को पता चल गया तो क्या होगा?
(सिटपिटाते हुए, फिर सँभल कर) हूँ, वैसे भी एक दिन हम खुद ही बताने वाले हैं।

नलिनी : देखो सीने में कैसा धकधक हो रहा है।

महीपति : ऐसे समय में मुझे याद किया करो पगली।

नलिनी : करती हूँ जानेमन, लेकिन फिर भी।

महीपति : मैं हूँ ना! फिर किस बात की चिन्ता।
(पीछे नलू के बन्दूकधारी चाचा का निश्चयी चेहरा)
अगर आकाश-पाताल भी एक हो जायें तब भी हम तुमसे अलग नहीं होंगे नलू।

नलिनी : *(महीपति के कन्धे पर सिर रखकर)* प्रिय महीपति।

महीपति : *(उसे थपकाते सहलाते)* नलू।

[नलू के चेयरमैन चाचा बिना बन्दूक विंग में से आकर पीछे खड़े हो जाते हैं और ज़ोर से खखारते हैं।]

[नलू और महीपति दोनों बहुत ज़्यादा घबराये हुए। जैसे-तैसे सीधे खड़े हो पाते हैं।]

चेयरमैन : *(मूँछो पर ताव देते हुए)* क्या मास्साब, क्या चल रहा है?

महीपति : क्या...चल रहा... नहीं यानी कुछ भी तो नहीं। ऐसे ही सब्जेक्ट डिस्कशन यानी...*(आवाज़ डूब जाती है)*।

चेयरमैन : चर्चा, सब्जेक्ट।

महीपति : हाँ...वो...कौन-कौन-सा पोर्शन अभी क्लास में पूरा कराना है वग़ैरह...ये तो हमेशा का डिस...

चेयरमैन : हमेशा का, हूँ।

महीपति : हाँ, यानी वो देखना ही होता है न...।

चेयरमैन : तो फिर हो गयी चर्चा सब्जेक्ट की!

महीपति : *(क्षीण स्वर में)* चल ही रही थी।

चेयरमैन : शाब्बाश! काम तो क़ायदे से ही होना चाहिए न? क्यों मास्साब?

महीपति : जी, जी हाँ।

चेयरमैन : हमारी भतीजी कैसा करती है?

महीपति : क्या?

चेयरमैन : वही जो अभी सब्जेक्ट डिस्कशन चल रहा था।

महीपति : बढ़िया, बहुत अच्छा करती हैं *(घबराया स्वर)* पहले ज़रा नयी थीं न?

चेयरमैन : नयी थी क्यों?

महीपति : हाँ, अनुभव नहीं था, वो एक्सपीरियंस...

चेयरमैन : अच्छा-अच्छा।

महीपति : अब हो गया है।

चेयरमैन : अब हो गया। अनुभव से बहुत कुछ सीखता है आदमी—है न?

महीपति : हाँ, वही तो।

चेयरमैन : और कोई तो डेढ़-दो गुना सीख जाता है।

महीपति : हाँ वो तो...हर एक...जो जैसा है, उस पर निर्भर...यानी...।

चेयरमैन : तो बताओ मास्साब, हमारी नली, कि अक्ल डबल हो गयी, या जो थी, वो भी चली गयी?

महीपति : नहीं। आयी है ज़ाहिर है।

चेयरमैन : सच्ची कह रहे हैं मास्साब।

महीपति : जी हाँ, बिल्कुल, आख़िर भतीजी किसकी है।

चेयरमैन : हमारी ही कहिए जी।

महीपति : वही तो।

चेयरमैन : लेकिन वो डिसक...वो चर्चा वो सब्जेक्ट की चर्चा। ऐसे यहाँ अकेले में, सन्नाटे में करनी पड़ती है? नहीं, यानी हम ठहरे देहाती, सो हमें कुछ...

महीपति : वो क्या है कि कॉलेज के समय में कुछ डिस्कशन पूरा नहीं हो पाता है तो...

चेयरमैन : अच्छा, तब दोनों लोग ही मिलकर करते हैं, काम की बातचीत।

महीपति : हाँ! ऐसा ही समझिए। कभी तीन भी होते हैं मगर डिपार्टमेण्ट में हम दो ही हैं इसलिए...।

चेयरमैन : हम ठहरे निपट गँवार, कॉलेज पढ़े बिना ही सोसायटी के चेयरमैन बने हैं। हमें इसमें क्या समझता है भला?

महीपति : आप तो शर्मिन्दा कर रहे हैं, ऐसा कैसे हो सकता है?

चेयरमैन : ऐसा ही है, अगर समझ में आता होता तो इतना पूछते क्यों? हैं कि नहीं। सीधा भाँप लेते सब कुछ, है न? क्यों मास्साब बताओ तुम ही। महीपति चुप है। वह कभी हाँ, तो कभी ना में सर हिलाता है, बहुत नर्वस है।

चेयरमैन : वो क्या कहते हैं मास्साब हमने आपके दूध के गिलास में नमक की डली डाल दी, है न?

महीपति : अरे नहीं-नहीं, ऐसा तो कुछ भी नहीं है।

चेयरमैन : अरे नहीं कैसे मास्साब, आपकी चर्चा के ठीक बीच में हम आ गये। क्यों री नली *(नलू घबराई हुई, पसीना पोंछती है)*।

महीपति : *(गला साफ़ करते हुए)* उसमें कोई बात नहीं, हमारी बातचीत तो वैसे बहुत सामान्य चल रही थी।

चेयरमैन : सामान्य हो कि स्पेशल हो, लेकिन इतना तो पक्का है कि आप लोग बहुत ज़रूरी काम और बात कर रहे थे, हैं कि नहीं?

महीपति : ज़रूरी यानी...।

चेयरमैन : तो आप जारी रखो।

महीपति : जी?

चेयरमैन : हाँ, वो जो कर रहे थे, वो शुरू करो।

महीपति : *(बुद्धू की तरह)* क्या?

चेयरमैन : अरे क्या-क्या पूछते हो मास्साब? वो जो कर रहे थे आप, उसे फिर से चालू करो।

[महीपति एकदम हड़बड़ा जाता है।]

चेयरमैन : ए नली तू क्यों खड़ी है, तू भी चालू कर।

[नलिनी नर्वस है।]

चेयरमैन : हमने क्या कहा, आपकी वो चर्चा चलने दो आगे, ज़रा हम भी सुनते हैं, वो काम की चर्चा। ज्ञान भले थोड़ा ही मिले पर दोनों हाथों से बटोरना चाहिए। हाँ, शुरू करो।

महीपति : *(साहस बटोरकर, गला साफ़ करते हुए)* तो नलिनी मैडम, ये जो पोर... *(गला अटक जाता है)* जल्दी पोर्शन पूरा...फर्स्ट इयर... का...*(नलिनी मूक खम्भे की तरह, उसके चाचा देखते हुए खड़े हैं)* *(फिर कहने की कोशिश)* कविता का पोर्शन, चैप्टर रह गया है अभी, वो पूरा करना चाहिए।

[नलिनी चुप है। महीपति कुछ...]

चेयरमैन : *(ज़रा रुककर)* हो गया? *(महीपति हाँ में सिर हिलाता है)* यही वो चर्चा, अच्छा ऐसे करते हैं, अच्छा अभी कुछ और बाकी है?

महीपति : *(मुश्किल से)* नहीं, हमारी चर्चा लगभग पूरी हो गयी थी।

चेयरमैन : अच्छा ख़त्म ही हो गयी थी। तो नलू चल अब घर चल, चर्चा ख़त्म हो गयी है न? अच्छा तो मास्साब, हमें आज्ञा दो।

महीपति : *(ज्यों-त्यों हाथ जोड़कर)* जी मैं कैसे कहूँ।

चेयरमैन : आपकी इस तरह चर्चा देखकर हमारा भी मन होने लगा है चर्चा करने का। मिलेंगे आपसे मास्साब। चर्चा करेंगे वही चर्चा। क्या?...राम-राम। *(नलिनी की बाँहें पकड़कर चेयरमैन चाचा खींच ले जाते हैं)*

[महीपति अकेला दयनीय अवस्था में।]

महीपति : चेयरमैन साहब यानी नलिनी के चाचा, जब यहाँ आये तभी मेरे मन में सन्देह हुआ, माथा ठनका। जब वो नलू को खींचकर ले गये तभी सोचा, अब नलू फिर आने से रही। लेकिन नलू दूसरे दिन फिर कॉलेज आयी। नलू आती है, अपनी कुर्सी पर बैठ जाती है। महीपति आश्चर्य और आनन्द के भाव से उसे देख रहा है, तभी एक पूतना-सी नलू की बुआ *(अक्का)* आ पहुँचती हैं और नलू के बग़ल में बैठ जाती हैं।

महीपति : *(मेज़ के इस तरफ़ कुर्सी पर बैठकर उसे घूरकर देखते हुए।)* आप कौन?

अक्का : *(गरदन घुमाकर भारी मर्दानी आवाज़ में)* आप, आप क्या करते हो? औरतों की तरफ़ कैसे देखते हैं। लाज-शरम है कि नहीं।...

महीपति : *(कुछ नर्वस, उसकी ओर न देखते हुए)* कुछ काम है आपका यहाँ?

अक्का : तो फिर, बिना काम के कोई क्यों आयेगा यहाँ? *(गर्दन घुमा के नलू से)* पगला ही दिखता है।

महीपति : क्या काम है?

अक्का : मेरी भतीजी है यह। इसके साथ आये हैं हम।

महीपति : *(जानता है, मगर फिर भी...)* अच्छा ऐसा है।

अक्का : हाँ, और अब रोज़ ही उसके साथ आयेंगे।

महीपति : *(अनजान-सा)* वो क्यों?

अक्का : तुम्हारा थोबड़ा देखने। *(उसे चुप कराना चाहती है)* फिर। हमें किसी के बाप का डर है क्या यहाँ। वो क्यों पूछता है? तू कौन रे हमसे पूछने वाला? *(नलू उसे चुप कराने की कोशिश में)* मुझे इस तरह कोई पूछे रोके-टोके ये ज़रा भी नहीं सुहाता। हाँ... हम बताये देते हैं।

[स्टाफ रूम में प्रोफ़ेसर्स इकट्ठे होकर इनकी बातें सुनने को उत्सुक खड़े हैं, एकदम कान देकर।]

महीपति : *(दर्शकों से)* यानी ये पूतना फूफी नलू की पहरेदार थी, उसके चाचा द्वारा नियुक्त और अब नलू आगे भी उसकी पहरेदारी में ही रहने वाली थी। चेयरमैन चाचा ने इस तरह मुझसे दुश्मनी निभायी थी। नलू की इस पहरेदारनी...बल्कि पहाड़ का नाम था अक्का। ये चेयरमैन साहब की बहन थी जो बहुत साल पहले अपने पति को छोड़ चुकी थी। इसके बारे में बहुत कुछ सुना था।

(अब सब प्रोफ़ेसर एक के बाद एक अन्दर आते हैं।)

चौथा प्रो. : *(मज़े लेते हुए)* क्या पोरपारणेकर जी। हाऊ इज़ लाइफ?... हैं...।

पहला प्रो. : आपके डिपार्टमेण्ट में स्टाफ बढ़ गया है सुनते हैं।

तीसरा प्रो. : चाय पिलाओ भइया जी।

अक्का : *(भड़ककर)* चाय पीने के लिए क्या ये होटल है? *(सारे प्रोफ़ेसर चौंक जाते हैं)* क्या गड़बड़ मचा रखी है यहाँ। चाय-वाय कुछ नहीं, चलो हटो यहाँ से।

(सभी प्रोफ़ेसर मिमियाते से स्टाफ रूम से बाहर नलू उसे चुप कराने की कोशिश में) नहीं, लेकिन कुछ अनुशासन थोड़ी तमीज है कि नहीं इन भड़वों में। पढ़े-लिखे लगते हैं अच्छे खासे लेकिन...

(अब नलू और महीपति अक्का से बचकर एक-दूसरे को संकेतों से कम्युनिकेट करने की कोशिश करते हैं) पर अक्का ऐसा होने नहीं देती। नलू महीपति की ओर जिस खत को देना चाहती है उसे भी जब्त कर अक्का फाड़ देती हैं।

महीपति : नलू को घर में कैद करने के बजाय, उसे नज़रबन्द करने का ये उपाय खोज निकाला था चेयरमैन चाचा ने। नलू पर सेंसरशिप। एक आदर्श सेंसर की तरह ये अक्का हमेशा सतर्क, जगी हुई, जागरुक और साथ ही बदतमीज भी।

(नलू और महीपति बेहद असमंजस में) नलू के साथ ही ये जायेगी और उसके साथ ही आयेगी और जब नलू क्लास में होगी तब तक ये मेरे सामने, सींग उठाये।

[नलू किताब, चॉक, डस्टर लेकर जाती है।]

(महीपति अक्का की ओर देखते हुए) पहले सोचा, देखते हैं फुसलाने से पिघलती हैं क्या? *(महीपति अक्का से)* क्या बुआ जी, चाय वग़ैरह पियेंगी क्या?

(अक्का सिर्फ़ ठण्डेपन से देखती है) और नहीं तो कुछ ठण्डा?

(फिर वही ठण्डापन) कोई प्रतिक्रिया नहीं। जेब से सुपारी निकालकर, लीजिए सुपारी। *(फिर वही)* महीपति सुपारी रखकर तम्बाकू की डिबिया निकालकर हाथ पर लेता है।

अक्का : कौन-सी तम्बाकू है?

महीपति : दस नम्बरी...क्यों?

[अक्का उठकर उसके हाथ से डिबिया लेकर सूँघती है फिर थोड़ी तम्बाकू निकालकर डिबिया टेबल पर रखती है। तम्बाखू घिसकर मुँह में फाँकती है। फिर पहले जैसा बैठ जाती है। महीपति यह सब अचरज से देखता है।]

अक्का : देखते क्या हो? हैं...। क्या देखते हो तुम? कोई सिनेमा हो रहा है, क्या यहाँ?

[महीपति मजबूर होकर नज़र हटा लेता है। घण्टी बजती है। नलू किताब, चॉक लिए वापस आकर अपनी जगह बैठ जाती है।]

महीपति : *(प्रयत्नपूर्वक)* नलू, कमाल करती हैं बुआ जी।

बुआ (अक्का) : *(महीपति को टोकते हुए)* उसे क्या बताते हो, हमसे कहो जो कहना है।

महीपति : *(हैरान) (दर्शकों से)* दिन-ब-दिन हालात कठिन होते गये। जहाँ देखो तहाँ बुआ की बला नलू को घेरे रहती। स्टाफ रूम में अफ़वाहों का बाज़ार गर्म हुआ जा रहा था कि मेरे लिए विदाई का हार तैयार है, बस सवाल इतना था कि वो हार मुझे किस रोज़ पहनाया जायेगा। कुल मिलाकर यह तय था कि अब आगे क्या होने वाला है। बैक टू ईश्वरभाई। लेकिन फिर मैंने सोचा, अब किसलिए ख़ामोश रहना? साला अगर मरना ही है तो क्यों नहीं दो-चार को घायल करके मरूँ। हर-हर महादेव। और एक दिन तय किया... *(पोज़ीशन लेकर)* बुआ जी, कृपया थोड़ी देर के लिए आप बाहर जायेगी? *(बुआ अविश्वासपूर्वक सिर्फ़ देखती है)* आपसे ही कह रहा हूँ।

अक्का : वो किसलिए?

महीपति : किसलिए-विसलिए कुछ नहीं। मेरा आदेश है, बाहर जाइए।

अक्का : तेरा आदेश!

महीपति : हाँ, मेरा आदेश, हुक्म ऑर्डर।

अक्का : तुम कौन होते हो ऑर्डर देने वाले।

महीपति : यहाँ हेड ऑफ़ द डिपार्टमेण्ट मैं हूँ न।

अक्का : कौन?

महीपति : हाँ, यहाँ का ऑफ़िसर मैं हूँ।

अक्का : हमारा भाई चेयरमैन है यहाँ का।

महीपति : मेरा मामा गवर्नर है, राज्यपाल।

अक्का : होंगे—उनका यहाँ क्या काम?

महीपति : फिर आपके भाई का यहाँ क्या काम?

अक्का : ये सब कुछ उसका ही है, वही देखता है।

महीपति : होगा। ये जो डिपार्टमेण्ट है न, उसे मैं देखता हूँ। यहाँ का चेयरमैन मैं हूँ। आई आर्डर यू, टू गो आउट फ़ॉर सम टाइम।

अक्का : *(शायद अंग्रेज़ी असर कर गयी, थोड़ी देर से उठते हुए)* चलो नलू।

महीपति : नहीं, ये यहीं रहेगी।

अक्का : और मैं।

महीपति : आप अकेली बाहर जाओ।

अक्का : *(दोनों हाथ कमर पर रखते हुए)* क्या करने वाले हो?

महीपति : डिपार्टमेण्ट का काम।

अक्का : फिर मेरे सामने करो न।

महीपति : वो ज़रा प्राइवेट है।

अक्का : चलेगा।

महीपति : ठीक है, आप बैठो यहाँ। नलू, नलिनी मैडम, हम बाहर जायेंगे।

अक्का : *(उठते हुए)* मैं भी साथ चलूँगी।

महीपति : *(मेज के ड्रावर से एक बड़ा-सा चाकू निकालता है)* आपको नहीं आना है। *(सट से चाकू खोलता है)*

अक्का : *(ज़रा घबराकर)* क्या करेगा तू?

महीपति : *(खुला चाकू हाथ में लेकर बुआ की ओर आता है)* आप बाहर जाती हो या...?

अक्का : जाती हूँ...। *(दरवाज़े तक जाती है)*

महीपति : *(घूमकर उस चाकू से पेंसिल छीलने लगता है)* थैंक यू। *(बुआ बाहर निकल जाती है। नलू तत्काल उठकर महीपति से लिपट जाती है)*

महीपति : नलू, अरे नले, ओ नली, ज़रा सब्र भी करो। *(चॉक रखता है)*

(दर्शकों से) उस समय इन दो मिनटों में जो कुछ भी हुआ, उसे बयान नहीं किया जा सकता। लेकिन जो कुछ भी हुआ, उसे एक नहीं, बल्कि दो-दो प्यून ने देखा और बुआ जी ने उसी तरह कुछ सच-कुछ झूठ अपने चेयरमैन भाई को बताया। ये सब तो होना ही था।

[नलू बग़ैर पीठ दिखाये एक-एक क़दम चलकर भीतर चली जाती है।]

महीपति : नलिनी अण्डर हाउस अरेस्ट। घर से बाहर निकलने पर पूरी पाबन्दी है। यह भी सम्भव था कि जोरदार डाँट-डपट के साथ मारपीट भी होती हो। अब उसका चेयरमैन चाचा फटाफट कोई फ़ैसला कर सकता था और इसीलिए मुझे भी कुछ फ़ैसले युद्धस्तर पर करने थे। मेरे पास संगृहीत नलू के वे 14 प्रेमपत्र अब सबसे महत्त्वपूर्ण थे और वो पत्र मुझसे छीनने-उड़ाने की भी कोशिश हो सकती थी। इसलिए उस अहम सबूत को मैं सीने से लिपटाकर यानी अण्डरवियर की चोर जेब में हिफ़ाज़त से रखने लगा और एक दिन बबन्या को जा पकड़ा।

(बबन्या झुका-झुका सा आकर खड़ा हो जाता है, थोड़ा पिये हुए है) अबे बबन्या, साले भड़वे।

बबन्या : (*आस्तीन ऊपर करते हुए*) कौन? *(देखकर निराश होते हुए)* अच्छा आप हैं।

महीपति : बबन्या आज तक मैंने तुम्हें कोई कसम दी? बोलो दी?

बबन्या : नहीं दी होगी। बोलो।

महीपति : नहीं, सच में दी क्या बोलो?

बबन्या : अरे नहीं दी होगी—यहाँ कौन हिसाब रखता है।

महीपति : मेरे लिए फलाँ काम करो, ऐसा कभी कहा मैंने, ऐसा कभी याद पड़ता है तुम्हें। एक बार का भी कहा याद है।

बबन्या : अरे भैंचो, आप क्या हमें इम्तिहान में बैठा रहे हो।

महीपति : अगर कभी कहाँ हो तो याद करके बताओ।

बबन्या : सच बताऊँ क्या? तो फिर उसमें समय लगेगा।

महीपति : अगर मैंने कभी कुछ कहा ही नहीं तो तुम याद करके भी क्या बताओगे?

बबन्या : फिर आप ही तो पूछ रहे हो बार-बार? क्या मास्साब पी रखी है क्या?

महीपति : मैंने? नहीं। लेकिन बबन्या, तुम्हारे जैसे बिज़ी आदमी को तकलीफ़ देना, मुझे रास नहीं आता, वो भी मेरे काम के लिए।

बबन्या : हमने भी कब कहा कि तकलीफ़ दो।

महीपति : बात अगर मामूली होती तो देता भी नहीं।

बबन्या : अच्छा ये बात है!

महीपति : लेकिन क्या करूँ। तुम्हें तकलीफ़ देनी ही पड़ेगी। मामला ही कुछ ऐसा है। मैं एक घोर संकट में घिर गया हूँ। क्या करें कुछ समझ में नहीं आ रहा। दिशाभूल होती है न? कुछ वैसा ही हुआ है।

बबन्या : भैंचो ये क्या होता है?

महीपति : क्या हुआ?

बबन्या : अपना भी कुछ ऐसा ही हुआ है। थोड़ी ज़्यादा हो गयी।

महीपति : तुम्हारा ठीक है रे, उतर जायेगी। लेकिन मेरा प्रॉब्लम वैसा नहीं है।

बबन्या : गांजे के अड्डे पर गये थे क्या? दारू से काम नहीं बना तो गांजा खींचने लगे क्या मास्टर? आप खासे एज्यूकेटेड आदमी कहलाते...।

महीपति : अरे ये सब वो नहीं है। इतना सीधा नहीं है मामला। ये मामला बहुत ही कॉम्प्लीकेटेड है, बहुत उलझा हुआ है। तुम्हें नलू याद है न? नलू, चेयरमैन साहब की भतीजी, बे।

बबन्या : हाँ, आपका-उसका लफड़ा चल रहा है। सुना है हमने।... *(हाथ जोड़ता है)* अब अच्छे खासे पढ़े-लिखे आप—प्रोफ़ेसर, और ये सब शोभा देता है क्या आपको? हैं बताओ। हमारे माफ़िक ये सब लफड़ा करते अच्छा लगता है क्या? हैं...धत्त तेरे की।

महीपति : *(ज़रा नर्वस होकर)* मुद्दा वो नहीं है।

बबन्या : नहीं कैसे। है ही।

महीपति : ठीक है, अगर है भी तो अभी उस पर बात करने का वक़्त नहीं।

बबन्या : है ही, देखिए, एज्युकेटेड लोग हैं आप।

महीपति : *(ज़रा बौखलाकर)* बबन्या। यहाँ एजुकेशन का सवाल नहीं है। कुछ बातें हर एक के लिए समान होती हैं।

बबन्या : पर एजुकेशन...मा...।

महीपति : *(बबन्या का मुँह पकड़कर)* मेरी बात सुनो पहले। बीच-बीच में बोलना मत। *(मुँह छोड़कर)* ये मेरे जीने-मरने का सवाल है। मेरी नौकरी छूटने की नौबत आन पड़ी है। नलू को घर में ही क़ैद कर लिया गया है। अगर उसके साथ मेरी शादी हो जाये फटाफट, तभी ये संकट टलने वाला है। मैं क्या कह रहा हूँ कुछ समझ रहे हो न तुम? नलू से एकबारगी मेरी शादी हो गयी तो चेयरमैन हाथ में आ जायेंगे। अटक जायेंगे नली के चाचा। फिर तो वो खानदान की इज़्ज़त का सवाल बन जायेगा। फिर मुझे नौकरी से कैसे निकाल सकेंगे क्योंकि मैं उनका दामाद बन जाऊँगा। फिर झक मार के मुझे रखना ही पड़ेगा। इतना ही नहीं, हो सकता है कि प्रिंसिपल ही बना दें। अपना दामाद मामूली प्रोफ़ेसर ये भी तो खानदान की शान के ख़िलाफ़ होगा। कम-से-कम वो प्रिंसिपल तो होना ही चाहिए। अलावा इसके सोसायटी का लाइफ मेम्बर भी। वो तो होना ही चाहिए। *(यह समूची कल्पना ही आनन्दित कर देती है)*। बबन्या दिखायी नहीं दे रहा) बबन्या अरे बब...भड़वे, कहाँ गया? अरे ओ बबन्या...।

बबन्या : हूँ मैं यहीं, चलने दो आपकी कथा।

महीपति : तो यही एक रामबाण इलाज है। नलू के संग मेरी शादी। कुछ भी हो, कैसे भी करके चेयरमैन के खानदान से शरीर सम्बन्ध। वो भी तत्काल।

बबन्या : क्या कहा?

महीपति : तत्काल—यानी तुरन्त।

बबन्या : ठीक है पक्का।

महीपति : पक्का यानी क्या?

बबन्या : हो जाने दो।

महीपति : लेकिन क्या?

बबन्या : वही यानी सम्बन्ध उर्फ़ मैरेज।

महीपति : कैसी होगी। तुम्हारी मदद के बिना कैसे होगी?

बबन्या : हैं, क्या कहा?

महीपति : तुम्हारी मदद के बिना ये सम्भव नहीं है, यही कहा।

बबन्या : ऐसा ही है तो फिर कोई बात नहीं। हर्जा नहीं।

महीपति : क्या कोई बात नहीं?

बबन्या : दिया।

महीपति : दिया।

बबन्या : हाँ दिया।

महीपति : तो फिर एक काम करो।

बबन्या : किया।

महीपति : मज़ाक मत करो। सच...

बबन्या : *(कलाई पकड़ते हुए)* हमने कभी मज़ाक किया है?

महीपति : वो मतलब नहीं है।

बबन्या : बताओ हमने कभी मज़ाक किया क्या?

महीपति : अरे, वो मतलब नहीं भाई।

बबन्या : लेकिन हमने कभी किया मज़ाक, बताओ मास्साब? पहले मुझे जवाब दो। मज़ाक किया क्या? हाँ कहने वाले का थोबड़ा तोड़ के धर देंगे यहीं।

महीपति : नहीं किया।

बबन्या : अब चालू करो कथा *(कलाई छोड़ देता है)*

महीपति : एक बात में तुम्हें मेरी मदद करनी पड़ेगी।

बबन्या : शरीर सम्बन्ध?

महीपति : राइट।

बबन्या : किससे, किससे बनाना है।

महीपति : नहीं, नहीं, तुम्हें नहीं करना है। मुझे बनाना है। ये शब्द अच्छा नहीं है। शादी, शादी बनानी है। नलू से यानी नलिनी से, मुझे...।

बबन्या : *(लम्बी साँस लेकर)* तो करो।

महीपति : इसके लिए उसे भगाना पड़ेगा।

बबन्या : *(डाक)* क्या कहा?

महीपति : नलिनी है न, उसे भगाना...।

बबन्या : *(काँपने लगता है)* मुझे पकड़ो *(महीपति पकड़ता है)* अब दूसरा कुछ कहो।

महीपति : दूसरा और क्या कहना है?

बबन्या : बाप निकाल बाहर करेगा घर से। हमारे रिश्तेदार हैं न वो, मास्साब।

महीपति : *(क्षण भर के लिए पंक्चर फिर)* लेकिन तुम भूल रहे हो बबन्या, ये तुम खुद अपने लिए नहीं मेरे लिए करोगे।

बबन्या : अच्छा ऐसा है!

महीपति : और फिर किसी को कानोंकान ख़बर भी नहीं होगी।

बबन्या : शरीर सम्बन्ध करने के बाद भी।

महीपति : शरीर...अरे, वो कई दिनों के बाद। पहले शादी, वैदिक पद्धति से। उसके बाद जोड़े से चेयरमैन साहब का आशीर्वाद लेने के लिए हाज़िर। एक बार शादी हो गयी तो फिर वो क्या कर लेंगे। शी इज़ ए मेजर—अपनी नलू।

बबन्या : अपनी?

महीपति : वही—मानो मेरी।

बबन्या : तो वैसा कहिए न। हम तो कान पकड़ चुके।

महीपति : तो फिर करोगे न मदद? भगा लाओगे न नली को। तुम्हारे सिवाय इस काम में और दूसरा कौन मदद कर पायेगा? है कोई भला?

बबन्या : *(सिर खुजलाते हुए)* बाप घर से बाहर कर देगा।

महीपति : चाहो तो मैं उनसे बात करता हूँ।

बबन्या : एक तमाचा रसीद करेगा आपको।

महीपति : तो फिर नहीं बात करता। लेकिन मेरी इतनी मदद तो करो न बबन्या। सहयोग के लिए बढ़ाया मेरा हाथ तुम झटकोगे नहीं, मुझे पूरा भरोसा है। तुम अपने गुरु मास्साब के लिए क्या इतना भी नहीं करोगे भड़वे। 'गुरुर्देवो भव' यह हमारी भारतीय संस्कृति में कहा गया है। गुरु की इच्छा पूरी करना महान पुण्य का काम माना गया है। गुरुदक्षिणा समझकर तुम ये काम पूरा करो।

[हृदयस्पर्शी चेहरा और स्वर]

बबन्या : *(थोड़ा ठहरकर)* नहीं, बाप घर से बाहर निकाल देगा। *(हताश होकर)*

(कुरुक्षेत्र में अर्जुन की तरह)

महीपति : *(एकदम जैसे कृष्ण ही उतर आये हों)* बाप-बाप। क्या एक-सी बाप के नाम की रट लगी रखी है। पौने आठ साले। बाप क्या सिर्फ़ तुम्हारा ही है और किसी का बाप नहीं है

क्या? और तेरा बाप ऐसा कौन-सा दारासिंह है कि उसके आगे तू इतना लाचार है। सरपंच ही तो है, होगा। हर गाँव में किसी न किसी का बाप सरपंच होता है। घर से निकाल देगा तो क्या हो जायेगा? कौन-सा आसमान फट पड़ेगा? गांडू कहीं के। ऐसा क्या होगा अगर होगा भी तो बस ये बाप की सरपंचगिरी पर तुम्हारी उड़ानें बन्द हो जायेगी। तो फिर। तुम्हारा या किसी और का भी बाप क्या ज़िन्दगी भर सरपंच रहता है। और जब वो सरपंच नहीं रहेगा तो क्या तेरी फटके हाथ में नहीं आ जायेगी। बेहतर है कि आज ही बाप की सरपंचगिरी पर लात मार कर अपने पैरों पर खड़े होने में क्या बिगड़ने वाला है। कुछ दिन तकलीफ़ उठानी पड़ सकती है। मुफ़्त के गुलछर्रे उड़ाना बन्द हो जायेगा। लेकिन साले स्वाभिमान की ज़िन्दगी तो जिओगे। स्वधर्मे निधनं श्रेयः परधर्मो भयावह...। बाप के दम पर ज़िन्दगी गुज़ारने से बेहतर अपने दम पर जीना, मर्द का धर्म है। यही भगवान ने गीता में बताया है तो वो क्या कोरी बकवास है। *(अचानक कुछ याद करते हुए)* हमारे शिवाजी महाराज गो ब्राह्मण प्रतिपालक, क्षत्रिय कुल वंशज, छत्रपति शिवाजी महाराज।

बबन्या : *(ऊँचे स्वर में) की जय (मुज़रा करता है)*।

महीपति : अबे सिर्फ़ जयकारे से क्या होगा। छत्रपति क्या बाप के दम पर जिया? *(बबन्या पर बातों का असर हो रहा है)* उनका बाप कोई फालतू सिपहसालार था कि प्राध्यापक था; वो था सरदार आदिलशाही राज में। लेकिन छत्रपति ने कहा, नहीं।

बबन्या : नहीं।

महीपति : हाँ, नहीं बाप के बल पर नहीं जियेंगे।

बबन्या : नहीं जियेंगे।

महीपति : छत्रपति ने कहा नहीं।

बबन्या : नहीं।

महीपति : गुलामी की रोटी नहीं खायेंगे।

बबन्या : नहीं खायेंगे।

महीपति : छत्रपति शिवाजी बाहर निकले और उन्होंने स्वराज्य स्थापित किया।

बबन्या : हाँ, अपने बाप से आगे। आगे कहो।

महीपति : अगर उन्होंने बाप की सरदारगिरी का लालच किया होता तो...

बबन्या : तो हमारे जैसी हालत हो जाती।

महीपति : राइट यू आर। लेकिन नहीं।

बबन्या : नहीं।

महीपति : आख़िरकार वो छत्रपति थे।

बबन्या : और हम ठहरे निकम्मे।

महीपति : हाँ, मगर इससे क्या? हर कोई तो छत्रपति नहीं बन सकता।

बबन्या : नहीं।

महीपति : तब भी बाप के दम पर जीना...

बबन्या : हरामीपन है न?

महीपति : करेक्ट।

बबन्या : छोड़ दिया।

महीपति : क्या छोड़ दिया?

बबन्या : गाल बजाना। अब हम करेंगे।

महीपति : क्या करेंगे?

बबन्या : शरीर सम्बन्ध स्थापित।

महीपति : अबे नहीं, तुम हमारी मदद कर रहे हो। नलू को भगा लाओगे।

बबन्या : करेक्ट। नलू को *(ज़रा हिचकते फिर सँवरते हुए)* भैंचो भगा लायेंगे।... यानी नलू को ही भगा लायेंगे। उसकी मइयो—यानी मइयो को नहीं।

महीपति : *(गद्गद होकर)* बबन्या। बबन्या यू आर ग्रेट।

बबन्या : *(चिन्तित होकर)* लेकिन बाप को पता नहीं चलना चाहिए।

महीपति : वो तुम मुझ पर छोड़ो। तुम भगाकर लाओ और मेरे हवाले करके छूटो। बाकी आगे का मैं देख लूँगा। अरे नलू भी आख़िर अपनी ही है। यानी मेरी। वो थोड़े ही तुम्हारा नाम तुम्हारे बाप को बतायेगी। वो सब मैं सँभालता हूँ।

बबन्या : सँभालो।

महीपति : अब भगाने का प्लान। *(धीमे स्वर में)* सुबह का समय सबसे अच्छा है। उस वक़्त नलू अकेली घर से बाहर निकलती है। महमूद की प्राइवेट टैक्सी तैयार रखनी है। और मुँह-अँधेरे नलू को उठाकर छू...।

बबन्या : वो अपना ज़िम्मा।

महीपति : बीच में कहीं रुकना नहीं। उसे पूरा प्लान नहीं पता, इसलिए शायद चीखे चिल्लाये। मगर तुम परवाह मत करना। सीधा पंढरपुर पहुँचना। वहाँ मैं सारी तैयारी के साथ मौजूद रहूँगा। नली के पहुँचते ही सीधे मन्त्रोच्चार और फिर भाँवरें।

बबन्या : सावधान! मास्टर साहब।

महीपति : *(चौंककर)* क्या हुआ?

बबन्या : कुछ नहीं, फिर उसके आगे शुभ लग्न सावधान ही तो होता है। क्या मास्साब, क्या हमें पता नहीं?

महीपति : शाबाश! हो तो होशियार।

बबन्या : आप भी।

महीपति : बस अब आगे का मैं देख लेता हूँ।

बबन्या : पक्का। लेकिन बाप को पता न चले बस। मुफ़्त में घर से बाहर हाँक दिये जायेंगे। भैंचो आप शरीर-सम्बन्ध बनाओगे और हमारे सम्बन्ध घर से टूट जायेंगे। आगे...

महीपति : ऐसा नहीं होगा। मेरी ज़िम्मेदारी।

[दोनों हाथ मिलाते हैं। महीपति हाथ पर हल्की फूँक मारता है। पार्श्व में सुबह का प्रकाश झलकता है। नलिनी एक ओर बैठी हैं हाउस अरेस्ट की मुद्रा में। सभी प्राध्यापक दूसरी ओर क़तार में खड़े हैं। स्त्रियोचित विरह गीत गुनगुनाते हुए। फिर सब अन्दर जाते हैं। बबन्या आकर बैठ जाता है और एक फ़िल्मी गीत गाते हुए हिचकी लेता है।]

[अब प्रकाश धीमा होता है। बबन्या का गाना बन्द। नलिनी धीरे-धीरे अन्दर जाने लगती है। बबन्या उसे मन्द उनींदी आँखों से देख पा रहा है। वो तैयार होता है और एकदम से उसे पकड़ लेता है। उसका मुँह दबाता है। वो उसके सिर पर चोट करती है। लेकिन

बबन्या बग़ैर डगमगाये उस पर कम्बल डालता है और मय-कम्बल उसे कन्धे पर उठाकर अन्दर चला जाता है। टूरिंग टैक्सी के स्टार्ट होने की आवाज़।]

[अब दूसरी ओर से स्टेज पर महीपति दूल्हा बना आता है, साथ में दो पण्डित जी विवाह की सामग्री लिए प्रवेश करते हैं। ये सब तैयारी और स्टेज पर प्रकाश बढ़ता है। सब इन्तज़ार में। पार्श्व में प्राध्यापकगण के स्वर में प्रसंगस्वरूप स्त्री गीत। बबन्या कम्बल में लिपटी फिगर लेकर हाँफता हुआ आ पहुँचता है।]

बबन्या : *(महीपति के सामने कन्धे से पटकते हुए)* लो, मइयो की। लो अपनी गुरुदक्षिणा। *(बैठकर)* हमारा-आपका हिसाब अब चुकता गया। *(सिर सहलाता है)*

महीपति : *(गद्गद होकर)* बबन्या, बबना, अरे बबन साहब, बबन देव। शाबाश, शाबाश!

बबन्या : मर गया बबनदेव भैंचो। तांबे का लोटा जड़ दिया हमारे माथे पर, सुबह-सुबह तारे नज़र आने लगे। मास्साब। वैसे ही टैक्सी में डाला और ले आया। और भैंचो वजन भी कोई काम था क्या?

[महीपति कम्बल हटाता है और देखता है कि सामने, अमेज़ॉन बुआ जी। मुँह में कपड़ा ठुँसा। हाथ-पैर बँधे। बेहद गुस्से में–कुछ कहने की कोशिश में।]

महीपति : *(भयभीत होकर)* कौन-कौन *(चक्कर खाकर गिरते हुए)* बुआ जी।

बबन्या : *(अचम्भित खड़ा देख रहा है)* मइयो के *(माथा पकड़ लेता है)*

महीपति : पुरोहित द्वारा जूता सुँघाने पर होश में आकर बैठता है, पानी माँगता है। *(पुरोहित पानी पिलाते हैं।)* और पानी।

पुरोहित : यजमान मुहूर्त की वेला हो गयी। मण्डप में चलिए।

महीपति : मण्डप में *(फिर चक्कर खाकर गिर जाता है, पुरोहित सँभालते हैं)* गढ़ आया पर सिंह गया।

पुरोहित : कन्या को वेदी पर खड़ा करें।

महीपति : भड़वे, भैंन के सब सत्यानाश, धोखा किया।
बबन्या सिर पकड़े बैठा है। *(बुआ जी मुँह में ठुँसे कपड़े और बँधे हुए हाथ-पैर की अवस्था में कुछ बोलने की कोशिश में)* अबे इस वास्ते तप किया था हमने। हमारी तपस्या का ये फल।

पुरोहित : यजमान, मुहूर्त उत्तम है। ऐसा मुहूर्त अगले 13 साल फिर नहीं आयेगा।

महीपति : चुप *(बबन्या से)* इसी वास्ते तुम पर भरोसा किया नालायक। तेरी आँखें फूटी थीं क्या? उसे छोड़ आये और इसे उठा लाये। इसे?

बबन्या : *(बिना शर्म)* भैंचो ग़लती हो गयी मास्साब। लो ये जूता और मारो पचास। बस, हम आगे कुछ न कहेंगे। *(घिघियाते हुए)* पर बस हमारे बाप को पता न चले।

महीपति : *(थूक गुटककर)* पहले ये बोल कि इसका क्या करें? *(बुआ की ओर इशारा)*।

पुरोहित : यजमान मूहर्त निकल...।

महीपति : एकदम चुप *(बबन्या से)* एक तो शादी का सब प्लान चौपट। ऊपर से ये संकट। इसका भाई, वो चेयरमैन हल्ला मचा रहा होगा। पुलिस रिपोर्ट करेगा। इसे भगाने के अपराध में अरेस्ट। इसे...।

बबन्या : *(कमज़ोर आवाज़ में)* कहा तो मास्टर साहब कि ग़लती हो गयी।

महीपति : अबे ग़लती की औलाद। गधे साले, ग़लती क्या हो गयी। प्रोफ़ेसरी तो गयी अपनी। उस पर पुलिस, पुलिस चौकी। प्रो. पोरपारणेकर चेयरमैन की इस विधवा बहन को भगाने के जुर्म में अरेस्ट। साले तूने कहीं का नहीं रखा। *(बुआ पर ही चिल्लाता है—चुप्प)*।
उसी क्षण बुआ के मुँह में ठुँसा कपड़ा बम फूटने की तरह बाहर आ गिरता है बबन्या उसे उठाकर हड़बड़ाकर फिर उसके मुँह में ठूँस देता है। ऐसा करने में बुआ उसका हाथ काट लेती है बबन्या कसमसाता है और गुस्से में बुआ पर हाथ उठाता है।

महीपति : अबे हाथ क्या उठाता है और एक धारा लग जायेगी। ज़िस्मानी नुकसान पहुँचाने के एवज़ में फिर तो जेल पक्की।

बबन्या : *(महीपति के पैर पकड़कर)* सर, मास्साब, बचाओ हमें। अब हमारी खैर नहीं। बाप को पता चलेगा तो घर के बाहर निकाल देगा मास्साब।

महीपति : निकाले वही ठीक, तुम उसी लायक हो।

बबन्या : *(करुणा भरे स्वर में)* अब मेरा क्या होगा मास्टर साहब!

महीपति : *(एकदम बदले भरे स्वर में)* बबन्या कोशिश छोड़ देने से कैसे चलेगा? लड़ाई तो पूरी लड़नी चाहिए। अब आधे में मैदान छोड़ना ठीक नहीं। करेंगे या मरेंगे बस। बचेंगे तो और भी लड़ेंगे। वन्दे मातरम्। भारत माता की जय। ईश्वरभाई की जय।

[एक ओर प्राध्यापकों का दल आकर जोरदार मार्चिंग साँग का एक अन्तरा गाकर लौट जाता है।]

महीपति : *(सुदर्शन चक्रधारी श्रीकृष्ण का पोज़ बनाकर गम्भीर मुद्रा में)* बबन उठ, उत्तिष्ठत।

बबन्या : लेकिन मेरे बाप को...।

महीपति : तेरे बाप की... बैल की दुम। उठ पहले *(बबन्या उठता है)* जा।

बबन्या : जाऊँ।

महीपति : यानी वापस जाओ।

बबन्या : वापस जाऊँ।

महीपति : लेकर जाओ।

बबन्या : क्या लेकर जाना है?

महीपति : जो लेकर आये हो।

बबन्या : *(बुआ की ओर देखकर भयभीत)* मर गया।

महीपति : जो लाये हो, जहाँ से लाए हो वैसा का वैसा वहाँ पहुँचा कर आओ।

बबन्या : फिर उसके बाद?

महीपति : मरो, जहन्नुम में जाओ।

बबन्या : क्या कहा।

महीपति : चाहो तो न मरो, जो चाहे करो। लेकिन पहले ये पार्सल अपनी जगह वापस जाना ही चाहिए।

बबन्या : फिर सत्यानाश।

महीपति : जल्दी करो।

बबन्या : क्या जल्दी।

महीपति : जल्दी निपटाओ। समय बर्बाद करने से काम नहीं चलेगा।

बबन्या : घर वापस पहुँचकर ये चिल्लायेगी नहीं? सभी कुछ बतायेगी, अपने... को यानी हमारा आपका सूपड़ा साफ़।

महीपति : वो तो अब वैसे भी अटल है।

बबन्या : मैं कहता हूँ, ऐसा क्यूँ न करें? इसकी जीभ काट दें। यानी फुल नहीं सिर्फ़ हाफ?

महीपति : किसकी? तुम्हारी।

बबन्या : अरे मास्टर साहब, इसकी।

महीपति : तुम गधे हो।

बबन्या : *(सिर खुजलाकर)* क्यों न मास्साब आप इसके संग ही, मैं कहता हूँ क्यों नहीं...।

महीपति : क्या?

बबन्या : सम्बन्ध?

महीपति : इसके साथ। बबन्या शरीर क्या पत्थर का कोयला है जो चाहे जिस भाप के इंजन में झोंक दो। शरीर यानी बहुत बड़ी चीज़। बड़े भाग मानुस तन पावा। चेयरमैन अपनी भतीजी का रिश्ता मेरे संग करने को तैयार नहीं, वो क्या अपनी बहन के साथ मेरा रिश्ता मंजूर करेगा। सम्भव नहीं। नौकरी तो पक्का जायेगी अब।

बबन्या : तो फिर अब?

महीपति : फिर वही—माल जहाँ के तहाँ लौटा आओ।

बबन्या : *(अपने कन्धे छूकर)* बहुत वजनी है मास्साब।

महीपति : तुमसे कहा किसने कि हल्की छोड़कर वजनी उठा लाने को। साले बोलता क्यों नहीं...।

बबन्या : ग़लती हो गयी, सच।

महीपति : अब भुगतो इसका फल। चलो निबटाओ।

बबन्या : आप भी खूब मिले मास्साब हमें। आपकी ख़ातिर ही सब किया।...भैंचो।

महीपति : लेकिन सब ग़लत।

बबन्या : वो भी ठीक है। चलो बबन राव वापस चलो। *(बुआ को कन्धे पर उठाकर)* बाप भी अब घर में नहीं रखेगा। हम बता रहे हैं।

महीपति : जगत में जिसका कोई नहीं उसका रखवाला राम। बबन्या—वो सरपंचदेव, तुम्हारी रक्षा करे।

[बबन्या माथा ठोक बोझ सहित अदृश्य होता है।]

महीपति : गया, बबन्या गया। बुआ सहित अदृश्य हो गया। अब एक बड़ी गड़बड़ होने की पूरी आशंका थी। शायद चेयरमैन साहब के घर, वो अब तक शुरू भी हो गयी होगी। नलू भी उसमें शमिल होगी। बुआ जी का क्या हुआ। बुआ जी वहाँ पहुँचते ही एक महान रहस्य का पर्दाफ़ाश करने वाली थीं। उन्हें मैंने और बबन्या ने भगाया। इस पर नलू का चाचा तो हाय-तौबा मचाने वाला था ही। लेकिन नलू भी आग-बबूला होने वाली थी। मैं और बुआ जी का अपहरण? बबन्या को उसकी इस भारी भूल के लिए जितनी गालियाँ दी जायें, कम ही होगीं। लेकिन गाली देकर भी अब क्या फ़ायदा होने वाला था। अब आगे क्या? वो ज़्यादा महत्त्वपूर्ण था। एक मुठभेड़ में पिट गया तो क्या, अभी लड़ाई तो जारी थी। हार नहीं हुई थी। लड़ेंगे और मरेंगे। अभी 14 चिठ्ठियाँ बाकी थीं। *(अपना अण्डरवियर टटोलता है)* इन चिट्ठियों के बूते नली के खानदानी चाचा को ब्लैकमेल करना कोई बहुत मुश्किल नहीं था। ठीक है वो भी करेंगे। लेकिन ज़िन्दगी में बामुश्किल हासिल की हुई प्रोफ़ेसरी यूँ ही आनन-फानन में हाथ से नहीं जाने देंगे। *(अण्डरवियर में से चिट्ठियाँ निकालकर रुपये की तरह गिनता है और फिर अण्डरवियर में रख लेता है। परेशान है। दो-चार तीलियाँ बर्बाद कर सिगरेट सुलगाता है)* इतने में प्रिंसिपल आते हैं। खखारते हैं। चौंककर कौन *(शौक़िया विलेन का पोज़ बनाकर)* आप?

आज इधर का रास्ता कैसे भूले? *(कश लगाता है। खाँसी आ जाती है। प्राचार्य उसका सीना सहलाते हैं।)*

प्राचार्य : नये-नये ही सीखे हो कश लगाना, शायद। सिगरेट मत पिया करो। कैंसर हो जाता है। *(पैकेट उठाकर उस पर लिखी चेतावनी दिखाते हैं।)*

महीपति : थैंक यू *(सिगरेट न बुझाते हुए)* आप इधर कैसे?

प्राचार्य : कुछ नहीं, यूँ ही इस तरफ़ से गुज़र रहा था, सोचा पूछताछ करता चलूँ।

महीपति : किस बात की पूछताछ?

प्राचार्य : किस बात की? अरे पूछताछ और किस बात की। आपकी ही।

महीपति : मेरी। मेरी पूछताछ किसलिए मैं कोई बीमार-बिमार हूँ या मैंने कोई बच्चा जना है?

प्राचार्य : *(हँसकर)* हैं, हैं, हैं, बहुत मज़ाक सूझता है आपको। आया तो क्या ग़लती हो गयी। अगर ऐसा है तो वापस लौट जाता हूँ। *(उठने का नाटक करते हुए फिर बैठ जाते हैं)*

महीपति : क्या हुआ?

प्राचार्य : मज़ाक रहने दो। पहले ये बताइए आप कैसे हैं मि. पोरपारणेकर?

महीपति : वैसे तो ठीक हूँ। मगर आपके पूछने से लगा कि कहीं बीमार न पड़ जाऊँ।

प्राचार्य : भाई हमें आपका बहुत ध्यान रहता है। *(ज़रा लम्बी साँस लेकर)* सच कहूँ तो जानबूझ कर आया हूँ।

महीपति : वो तो जब आपने कहा—यूँ ही इधर से..., मैं तभी समझ गया था।

प्राचार्य : आप शायद नहीं जानते, आप शायद विश्वास भी न कर सकें, ये भी हम जानते हैं लेकिन शुरू से ही मैं आपका हितचिन्तक हूँ।

महीपति : और ये आप मुझे इतनी देर से बता रहे हैं।

प्राचार्य : सभी बातें बताने की नहीं होतीं भाई। लेकिन मुझे बहुत दुःख हो रहा है, पोरपारणेकर। दुःख यानी बहुत ही ज़्यादा दुःख *(लम्बी साँस लेकर)*

महीपति : क्या हुआ? हुआ भी क्या है? मुझे नौकरी से निकाल दिया है? यही न? *(थूक गुटककर)* फिर आप सीधा क्यूँ नहीं कहते? सीधा कहिए। लेकिन मत भूलना, मेरे पास भी हुकुम का इक्का है। *(अण्डरवियर की ओर हाथ ले जाता है)*

प्राचार्य : नहीं-नहीं, आप ग़लत समझ रहे हैं। आपको नौकरी से नहीं निकाला गया है, बिल्कुल नहीं।

महीपति : *(आश्चर्य से)* नहीं निकाला?

प्राचार्य : अभी तक तो नहीं। कम-से-कम मुझे तो वो कारण स्वीकार नहीं। मैं पहले से ही आपका शुभचिन्तक हूँ पोरपारणेकर, आप भूल गये।

महीपति : *(निश्चिन्तता की साँस लेकर मगर सन्देहपूर्वक)* अच्छा!

प्राचार्य : मैं यही कह रहा हूँ। आपकी मदद करने में मुझे हमेशा ख़ुशी मिलती है। *(ज़रा धीमे स्वर में)* अगर समय रहते आपने मुझे पहले ही बताया होता तो मैंने सब सैट कर दिया होता।

महीपति : *(सन्देह भरी नज़र से)* क्या? क्या सैट करा दिया होता?

प्राचार्य : लेकिन आपने मुझ पर अपना भरोसा नहीं जताया। आपके न केवल सच्चे, बल्कि एकमात्र शुभचिन्तक के प्रति।... सब कुछ मेरे ही अधिकार क्षेत्र में था। यानी अगर मैंने थोड़ा कहा भर होता तो अब तक तो कब का काम हो चुका होता। मगर आप कुछ कहते नहीं थे और मैं सब देख रहा था—जो होना होता है वैसे ही मति फिर जाती है, यही सच है। आप बहुत भयानक काण्ड कर बैठे।

(लम्बी साँस खींचकर) ख़ैर जाने दीजिए। आपके हाथ-पैर सलामत हैं यही बहुत है। अब आगे का सोचिए।

महीपति : आगे का?

प्राचार्य : जी हाँ, आगे का।

महीपति : यानी कैसा विचार?

प्राचार्य : अभी माहौल गर्म है। ज़रा ठण्डा होने दीजिए, फिर आप कहें तो मैं ज़रा दबाव बनाता हूँ।

महीपति : *(ठीक से अनुमान नहीं लगा पाता)* दबाव? कैसा दबाव?

प्राचार्य : मैं अगर दवाब डालूँगा तो कुछ बात तो बनेगी ही। ऐसा

मुझे लगता है। *(धीमे स्वर में)* सच तो ये है महीपति जी की चेयरमैन साहब भी कुछ-कुछ ऐसा ही सोच रहे हैं।

महीपति : क्या?

प्राचार्य : वही शादी।

महीपति : *(उत्सुकता से)* किसकी शादी?

प्राचार्य : और किसकी? मुझे लगता है कि यदि मौक़ा देखकर बात चलायी जाये तो वो राजी हो जायेंगे। आफ़्टर ऑल ऐसा मेरा सोचना है। लेकिन एकदम बेबुनियाद भी नहीं है। मगर सब कुछ बहुत होशियारी से करना होगा। समझे न?

महीपति : *(स्टिफ होकर)* ऐसा क्या?

प्राचार्य : और उसके लिए आपको भी कुछ त्याग करने की तैयारी रखनी होगी। यानी बहुत कुछ नहीं, लेकिन थोड़ा-बहुत। वो कहते हैं न 'अर्ध त्यजित पंडिताः' बस वैसा ही।

महीपति : *(अनुमान लगाते हुए)* कुछ तो...यानी।

प्राचार्य : उदाहरणार्थ पत्र-चिट्ठियाँ।

महीपति : *(तेवर बदल कर)* चिट्ठियाँ। कैसी चिट्ठियाँ? किसकी चिट्ठियाँ?

प्राचार्य : ओह नो-नो मैंने मिसाल के तौर पर कहा, आप दिल पर न लें। यानी अगर उसने आपको लिखी हों तो। अगर हों तो।

महीपति : *(दर्शकों से)* अच्छा तो ये बात है। *(प्राचार्य से)* क्या सबूत?

प्राचार्य : काहे का सबूत?

महीपति : चिट्ठियाँ, क्या सबूत कि उसने लिखी हैं?

प्राचार्य : सबूत कैसा? ये तो अन्दाज़ा है, ग़लत भी हो सकता है। लेकिन एकबारगी हम पुराना छोड़ भी दें तो नया काम बनाने के लिए पुराने को छोड़ना ही पड़ेगा न?

महीपति : यानी नौकरी?

प्राचार्य : नो, नो, नो, नलू।

महीपति : नलू।

प्राचार्य : हाँ, यानी नलू भी और बुआजी भी। ये ज़रा...यानी भारी होगा। यानी अपनी औकात के हिसाब से ही न। बेकार मुँह से बड़ा कौर निगलने से क्या फ़ायदा? गले में फँस नहीं जायेगा? इससे अच्छा है कि चेयरमैन साहब को दूसरी तरह

से समझाया जाये। वैसे उन्हें बात जम जायेगी। जमने जैसी है भी। वैसे भी पति को छोड़ के भाग आयी है। ऊपर से उम्र भी हो गयी है, रूप-रंग, पढ़ाई- लिखाई भी ठीक ही है। चेयरमैन साहब के लिए परमानेंट लायबिलिटी है ये। लेकिन उसके लिए पहला छोड़ना पड़ेगा, बात इतनी-सी है।

महीपति : आप क्या कहते हैं, बुआजी के लिए नलू को छोड़ दें?

प्राचार्य : क्या बात कही है। वैसे देखा जाये तो इसमें कुछ भी नहीं छूट रहा। आख़िर दोनों एक साथ कैसे निभेंगी? सोच लीजिए।

महीपति : हूँ।

प्राचार्य : पेड़ पर लटके दो की बजाय, हाथ का एक कहीं अच्छा। है न? तो हमने बुआजी को पक्का किया।

महीपति : किसने किया?

प्राचार्य : किया मतलब—करेंगे। यानी वो मैं साहब को समझा दूँगा। वे मान जायेंगे। आई होप। लेकिन भाई तुम्हें लिख कर देना होगा।

महीपति : क्या? क्या लिख कर देना होगा?

प्राचार्य : नया कुछ नहीं। यही कि नली के मामले में जो कुछ हुआ वो मेरी भूल थी।...दुबारा ऐसा नहीं होगा। मैं माफ़ी माँगता हूँ। सिर्फ़ अपने चेयरमैन साहब के...उसके...लिए। मेरा मतलब है उनके सन्तोष के लिए और वापस कर दीजिए।

महीपति : क्या वापस दीजिए।

प्राचार्य : चिट्ठियाँ—नली की।

महीपति : लेकिन।

प्राचार्य : ये भी ठीक है। हम भी वापस माँगेंगे जब उसकी लौटायेंगे। जो उसके पास हैं। यही उचित है। चिट्ठियाँ तो मिलनी ही चाहिए। बस, हो गया, दोनों के लिए रास्ता साफ़।

महीपति : कैसा रास्ता?

प्राचार्य : बुआ जी वाला। जम जाये तो सोने में सुहागा। न जमे तो अपना कोई नुकसान नहीं। वैसे भी पति छोड़ चुकी है और उम्र भी हो गयी है। रूप-सौन्दर्य और पढ़ाई भी जस-तस है। हम दूसरी जगह देखेंगे। सिर सलामत तो पगड़ी पचास। अपना क्या है।

महीपति : ऐसा क्या?

प्राचार्य : अरे हम वो हैं कि जहाँ लात मार दें वही से पानी निकाल दें। एक बुआ छोड़ी तो दूसरी दस खड़ी मिलेंगी। मैं आपके साथ हूँ पोरपारणेकर। चिन्ता न करें। आप हैं कहाँ? आज तक चौदह शादियाँ करवायी हैं इस पठ्ठे ने। फोर्टीन।

महीपति : मैं धन्य हुआ।

प्राचार्य : तो दे डालिए। बला टले एक बार। *(थोड़ा रुककर)* हूँ; दीजिए तो फिर।

महीपति : क्या दें?

प्राचार्य : अरे, तो फिर इतनी देर क्या सुना? *(स्वर बदलकर)* वो चिट्ठियाँ।

महीपति : *(दर्शकों से)* अरे धूर्त रंगे सियार *(प्राचार्य से)* सॉरी।

प्राचार्य : क्या हुआ?

महीपति : वो क्या है, जो चीज़ जिसकी है उसे ही लौटाने में भलाई है। नलू की चिट्ठियाँ नलू को ही लौटानी हैं।

प्राचार्य : ठीक है वो ज़िम्मेदारी मैं लेता हूँ न।

महीपति : लेकिन मैंने आपको चिट्ठियाँ दी कहाँ हैं। उसके लिए नलू को इधर आना होगा। मेरे पास और वो भी अकेले।

प्राचार्य : *(तेवर के साथ)* ये कैसे हो सकता है?

महीपति : मेरी भी कहाँ कोई जिद है?

प्राचार्य : इसका अंजाम बुरा होगा, पोरपारणेकर। दूसरा और कुछ नहीं।

महीपति : *(गड़बड़ाकर)* अंजाम *(साहस से)* होने दो जो होता है, उसे झेलने की ताक़त है मुझमें। प्राचार्य हातमारे।

प्राचार्य : *(जलभुनकर)* आप किसके गाँव में हैं ये न भूलें।

महीपति : गाँव आपका भी नहीं। आप भी बाहर के ही हो। हमारी ही तरह पेट के लिए, कॉलेज की गुड़ की ढेली से चिपके हुए।

प्राचार्य : कुत्ता भी नहीं पूछेगा फिर।

महीपति : *(थूक गुटककर)* न पूछे तो ना पूछे। आपको भी कोई नहीं पूछेगा। इसीलिए तो कुत्ते की तरह मालिक के तलुवे चाटते हैं आप।

प्राचार्य : *(गुस्से से काँपते हुए)* शटअप।

महीपति : *(चुप होता है फिर एकदम याद करके)* गेट आउट। ये कमरा मेरा है।

प्राचार्य : ठीक है, अब तुम कैसे टिक पाते हो यहाँ, मैं देखता हूँ।

[गुस्से से काँपते हुए बाहर निकल जाते हैं।]

महीपति : *(उनके जाते ही कुछ सोचकर ठण्डा पड़ जाता है)* बाप रे। माई गॉड। चक्कर आ गया। आदत नहीं होने से सब कुछ ग़लत हो गया-सा लगता है। अब तो बड़ी मेहनत से अर्जित और फिर न मिलने वाली प्रोफ़ेसरी गयी। लेकिन थोड़ी देर बाद फिर कुछ हिम्मत आयी। उम्मीद बँधी। चिट्ठियाँ अपने कब्ज़े में हैं। हँस-बोल के सहजता से तो अब कुछ होना था नहीं। फिर धौंस से ही क्यूँ न काम लिया जाये। वैसे भी नौकरी जाने वाली है, तो ऐसे ही सही। पनियल सुहाग से तो साला दमकता रंडापा भला। याद आया इण्टरव्यू में वीर काव्य गा कर नौकरी पायी थी। वीर मर्दों का काव्य। पोवाड़ा। मुरारबाजी चा पोवाड़ा। जिसके कबन्ध ने भूतल पे, तीन सौ वध कर डाले पुरन्दर में। वो मुरारबाजी धन्य-धन्य सरदार। लगा कि हम ही वो मुरारबाजी हैं।

महीपति : बस हम कबन्ध हैं कबन्ध। हर-हर महादेव। कबन्ध महीपति बभ्रुवाहन पोरपारणेकर। डट के चलो। यू हैव नथिंग टू लूज नाऊ। *(नलू आयी है। नाक की सीध में देखते खड़ी है। हैं, कौन? मैं... मेरा...मेरा ठिकाने पर है न? सिर पकड़ता है)* ये कौन दिख रहा है मुझे? *(आँख बन्द, खोलकर देखता है)* ओ गॉड। नलिनी आयी है, मेरे घर। मेरी नली। मेरे घर।

नलिनी : जानेमन *(एकाएक रोने लगती है)*

महीपति : *(पास जाकर थोड़ा घबराया हुआ थपकी देता है)* नलू, अरे नलू, चुप हो जाओ, ऐसे रोते नहीं चुप *(एकदम उसे छोड़कर तेजी से ये देख आता है कि उसके साथ कोई है या नहीं और लौटकर दरवाज़ा लगा लेता है।)* एकदम अकेली? कैसे भागकर आयी हो नलू? क्या घर छोड़कर आयी हो। *(फिर घूमता है, और दरवाज़े की साँकल चढ़ा देता है)* हाथ झटक कर होंठों पर जीभ फेरकर, घर पर शायद नहीं मालूम कि यहाँ आयी हो।

लेकिन आ गयीं ये अच्छा किया। तुम्हारी बहुत याद आती थी मुझे नलू। मुझे लगा तुम ग़लतफ़हमी पाल लोगी। यानी वो बुआजी वाला मामला। लेकिन उस बारे में बाद में बात करेंगे।

[स्टेज के पिछले हिस्से में चेयरमैन चाचा आते हैं और अपनी मूँछों पर घी लगाकर ऐंठ रहे हैं।]

(नलू का हाथ पकड़कर) चलो पहले। कितना ठण्डा हो गया है तुम्हारा हाथ। नलू सच तो ये है कि मुझे तुम्हें भगाना था। शादी की सारी तैयारी कर रखी थी मैंने। लेकिन उस भड़वे बबन्या ने सब मटियामेट कर दिया। यू नो ही इज़ एन इडियट। लेकिन मुझे लगा था सब ख़त्म हो गया। लेकिन तुम्हें देखकर यक़ीन ही नहीं हो रहा। चलो न नलू, चलो। आई लव यू। *(आई, आई वाँट यू नलू।)*

नलिनी : *(सिर पर पल्लू, नज़र सामने, हिलती भी नहीं)*

महीपति : *(वो हिलती नहीं ये देखकर)* ये क्या, क्या हुआ है? तुम चलोगी नहीं। अरे चलो न।

नलिनी : *(उसी तरह बुत बनी खड़ी है)* मुझे माफ़ करो जानेमन।

महीपति : माफ़ी, किस बात के लिए। अच्छा किया माफ़। अब चलो तो सही। *(थोड़ा रुककर)* फिर से आई लव यू नलू। आई लव यू–

नलिनी : मैं नहीं आ सकती।

महीपति : लेकिन क्यों? *(नलू चुप, सिर पर पल्लू और नज़र सामने)* अच्छा तब भी चलो पहले।

नलिनी : नहीं जानू, मेरा आना सम्भव नहीं।

महीपति : वो देखेंगे बाद में, अभी चलो *(बेसब्र होकर)* तुम्हें मेरे साथ चलना ही होगा। ए नलू, ऐसा नहीं चलेगा। चलो पहले। कहता हूँ न चलो।

नलिनी : जानेमन। मैं तुम्हारी नहीं हो सकती।

महीपति : कोई बात नहीं। *(सोचकर)* क्या कहा? क्या बेकार की बात करती हो। चलो अब पहले। चलो मेरी मुनिया–चलो चलो।

[नलू हिलती भी नहीं ज्यों कि त्यों खानदानी स्टैच्यू की तरह।]

महीपति : *(चिढ़कर)* साला ऐसे बुत की तरह खड़ा रहना था तो आयीं ही क्यों?

नलिनी : तुम्हें अलविदा कहने।

महीपति : क्या *(फिर उम्मीद से)* अच्छा। वो समझ लेंगे बाद में। लेकिन अब तो *(उसे खींचकर सीने से लगा लेता है फिर भी वो बुत की तरह ही, गुस्से से उसे छोड़ते हुए)* मरो। *(नलू वैसी की वैसी बुत-सी)* चलती बनो, कायर दगाबाज़। मुझे फँसाकर भाग रही हो। ख़ैर जाने दो अब पहले हम... *(नलिनी बुत की तरह)*

नलिनी : प्यारे, मैंने बहुत बड़ी ग़लती की है।

महीपति : क्या ग़लती की है?

नलिनी : तुम्हारे चक्कर में पड़कर मैंने बहुत बड़ी भूल की। मेरे कारण खानदान की इज़्ज़त पर दाग लगना था। अच्छा हुआ समय रहते मैं सँभल गयी।

महीपति : *(उसके कहने की असहजता जानकर)* क्या?

नलिनी : मुझे अब होश आ गया है। मुझे अब अपनी ग़लती का एहसास हो रहा है। जो मैंने किया वो नहीं करना चाहिए था।

महीपति : ऐसा क्या? अच्छा।

नलिनी : हाँ। बालपन में आदमी से ग़लती हो जाती है। लेकिन अगर वो समय रहते सुधार ली जाये तो घराने की इज़्ज़त बच जाती है।

महीपति : क्या कहा, ज़रा फिर से कहना।

नलिनी : आदमी के हाथों ग़लती हो जाती है लेकिन समय रहते सुधार लेने से घराने की इज़्ज़त रह जाती है।

महीपति : वाह, बढ़िया। सारा पढ़ाया ज्ञान लगता है तुम्हारा। तुम्हारे मालिक का, तुम्हारे उस चाचा का।

नलिनी : अपनी ग़लती मैं सुधारूँगी। इसके बाद मैं तुमसे कभी नहीं मिलूँगी।

महीपति : *(चिढ़कर)* अच्छा ही होगा।

नलिनी : *(जैसे उसने सुना न हो इस भाव से, कोई पुतला बोल रहा हो जैसे)* मैं पहचान भी नहीं दिखाऊँगी। तुम्हें भूल जाऊँगी।

अब मेरी शादी तय हो गयी है। माँ-बाप ने मेरे लिए वर ढूँढ़ लिया है। वो खानदान भी ऊँचा है और हमारी जाति का भी है। माँ-बाप जहाँ तय करें, वहीं शादी करना बच्चों का कर्तव्य है। उसमें ही भलाई है और घराने की शान भी है। मेरी ससुराल बहुत अच्छी है। मेरा होने वाला पति खानदानी है। मेरा ससुर रईस है। हमारी बड़ी हवेली है। घर में नौकर-चाकर हैं। पाँच दुधारू जानवर और छह बैल हैं। पचास एकड़ ज़मीन भी है। गाँव में सिर्फ़ हमारी ही ज़मीन पर ट्रैक्टर चलता है। मेरे ससुर पंचायत के सदस्य हैं और पतिदेव की ज़िले के एम.एल.ए. साहब तक पहुँच है। आसपास के दस मील तक हमारी ससुराल के जोड़ का घर नहीं। ऐसा ससुराल मुझे मिला है। ये मेरा सौभाग्य है। ऐसी ससुराल में जाकर मैं सुखी ही रहूँगी।

महीपति : बन्द करो ये तोता रटन्त। *(बेचैन होकर)*

नलिनी : *(जैसे सुना ही नहीं इस भाव से)* इस मुकाबले तुम क्या हो। तुम्हारी जाति भी हमसे नीची है। तुम्हारा खानदान भी कमतर है। हमारे जूतों के पास बैठने की भी तुम्हारी हैसियत नहीं है।

महीपति : *(आधे पागलपन में)* नलू बन्द करो पहले ये बकवास।

नलिनी : *(वैसे ही स्वर में)* हमारी चाकरी करने के लायक हो तुम।

महीपति : नले कहे देता हूँ बन्द करो अब ये।

नलिनी : *(उसी स्वर में)* हमारे दादा परदादा के यहाँ तुम्हारी जाति वाले घोड़े की लीद उठाते थे। खरारा करते थे। हमें चाचा बताते हैं।

महीपति : नलू, नलू गधे की तरह रैंको मत।

नलिनी : हमारी जूठन खाकर तुम्हारे जाति वाले अपना पेट भरते थे।

महीपति : शटअप। पहले मुँह बन्द कर, तेरे चाचा की...।

नलिनी : तुम्हारी जाति के लोगों में दोगलाई बहुत...

[महीपति नलू को एक तमाचा रसीद करता है।]

नलिनी : *(गाल पर हाथ रखकर पुतले की तरह आगे आती है)* अच्छा हुआ मुझे समय रहते अपनी ग़लती का एहसास हो गया। अब आगे से ऐसी ग़लती नहीं होगी।

(महीपति अचम्भे से देख रहा है) इसके आगे मैं बुर्जुगों के बताये अनुसार ही चलूँगी। ससुराल में अच्छे से रहूँगी। तुम्हारा और मेरा अब कोई सम्बन्ध नहीं। मैं तुम्हें फिर कभी नहीं मिलूँगी। तुम कभी टकराये तब भी पहचान तक नहीं दिखाऊँगी। मैं अपने पति या फिर ससुर को बताऊँगी। उनके पास भी चाचा जी की तरह ही बन्दूक का लाइसेंस है। वो तुमसे निबट लेंगे। तुम्हें पछताना पड़ेगा।

महीपति : *(होंठ चबाकर)* अभी भी हो रहा है।

नलिनी : भलाई इसी में है कि तुम मुझे मेरे पत्र लौटा दो।

महीपति : *(चौंककर)* क्या?

नलिनी : वरना हम तुम पर पुलिस केस कर देंगे। तुम्हें जेल भिजवायेंगे। वहाँ तुम पत्थर तोड़ोगे। मेरे चाचा की पुलिस में ऊपर तक पहुँच है।

महीपति : मुझे धमका रही हो? धमकी देती हो। जा नहीं देता चिट्ठियाँ। *(गुस्से से थर-थर काँप रहा है)* करो क्या करते हो? डलवाओ जेल में, देखता हूँ।

नलिनी : तुम्हें पछताना पड़ेगा। चाचा जी तुम्हें छोडेंगे नहीं।

[पीछे स्टेज पर नलू के चाचा राइफल साफ़ करने में मगन हैं।]

तुम्हें गाँव छोड़ना पड़ेगा। तुम्हारी तनख़्वाह भी रोक ली जायेगी। मिट्टी खानी पड़ेगी।

महीपति : हाँ ठीक है। देखता हूँ, नहीं देता चिट्ठियाँ।

नलिनी : तुम्हें महँगा पड़ेगा।

महीपति : पड़ने दो। अगर तुम्हारे उस चाचा ने मेरे राई बराबर के भी टुकड़े किये न तब भी, अब चिट्ठियाँ तो नहीं मिलेंगी। ये महीपति बभ्रुवाहन पोरपारेणकर प्रोफ़ेसर हुआ तो क्या मैंने मरी माँ का दूध नहीं पिया है। ईश्वरभाई के अखाड़े में दाँव-पेच खेले हैं। परम पूज्य दादाभाई, पूजनीय फफे गुरूजी, सन्त बोडकेगावकर महाराज, ऐसे एक से एक नर रत्नों के....

नलिनी : तो फिर में जाऊँ। *(पल्लू सर पर, नज़र सामने, पुतले की तरह आवाज़)* तुम्हें आख़िरी सलाह देने आयी थी। तुम्हारा

मेरा रिश्ता ख़त्म। अब मेरे लिए तुम मर चुके और मैं तुम्हारे लिए।

महीपति : *(एकदम मूक होकर उसका हाथ अपने हाथ में लेकर)* नलू-नले, नलिनी।

[नलू बुत बनी खडी है। सिर्फ़ पल्लू सँवारती है। महीपति उसका हाथ छोड़ता है।]

महीपति : क्या हो गया तुम्हें। ऐसा कैसे हो गया। तुम ऐसी तो कभी न थीं *(अब भी आस भरी आँखों से)* देखो इधर!... हैं अब भी आँखों में आँसू हैं तुम्हारी।...

नलिनी : *(बुत की तरह ही)* जाती हूँ मैं। आख़िरी एक बार बता दो, चिट्ठियाँ दोगे की नहीं। नहीं तो मारे जाओगे।

महीपति : क्या? क्या कहा तुमने *(भरे गले से)* वैसे भी मर चुका हूँ। तुम्हारी ये हालत...क्या तुम ही बोल रही हो ये सब?

नलिनी : चिट्ठियाँ देते हो या नहीं। बस इतना बताओ।

महीपति : *(उसके कन्धे हिलाते हुए)* एक बार के लिए तो होश में आओ। नले। आदमी की तरह बोलो। जीवित आदमी की तरह। ऐसे नहीं किसी खानदान के स्टैच्यू की तरह स्मारक जैसी। संगमरमरी स्मारक की तरह नहीं। *(सिहर उठता है)* तुम अपने जैसा बोलो ज़्यादा नहीं। सिर्फ़ एक वाक्य, सिर्फ़ एक, कम-से-कम एक बार मुझे पुकारो। पहले की तरह धीरे-से एक बार कहो प्रिय।

नलिनी : *(बुत की तरह)* तो क्या सोचा तुमने?

महीपति : *(भीतर से हर्ट)* तो नहीं पुकारोगी तुम?

नलिनी : जाती हूँ मैं।

[घूमकर पुतले की तरह चलने लगती है।]

महीपति : *(तड़पकर)* कभी माफ़ नहीं करूँगा उसे—उस खानदानी चाचा को। मैं शाप देना चाहता हूँ उसे, कोई शाप। लेकिन मैंने भी तुम्हारा इस्तेमाल किया नलू—मैंने भी...नलू—तुम्हारा इस्तेमाल किया।

[महीपति भावनाओं का आवेग थामे खड़ा है। नलू घर के पिछले हिस्से में बुत की तरह प्रवेश करते हुए चाचा जी के सामने से, अन्दर चली जाती है। पीछे-पीछे

उसके चेयरमैन चाचा भी जाते हैं। रंगमंच के आगे के हिस्से में महीपति शान्त भाव से अण्डरवियर से चिट्ठियों का बण्डल निकालता है। उसके चेहरे पर फिर से मूल स्वभावगत हास्य है।]

महीपति : सभी चिट्ठियों के जितने छोटे-छोटे टुकड़े हो सकते हैं उतने कर देता है। इधर-उधर बिखरा देता है।

(दर्शकों से) कम-से-कम एक अनुभव। क्या? अविस्मरणीय, संस्मरणीय वग़ैरह। प्राध्यापक एम.बी. पोरपारणेकर जी को जैसी की उम्मीद थी नौकरी से छुट्टी मिल गयी। साथ ही तीन महीने का वेतन भी डूब गया। इसके अलावा उन्हें एकान्त में पाकर कुछ बलिष्ठ ग्रामीण गुण्डों ने उनके साथ अच्छे से धक्का-मुक्की भी की। उनके कपड़े फाड़े और उनकी माता को याद कर कुछ गालियाँ भी दीं। सच पूछा जाये तो इस सबसे माँ का क्या सम्बन्ध। परन्तु परम्परा है। माँ तक पहुँचकर हमारी जनता कृतार्थ हो जाती है। फिर वो माँ किसी की भी क्यों न हो। इस तरह प्राध्यापक के पंख नुचवाकर पोरपारणेकर फिर एक बार मामूली महीपति पोरपारणेकर होकर वापस घर लौटा।

[इधर प्राध्यापकगण, विद्यार्थी, प्राचार्य और उनका नेतृत्व करते नलिनी के चाचा चेयरमैन सब क़तार में खड़े दिखायी देते हैं। अब करताल, एकतारा के साथ संगीत बजने लगता है। अमरपुर ले चलो...भजन शुरू होता है। महीपति कन्धे पर मुँह तक भरा झोला लटकाये, चलने लगता है। एक-एक क़दम, ताल के साथ क़दम मिलाते। उसके पीछे जमघट भजन का मुखड़ा दुहराते हुए। अन्त में सभी महीपति पर "पुंडलीक वरदा हरि विटठ्ल" कहकर टमाटर, केले के छिलके आदि फेंक कर मारते हैं। टाँग फँसाकर गिराने की कोशिश करते हैं।]

[अब स्टेज के दूसरे सिरे पर ईश्वरभाई आते हैं। नाक के छोर पर चश्मा चढ़ाये मेज़ पर काग़ज़ रखकर कुछ लिखना शुरू कर देते हैं। कपड़ों पर हाथ फेरता महीपति

ईश्वरभाई के सामने आकर खड़ा हो जाता है। वही मुस्कान चेहरे पर है।]

ईश्वरभाई : *(ऊपर देखते हुए अपनी दाढ़ी सहलाते)* कौन? महीपति? क्यों रे शैतान? अचानक कैसे आ गये? लगता है, नौकरी छूट गयी। ठीक पहचाना न मैंने? अभी नहीं, कल सुबह आना। कल सुबह। अभी मैं सम्पादकीय लिख रहा हूँ। अच्छा-खासा फटकार के लिख रहा हूँ। बटाविया के भ्रष्टाचार पर। क्या भयंकर दुर्दशा है। भयानक हालात हैं वहाँ बटाविया में। च...च...च... *(लिखने में मग्न)*

[मुस्कराहट लिए महीपति अब दर्शकों के सामने आता है और देखता रहता है।]

महीपति : हम आसमाँ से टकराये, तूफ़ानों को पार कर आये, समन्दर को भी लाँघ आये, लेकिन हाय ग़ालिब।

(मोटरसाइकिल की आवाज़ दूर से पास आती हुई) महीपति की मुस्कुराहट गायब होने लगती है। हाय ग़ालिब। *(दर्शकों से जल्दी-जल्दी।)* आया, आ गया, चलिए बटाविया चलिए।

[इतने में गिरते-पड़ते बबन्या आ पहुँचता है। हेलमेट वग़ैरह आदि पहनावे से लैस बबना ऐसे दिखायी पड़ता है जैसे विमान चालक हो या फिर गोताखोर। ऐसा लग रहा है जैसे कोई बहुत बड़ा एक्सीडेण्ट करके आया हो। चेहरे पर मुदर्नी छायी हुई है।]

बबना : *(चीख मारकर)* महीपति को पकड़कर मास्साब, बाप ने घर से निकाल दिया।

(परदा गिरता है)

ख़ामोश! अदालत जारी है

मुझे जन्म और जीवनभर के लिए स्वस्थ नज़रिया देनेवाली
और स्वयं वेदनाएँ सहनेवाली मेरी माँ
को श्रद्धा के साथ समर्पित।

—**विजय तेंडुलकर**

इस नाटक का प्रथम मंचन ‘रंगायन’ संस्था द्वारा दिनांक 20 दिसम्बर, 1967 : रवीन्द्र नाट्यगृह, मुम्बई में हुआ।

इसमें भाग लेने वाले रंगकर्मी—

सुखात्मे	:	सतीश दुभाषी
काशीकर	:	नारायणा पै
पोंक्षे	:	श्रीकान्त लागू
सामन्त	:	अरुण काकडे
कर्णिक	:	राजा बापट
रोकडे	:	विजय कालगावकर
श्रीमती काशीकर	:	शरयू भोपटकर
सुश्री बेणारे	:	सुलभा देशपाण्डे
निर्देशक	:	अरविन्द देशपाण्डे
नेपथ्य विधान	:	राम शितूत
रंगमंचीय व्यवस्था	:	प्रभाकर गोखले

नाटक कैसे नहीं लिखना चाहिए इसका मानदण्ड था इस नाटक का लेखन! अतः जब इस नाटक सम्बन्धी प्रशंसा उद्‌गार सुनने को मिलते हैं तब इसका समूचा श्रेय मेरा नहीं है के भाव को मन में जगाता है।

'रंगायन' के ज़िद्‌दी कलाकारों ने मंचन के दो दिन पूर्व मुझसे नाटक पूरा करवा लिया। अतः नाटक के अच्छे होने का श्रेय उन्हीं को जाता है। पार्ले (मुम्बई) में सम्पन्न नवरात्रि उत्सव में 'नक़ली न्यायालय' कार्यक्रम के दौरान कुछ लोगों की बदौलत इस नाटक के पात्र मुझे मिले। मैंने ही उन्हें उनकी पूर्वाभिनय की दौड़-धूप और चर्चा देखते-सुनते प्रेक्षागृह दिखाया था। शिरीष पै की कविता से बेणारे की केन्द्रीय व्यक्ति रेखा साकार हुई। यह कविता प्रथम अंक में उसी से कहलवाई गयी है। इस नाटक की रचना में न्याय संस्था से सम्बन्धित सच-झूठ पर आधारित नाटक, सिनेमा और पुस्तकों से मुझे लाभ मिला। तकनीक के सम्बन्ध में प्रत्यक्ष-अप्रत्यक्ष इनसे मैं लाभान्वित हुआ। जैसे किसी पुराने अंग्रेज़ी नाटक पर आधारित 'वी आर नो एंजल्स' सिनेमा; डयुरेनमात (जर्मन उपन्यासकार) का उपन्यास 'डेंजरस गेम'; आचार्य अत्रे के लिखित 'डॉक्टर लागू' नाटक का अन्तिम अंक; जे.बी. प्रीस्टले का 'टाइम प्लेज' आदि का मैं ऋणी हूँ।

हाँ, इस नाटक की आत्मा और इसमें व्यक्त जीवन सौ फ़ीसदी यहीं का है।

—विजय तेंडुलकर

खेल–चिड़िया की हत्या का!

बच्चों का खेल चल रहा है। घर में कोई स्वादिष्ट व्यंजन बन रहा है। तब तक समय बिताना है। क्या खेलें? सोचते-सोचते उन्हें सामने वाली तख़्ती पर प्यारी-सी चिड़िया दिखायी देती है। 'इस चिड़िया को पकड़ते हैं। समय अच्छा बीतेगा।' सभी बच्चों को कल्पना पसन्द आती है। फिर कमरे के दरवाज़े-खिड़कियाँ बन्द किये जाते हैं। डरते-सहमते बच्चे चिड़िया के इर्द-गिर्द जमा हो जाते हैं। कोई धीरे से पत्थर फेंकता है। कोई तिनके से उसे चुभोता है। अनजाने में चिड़िया इस खेल में मज़े से शामिल होती है। तब बच्चे साहसी बन जाते हैं। कोई चिड़िया का पर नोच लेता है। सभी बच्चों की आँखों में अब ख़ून सवार होने लगता है। चिड़िया डर जाती है। जी-जान से वहाँ से निकल जाना चाहती है लेकिन सारे दरवाज़े पहले से ही बन्द किये हुए हैं। खेल का मज़ा लेने वाले बच्चे इत्मीनान से चिड़िया को पकड़ लेते हैं। उसका पर-पर नोचते हैं। वह ख़ून में लथपथ कराहती है। उतने में माँ की पुकार सुनायी देती है। बच्चे चिड़िया को वैसे ही बेहाल छोड़कर और क्रूर खेल को पल में भूलकर वह स्वादिष्ट व्यंजन खाने के लिए चल पड़ते हैं। समय बढ़िया बीत गया। अब ज़्यादा से ज़्यादा हाथ धोने होंगे!

चिड़िया वहाँ ख़ून में लथपथ पड़ी है फिर भी खेल ख़त्म नहीं हुआ है। ऐसे अनगिनत मौक़े आने वाले हैं। चिड़ियाँ भी बेशुमार हैं। टाइमपास करने हेतु समाज की क्रूरता से कई जानें घायल होने वाली हैं। अतः ख़ामोश! खेल जारी है!!

समाज न्याय पर स्थित है और न्याय कानून पर। और कानून गधा है! (इसका मतलब यह नहीं कि समाज गधेपन पर आश्रित है। यह पूर्ण सत्य नहीं हो सकता क्योंकि गधा सिर्फ़ बुद्धिहीन होता है, क्रूर नहीं।) परम्परागत आचार-विचार और जंग लगी रूढ़ियाँ भी समाज के अलिखित कानून होते हैं। और इसकी चौखट जाने-अनजाने लाँघने वाला व्यक्ति समाज में सज़ा के योग्य होता है।

न्याय-अन्याय के इस भयावह खेल में मशगूल समाज की अदालत में एक मुकदमा पेश किया गया है। शरीर के 'शरीरत्व' का शाप ढोने वाली एक मनस्वी लड़की पर मुकदमा चलाया जा रहा है। इस अभियोग का उद्‌देश्य न तो सनातन मूल्यों की जाँच करना है और न ही न्याय-अन्याय से किसी को कुछ लेना-देना है। तयशुदा चौखट में जीते-जीते ऊब गये, थके-माँदे समाज ने मनोरंजन हेतु इस खेल का आरम्भ किया है। खेल की अन्तिम परिणति के बारे में किसी को कुछ लेना-देना नहीं है। सिर्फ़ समय काटना है। मुकदमा जितना सनसनीखेज होगा। उतना समय अच्छा बीतने वाला है।

इसमें सभी शामिल हैं—विश्व रहस्य की खोज करने वाले वैज्ञानिक हैं, समाज के स्वास्थ्य की चिन्ता करने वाले न्यायशास्त्री हैं, जीवन की निरर्थकता का बोध हुए दार्शनिक हैं, आया दिन गुज़ारने वाले तमाशबीन हैं, अपने अहम् के हेतु दूसरों का शोषण करनेवाले हैं और शोषित भी हैं। ये सभी इस खेल में सम्मिलित हैं।

मुजरिम के कठघरे में खड़ी है मासूम, स्थिरचित्त, मनस्वी और निर्झर जैसी हँसी बिखेरनेवाली एक लड़की (औरत)। उसने किसी का कुछ बिगाड़ा नहीं है। वह अपने हिस्से आयी गहरी वेदना हृदय में छिपाते हुए हँसमुख रहकर जीने के प्रयत्न में रत है। अपने झुलसे मन की निराशा की परछाईं तक अपने छात्रों पर न आये इसलिए सदा चौकन्नी रहती है वह! जीवन से अथक प्रेम करने वाली लड़की है वह! समाज की नीति कल्पनाओं से मेल न खाने वाली कोई बात उससे हो गयी है। यही उसका भयावह अपराध है जिसके लिए उसे न्यायासन के सामने लाया गया है—ज़बर्दस्ती!

न्याय-अन्याय, नीति-अनीति इस झमेले में किसी को रुचि नहीं है। सिर्फ़ टाइमपास के लिए यह मुकदमा चलाया जा रहा है। अतः मुजरिम को जितना उकसाया जाये, जितना नोचा जाये, जितनी वेदनाएँ पहुँचायी जायें, जितनी छुपी बातें उछाली जायें उतना खेल अधिक रोचक होने वाला है। यहाँ-वहाँ बिखरे ख़ून के धब्बे, कलेजा-पेट बाहर निकाल दी गयी देह देखने को मिलने पर चौखटबद्ध, निष्प्राण ज़िन्दगी का एक पल क्यों न हो रोमांचित होने वाला है! तो फिर किसी की बलि चढ़ायी जाये तो किसी का क्या बिगड़ने वाला है?

ऐसा यह अमानुष (सच कहें तो मानवी) असुरी मुकदमा है। ऐसे अनगिनत मुकदमे लड़े जानेवाले हैं। अनगिनत मुजरिमों(?) का ख़ून बहने वाला है! अतः ख़ामोश अदालत जारी है!

इस क़दर भयावह रूप से बेचैन करने वाली कथा जिस नाटक में कही गयी है उस नाटक का शीर्षक है–('शांतता! कोर्ट चालू आहे') ख़ामोश! अदालत जारी है! विजय तेंडुलकर का लिखा है यह नाटक! और जिस रंगमंच पर यह नाटक ठीक से चल नहीं सकता वह रंगमंच है–भारत का अग्रगण्य मराठी रंगमंच!

अपने आसपास अक्सर दिखने वाले ऐसे पाँच-छह पात्र लेकर तेंडुलकर जी ने जिस मृत समाज का प्रत्ययकारी चित्र हमारे सामने खड़ा किया है वह बेजोड़ अदा है उनकी। आम आदमी जीवन से ऊब गया है। उसका सामान्य जीवन इतने हीन स्तर पर उतर गया है कि 'जाली अदालत' जैसा घटिया कार्यक्रम भी उसे रोमांचक घटना प्रतीत होती है। और इसकी राह देखते वक़्त आयी थकान सहने की भी ताक़त उसमें नहीं होती। किसी रोमांचित कार्यक्रम की राह देखते समय आयी थकान दूर करने हेतु उसे और कोई रोचक कार्यक्रम चाहिए। लाश बने मन हैं ये सब! उनमें न हौसला न कुछ। बस! पतनशील, उद्देश्यहीन ज़िन्दगी जी रहे हैं ये सब–और वह भी जीना पड़ रहा है सिर्फ़ इसलिए!

सिर्फ़ टाइमपास हेतु खेले जा रहे इस खेल में मासूम जान को ख़ून में लथपथ करने की जो क्रूरता इस समाज में है वह क्रूरता भी अर्थहीन, उद्देश्यहीन है। यह क्रूरता किसी प्रतिशोध के कारण आकांक्षापूर्ति हेतु नहीं उपजी है। बल्कि इस क्रूरता की भयावहता का एहसास भी इस समाज को नहीं है। पलभर के लिए मनोरंजन! बस इतना ही मकसद है इस अमानुष क्रूरता के पीछे! और यही सबसे बड़ी त्रासदी है इस समाज की!

जो मन इस खेल में आहत हुआ है उस मन की त्रासदी तो यह है ही। लेकिन इससे अधिक त्रासदी उनकी है जिन गुटों ने उसे घायल किया है। उस समूह के मृत मन की यह त्रासदी है। मानसिक नपुंसकता से यह समूह मुक्त नहीं होने वाला! अतः ये खेल ऐसे ही चलते रहेंगे। आज एक बेणारे नामक लड़की की बलि चढ़ायी गयी तो कल किसी पोंक्षे की, परसों किसी काशीकर की...और यह सब ज्ञान होते हुए भी बलि चढ़ाने वाले खेल में पोंक्षे, काशीकर भाग लेने ही वाले हैं। जब तक समय अच्छा कट रहा है तब तक चिन्ता की बात नहीं। जान के बाद जान...कई जानें घायल करने की क्रूरता हममें है इससे भी ये बेदखल हैं! सिर्फ़ समय काटना, आया पल गुज़ारना इतना भर उद्देश्य भले ही इस क्रूरता में हो लेकिन प्रत्यक्ष रूप से इस क्रूरता में क्षणिक कुछ भी नहीं है। जो है वह अनन्त काल तक चलने वाला है और अनगिनत बलि लेने वाला है।

इतना भयावह अर्थ इस छोटे से नाटक ने अपने में समाया है यह बात साधुवाद की है।

नाटक के आरम्भ में हमें आत्मकेन्द्रित, संवेदनशील, बुद्धिवादी लड़की दिखायी देती है। लीला बेणारे उसका नाम! वह बावरी बनी है। बेचैन है और लगातार स्वयं को सँभालते हुए हँसमुख चेहरे से जी रही है। उसका बोलना-अदाएँ थोड़ी-सी उच्छृंखल हैं लेकिन उस सब में बच्चों-सी मासूमियत है। कुल मिलाकर यह लड़की हमें भा जाती है—खिलखिलाते छोटे बच्चे-सी!

फिर उसके आसपास के एक-एक व्यक्ति से हमारा परिचय हो जाता है। वैसे उन सभी के बारे में हमें ज़्यादा कुछ पता नहीं चलता। बस इतना पता चलता है कि एक 'नक़ली अदालत' कार्यक्रम प्रस्तुत करने ये सभी लोग मुम्बई से किसी दूरदराज के गाँव आये हैं। रात में जिस हॉल में यह कार्यक्रम होने वाला है वहाँ यह सभी लोग आ गये हैं। कार्यक्रम शुरू होने में कुछ घण्टों का समय है। तब तक क्या किया जाये। समय काटने हेतु जैसा इंडिफरेंट वातावरण चाहिए होता है वह नाटक के प्रथम अंक में है। कुछ ख़ास करने के लिए है नहीं। फिर गप्पें लड़ाओ, चाय पियो, किसी की पोल खोलो, पान खाओ, सिगरेट पिओ...ऐसे फालतू काम में समय तो बीत रहा है लेकिन इससे और कुछ अच्छा करने को मिलेगा तो सभी को वह चाहिए। रात के कार्यक्रम की रिहर्सल करने का एक विचार सामने आया लेकिन यह सोचकर कि फिर रात का प्रयोग 'उबाऊ' होगा इस प्रस्ताव को नामंज़ूर कर दिया गया। फिर किसी को सूझता है कि क्यों न एक काल्पनिक मुकदमा सच्चे मुकदमे की तरह चलाया जाये? पूर्व नियोजित कुछ नहीं। ऐन समय पर जो सूझेगा वह करते रहने का! कोर्ट के नियमों का पालन करते हुए। सभी को यह कल्पना पसन्द आयी। इससे अच्छा-ख़ासा टाइमपास होगा इस पर सभी सहमत हुए!

कल्पना को प्रतिसाद मिल रहा है देखकर दो-तीन लोगों में कानाफूसी होने लगी—लीला बेणारे को लेकर। सभी मिलकर षड्यन्त्र रचते हैं। शायद लीला बेणारे से वह गुनाह हुआ है जो कि उसे नहीं करना चाहिए था। सो उसे ही कठघरे में खड़ा कर देते हैं। लीला बेणारे भी वहाँ बैठे-बैठे ऊब गयी है। थकान मिटाने हेतु वह बच्चों-सा कोई खेल भी खेल सकती है। वह भी इस खेल में शामिल हो जाती है यह सोचकर कि फालतू की गप्पें लड़ाने से अच्छा है कि यह नया खेल खेला जाये! समय अच्छे से बीतेगा!

इस तरह अदालत की कार्यवाही शुरू हो जाती है—नासमझी में, उबाऊ बातों से, बीच में ही थोड़ा-बहुत अश्लीलता के संकेत से, इधर-उधर भरमाते हुए। प्रथम अंक में यही सब होता रहता है बेतरतीब-सा और अंक के अन्त में सहसा कसकर तमाचा जड़ देने-सा आरोप बेणारे पर किया जाता है—'मुजरिम

मिस बेणारे, आई.पी.सी. की धारा तीन सौ दो के अन्तर्गत आप पर भ्रूण हत्या का इल्ज़ाम है। क्या आप इससे सहमत है? या नहीं?

अनपेक्षित रूप से किये गये इस प्रहार से बेणारे हक्का-बक्का रह जाती है। सभी उसे घूर रहे हैं। बेणारे का इस क़दर शून्य में खोना ही साबित करने के लिए पर्याप्त है कि उसने सचमुच भ्रूण हत्या की है। माई गॉड! और यह लड़की हमें भा गयी थी। मासूम लगी थी।

ज़्यादा हास्य प्रधान न लगने वाला एक प्रहसन हमसे देखा जा रहा है। यह मानकर चलने वाले प्रेक्षकों को कस कर तमाचा मारकर और अन्तर्बाह्य झकझोरकर प्रथम अंक समाप्त होता है।

द्वितीय अंक के प्रारम्भ से हमारी उत्सुकता चरम सीमा पर पहुँच जाती है। अब बेणारे के बारे में कुछ रहस्यमय देखने-सुनने को मिलेगा के ठोस विश्वास को और प्रहसन के रहस्यमयी हो जाने की कल्पना को अंक के आरम्भ में ही बेणारे पर किये गये आरोप के पुनरुच्चार से एवं तनावग्रस्त वातावरण से पुष्टि मिलती है। हम अब रहस्यमय नाटक देखने की मनःस्थिति में आ जाते हैं और इसी वक़्त मसाला पान और सिगरेट के पैकेट लेकर सामन्त प्रवेश करता है और नाटक पहले जैसे हास्य व हलके-फुलके वातावरण में पहुँच जाता है। घायल होती जा रही बेणारे की तनावग्रस्त मानसिकता और उसकी ओर देखने का अन्य लोगों का हँसी-मज़ाक का रवैया इन दो स्तरों पर एक साथ नाटक यात्रा करता रहता है। नाटक की संरचना का यह कमाल का संवेदनशील और पुख़्ता तार है, सम्बल है!

हमें पुनः याद दिलाया जाता है कि यह एक खेल है। इसमें कोई गम्भीर बात नहीं है। इतना ही नहीं मुजरिम के कठघरे में खड़ी बेणारे भी सहसा हुए इस प्रहार से उबरकर स्वयं को स्वस्थ बनाने का प्रयास कर खेल में शामिल होती जा रही है। खेल जारी है! भ्रूण हत्या, मिलॉर्ड, अदालत का कामकाज, मुजरिम को दिये जाने वाले ऑर्डर, कोर्ट की तौहीन, गम्भीर निर्णय, सम्पत्ति का अपहरण आदि कानूनी कार्यवाही से सम्बन्धित शब्द गेंद की तरह यहाँ-वहाँ उछाले जाते हैं। मातृत्व का गुणगान करने वाली घिसी-पिटी बातों के नकाब; मातृ देवो भव, जननी जन्मभूमिश्च स्वर्गादपि गरीयसी जैसे नारे उछाले जाते हैं और खेल की रंगत बढ़ायी जाती है।

बन्द कमरे में बच्चों के बीच घिरी चिड़िया जैसी बेणारे इधर-उधर छटपटाती लुढ़कती रहती है। कौन-सी मुसीबत घात लगाये बैठी है इससे पूर्णतः अनभिज्ञ बेणारे सहज ही इस खेल में शामिल क्या होती है और फिर छटपटाते हुए, फड़फड़ाहट में ग़लती से किसे उसकी चोंच की नोक लगती है कि बस! डरा-सा

कोई प्रतिशोध लेने उतावला होकर उसके पर नोच लेता है! ख़ून टपकता है। बेणारे कराहती है।

लेकिन बच्चों को रोचक खेल मिल गया है। चिड़िया को सिर्फ़ छटपटाते हुए उड़ने को बाध्य करने से अधिक मज़ा उसके पर नोचने में, टपकने वाला लाल ख़ून देखने में, उसकी चीखें सुनने में है। इससे खेल और रंगीन होता जाता है।

बेणारे को जब इन प्रहारों का एहसास होता है तब वह जी-जान से उस कमरे से बाहर निकल जाना चाहती है लेकिन दरवाज़ा बन्द है। वह खुलने वाला नहीं है और अब तो कोई भी 'बाहर' नहीं है। सभी भीतर हैं। पर नोचने में, बहता ख़ून देखने में मशगूल! बेणारे पूरी तरह से क़ैद है।

उसकी असहायता देखकर खेल नया मोड़ लेता है। अब खिलाड़ियों की आँखों में ख़ून उतर आया है। अब वे लपकती जिह्वा वाले, विकृत उत्साह से झुकने वाले, निमग्नता से कान खुजलाने वाले, आँखें चमकाने वाले हो गये हैं।

दूसरे अंक के अन्त में सिर्फ़ यही लपलपाने वाली जिह्वाएँ, ख़ून उतरी हुई चमकती आँखें दिखती हैं और डरी-सहमी बेणारे!

यह खेल खेलने वालों पर ख़ून कुछ ऐसा सवार हो गया है कि अब मुझे लगने लगा है कि तीसरे अंक के आरम्भ में इन सबके चेहरे भी बदले हुए दिखते हैं। डॉ. जेकिल के हाइड होने जैसे! किसी के भेड़िए जैसे दाँत, और कोई ख़ून चाटता हुआ।

खेल गम्भीर हो गया है। प्रभावोत्पादन हेतु न्यायमूर्ति काशीकर ने गाउन पहना है। वकील सुखात्मे कुलदेवता की प्रार्थना कर 'कामकाज' हेतु निकला है। कामकाज महत्त्वपूर्ण है। बेणारे पर आख़िरी प्रहार कर उसका ख़ात्मा करना है। अब पल भर की देरी भी किसी से बर्दाश्त नहीं होती। न्यायमूर्ति हुक्म देते हैं—'गो'। दूसरा चीखता है—'फायर'।

खेल-खेल में मुकदमा चलाया गया था। अब न खेल रहा न मुकदमा। बेणारे पर थोपे गये इल्ज़ाम सच या झूठ हैं इसका फैसला अदालत को करना ही नहीं है। उसका एक-एक पर नोचकर उसे घायल करने का इरादा है बस! बढ़िया टाइमपास हुआ है।

अपने तमाम सामाजिक, कानूनी, नैतिक नाख़ून चुभो-चुभोकर इन लोगों ने उसको नोचा है। ...आयु बत्तीस-चौंतीस होने पर भी इसने शादी क्यों नहीं की?... क्यों करेगी?... बिना शादी के सब कुछ मिल जाता है न! ...पुरुषों के साथ कितना फ्री बर्ताव करती है...हँसती है...नाचती है...किस-किस के साथ अकेली घूमती है... अपने से कम आयु वाले रोकडे के साथ अँधेरे में...उसके सामने शादी

का प्रस्ताव रखा...किसी पोंक्षे को भी...प्रो. दामले से तो बच्चा...फिर शादी का प्रस्ताव...दामले का पहले से ही शादीशुदा होना...आत्महत्या करने हेतु वह हमेशा अपने पास टिक ट्वेंटी की बोतल रखती है...पन्द्रह वर्ष की आयु में इसने मामा से प्रेम किया...असफल होने पर आत्महत्या का प्रयत्न...अब पेट से होने पर टीचर की नौकरी से हाथ धोना पड़ेगा इसलिए वरिष्ठों से रदबदली...उसे अनैतिक बर्ताव के कारण नौकरी से निकाला गया है...। प्रहार पर प्रहार! और बेणारे गुमसुम, सिसकती, दमघोंटु स्थिति में...एकाध चीख! दरअसल, वह बहुत कुछ कहना चाह रही है...उसे लगता है कि कोई तो ज़रा-सा संवेदनशील हो जाये तो वह अपने मन को खोलकर बोझ हलका कर सकेगी...लेकिन उसे समझने वाला यहाँ कोई नहीं है...प्रहार करने वालों का उसकी ओर देखने का नज़रिया इतना तंग, सतही, सहानुभूतिरहित है कि उनसे कुछ कहना ही व्यर्थ है। उनकी उतनी समझ भी नहीं है। इसी कारण बेणारे गुमसुम, घुटन सहती बैठी है। वह उफनते दूध की तरह, गुबार की तरह बोलना चाह रही है। बोल भी रही है। लेकिन खुद से! आत्म संवाद! एकालाप! आसपास के लोगों के साथ उसका सम्पर्क ही नहीं रहा है। कम्युनिकेशन ख़त्म हो गया है।

ऐसी भयावहता की चरम सीमा पर खेल पहुँचता है और किसी को याद आती है रात के कार्यक्रम की, जिसके लिए ये सब आये हैं—उसका समय हो रहा है। अतः यह खेल फ़ौरन रोक दिया जाता है।

समय मज़े में कटा, इतना कि पता ही नहीं चला। सभी उत्साह से अगले कार्यक्रम की तैयारी में जुट जाते हैं और देखते हैं कि बेणारे बेहाल बेहोश पड़ी है। उनकी समझ में ही नहीं आता कि ऐसा क्या हुआ जिसके कारण उसने अपनी यह हालत कर ली। खेल की बात कोई इतनी मन पर लेता है क्या? आफ़्टर ऑल इट वॉज़ जस्ट ए गेम। ए शिअर गेम! बेणारे को वैसे ही छोड़कर वे शान्ति से, इतमीनान से चल पड़ते हैं। वे जानते हैं कि ऐसे कई मौक़े आने वाले हैं कि मन की थकान मिटाने के लिए ऐसे साहसी मुकदमे हमें 'खेलने' हैं। कोई आहत हुआ तो उसमें दुखी होने की क्या बात है?

फिर कोई बेजान, नपुंसक, खिलौने-सा तोता अपनत्व से चिड़िया से पूछता है, 'आँखें' तुम्हारी नम क्यों री? इंपोटंट इंटलेक्चुअल!

कमाल की सामर्थ्य धारण किया यह नाटक रंगमंच पर साकार हुआ और हम मराठी प्रेक्षकों ने इसे दुत्कार दिया। जिस मराठी रंगभूमि पर कई नाटकों के हज़ारों प्रयोग हुए, लाखों का बिज़नेस हुआ उस मराठी रंगभूमि पर इस नाटक के मात्र तीस प्रयोग हुए वह भी नाटक खेलने वाली संस्था की ज़िद के कारण।

यह बाँझपन नहीं तो और क्या? देर आये दुरुस्त आये की अदा से 'भारतीय नाट्यसंघ' ने इसे सर्वश्रेष्ठ मराठी नाटक का गौरव प्रदान कर पाँच हज़ार रुपये का पुरस्कार, सम्मान दिया। कम-से-कम अब तो इस गौरव में सम्मिलित हुआ जाये। वरना क्या रखा है 'मराठी रंगभूमि विकसित हो रही है' जैसे बाँझ शब्द उछालने में? और इस नाटक की किसी न किसी पाश्चात्य नाटक से समानता दर्शाकर नीरस बुद्धि का प्रदर्शन करने में? या फिर सरकारी नाट्य प्रतियोगिता में यह नाटक अन्तिम दौर में न पहुँचे इसलिए घटिया तिकड़म लड़ाने में? इससे तो बेहतर यह होगा कि मुक्त मन से इन महानाटक का आनन्द उठायें और मन को बेचैन कर उदास बनाने वाले इस कलात्मक अनुभव को अनुभूत करें।

इस नाटक में दोष नहीं है यह मेरा कहना नहीं है। फिर भी यह समय है हाथ का चषक ऊँचा कर 'चिअर्स तेंडुलकर' कहने का।

–श्रीराम लागू

('माणूस' पत्रिका में प्रकाशित लेख, 31 जनवरी, 1970)

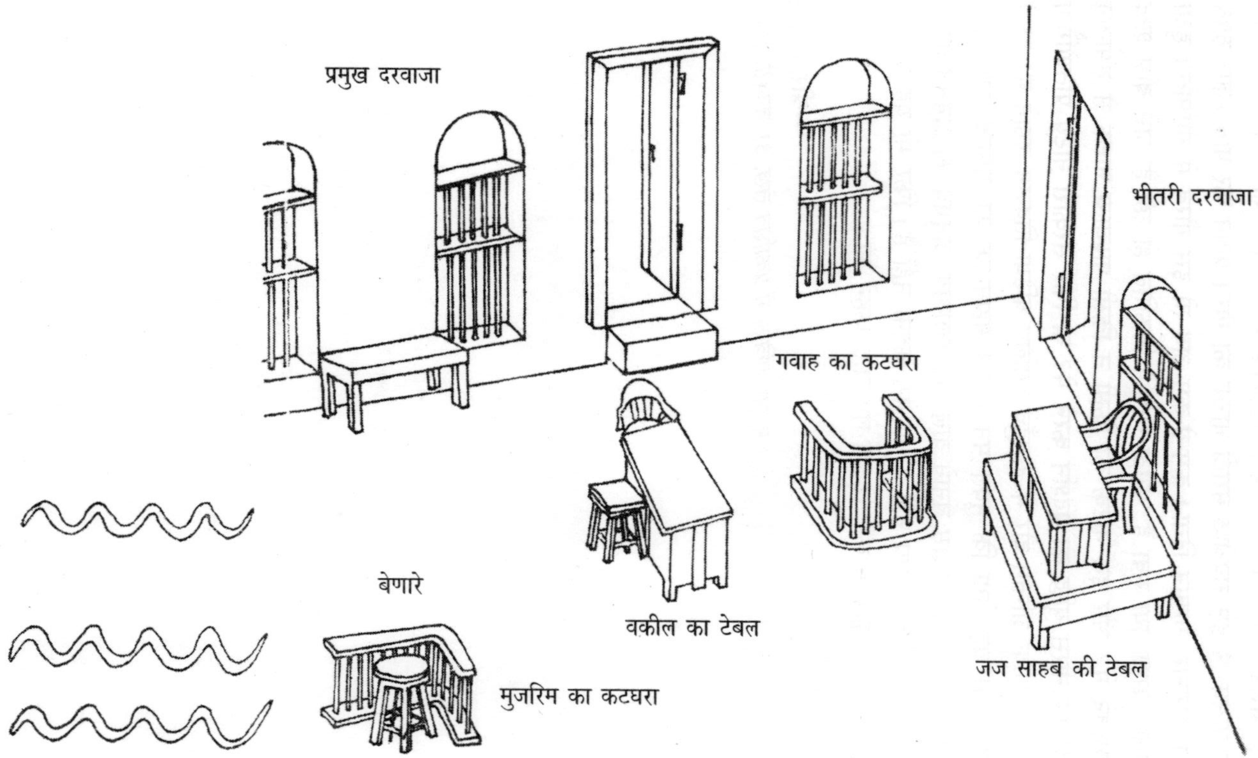

'खामोश! अदालत जारी है' की रंगमंचीय व्यवस्था

'निर्देशक के नज़रिये से'

'ख़ामोश! अदालत जारी है' लीला बेणारे की त्रासदी है। समूचे नाटक में भले ही इस त्रासदी को हलके-फुलके ढंग से प्रहसन शैली में प्रस्तुत किया गया हो लेकिन इस त्रासदी की अन्तःधारा कमाल की तरल और गम्भीर है। इसका अर्थ यह कि नाटक साकार करते समय बेणारे व्यक्तिरेखा को केन्द्र में रखकर उसी के इर्द-गिर्द नाटक घटित होना आवश्यक है। इस दृष्टि से प्रथम अंक में कुछ जगहें निश्चित की गयी हैं। ये जगहें इस बात पर प्रकाश डालने में सक्षम हैं कि ऊपरी तौर पर हँसने वाली बेणारे भीतर गहराई में कहीं कराह रही है, टेन्स है और सजग भी है।

1. बेणारे और सामन्त का प्रवेश एक—इसमें बात करते समय बेणारे अपने पर लगे आरोप और जाँच की बात कहती है।

2. कर्णिक और पोंक्षे के बीच बेणारे को लेकर संवाद

3. श्रीमती काशीकर और रोकडे के संवाद में प्रो. दामले के बारे में चर्चा

4. पोंक्षे और बेणारे का सहेली सम्बन्धी संवाद

5. पूर्व कल्पना न होते हुए सहसा मुजरिम के कठघरे में खड़ी बेणारे की घुटन

ऐसे कुछ स्थान ढूँढ़कर उन्हें प्रधान रूप में प्रस्तुत करना मेरे निर्देशन का स्थूल रूप से सूत्र था। यह करते समय पात्रों के कम्पोज़िशन्स हमने अधिकतर मुखर करने का प्रयास किया। जैसे सामन्त से बात करते समय बेणारे को स्टेज के एक कोने में सामन्त से दूर रखा। प्रेक्षकों के दायीं ओर प्लेटफॉर्म पर बैठकर बेणारे का स्वयं सम्बन्धी जाँच की कार्यवाही का कथन। कर्णिक और पोंक्षे के संवादों में इस बात का निर्वाह मुश्किल है क्योंकि उस वक़्त सभी पात्र स्टेज पर होते हैं। अतः मूव्स कम्पोज़ करते हुए काशीकर, श्रीमती काशीकर और सुखात्मे इनका एक ग्रुप किया और उनकी बहस में मूकाभिनय (mime) किया। रोकडे को दूसरे छोर पर किसी काम में उलझाये रखा। पोंक्षे और कर्णिक को दूर हटाकर लगभग फूललाइट्स तक लाया गया। और इस तरह इस महत्त्वपूर्ण

हिस्से को रेखांकित करने का प्रयास किया। श्रीमती काशीकर और रोकडे के संवाद में दामले की बात छिड़ने पर बेणारे को खड़ा कर सीधी लकीर में पूरा स्टेज लाँघने के लिए कहा गया। उद्देश्य यह है कि दामले और बेणारे का कुछ सम्बन्ध है यह बात सूचित हो जाये और वह ध्वनित हो गया। बेणारे का यानी मुजरिम का कठघरा फूललाइट के पास रखने का उद्देश्य भी यही था। खेल-खेल में जब मुकदमे में बेणारे पर लगाये गये आरोपों से बेणारे को एहसास होता है—पकड़े जाने का—तब वह अधिक से अधिकतर अचम्भित हो होती है, डर जाती है, टेन्स होने लगती है...भ्रूण हत्या के आरोप से यह टेंशन चरम सीमा पार करती है। सामन्त के पान-सिगरेट लाने के कारण भले ही यह नक़ली तनाव औरों के लिए ख़त्म हुआ हो लेकिन बेणारे के लिए बना रहता है क्योंकि अब उसका पीछा किया जाने वाला है। और समूचा नाटक उसके इर्द-गिर्द घटित होने लगता है इसलिए उसकी परस्पेक्टिव पोज़िशन प्रेक्षकों के बिल्कुल पास होना ज़रूरी था। नाटक के परिप्रेक्ष्य में वह क्लोज़अप की तरह प्रेक्षकों की नज़र में रहती है।

जब बेणारे के कठघरे की जगह तय हुई तो हम उस जगह को लगातार उपयोग में लाते गये। अन्य पात्रों की हलचल उसी के साथ बाँधी गयी। उदाहरण के लिए—जब पोंक्षे अपने पहले साक्ष्य में बेणारे के द्वारा उसके सामने रखे शादी के प्रस्ताव की बात कहता है तब बेणारे चौंक जाती है। उसके चौंक जाने में गहरा अर्थ है और उसका यह चौंकना पोंक्षे के दूसरे साक्ष्य से कनेक्ट हो जाता है। बेणारे का चौंकना एक पुल है लेकिन यह तीव्रता से दिखाया कैसे जाये? हमने उस वक़्त बेणारे को अकेला रखा। वह पर्स के साथ बेचैनी से कुछ एक्शन कर रही है और शादी की बात छिड़ते ही पर्स उसके हाथ से छूटकर गिर जाता है। सभी उसकी ओर देखते हैं। वह पलकें न झपकाते हुए पल-दो पल पोंक्षे की ओर देखती है। पॉज! फिर खुद को सँभालकर पर्स उठाती है और बेचैनी से पर्स सहलाती है बस। इसी पल की ख़ामोशी से हमें जो परिणाम अपेक्षित था मिल गया। वही बात रोकडे के पहले साक्ष्य के बारे में। रोकडे जब कहता है कि 'मैंने लीला बेणारे को प्रो. दामले के कमरे में देखा है' तब रोकडे की ओर देखते हुए बेणारे कठघरे में खड़ी है और अन्य पात्र गौण हो जाते हैं। उसके और रोकडे की बीच जब समानान्तर रेखा में बहस शुरू होती है तब बेणारे की प्रेक्षकों के पास वाली पोज़िशन उसे लगातार डॉमिनेटिव रखती है। आरोपी का कठघरा और साक्ष्य देने वाले का कठघरा कुछ इस तरह रखा गया था जिससे आरोपी

के कठघरे को महत्त्व प्राप्त होता रहे। और कठघरे में खड़े साक्ष्य देने वाले से आरोपी हमेशा अग्रेसिव लगता रहे।

दूसरे अंक के अन्त में नाटक अफलातून मोड़ लेता है और महज़ खेल के तौर पर आरम्भ हुआ यह खेल अपना रूप बदलता है। वह खेल, खेल रहता ही नहीं, बल्कि वह शिकार हो जाता है। क्रूर, बीभत्स, घृणित शिकार! निर्देशक के नाते यही कसौटी का क्षण था। खेल शिकार में परिवर्तित हो जाता है। सामन्त के साक्ष्य के कारण। हाथ में ली किताब में वर्णित मजमून वह बतौर साक्ष्य उत्साह से कहता है और मनुष्य में का 'पशु' जागृत हो जाता है। इस नाटक का हर व्यक्ति अकेले में डरपोक है, सामान्य है लेकिन समूह में उसमें का 'पशु' जाग जाता है और समूह में का 'मनुष्य' समाप्त होता है। अब शेष है सिर्फ़ पशु! खूँखार पशु। सामने वाले शिकार को देखकर जिह्वा लपलपाने वाले। 'खेल ख़त्म और जानलेवा शिकार शुरू' यह एहसास सामन्त के साक्ष्य के समय साकार करना चुनौती थी। तब मैंने ग्रुपिंग कर कम्पोज़िशन के सहारे हल निकाला। यूँ करवाया कि सामन्त के साक्ष्य के समाप्त होते-होते किसी न किसी कारण से हर पात्र को सामन्त की ओर लाया गया। परिणामतः एक विशिष्ट पल में जब वह सुनना बर्दाश्त के बाहर हो जाता है तब बेणारे टूट जाती है, लुढ़कती-गिरती है तब सभी पात्र एकतरफ़ा यानी प्रेक्षकों के दायीं ओर और अकेली बेणारे प्रेक्षकों के बायीं ओर—ऐसी फ्रेम बनायी गयी। शिकार के विरोध में शिकारी था ऐसा ही कुछ। एक और छोटी-सी बात, किन्तु जो सूझबूझ से की गयी थी, वह यह कि अब हर व्यक्ति न्यायाधीश की कुर्सी के आसपास पहुँच जाता है।

न्यायाधीश की मुद्रा में हर कोई असुरी आनन्द में निमग्न! दरवाज़ा सहसा बाहर से बन्द हो जाने से अब हर कोई वासना तृप्ति की नज़र से एक-दूसरे को देखता है कि अब शिकार कहीं नहीं जायेगा। एक अकेला सामन्त इसके लिए अपवाद है। क्योंकि जो कुछ हो रहा है वह उसकी समझ के परे है। इसलिए वह बेणारे के साथ है। बेणारे जब दरवाज़ा खोलने का प्रयत्न करती है तब अकेला सामन्त बेणारे के साथ यानी प्रेक्षकों के दायीं ओर है। बाकी सभी पात्र बायीं ओर।

नाटक का तीसरा अंक कर्णिक, पोंक्षे, रोकडे, काशीकर के बेणारे के प्रति प्रतिशोध से भरा है। हर कोई आवेग से उस पर बरसता है और बेणारे एक भी शब्द न कहते हुए अपने कठघरे में बैठी है—डरी-सहमी हुई। अपने ही जीवन की धज्जियाँ उड़ते देखती हुई! चुपचाप! मेरी राय में तीसरे अंक में बेणारे का एकालाप डिफेन्स नहीं है बल्कि डिफायन्स है। इसीलिए ध्यान देने योग्य बात यह है कि

यह समूचा एकालाप वह प्रेक्षकों की ओर देखकर करती है न कि पात्रों की ओर देखकर। क्योंकि उसकी नज़र में वे पात्र गौण हैं, मामूली हैं, अति सामान्य हैं।

यह एकालाप रंगमंच पर साकार करते समय महत्प्रयास करने पड़े, क्योंकि यह एकालाप यानी उस क्षण उसके मन में उभरे अनगिनत विचार हैं। समूचे जीवन का चित्र उसके सामने है और उसके आधार पर उसके खोजे हुए निष्कर्ष हैं ये! अब यह कैसे दिखायें। काशीकर का अन्तिम वाक्य है, जवाब देने के लिए आरोपी को मात्र दस सेकण्ड दिये जाते हैं। बेणारे के एकालाप का पहला वाक्य है—'हाँ, मुझे बहुत कुछ कहना है।' अब इससे ग़लतफ़हमी होने की गुंजाइश थी कि बेणारे सीधे काशीकर के प्रश्न का उत्तर तो नहीं दे रही है! तब मैंने प्रकाश संयोजन और पार्श्वध्वनि की सहायता से इसे सुलझाया।

समूचे नाटक में प्रकाश संयोजन नैचुरल है। उसमें इफेक्ट्स यानी अननैचुरल कुछ नहीं है। बस! इसी की सहायता से एकालाप का आरम्भ किया। काशीकर के अन्तिम वाक्य के साथ अँधेरा हो जाता है। और अब तक नाटक में जो अननैचुरल लाइटिंग नहीं थी वह छा जाती है। अकेली बेणारे प्रकाश के घेरे में दिखती है और बाकी पात्र अपनी-अपनी जगह फ्रीज़ हुए हैं। बारीकी से देखने पर पता चलता है कि प्रकाश में वे जैसे थे वैसे ही अब भी हैं। काशीकर घड़ी देख रहे हैं और बेणारे को घूर रहे हैं। दस सेकेण्ड की अवधि दिखाने हेतु अँधेरे के साथ-साथ घड़ी की टिक्-टिक् भी शुरू की गयी। एकालाप आरम्भ होते ही वह धीमे चलने लगती है। उसका एकालाप दो प्रकाश घेरों में दिखाया गया है। और एकालाप के समाप्त होते ही पुनः नैचुरल प्रकाश संयोजन पूर्ववत् हो जाता है। बेणारे कठघरे में बेजान-सी पड़ी है। काशीकर घड़ी देखते हैं। घड़ी की टिक्-टिक् सुनायी देती है। 'टाइम इज़ अप!' वे कहते हैं। नाटक पुनः रियलिस्टिक स्तर पर आता है। काशीकर सज़ा फरमाते हैं। उस वक़्त उनके पार्श्व की लाल लाइट से काशीकर का साया बेणारे पर लाया गया है—बेणारे का पूरी तरह से ख़त्म होना दिखाने हेतु!

बाहर की आवाज़ें...सभी का होश में आना...और जो हुआ उसके दर्शन से बेहद डर जाना, क्योंकि वे सब डरपोक हैं। अपने किये शिकार को देखने तक की ताक़त उनमें नहीं है। बिल्कुल छोटे लोग हैं ये। बर्बादी से डरने वाले। झेल न सकने वाले लोग और इसीलिए नाटक का शेष भाग खुसर-फुसर के रूप में हुआ। गिरी आवाज़ में अपराधी भाव भरे स्वर में...'आफ़्टर ऑल दिस वॉज़ जस्ट ए गेम' यह वाक्य उच्चारते हुए भी अपराध भाव और सब चले जाते हैं।

रंगमंच पर हैं सिर्फ़ बेणारे और सामन्त। सामन्त को कुछ सूझता नहीं। उसे लगता है कि हिम्मत से परिस्थिति सँभालूँ। पर कर नहीं पाता। वह भी अति सामान्य है लेकिन इन्सानियत है उसमें। उसे लगता है कुछ करके अलग सिद्ध करूँ खुद को, पर उससे होता नहीं। वह एक ही बात कर सकता है, करता है—पहले अंक में बेणारे ने जिस तोते को 'फाइन' कहा था वह तोता वह उसके पास छोड़ जाता है। 'चिड़िया से फिर तोता कहे, क्यों आँखें तेरी नम हैं' गीत के साथ पर्दा गिरता है। यही गीत पहले अंक में बेणारे ने मज़े में गाया था।

—अरविन्द देशपाण्डे

('बागेश्री' वार्षिकी 1970 में प्रकाशित)

पहला अंक

[प्रकाश फैलता है और दिखता है एक उज्जड़-सा हॉल। दो दरवाज़े हैं। एक दरवाज़ा बाहर से आने के लिए और दूसरा बगल वाले कमरे में जाने के लिए। हॉल की एक दीवार बायीं तरफ़ विंग में भीतर तक गयी जैसी है। हॉल में एक मंच है। दो-चार पुरानी कुर्सियाँ, एक बक्सा, एक स्टूल और ढेर सारा रद्दी सामान बिखरा पड़ा है। दीवार पर एक बन्द घड़ी है। कुछ नेताओं की पुरानी तसवीरें टँगी हैं। चन्दा देने वालों के नामों का लकड़ी का बोर्ड है। दरवाज़े पर गणेश जी का चित्र है। दरवाज़ा बन्द है।

बाहर चहलक़दमी की आवाज़ें! दरवाज़े की कुण्डी बाहर से खोलकर एक व्यक्ति हॉल में कुछ भीतर आकर हॉल देख रहा है जैसे कि पहली बार देख रहा हो। यह सामन्त नाम का व्यक्ति है। हाथ में ताला-चाभी है। एक हाथ में खिलौने वाला हरे कपड़े से बना तोता है और एक पुस्तक।]

सामन्त : (*देखते हुए*) यही है वह हॉल। आइए, लगता है आज सुबह ही सफ़ाई की गयी है। आज कार्यक्रम है इसलिए!

[सुश्री बेणारे उसके पीछे आकर दरवाज़े के पास खड़ी हैं। होंठों में उँगली। हाथ में सामान भरा बास्केट और मनिपर्स है]

सामन्त : क्या हुआ? साँकल खींचते हुई उँगली फँसी? इन पुरानी साँकलों की यही मुसीबत है। सीधे खुलती ही नहीं। ज़रा इधर-उधर हुई और कुण्डी ठीक से हटायी नहीं गयी तो

बस! बताइए क्या होगा? अजी दरवाज़ा भीतर से बन्द कर लिया तो काम ख़त्म। बाहर से कुण्डी खिसक कर दरवाज़ा बन्द हो गया ही समझो! हँ! उँगली तनिक मुँह में दबाकर रखिए! आराम मिलेगा। एक बार मेरे दायें हाथ की उँगली ऐसे ही फँस गयी थी साँकल में। फिर क्या! अँगूठा और उँगली में अन्तर ही नहीं रहा। ऐसी सूजन चढ़ी कि बाप रे बाप! पाँच दिन तक!

बेणारे : अं नहीं-नहीं! ऐसा कुछ नहीं। मेरी आदत है यह। मुझे बेहद अच्छा लग रहा है यहाँ! सभी के साथ स्टेशन पर उतरी न तब से! बहुत दिनों के बाद सहसा इतना अच्छा लगने लगा मुझे।

सामन्त : क्यों?

बेणारे : क्या पता! और आपके साथ यहाँ आते हुए और अच्छा लगा। ठीक ही हुआ कि वे सब पीछे रह गये। हम कितने तेज़ चलकर आये यहाँ। है न?

सामन्त : हाँ तो! यानी मुझे इतना तेज़ चलने की आदत नहीं है। आप काफ़ी तेज़ चलती हैं।

बेणारे : मैं हमेशा ऐसे नहीं चलती। लेकिन आज चली। लगा कि सब को पीछे छोड़ दूँ और आपके साथ दूर कहीं...दूर चलती जाऊँ।

सामन्त : (*हड़बड़ाकर*) मेरे साथ?

बेणारे : यस! आप मुझे अच्छे लगते हैं।

समान्त : (*शरमाकर, संकोच से*) क्यूँ! ऐसे कैसे? हम... हम तो यूँ ही...

बेणारे : आप बहुत अच्छे हैं और सच कहूँ आप मासूम और भलेमानस हैं।

सामन्त : (*अविश्वास से*) मैं?

बेणारे : हाँ आप! और-और यह हॉल भी मुझे अच्छा लग रहा है। (*हॉल में घूमती है।*)

सामन्त : हॉल भी? वैसे यह हॉल पुराना है। गाँव में कुछ प्रोग्राम हो तो यहीं होता है। प्रोग्राम्स के लिए ही है यह हॉल! भाषण, स्वागत समारोह, विवाह और तो और गाँव की

औरतों की भजन-मण्डली दोपहर में यहीं प्रैक्टिस करती है। आज रात यहाँ प्रोग्राम है सो आज भजन-कीर्तन बन्द। रात का प्रोग्राम मतलब औरतों के दिन के भजन कार्यक्रम के लिए छुट्टी! कहिए क्यों? वरना रात के काम जल्दी-जल्दी निबटायेंगी कैसे?

बेणारे : (*जिज्ञासु सजगता से*) आपकी पत्नी भी हैं क्या इस भजन-संकीर्तन मण्डली में?

सामन्त : अँ? ग़लत। पत्नी नहीं भाभी हैं। मेरी पत्नी है ही नहीं?

बेणारे : (*उसके हाथ के हरे कपड़े के तोते की ओर निर्देश करते हुए*) फिर यह किसके लिए?

सामन्त : यह? भतीजे के लिए। बेहद प्यारा बच्चा है वह! आपको यह खिलौना पसन्द आया?

बेणारे : हाँ।

सामन्त : यानी मेरी शादी हुई ही नहीं! वैसा कोई ख़ास कारण नहीं। पर नहीं हुई। नौकरी भी है मेरी! पेट भर कमाता हूँ। ...तो यहाँ कुछ दिन पहले जादू का खेल हुआ था। नज़रबन्दी, मोहिनी विद्या, आदि।

बेणारे : आपने देखा था?

सामन्त : हाँ तो! मैं हर प्रोग्राम देखता हूँ।

बेणारे : हाँ?

सामन्त : हाँ जी। एक भी प्रोग्राम टालता नहीं मैं। वरना यहाँ है ही क्या मनोरंजन के लिए।

बेणारे : सच! (*उसके नज़दीक जाकर उसे भरोसा दिलाते हुए*) आपने जादू नज़दीक से देखा?

सामन्त : हाँ! मतलब ज़्यादा नज़दीक नहीं था...पर...वैसे नज़दीक ही था।

बेणारे : (*नज़दीकी क़ायम रखते हुए*) वह ज़बान काटकर फिर कैसे जोड़ते हैं?

सामन्त : (*ज़रा दूर खिसककर*) ज़बान न? यानी ज़बान न? कह नहीं सकता! कहना नहीं आयेगा...

बेणारे : फिर भी कहिए न!

सामन्त : अँ? लेकिन...

[वह फिर उसके नज़दीक जाती है। वह सकुचाकर दूर खिसकता है।]

उसका क्या है कि...हाँ कोशिश करता हूँ! नहीं आ सकता। फिर भी...देखिए यह ज़बान है। (*उँगली दिखाता है।*)

बेणारे : देखूँ।

[इस बहाने उसके और नज़दीक जाती है। पल-दो पल उसके होने का एहसास बेणारे को होता है पर उसे नहीं होता]

सामन्त : (*तल्लीनता से*) हाँ यह ज़बान...यह मरोड़ी। क्या होगा? ख़ून निकलेगा। लेकिन नहीं निकलता। मोहिनी विद्या में ऐसा कुछ हो सकता है। इसलिए ख़ून नहीं निकलता होगा। कुछ भी नहीं होता। बिल्कुल नहीं। दुखता तक नहीं। तो...

[उसकी मासूमियत की प्रतिक्रिया स्वरूप शायद, लेकिन वह उससे दूर जाती है।]

बेणारे : अभी तक क्यों नहीं पहुँचे वे लोग? आते होंगे टहलते, झूमते-झामते। वैसे फुर्तीला होना चाहिए सबको!

सामन्त : हाँ तो मैं जिह्वा...ज़बान के बारे में कह रहा था...मोहिनी विद्या...

बेणारे : स्कूल का पहला घण्टा बजते ही मैं स्कूल में पहुँच जाती हूँ। पिछले आठ वर्षों में इस सन्दर्भ में किसी से कुछ डाँट पड़ी नहीं है मुझे! पढ़ाने के मामले में भी नहीं! मेरा पोर्शन कभी का पूरा हो जाता है। बच्चों के नोटबुक्स भी समय के पहले जाँचकर तैयार। मैं किसी को कुछ कहने का मौक़ा ही नहीं देती।

सामन्त : मास्टरनी हैं आप?

बेणारे : नहीं! टीचर हूँ। मास्टरनी लगती हूँ क्या?

सामन्त : नहीं-नहीं। उस अर्थ से नहीं कहा था मैंने!

बेणारे : कोई बात नहीं। चाहे जैसे कहिए।

सामन्त : लेकिन मेरे कहने का मतलब वह नहीं था। बच्चों को पढ़ाती हैं इस अर्थ से कहा था...

बेणारे : बड़े लोगों से बच्चे अच्छे! कम-से-कम ज़्यादा होशियारी, अन्धा घमण्ड, ग़लतफ़हमियाँ तो नहीं होतीं उनके दिमाग़ में। नोचकर, ख़ून बहाकर कायर की तरह भाग तो नहीं जाते वे। वह खिड़की खोलिए...मुझे गर्मी लग रही है...

[वह तत्परता से खिड़की खोलता है। बेणारे गहरी साँस लेती है।]

हाँ अब ठीक लग रहा है। नहीं! अच्छा बहुत अच्छा लग रहा है।

[हॉल में चक्कर काटने लगती है।]

सामन्त : वह ज़बान वाला किस्सा–पूरा करूँ? मोहिनी विद्या? (*उँगली आगे कर*) हाँ देखिए। यह ज़बान...यह काटी

बेणारे : नहीं। बस हुआ!

सामन्त : (*आज्ञाकारी बन*) ठीक है। (*हाथ नीचे करता है फिर सहसा एक कुर्सी लाकर उसके पास रखता है*) आप टहल क्यों रही हैं? बैठिए न आराम से! वरना पैर दुखेंगे!

बेणारे : मुझे आदत है खड़ा रहकर पढ़ाने की! क्लास में कभी बैठकर नहीं पढ़ाती मैं! इसी से पूरी क्लास पर नज़र रहती है मेरी! कोई मिस्चीफ़ नहीं कर सकता! क्लास पर मेरा क़ाबू रहता है और मेरे प्रति उन्हें श्रद्धा रहती है। मेरे लिए मेरे छात्र कुछ भी कर सकते हैं। क्योंकि मैं ख़ून-पसीना एक कर उन्हें पढ़ाती हूँ। (*स्वर बदलकर*) इसीलिए मुझसे ईर्ष्या करते हैं कई लोग–ख़ासकर दूसरी मास्टरनियाँ और स्कूल चलाने वाले मालिक लोग! लेकिन वे क्या कर लेंगे मेरा? हाँ! इंक्वायरी कर रहे हैं। मेरे पढ़ाने के काम में तो मैं कोई कसर नहीं रखती। जी-जान से ख़ून-पसीना एक कर पढ़ाती हूँ। मात्र एक आरोप सिद्ध हुआ तो भी क्या कर लेंगे वे? निकाल देंगे नौकरी से? निकालने दो। मैंने किसी का बुरा नहीं किया। किसी का भी नहीं। यदि मैंने बुरा किया है तो खुद का ही। अपना ही! लेकिन यह कोई वजह है यह आरोप कैसे? मैं अपने बारे में क्या करूँ–क्या नहीं करूँ इसको तय करने वाले वे कौन होते हैं? मेरी ज़िन्दगी मेरी अपनी

है। नौकरी की ख़ातिर मैंने अपनी ज़िन्दगी उन्हें बेची नहीं है। यह मेरी मर्ज़ी है। मेरी इच्छा मेरी है। उसे कोई मार नहीं सकता। कोई भी नहीं। मैं अपनी ज़िन्दगी के साथ कुछ भी करूँगी! मैं तय करूँगी अपने बारे में...

[सहसा पेडू पर हाथ रखती है। कनखियों से सामन्त पर नज़र जाते ही चुप होती है। धीरे-धीरे सँभल जाती है। सामन्त नासमझी में।]

सामन्त : (*संकोच, नासमझी में*) मैं देखकर आऊँ कि क्यों नहीं आये बाक़ी लोग अब तक?

बेणारे : (*झट से*) नहीं! (*नॉर्मल होते हुए*) मुझे अकेले में डर लगता है।

सामन्त : ठीक है। फिर नहीं जाता। आप ठीक तो हैं?

बेणारे : (*ज़बर्दस्ती चुस्त होते हुए*) हाँ हाँ—मुझे बिल्कुल कुछ नहीं हुआ है। आय एम फाइन! फाइन!

[हलके से तालियाँ बजाते हुए अंग्रेज़ी गीत गुनगुनाने लगती है मानो स्वयं को सुना रही हो।]

ओ आय हैव गॉट अ स्वीटहार्ट
हू कैरीज ऑल माय बुक्स
ही प्लेज़ इन माय डॉल्स हाउस
ही सेज़, ही लाइक्स माय लुक्स
आय विल टेल यू ए सीक्रेट :
ही वॉन्ट्स टू मैरी मी,
बट ममी सेज़, आय एम टू लिटिल
टू हैव सच थॉट्स इन मी...

जाने दो यह! पता है हम आज क्या करने वाले हैं? क्या नाम है आपका?

सामन्त : सामन्त।

बेणारे : हाँ वही!

सामन्त : मन्दिर के पास बड़ा-सा बैनर लगा है...
'सोनार मोती' मुम्बई की जागृति सभा प्रस्तुत करने जा रही है—'अभिरूप न्याय...अं...न्याय हाँ—न्यायालय...' रात के ठीक आठ बजे!

बेणारे : यानी क्या?

सामन्त : वह कुछ पता नहीं जी! कुछ तो भी अदालत का...

बेणारे : एकदम सही! यानी असली कोर्ट नहीं। नक़ली झूठ-मूठ की अदालत...

सामन्त : यानी मज़ेदार अदालत, है न?

बेणारे : वही तो। लेकिन सामन्त, हमारे कार्यक्रम का उद्‌बोधन करना, शिक्षा देना यह भी एक उद्देश्य रहता है और यह प्रधान उद्देश्य रहता है। हमारे अध्यक्ष काशीकर आपसे यही कहेंगे। महत् उद्देश्य के बगैर वे किसी बात का आरम्भ ही नहीं करते। और दूसरी हैं 'मिसेज़ झूले की डोर!' यानी मिसेज़ काशीकर! आदर्श नारी है बिचारी! 'जिसके हाथ में पलने की डोर'। बिल्कुल वैसी! समाज सेवा से जगत् कल्याण में 'मिस्टर काशीकर हेतु' रत होने के कारण बेचारी डोर बिना पालने के ही रह गयी!

सामन्त : (*दोनों हाथों का झूला बनाकर*) यानी कि... उनके 'यह' नहीं है?

बेणारे : राइट! यानी आप काफ़ी होशियार हैं! मिस्टर काशीकर और उनकी झूले की डोर दोनों ने अपने खाली घर में दोनों के साथ कुछ बुरा न हो या ऊब जाने से जान पर कुछ आँच न आये इसलिए एक लड़के को पाला-पोसा। उसे पढ़ाया। उससे काम करवाया! उसे बेबस बनाया! उसका नाम बालू रोकडे और तो और हमारे इस ग्रुप में वह एक विधिज्ञ है। कानून इतना जानते हैं कि बाप रे बाप। यानी मजबूरी में भी कोई मुव्वकिल उनसे सलाह लेने नहीं जाता। कोर्ट में अकेले बैठे-बैठे अपने कानूनी ज्ञान से बार रूम की मक्खियाँ मारते रहते हैं। और चाल में के अपने घर में अकेले बैठकर घर की मक्खियाँ मारते हैं। आज की इस नक़ली अदालत में वे बहुत बड़े वकील हैं। हँ! देखेंगे ही आप उनके कारनामे। वीरता! और एक (*मुँह में सिगार का पाइप पकड़ने की नक़ल उतारते हुए*) साइंटिस्ट है! इंटर फेल!

सामन्त : फिर तो मज़ा आयेगा।

बेणारे : और एक महाज्ञानी पण्डित! इंटलेक्चुअल भी हैं लेकिन वे आज नहीं आये हैं। वे यानी अपने किताबी ज्ञान का ढिंढोरा पीटने वाले लेकिन ऐन समय पर दुम दबाकर भाग जाने वाले! आज वे बिल्कुल नहीं आयेंगे। उनकी हिम्मत ही नहीं है आने की।

सामन्त : लेकिन आज का मुकदमा किस बात पर चलेगा?

बेणारे : अण्वस्य निर्मिति के कारण प्रेसीडेंट जॉनसन पर मुकदमा दायर किया जाने वाला है आज।

सामन्त : उफ़्।

बेणारे : श्श...चुप...शायद सभी आये हैं।
(उसे कुछ सूझता है) आप आइए इधर। आइए तो। हाँ ऐसे छुप जाइए ठीक से। मैं भी छुप जाती हूँ। हँ। अब आने दीजिए उन्हें।

[सामन्त और बेणारे बाहर खुलने वाले दरवाज़े के पीछे छिप जाते हैं। एक-दूसरे का स्पर्श हो रहा है। हिअर इट इज़! मिल गया! कहते हुए वकील सुखात्मे, विज्ञान के अध्येता पोंक्षे दो-तीन बड़े-से बक्से, दो थैलियाँ, माइक्रोफ़ोन का सेट आदि ढेर सारा सामान लेकर आते हैं। 'नक़ली अदालत' में चपरासी का काम करने वाला रोकडे भी आता है। सुखात्मे बीड़ी पी रहा है। पोंक्षे पाइप मुँह में पकड़े हुए है। उनके पीछे अदालत के दो कठघरे लेकर नौकर आता है। उनके आते ही बेणारे सामन्त के साथ झट से दरवाज़े की ओट से निकलकर सबको चौंकाने हेतु ज़ोर से 'भौं' चिल्लाती हुई आती है। सभी पलभर के लिए डर जाते हैं फिर सँभल जाते हैं। बेणारे खिलखिलाकर हँसती है। सामन्त यह सब अचरज से, कुतूहल से देखता है।]

रोकडे : *(सामान एक जगह पर रखते हुए)* इतनी ज़ोर से, बेणारे मैडम! ये सब नीचे गिर जाता ना! और मुझे यूँ ही काशीकर मैडम की डाँट खानी पड़ती। कुछ भी हो वे मुझे डाँटती ही रहती हैं। उनका आश्रित हूँ न! उनके कारण पढ़ा-लिखा। सो अब भुगत रहा हूँ। अपने करमों के फल!

[चैन की साँस लेता है। नौकर बायीं तरफ़ की विंग में सामान रखकर आते हैं। पोंक्षे उन्हें मज़दूरी देता है। नौकर बाहर चला जाता है।]

पोंक्षे : (*मोटी-सी ऐनक उतारकर रखते हुए*) ओ गॉश! कहाँ है? (*बुदबुदाता भीतर जाता है।*)

सुखात्मे : (*लम्बा कश खींचकर*) एक बच्ची है मेरे मन में छिपकर बैठी हुए! मैडम कुछ भी कहिए आप प्रौढ़ होने को तैयार नहीं। है न?

बेणारे : क्यों? क्लास रूम में मैं गम्भीर ही होती हूँ। और मैं कहती हूँ क्यों हर वक़्त लोगों को चौकोर या लम्बा चेहरा बनाकर ही जीना चाहिए? उस पोंक्षे की तरह! हँसें, खेलें, गायें और सम्भव हो, अवसर हो, मन हो तो नाचे भी। उसमें संकोच क्यों हो? और किसी की परवाह क्यों की जाये? सच कहती हूँ अपनी ज़िन्दगी ख़त्म हुई तो कोई अपनी ज़िन्दगी हमें देने आयेगा क्या? क्यों सामन्त? आयेगा क्या कोई?

सामन्त : यह बात सोलह आने सच है। तुकाराम महाराज कह गये हैं न...शायद वही...उन्होंने ही कहा है...

बेणारे : तुकाराम महाराज की बात रहने दीजिए। मैं—मैं लीला बेणारे कहती हूँ—एक ज़िन्दा औरत कहती है—अनुभव के आधार पर...कि ज़िन्दगी किसी और के लिए नहीं होती! वह सिर्फ़ अपनी खुद की होती है और होनी भी चाहिए। वह बहुत क़ीमती होती है। हर पल...हर लम्हा क़ीमती होता है...अमूल्य!

सुखात्मे : (*तालियाँ बजाते हुए*) हिअर। हिअर। (*भीतर से पोंक्षे आता है।*)

बेणारे : हिअर नहीं (*पोंक्षे की ओर निर्देश करते हुए*) देअर! (*दबी हँसी हँसती है।*)

पोंक्षे : (*नासमझी से*) क्या हुआ?

बेणारे : पोंक्षे, कसम से कहिए, कार्यक्रम के पहले आने वाले नर्वसनेस का इलाज ढूँढ़ने आप भीतर गये थे न? करेक्ट?

सुखात्मे : कुछ भी कहिए मैडम! अपनी सभा में साक्षी के कठघरे में वैज्ञानिक के रूप में पोंक्षे एकदम इंप्रेसिव लगते हैं! वह पाइप! वाह! हाँ यह बात अलग है कि हमारे इस वैज्ञानिक ने इंटर साइंस में वन्समोर लिया है। और फ़िलहाल में सी.टी.ओ. में क्लर्क हैं। किसी को इस बात का यक़ीन ही नहीं आयेगा।(*रोकडे हँसी रोक नहीं पाता, हँस देता है।*)

पोंक्षे : (*नर्वस होते हुए*) हँस मत रोकडे! मैं तुम्हारी तरह काशीकर मैडम के टुकड़ों पर नहीं पला। हूँ मैं इंटर फेल लेकिन अपने बाप के पैसों से। नॉनसेन्स!

बेणारे : (*उसी की अदा में*) नॉनसेन्स! (*कहकर हँसती है।*) हाँ तो लोगों, मैं आपको एक मज़ेदार किस्सा बताऊँ? अं? जब मैं छोटी थी तो बिल्कुल बात नहीं करती थी। मैं बहुत तय करती थी यह कहूँ...वह कहूँ—मन में ही। किसी से कहती नहीं थी। और कुछ भी हो ज़ोर-ज़ोर से रोने लगती थी।

पोंक्षे : यानी अभी जैसी हैं उसके ठीक विपरीत!

बेणारे : हाँ जी। आपको पता है सामन्त?

सामन्त : (*झट से*) हाँ...यानी नहीं होगा...नहीं है।

बेणारे : मैं अपनी हर किताब को कवर चढ़ाकर स्कूल के पहले दिन हर किताब के पहले पन्ने पर बढ़िया, ख़ूबसूरत लिखावट में फूल-पत्तियों के साथ लिखा करती थी...द ग्रास इज़ ग्रीन...द रोज़ इज़ रेड...दिस बुक इज माइन... टिल आय एम डेड! टिल आय एम डेड।...अब बताइए आगे क्या हुआ?

सामन्त : क्या हुआ?

बेणारे : एक-एक पुस्तक फट गयी...पता नहीं कहाँ गयी वे फटी हुई पुस्तकें...और मैं हूँ। आय एम नॉट डेड। नॉट डेड। द ग्रास इज़ स्टिल ग्रीन...द रोज़ इज़ स्टिल रेड...बट आय एम नॉट डेड...(*हँसती जाती है।*)

रोकडे : (*थैली में से नोटबुक निकालकर लिखने लगता है।*) बढ़िया है। ...द ग्रास इज़...ग्रीन...द रोज़ इज़...रेड...और आगे क्या है बेणारे मैडम?

बेणारे : (*खीजकर*) रोकडे, यह ग़लत आदत है। मैं क्लास में हमेशा छात्राओं से कहती हूँ—अधूरा सुनकर लिख लेने की जल्दी मत करो। पहले ठीक से सुन तो लो! ठीक से। अपने आपको तादात्म्य कर भीतर पहुँचाओ जो सुना है वह। तब वह रहेगा...ख़ून में बहना चाहिए वह। तभी टिकेगा। फिर उसे कोई हटा नहीं पायेगा। फिर वह भूला नहीं जायेगा।

सामन्त : हमारे मास्टर जी भी ऐसा ही कहते थे। 'मन के श्लोक' उन्होंने इसी तरह पढ़ाये थे...यानी ख़ून में बहाने वाली बात नहीं कही थी।

सुखात्मे : बेणारे मैडम आप कहती रहिए।

बेणारे : (*उत्साह से*) एक कहानी कहूँ? बच्चों, बैठ जाओ! एक था भेड़िया...

रोकडे : (*पालथी मारकर बैठता है।*) हाँ मैडम हो जाने दो। बैठिए, सुखात्मे साहब। पोंक्षे बैठ जाओ। (*पोंक्षे नाराज़गी से बाहर चला जाता है।*)

बेणारे : नहीं। मैं कविता ही कहती हूँ...
अपने पाँव चलते जाते हैं अज्ञात मुसीबतों की राह
लहर के बाद लहर बिफर जाती है
अँधी लहरें एक के बाद एक।
पुनः पुनः जगमगाकर उजियारा
समा जाता है अँधियारे में लगातार
बुझी-बुझी सी अपनी ही हथेलियाँ मिट्टी की
जलती जाती हैं हर पल हरदम
पता होता है सबकुछ...दिखता रहता है सबकुछ
रिसते जाने के लिए ही होते हैं ज़ख़्म
अक्सर ईमानदारी से रिसते चले जाते हैं
ऐसी एक-आध लड़ाई होती है
जिसका अन्त सिर्फ़ हार होता है!
व्यर्थ गँवाने के लिए ही लेने होते हैं
ऐसे अनुभव अक्सर कई...
(*बीच में ही कविता अधूरी छोड़कर*) रहने दीजिए—मैं

गाना ही गाती हूँ।
बम्बई का बूढ़ा...अलाव सेंकने आया...
अलाव सेंकने आया बम्बई का बूढ़ा...
बम्बई का बूढ़ा...
बुड्ढे की बुढ़िया...
बुढ़िया का लड़का...लड़के की दाई
दाई का दूल्हा...

[सुखात्मे कुर्सी में...सामन्त उत्सुकता से...बेणारे के इस गाने को सभी ताल देते हैं–सुखात्मे आरती के समय बजायी जाने वाली तालियाँ बजाकर...प्रयोगशील नाटककार कर्णिक आता है पान चबाते हुए]

कर्णिक : (*आते ही*) ठीक पहुँचा। मुझे लगा ग़लत जगह जा रहा हूँ शायद। (*सब की ओर ध्यान जाने पर*) क्या हुआ?

रोकडे : अँ? सब मिट्टी में मिला...

सुखात्मे : बेणारे गा रही थी। (*व्यंग्य से*) बहुत बढ़िया! मीठी आवाज़ में।

[बेणारे जिह्वा दिखाकर 'समझी' के अर्थ में हँसती है। कर्णिक हॉल का मुआयना करता है। रोकडे खड़ा हो जाता है।]

सुखात्मे : (*वकीली स्वर में–*) मिस्टर कर्णिक! वन मिनट! इस वक़्त आपके मन में क्या चल रहा है वह बिल्कुल सही-सही बताऊँ? इंटिमेट थिएटर उर्फ़ प्रेक्षकों के सिर पर से फिसल जाने वाले आपके वैसे नाटकों के लिए यह हॉल बिल्कुल ठीक है। यही न? बताइए तो!

कर्णिक : (*आराम से पान चबाते हुए*) (*जानबूझकर*) नहीं! मैं मन में सोच रहा था असली अदालत भी फीकी पड़ेगी यह हॉल इतना सही है।

बेणारे : अय्या! तो फिर बढ़िया! आज की अपनी नक़ली अदालत एकदम रंग लायेगी। सचमुच की अदालत!

रोकडे : (*चिन्ता से*) लेकिन काशीकर मैडम कहाँ है?

कर्णिक : (*पान चबाते हुए*) आ रही हैं। रास्ते में मिस्टर काशीकर उनके लिए फूलों का गजरा ख़रीद रहे थे। मैं आगे

निकल आया। पान ख़रीदकर! रोकडे, माइक की बैटरी का सेल ठीक है न? टैस्ट कर लो। वरना ऐन समय पर रात में फजीहत! ऐसी परेशानियाँ नहीं होनी चाहिए! पर वे होती हैं। पिछले महीने में हमारे शो में फ़्यूज उड़ गया। मैं ही स्टेज पर था। कैरेक्टर छोटा हुआ तो क्या हुआ! निभाया जैसे-तैसे!

रोकडे : मामूली नाटक तो था गणेशोत्सव में खेला जाने वाला!

कर्णिक : लेकिन मूड बिगड़ गया।

बेणारे : (*जम्हाई लेकर, चिढ़ाने हेतु*) आपके कथन पर नहीं हँ। कर्णिक वह क्या है कि सुबह जल्दी उठना पड़ता है। हर रोज़! मार्निंग शिफ़्ट, आफ़्टरनून शिफ़्ट! शाम का ट्यूशन पढ़ाना!

हँ तो मैं क्या कह रही थी—मिस्टर एंड मिसेज़ काशीकर के बारे में एक बात आपको पता चली?

रोकड़े : (*अनजाने में चौंककर*) क्या?

पोंक्षे : (*भीतर आते हुए*) यस व्हाट?

सुखात्मे : मैं बताता हूँ...नहीं! आप ही बताइए!

लेट मी सी...कम ऑन...आउट विद इट...

बेणारे : सुखात्मे आपको कुछ भी पता नहीं है। यूँ ही जान गये-सा वकालत वाला रोब मत दिखाना—अपने मिस्टर काशीकर सोशल वर्कर हैं...और मिसेज़ काशीकर ऐसी ही...यानी कम पढ़ी-लिखी...हाँ लेकिन इसका मनुष्य के सयानेपन से वास्ता नहीं होता...लेकिन कम पढ़ी-लिखी होने पर भी...दोनों बड़े ही शौक़ीन हैं। यानी कि मिस्टर काशीकर मिसेज़ काशीकर के लिए गजरा ख़रीदेंगे। ...मिसेज़ काशीकर मिस्टर काशीकर के लिए बुश्शर्ट ख़रीदेंगी।...देखकर अच्छा लगता है...

[कार्णिक पीछे की खिड़की खोलकर थूककर मुँह खुला कर आता है।]

कर्णिक : मुझे तो पति-पत्नी में ऐसी फॉर्मेलिटीज़ दिखी तो कुछ अलग ही गन्ध आती है...लगता है दाल में काला...कुछ सस्पेंस है।

रोकडे : (*गुस्से से*) नव-नाटक का परिणाम।

कर्णिक : जो बात समझ के परे है उसमें तू बोला मत कर रोकडे! तू बच्चा है अभी! कॉलेज की पढ़ाई कर मैं अपने बारे में बात कर रहा था कि मैं अपनी बीबी के लिए कभी गजरा नहीं लाता। मन किया तो भी टालता हूँ।

[बेणारे अरे...रे... की आवाज़ से अफ़सोस ज़ाहिर करती है।]

बेणारे : मैं आप की जगह होती तो मेरी बीबी के लिए रोज़ गजरा लेकर गयी होती।

सुखात्मे : तो फिर जल्दी से अपने पतिदेव को बुश्शर्ट दिला दीजिए बेणारे जी! आय वंडर! बेचारा कैसा होगा वह? आपकी तरह बचपना होगा उसमें तो फिर सवाल ही खतऽऽम!

बेणारे : वह रहने दीजिए! (*सामन्त को ढूँढ़ती हुई*) क्या नाम बताया आपने? यहाँ दो-चार कुर्सियों का प्रबन्ध नहीं हो सकता?

सामन्त : कुर्सियाँ? अंऽऽ! मेरा नाम सामन्त है। (*उठकर इधर-उधर कुर्सियाँ ढूँढ़ता है।*) देखता हूँ। मैं भी क्या जानूँ? (*ढूँढ़ते हुए भीतर जाता है।*)

पोंक्षे : भीतर हैं फोल्डिंग चेयर्स! चाय चाहिए थी!

सुखात्मे : हमने स्टेशन पर पी ली! तब आपने मना किया! (*अब भुगतो वाले टोन में*)

पोंक्षे : लेकिन उस वक़्त मुझे नहीं पीनी थी। आप लोगों का सब कुछ पहले से ही लेकर रखना मुझे मंजूर नहीं। ये कोई लाइफ होती है? इस साइंस एज में सब कुछ कैसे चाहने पर जाने में कुछ और ही मज़ा है।
(*चुटकी बजाकर*) यूँ, ऐसे! लाइक दिस!

[सामन्त दोनों हाथों में जितनी कुर्सियाँ समा सकती हैं उतनी लेकर दरवाज़े पर खड़ा रहता है!]

सामन्त : (*कुर्सियाँ हॉल में रखकर*) और चाहिए तो हैं भीतर।

[कुर्सियाँ खोलकर हर कोई जहाँ सम्भव हो वहाँ बैठ जाता है। पोंक्षे स्टाइल से पाइप पीते हुए खड़ा ही रहता है।]

सामन्त : (*पोंक्षे के साहेबी रोब से दबकर*) सर, बैठिए न!

पोंक्षे : अं? (*'सर' सुनकर ख़ुशी से*) नो थैंक्स! ट्रेन में बैठे ही थे न! आपका नाम क्या है?

सामन्त : सामन्त! मैं यहीं का हूँ सर।

पोंक्षे : गुड! चाय का कुछ इन्तज़ाम हो सकता है क्या?

सामन्त : चाय का न? हाँ होगा न सर! लेकिन शक्कर की प्रॉब्लम आयेगी। शक्कर मिलती नहीं है न आजकल! गुड़ की चाय चलेगी तो...

पोंक्षे : नो! चाय में गुड़ पॉइज़नस होता है। आप शायद जानते नहीं मिस्टर सामन्त।

सामन्त : हमारे घर में सभी बड़े गुड़ की चाय ही पीते हैं। क्या करें। राशन में मिलने वाली शक्कर भाई के बच्चों के लिए ही कम पड़ती है। और वे शक्कर की चाय ही पीते हैं। क्या करें!

पोंक्षे : हँ।

बेणारे : (*जहाँ बैठी है वहाँ से*) एक था 'हँ'। एक थी 'उहूँ।'

पोंक्षे : मैडम जी बस! कितना बचपना करेंगी?

[सामन्त खड़ा है! श्री...श्रीमती काशीकर आते हैं।]

श्रीमती काशीकर : (*गजरा ठीक-ठाक करते हुए।*) देखिए! सभी तो हैं यहाँ!

सुखात्मे : आइए काशीकर जी! गजरा प्रोग्राम कैसा रहा?

[बेणारे सामन्त को इशारे से दोनों को दिखाती है।]

रोकडे : (*आगे आकर*) हाँ जी!

श्रीमती काशीकर : सारा सामान ठीक से लाये ना बालू?

रोकडे : एकदम ठीक से।

काशीकर : हर बार ऐसे ही कहता है तू रोकडे, लेकिन कुछ न कुछ भूल जाता है; वह चोबदार का डण्डा लाया? खाली गर्दन मत घुमा। दिखा मुझे।

रोकडे : (*दिखाता है*) यह देखिए! (*दीनता से*) ड्रेस भी है। कभी-कभार भूलता हूँ। हमेशा नहीं।

काशीकर : हमेशा का रहने दे! आज है न सब ठीक? वरना फजीहत होगी। मेरा विग? यानी जज का विग? लाया?

रोकडे : हाँ तो! सबसे पहले वही रखा सामान में।

[रोकडे अधिक ही दीन और मस्त]

काशीकर : सुखात्मे, आप वकील का गाउन लाये न?

सुखात्मे : (*अदालती अदा से झुककर*) यस योर ऑनर! वह तो मैं सपने में भी नहीं भूलता! आपका क्या है पोंक्षे?

पोंक्षे : वेल! मैं बिल्कुल तैयार हूँ! कुछ नहीं भूला। वैसे मैं ज़रा नर्वस टेंपरामेंट का हूँ न! पाइप ना रहे तो विटनेस बॉक्स में कुछ याद नहीं आता मुझे!

श्रीमती काशीकर : आज मैं पहले ही आपसे थोड़ा रिहर्सल करवाऊँगी!

पोंक्षे : उसकी ज़रूरत नहीं।

श्रीमती काशीकर : क्यों बेणारे? (*गजरा ठीक करते हुए*) तुम्हारे लिए भी गजरा लेने वाली थी मैं...

बेणारे : (*पोंक्षे की अदा में*)—हूँ!

[पोंक्षे गुस्से से होंठ भींचता है।]

श्रीमती काशीकर : (*मिस्टर काशीकर से*) है ना जी?
लेकिन उसका यह हुआ कि...

बेणारे : (*खिलखिलाकर*) गजरा उड़ गया। भुर्रर! या कौवा ले गया? गजरा मुझे बिल्कुल नहीं पसन्द! वरना मैं ख़रीदती हमेशा! मैं कमाती हूँ। ख़रीद सकती हूँ! लेकिन मुझे लगता ही नहीं कि मैं गजरा ख़रीदूँ...

[बेणारे सभी को श्रीमती काशीकर की लायी हुई बटाटा (आलू) टिकिया देती है...]

श्रीमती काशीकर : अच्छा, तो स्कूल क्या कहता है तुम्हारा?

बेणारे : (*चौकन्नी होकर*) कुछ नहीं कहता!

काशीकर : मैं क्या कहता हूँ कि जज की सीट इस ओर रखें या उस ओर?

कर्णिक : बिल्कुल इस ओर ही! एंट्रेन्स वहाँ है। वह पड़ोस का रूम जज का रूम हो सकता है। यू कैन एंटर फ्रॉम देअर, प्रेसीडेंट जॉनसन इस ओर यहाँ खड़ा रहेगा!

सामन्त : (*अचरज से*) प्रेसीडेंट जॉनसन!

काशीकर : नहीं-नहीं! जॉनसन का कठघरा उस ओर उधर ही रखना चाहिए ताकि जज की हैसियत से बात करते हुए मुझे...

कर्णिक : मैं नहीं सहमत इससे! प्रेक्षकों की नज़र से तो वह यहीं पर चाहिए।

सुखात्मे : मिस्टर कर्णिक, प्रेक्षकों की नज़र से देखने के कारण मैं आपको प्रोसिक्यूट करूँगा। आप नव-नाटक वाले हैं। (*वकीली हँसी*)

कर्णिक : फिर वही! यह नव-नाटक क्या चीज़ है कोई बतायेगा भी मुझे? यूँ ही शब्द फेंकते हैं बिना जाने-समझे...हम वही करते हैं जो हमें भाता है। फिर वह नया है या पुराना नहीं सोचते!

[बहस शुरू हो जाती है।]

सामन्त : (*रोकडे से*) प्रेसीडेंट जॉनसन का क्या माजरा है?

रोकडे : (*चौंककर*) किसका?

सामन्त : वह जो कह रहे थे प्रेसीडेंट जॉनसन या...

रोकडे : वह!

सामन्त : यानी सचमुच प्रेसीडेंट जॉनसन यहाँ ...नहीं नहीं...वे नहीं होंगे ...फिर क्या है यह सब...

रोकडे : सच वाले थोड़े ही। वह यानी यह कर्णिक।

[उसने तू कहा था इसलिए रोकडे भी उसे यह कहता है।]

सामन्त : प्रेसीडेंट जॉनसन!

रोकडे : (*कुछ याद कर श्रीमती काशीकर से*) मैडम, लेकिन प्रो. दामले अभी तक नहीं आये हैं।

[श्रीमती काशीकर से बात करती बेणारे एकदम ख़ामोश बुत जैसी हो जाती है। वहाँ से खिसकती है तो ग़लती से पोंक्षे के पास जाती है। उससे यूँ ही ऊपरी तौर पर बतियाती रहती है लेकिन वह अनमना-सा]

श्रीमती काशीकर : अरे वे हमेशा की तरह देर से आयेंगे। हमारी गाड़ी से वे आ नहीं सकते थे। फ़ोन पर बताया था उन्होंने मुझे! वह यूनिवर्सिटी में कुछ सिंपोज़ियम या कुछ है न! उसमें व्यस्त हैं। मैंने दो बार उन्हें बताया था आने के लिए... बेणारे तुझसे मिले थे क्या?

बेणारे : (*पोंक्षे से बात करती हुई*) कौन?

श्रीमती काशीकर : प्रोफ़ेसर दामले?

बेणारे : नहीं तो!

[फिर पोंक्षे से बात करने लगती है। वह गुमसुम! रिस्पॉन्स नहीं देता।]

रोकडे : (*सामन्त से पूछकर श्रीमती काशीकर से*) पर मैडम अब गाड़ी रात के नौ बजे यहाँ पहुँचेगी—यह सामन्त कहता है। उस गाड़ी से तो लेट होंगे न?

पोंक्षे : (*बीच में ही*) उस...आपकी उस सहेली का क्या हुआ? वह मुसीबत में फँसी हुई...मुझसे शादी करने जिसे ढूँढ़ा था आपने वह...

[बेणारे परेशान! जल्दी-जल्दी सामन्त के पास जाती है।]

श्रीमती काशीकर : उसके पहले एक गाड़ी थी न?
(*काशीकर से*) अजी बालू कहता है बीच में कोई गाड़ी नहीं है।

काशीकर : (*कर्णिक के साथ की बहस रोकते हुए*) किसके बीच?

रोकडे : यानी कार्यक्रम के पहले पहुँचने वाली गाड़ी नहीं है। यह सामन्त कहता है।

सुखात्मे : कार्यक्रम ख़त्म होने पर है न? बस फिर क्या?

काशीकर : सुखात्मे प्रोफ़ेसर दामले पहुँचेंगे कैसे? वे लेट होंगे। बीच में गाड़ी नहीं है।

कर्णिक : तो फिर वे आयेंगे ही नहीं। मैं कहता हूँ। प्रोफ़ेसर दामले हिसाब के पक्के हैं। लेट होने वाले हैं तो वे आना ही रद्द कर देंगे और आराम से घर में रहेंगे।

रोकडे : मैडम (*टेंशन में*) मैंने सब को कार्ड भेजे थे। हमेशा की तरह! सभी के साथ उन्हें भी! पता भी ठीक से लिखा था। मेरा कोई कसूर नहीं है।

काशीकर : यह एक मुसीबत ही है।

सुखात्मे : उसमें कौन-सी बड़ी बात है? आप चिन्ता मत कीजिए।

काशीकर : चिन्ता क्यों न करूँ? वी ओ समथिंग टु द पीपल, सुखात्मे! कार्यक्रम यानी कोई मज़ाक नहीं!

पोंक्षे : (*काशीकर के पास आकर*) क्या हुआ?

श्रीमती काशीकर : (*सुखात्मे से*) अब आरोपी का वकील कौन?

सुखात्मे : डोंट वरी! आज के दिन मैं सरकारी वकील के साथ वह भी काम करूँगा। उसमें क्या है! मैं पक्का वकील हूँ। कोई कमी नहीं रहेगी। मुझ पर सौंप दीजिए। चिन्ता मत कीजिए।

कर्णिक : मेरी राय में वह ज़्यादा ड्रामेटिक होगा।

पोंक्षे : बिल्कुज (*पाइप से कश खींचता है।*)

बेणारे : बिल्कुल!

[पोंक्षे गुस्से से देखता है।]

रोकडे : (*सामने काग़ज़ रख उस पर लिखा पढ़ता है*) और चौथा साक्षी! सुखात्मे साहब! वह भी नहीं है! रावते फ्लू से बीमार है। हमने तय किया था कि यहीं से किसी को खड़ा करेंगे।...(*श्रीमती काशीकर की ओर देखकर सुधारता है।*)

हमने...मतलब आपने...

सुखात्मे : यहाँ का...यानी...

रोकडे : (*साहस से*) मैं करूँ वह रोल? मेरा मामूली काम कोई भी करेगा! मुझे तो लाइनें भी याद हैं...उस चौथे गवाह की लाइनें...

कर्णिक : आय अपोज़! चोबदार हुआ तो क्या! वह कैरेक्टर आसान नहीं है। लाइनें नहीं तो क्या! यूँ किसी को खड़ा कर नहीं होगा! रोकडे तेरा काम तू ही कर!

रोकडे : लेकिन एक दिन मैंने वह दूसरा रोल किया तो...क्या होगा?

काशीकर : नहीं...!

श्रीमती काशीकर : बालू जब वे मना कर रहे हैं तो मत कर (*बालू पीछे हटता है*) लेकिन चौथा गवाह कौन होगा?

सुखात्मे : (*सामन्त को घूरते हुए*) आय नो! यह देखिए चौथा गवाह। (*सामन्त की ओर निर्देश*)।

सामन्त : (*हड़बड़ाकर*) क्या हुआ?

पोंक्षे : (*पाइप का कश खींचते हुए*) नॉट बैड।

काशीकर : (*सामन्त से*) क्यों सामन्त! आपने कभी नाटक में काम किया है?

सामन्त : नहीं! कभी नहीं। क्यों? क्या हुआ?

श्रीमती काशीकर : आप चौथे गवाह होंगे? ऐ बेणारे! (*वह आती है।*) तुझे कैसे लगते हैं ये चौथे गवाह के रूप में?

बेणारे : ये न? नॉट बैड यानी बढ़िया लगते हैं!

[सामन्त सकुचाता है। बेणारे हँसती है।]

गवाह के रूप में कहती हूँ मैं! चौथा गवाह!

सुखात्मे : मिसेज़ काशीकर, कर्णिक, पोंक्षे डोंट वरी। मैंने कहा है न कि मैं सँभालूँगा। उसमें क्या! मैं तैयारी करा लूँगा। हाँ मिस्टर...आप कौन?

सामन्त : रघु सामन्त।

सुखात्मे : मिस्टर सामन्त, आज की हमारी इस नक़ली अदालत में हमने आपको चौथा साक्षी बनाया है।

सामन्त : (*उलझन में*) मुझे सचमुच कुछ पता नहीं है।

श्रीमती काशीकर : आपने अदालत देखी है?

सामन्त : ज़िन्दगी में कभी कहीं देखी।

कर्णिक : और नाटक?

सामन्त : बिल्कुल नहीं! ऐसा कोई नाटक यहाँ कभी खेला ही नहीं गया।

सुखात्मे : अच्छा ही हुआ कि इन्होंने कभी नाटक में अदालत नहीं देखी। कम-से-कम नाटकों की अदालत के बारे में इनकी राय ग़लत तो नहीं हो सकती।

कर्णिक : कुछ ही नाटकों की अदालत के बारे में...ऐसा कहिए।

सुखात्मे : मिस्टर सामन्त, मैं कार्यक्रम के पहले ही आपको एकदम सब समझा दूँगा! गवाह को पढ़ाना किसी वकील के लिए बायें हाथ का खेल है।

[हँ। हँ। हँ कर वकीली हँसी हँसता है।]

सामन्त : मुझे इन चीज़ों की आदत नहीं है और कोर्ट-कचहरी के नाम से ही डर लगता है।

श्रीमती काशीकर : मैं क्या कहती हूँ...सामन्त को लेकर हम एक रिहर्सल ही कर लेंगे न! (*काशीकर से*)

अजी सुनते हैं? (*उनका ध्यान नहीं है अतः बेणारे से*) क्यों बेणारे?

बेणारे : हाँ! मुझे किसी बात पर आपत्ति नहीं है। वैसे भी रात के कार्यक्रम तक क्या करें यह सवाल है ही और आज तो मैं पढ़ने के लिए किताब लाना ही भूल गयी।

सामन्त : मेरे पास हैं किताबें! चाहें तो दूँ? सूर्यकान्त फातरफेकर का नया एक सौ पाँचवाँ उपन्यास भी है।
यह देखिए (*निकाल कर दिखाता है*) काफ़ी अच्छे होते हैं उनके उपन्यास।

बेणारे : नहीं

सुखात्मे : क़सम लेने बाइबल और गीता हैं हमारे पास। पढ़ने के लिए चाहिए आपको इसीलिए सुझाता हूँ। क्यों रोकडे? बाइबल और गीता लाये हो न? या भूल गये?

रोकडे : (*दुखी होकर*) नहीं! हाँ हैं। चाहे तो दिखाता हूँ। (*पर दिखाता नहीं। दिखाने-ढूँढ़ने का नाटक करता है।*)

बेणारे : अभी ये पढ़ने की आयु नहीं हुई है मेरी वकील साहब!

काशीकर : फिर क्या 'रमणीय कथा' जैसी पत्रिकाएँ पढ़ती हैं आप, है न? हमारी श्रीमती जी पढ़ती हैं इसलिए पूछ रहा हूँ! मज़ेदार होती हैं। पर क्या करें? हमारे सोशल वर्क में सिवाय उसके सीन देखने के अलावा और पढ़ने के लिए समय कहाँ मिलता है हमें?

श्रीमती काशीकर : (*लजाकर*) ई ई...। कुछ भी!

काशीकर : (*क्रोध से*) उसमें शऽऽ करने लायक क्या है? कुछ झूठ कहा मैंने?

[श्रीमती काशीकर का चेहरा उतर जाता है।]

कर्णिक : रिहर्सल का आइडिया मुझे पसन्द है। सिर्फ़ कोई सिगार के चार-पाँच पैकेट ला दे तो बहुत अच्छा होगा। बीच में बाहर जाकर लाने का झंझट न रहे।

पोंक्षे : (*पाइप का कश खींचते हुए*) आई डोंट माइंड!

सामन्त : (*रोकडे से*) तो फिर ठीक है। वह क्या है कि पहले से ही सब देखा-सुना होगा तो फिर संकोच नहीं होगा। क्यों?

[रोकडे कोई रिस्पॉन्स नहीं देता]

बेणारे : मैं कुछ कहूँ? क्या है कि रात में जो हम अण्वस्त्र पर आधारित नाटक खेलने जा रहे हैं न, वह पिछले तीन

महीनों में सात बार खेल चुके हैं। अब और एक बार ...फिर रात में...ऐसा करेंगे तो रात का खेल कुछ ठीक से नहीं होगा...

सुखात्मे : आय एग्री विद मिस बेणारे! अब मैं एक कल्पना सुझाता हूँ। देखिए! जँचती है क्या! हम जब बार रूम में खाली बैठते हैं तो सभी वकील मिलकर रमी, पेशन्स, वरना और एक खेल खेलते हैं—जस्ट टाइमपास। दैट्स ऑल! एक काल्पनिक मुकदमा किसी पर गढ़ने का। क्यों न वैसा करें? काल्पनिक मुकदमा। सामन्त को अदालत के कामकाज के बारे में पता चलेगा और हम सबका समय अच्छा कटेगा! क्यों मिस्टर काशीकर? आप मंज़ूरी देते हैं?

काशीकर : ठीक है। सामाजिक क्षेत्र में काम करने वाले को ज़्यादा हठवादी रहना नहीं आता। पब्लिक के साथ रहना पड़ता है। तभी जो चाहिए वह किया जा सकता है।

कर्णिक : (*रोमांचित होकर*) थ्री चियर्स फॉर दिस न्यू आइडिया। हमारे ड्रामा टेक्नीक में इसे विजुअल इनएक्टमेंट कहते हैं। पिछले साल सरकारी नाट्य शिविरों में गया था न! उनमें देखा है यह!

सुखात्मे : सरल बातों को इतने बोझिल नामों से क्यों घायल करते हैं आप? यह एक खेल है। बस सिर्फ़ खेल! क्यों मिस बेणारे?

बेणारे : खेल की बात आपने छेड़ी है इसलिए कहती हूँ—मैं तो लड़कियों का लँगड़ाते हुए एक-दूसरे को पकड़ने का खेल भी खेलने को तैयार हूँ। मैं बच्चियों में भी खेलती हूँ। मज़ा आता है।

पोंक्षे : ऑल राइट! वी प्ले! मिस्टर सामन्त, चौक से सिगरेट के पैकेट्स लायेंगे क्या, प्लीज़? मुझे कैप्स्टन सिगरेट चाहिए। ये लीजिए पैसे! (*पैसे देता है।*)

श्रीमती काशीकर : पोंक्षे, आप क्यों पैसे देते हैं? सामन्त उनके पैसे वापस दीजिए। हम यह ख़र्चा कार्यक्रम के हिसाब में दिखायेंगे और वैसे भी हमें सामन्त को अदालत दिखानी है।

उसका ख़र्चा है यह! (*पर्स से नोट निकालकर*) सामन्त, यह लीजिए। सबको जो-जो पैकेट्स चाहिए, ला दीजिए। आधा दर्जन लाइए। और हाँ, पान भी लेकर आइए। अच्छा-सा मसाला पान! हाँ-हाँ खाने का पत्ता।

[सभी उसे अपना-अपना ऑर्डर देते हैं। सुखात्मे मगही पान मँगवाता है।]

सामन्त : (*पैसे लेकर जाते हुए वापस लौटकर कहता है*) हाँ, लेकिन मेरे आने के पहले शुरू मत करना! मैं यूँ गया और यूँ आया। (*जाता है।*)

बेणारे : बेचारा! मैं भी अभी आती हूँ।

[बास्केट से साबुन, नैपकिन लेकर गुनगुनाती भीतर जाती है।]

श्रीमती काशीकर : बालू, चल कोर्ट का सीन खड़ा कर! (*बालू काम पे लग जाता है।*)

कर्णिक : ऐ पोंक्षे तनिक इधर आओ! (*सुखात्मे और अन्यों से*) कास्ट रात का ही रखें? यानी जज, वकील आदि?

सुखात्मे : ओ यस! बाय ऑल मीन्स! उसमें परिवर्तन क्यों करें? वकील मैं ही होता हूँ।

श्रीमती काशीकर : कम-से-कम मुजरिम तो बदल दीजिए। क्यों कर्णिक?

कर्णिक : ना। उसकी ज़रूरत नहीं। (*पोंक्षे से*) यू नो वन थिंग पोंक्षे?

पोंक्षे : व्हाट?

कर्णिक : (*भीतर इशारा कर*) उसके बारे में... मिस बेणारे के बारे में, रोकडे टोल्ड मी।

पोंक्षे : व्हाट?

कर्णिक : अभी नहीं। रात के कार्यक्रम के बाद याद दिला मुझे।

पोंक्षे : मैं भी कुछ बताने वाला हूँ मिस बेणारे के बारे में मुझसे पूछोगे तो मुजरिम दूसरा ही हो तो अच्छा...

काशीकर : उतना ही कुछ नया मनोरंजन...

श्रीमती काशीकर : हाँ तो वही!

काशीकर : वही क्या? ज़रा आप खुद को लगाम दीजिए! कुछ बोलना ही बेकार है...

[**श्रीमती काशीकर चुप हो जाती हैं।**]

सुखात्मे : आय डोंट माइंड—मुजरिम...हाँ, मुझे लगता है वाय नॉट रोकडे?

[**रोकडे ख़ुश होता है।**]

रोकडे : हाँ मैं तैयार हूँ।

पोंक्षे : छीः, बिल्कुल नहीं। मैं भी कुछ बताऊँगा...बेणारे के बारे में।

कर्णिक : मैं मुजरिम बनता हूँ।

काशीकर : मेरी राय में करना ही है तो यूँ ही फालतू खेल मत करो। मैं...मुझे मुजरिम कीजिए।

सुखात्मे : हाँ मुझे ही कीजिए मुजरिम...।

कर्णिक : यानी सारा श्रेय इन्हीं को! वकील भी वे! मुजरिम भी वे!

पोंक्षे : (*पाइप के साथ*) कंसीडर मी देन। (*ज़बर्दस्ती नहीं लेकिन यदि चल सकता है तो...आय एम गेम!*)

रोकडे : (*मिसेज़ काशीकर से*) मैडम मैं क्यों नहीं फिर?

श्रीमती काशीकर : मैं बनूँ क्या?

काशीकर : नहीं! (श्रीमती काशीकर चुप रहती हैं।)
चार लोगों में शामिल होने का मौक़ा क्या मिला कि लगीं आगे-आगे घूमने!

श्रीमती काशीकर : (*उदास होकर*) ठीक है! नहीं करती मैं कुछ। अब ख़ुश?

सुखात्मे : सभी बातें ख़त्म करो! काशीकर, मुजरिम बिल्कुल अलग ही होगा। क्यों? मिस बेणारे कैसी रहेंगी मुजरिम के रूप में! क्यों पोंक्षे? चॉइस कैसा है?

पोंक्षे : ठीक है।

सुखात्मे : क्यों श्रीमती काशीकर? यूँ ही झगड़ा न हो!

श्रीमती काशीकर : आप कहते हैं तो ठीक ही है।
औरत पर मुकदमा कैसे चलता है वह देखने को मिलेगा! (*आदत से 'क्यों जी?' काशीकर से कहती है।*) देखना चाहिए, है न?

काशीकर : (*व्यंग्य से*) हाँ तो! जैसे सुप्रीम कोर्ट में कोई आपको जज करने वाला है!

श्रीमती काशीकर : वह बात नहीं है।

सुखात्मे : वैसा कोई फ़र्क़ नहीं होता। लेकिन महिला पर मुकदमा यानी रंग ही कुछ और हो जाता है। अपना अनुभव है यह। क्यों मिस्टर कर्णिक?

कर्णिक : ठीक है। मैं टीम के साथ हूँ। मैं टीम स्पिरिट को तूल देता हूँ।

श्रीमती काशीकर : तो तय हुआ? अभी के लिए मुजरिम हैं बेणारे! लेकिन इल्ज़ाम क्या है?

काशीकर : कुछ सामाजिक...वह भी तूल देने वाला महत्त्वपूर्ण इल्ज़ाम होना चाहिए।

पोंक्षे : ठीक है। (*उठकर*) श्श...(*चुपके से*) मेरे पास एक आइडिया है। सब इधर आओ...कम ऑन, आ जाओ जल्दी...

[उन्हें कुछ प्लान बताता है इशारों से! बीच-बीच में भीतर जहाँ बेणारे गयी है वहाँ झाँककर, देखकर कुछ बताता है।]

काशीकर : रोकडे, अभी तक कोर्ट अरेंज नहीं हुआ।

रोकडे : (*जल्दबाजी करते हुए*) हाँ हो ही गया!

कर्णिक : रोकडे, मैंने ग्राउंड प्लान तैयार कर दिया है। कहाँ कौन-सी प्रॉपर्टी रखनी है वह...

रोकडे : (*गुस्से से*) मैं वह आपकी नाटक वाली भाषा नहीं समझता। उसकी आदत नहीं है मुझे।

[सभी अदालत की स्टाइल से फर्नीचर रखते हैं। पोंक्षे सबसे ज़्यादा दौड़-धूप करता है। काशीकर देख-देख कर सूचनाएँ देता है। पोंक्षे की सूचना के कारण बेणारे का पर्स मंच पर से उठाकर रोकडे बायीं ओर के स्टूल पर रखता है और कोर्ट सीन बन जाता है। पोंक्षे-काशीकर भीतरी कमरे के दरवाज़े के पास जाकर खड़े हो जाते हैं। बाकी सब बायीं तरफ़ की विंग में जाते हैं।]

काशीकर : (*विंग में जाने वालों से*) मैं इशारा करूँगा—

[बेणारे नैपकिन से चेहरा पोंछते हुए आती है। फ्रेश है। गुनगुनाती है।]

बेणारे : (*दायीं ओर मंच के सामान में अपने बास्केट में नैपकिन, साबुन आदि रखते हुए गुनगुनाती है।*)
चिड़िया से फिर तोता पूछे,
'क्यों री तेरी आँखें गीली?'
'क्या कहूँ रे तुझसे मैं
कौन ले गया घरौंदा मेरा?
च्यूँ च्यूँ च्यूँ च्यूँ चऽर...'

पोंक्षे : (*भीतरी कमरे से बाहर मंच पर आने वाले कमरे के दरवाज़े से आकर बेणारे के सामने खड़ा होता है।*) मिस लीला बेणारे! एक अत्यधिक गम्भीर इल्ज़ाम के तहत आपको क़ैद किया जाता है और मुजरिम के कठघरे में अदालत में पेश किया जाता है।

[बेणारे वहीं के वहीं सिहर जाती है। शरीर सिकुड़ता है। दिमाग़ काम नहीं करता। सकते में आ जाती है। वह उसी की ओर देखता रहता है। वह कंघी लेने हेतु पर्स ढूँढ़ती है और पर्स ढूँढ़ते-ढूँढ़ते बायीं ओर के विंग के पास जाती है। स्टूल पर रखा पर्स उठाती है। अब तक काशीकर मंच पर न्यायाधीश की कुर्सी पर आसीन हो गये हैं। बायीं ओर के विंग के लोगों को इशारा करते हैं। कर्णिक और रोकड़े चुपचाप मुजरिम का कठघरा लाकर बेणारे को घेरते हैं। सुखात्मे वकील का काला गाउन पहने हुए बायें विंग से आता है वकील की कुर्सी पर बैठ जाता है। अन्य सभी अपनी-अपनी जगहों पर चले जाते हैं। दरवाज़े से सामन्त आ जाता है।]

काशीकर : (*गला साफ़ करते हुए*) मुजरिमा मिस बेणारे, इण्डियन पीनल कोड की धारा 302 के अन्तर्गत आप पर भ्रूण हत्या का इल्ज़ाम है। आपको मंज़ूर है या नामंज़ूर?

[बेणारे सन्न-सी। सकते में। वातावरण गम्भीर घुटन युक्त।]

(पर्दा गिरता है।)

दूसरा अंक

[वही कक्ष। प्रथम अंक की समाप्ति पर जो स्थिति थी वही इस अंक के आरम्भ में]

काशीकर : (*न्यायाधीश के रोब में बैठे हैं*) आरोपी मिस बेणारे इंडियन पीनल कोड की धारा तीन सौ दो के तहत आप पर जो आरोप लगाया गया है—भ्रूण हत्या का आरोप क्या आपको मंजूर है या नामंजूर?

[वातावरण गम्भीर। बेणारे कुर्सी के सहारे खड़ी है।]

सामन्त : (*दरवाज़े पर खड़ा। धीमी आवाज़ में कर्णिक से*) ये लीजिए मसाला पान और सिगरेट के पैकेट्स।

[गम्भीरता सहसा लुप्त हो जाती है।]

श्रीमती काशीकर : मुझे मसाला पान!

कर्णिक : मुझे विल्स का पैकेट!

पोंक्षे : सामन्त, यहाँ स्पेशल पान!

सुखात्मे : मुझे एक पान, चल हटा धागा बीड़ी। काशीकर आपको?

काशीकर : मसाला पान!

[रोकडे सामन्त से पान लेकर काशीकर को देता है।]

रोकडे : (*अदब से, काशीकर से*) कत्था निकाल दिया है।

सुखात्मे : (*बेणारे से*) हैव इट मैडम। पान है।

बेणारे : (*कुर्सी पर बैठी हुई*) अं? हाँ...नहीं। नहीं चाहिए। थैंक्यू...

सुखात्मे : इतनी गम्भीर क्यों हुईं आप? आफ़्टर ऑल दिस इज़ जस्ट अ गेम। खेल है बस! इतनी सीरियस क्यों हो गयीं आप?

बेणारे : (*हँसने की कोशिश करती हुई*) कौन? मैं और सीरियस? मैं एकदम लाइट मूड में हूँ। कोर्ट का एटमॉसफिअर

क्रिएट करने के लिए थोड़ी सीरियस हो गयी थी बस। ऐसे मुकदमे से मैं क्यों डरूँ भला?

सामन्त : (*कर्णिक का दिया हुआ सिगरेट सुलगाकर कर्णिक से*) अब जो था वह मज़ाक था? सही में न?

कर्णिक : (*कश खींचते हुए*) कैसा मज़ाक?

सामन्त : नहीं। वह कुछ आरोप की बात कर रहे थे काशीकर साहब...लेकिन ठीक से समझा नहीं! इसीलिए पूछ रहा था। हम देहाती लोग हैं न!

सुखात्मे : अभी-अभी जन्मा हुआ बच्चा मारने का आरोप...

सामन्त : उफ़! यह भयावह आरोप है। हमारे गाँव में बिल्कुल ऐसा ही हुआ था। डेढ़ साल पहले। बेचारी विधवा थी।

सुखात्मे : हाँ क्या? वकील कौन था? काशीकर!

क्या इल्ज़ाम लगाया आपने! एवन आरोप! ऐसा ही कुछ सनसनीखेज आरोप ना हो तो मुकदमे में कोई मज़ा नहीं आता।

काशीकर : पर सामाजिक दृष्टि से भी इस आरोप का महत्त्व है। यह बात आपकी समझ में आयी क्या सुखात्मे? भ्रूण हत्या सामाजिक दृष्टि से अहम् प्रश्न है। मैंने जानबूझकर यह आरोप चुना। हमारी हर बात में समाज हित का विचार झलके बिना कैसे रहेगा? बेणारे मैडम! नाऊ कम ऑन! रोकडे मेरा हथौड़ा कहाँ है? (*रोकडे अदब से हथौड़ा देता है।*) अभी ना भी देता तो चलता! मैं सिर्फ़ देख रहा था कि तू लाया है या नहीं। (*हथौड़ा पटक कर*) नाऊ टू बिज़नेस। चलिए सुखात्मे! स्टार्ट कीजिए। अधिकस्य अधिकम् फलम्। मेरी कनखोदनी कहाँ है! (जेब से निकालकर रखता है सामने!)

सुखात्मे : (*वकील का गाउन फहराते, पान चबाते हुए*) मिलॉर्ड, अदालत की अगली कार्यवाही सुचारू चले इसलिए मैं कोर्ट से विनती करता हूँ कि पाँच मिनट की अवधि दी जाये ताकि सम्बन्धित सभी लोग अपने-अपने मुँह के पान का पीक थूक सकें।

काशीकर : *(रोब से, न्यायमूर्ति की तरह पान का टुकड़ा जिह्वा से बाहर उड़ाते हुए)* इस सन्दर्भ में आरोपी के वकील उनका कहना अदालत के सामने रखें।

सुखात्मे : *(फ़ौरन आरोपी के वकील की जगह जाते हुए)* मिलॉर्ड, सरकारी वकील की इस सूचना का हम विरोध करते हैं। पान का पीक थूकने के लिए दस सेकेंड पर्याप्त हैं। सरकारी वकील पाँच मिनट की अवधि चाहते हैं इसका मतलब इतने समय में वे मेरी मुवक्किल को कुछ ख़तरनाक, पीड़ादायक हानि पहुँचाना चाहते हैं। अतः मेरी मुवक्किल चाहती है कि उन्हें सिर्फ़ दस सेकेंड की ही अवधि दी जाये।

बेणारे : *(बेताबी से)* नहीं उन्हें साढ़े नौ सेकेंड की ही अवधि दी जाये।

काशीकर : बेणारे जी, अदालत में आरोपी बीच-बीच में नहीं बोल सकता। सामन्त का ठीक है लेकिन आपको भी अदालत के एटिकेट्स नये सिरे से समझाने होंगे क्या? *(कर्णिक को बुलाकर)* क्लर्क ऑफ़ दी कोर्ट! प्रस्तुत किये गये मुद्दों के बाबत कोर्ट की परम्परा पर तनिक प्रकाश डालिए।

कर्णिक : *(मुँह से सिगार हटाकर धुँआ छोड़ते हुए)* पान खाकर कामकाज करने का कोर्ट का चलन न होने के कारण इस सन्दर्भ में कोई परम्परा नहीं बनी है। उसमें भी न्यायमूर्ति का पान चबाना पहली बार हो रहा है। यह अद्भुत है, मिलॉर्ड।

काशीकर : आरोपी का वकील क्या सिद्ध कर सकता है कि दस सेकेंड में पीक थूकी जा सकती है?

सुखात्मे : बाय ऑल मीन्स *(बाहर जाकर थूकता है और दरवाज़ा बन्द कर)* एग्ज़ेक्टली टेन सेकेंड। मिलॉर्ड।

काशीकर : वी मस्ट सी फॉर अवरसेल्व्ज! *(उठकर चले जाते हैं।)*

बेणारे : *(उसाँस छोड़ते हुए)* यह न्यायालय है या पान थूकने की प्रतियोगिता? क्यों कर्णिक?

[कर्णिक ध्यान नहीं देता]

सामन्त : (*कर्णिक से*) असली अदालत में ऐसा चलता है क्या? मज़ेदार है!

कर्णिक : (*सिगरेट का धुआँ फैलाते हुए*) श्श...श्श! चुप! कोर्ट की बेअदबी होगी। सिर्फ़ देखते रहिए।

[पोंक्षे को आँख से इशारा करता है।]

काशीकर : (*लौटकर*) क्लर्क ऑफ़ दी कोर्ट कितना समय लगा?

कर्णिक : (*घड़ी देखकर*) क्या पता?

श्रीमती काशीकर : मैं बताती हूँ। पन्द्रह सेकेंड।

सुखात्मे : (*सरकारी वकील की भूमिका में, विजयोल्लास से*) देअर! नॉट टेन बट फुल फिफ़्टीन सेकेंड्स। दैट इज़ वन फोर्थ मिनट! पाव मिनट! हमने कहा उतना ही समय! मिलॉर्ड!

काशीकर : (*गम्भीरता से*) यस। पान की पीक थूकने के प्रैक्टिकल में अदालत का आधा मिनट से ज़्यादा समय बरबाद हुआ है। अतः अदालत और अधिक देर तक कामकाज खण्डित नहीं कर सकती। अदालत यह गम्भीर निर्णय सुनाती है। निजी तौर पर, कोर्ट के कामकाज में व्यवधान उपस्थित न हो इस तरह हर कोई पीक थूककर आ सकता है।

पोंक्षे : (*उठकर*) हिअर हिअर।

काशीकर : (*हथौड़ा ठोककर*) सायलेन्स! सायलेन्स मस्ट बी ऑब्ज़र्व्ड!

श्रीमती काशीकर : (*सामन्त से*) सामन्त यह सब यानी पान थूक सब मज़े में, हँसी मज़ाक में चल रहा है। आप स्टाइल देखिए! हर बात के लिए अदालत की परमिशन लेनी पड़ती है। वह महत्त्वपूर्ण है। रात में गड़बड़ मत करना।

सामन्त : (*उत्साह से*) नहीं। देख रहा हूँ ध्यान से! लेकिन...

काशीकर : (*हथौड़ा पटककर*) सायलेन्स मस्ट बी ऑब्ज़र्व्ड ह्वेन कोर्ट इज़ इन सेशन। घर में वही। यहाँ भी वही!

श्रीमती काशीकर : लेकिन मैंने तो सिर्फ़ सामन्त से...

सुखात्मे : जाने भी दो मैडम! वे मज़ाक कर रहे हैं।

श्रीमती काशीकर : तो क्या हुआ? हरदम सिर्फ़ डाँट!

[उदास होती है]

बेणारे : (*ऊब गयी है। चोबदार रोकड़े से धीमी आवाज़ में*) ऐ बालूऽऽ!

रोकडे : (*गुस्से में*) मुझे बालू मत कहिए!

काशीकर : (*गला साफ़ कर, हथौड़ा पटक कर*) नाऊ बैक टू भ्रूण हत्या! आरोपी मिस लीला बेणारे आप पर लगाया गया आरोप आप स्वीकारती हैं या नहीं?

बेणारे : यदि ऐसा इल्ज़ाम आप पर लगाया जाये तो आप स्वीकारेंगे?

काशीकर : (*हथौड़ा पटक कर*) ऑर्डर-ऑर्डर! किसी भी हालत में कोर्ट का सम्मान बरकरार रहना चाहिए।

बेणारे : या भ्रूण हत्या का कामकाज? छीः! मुझे तो यह शब्द ही पसन्द नहीं। भ्रूण हत्या। इससे तो अच्छा होगा कि आप मुझ पर... अं...हाँ... सार्वजनीन सम्पत्ति के अपहरण का आरोप थोपिए। अपहरण करते ही उपहार, अल्पोहार जैसा लगता है।

श्रीमती काशीकर : नहीं जी! मुझे ऐसा नहीं लगता! जो इल्ज़ाम लगाया गया है वह कुछ बुरा नहीं है।

बेणारे : (*कुर्सी पर हाथ पटक कर*) ऑर्डर-ऑर्डर!
कोर्ट का आदर-सम्मान रखना चाहिए। घर में। यहाँ भी! (*वकीली अदा में*) मिलॉर्ड, कोर्ट के परिवार को सख़्त ताकीद दी जाये। परिवार ने कभी भ्रूण हत्या या सार्वजनीन सम्पत्ति का अपहरण नहीं किया है।

श्रीमती काशीकर : बेणारे बस भी करो।

बेणारे : (*चोबदार रोकड़े को धीमे से*) ऐ बालू (*वह होंठ भींचता है।*)

सामन्त : (*श्रीमती काशीकर से, उत्साह में*) वाह! बेणारे मैडम कमाल कर रही हैं।

पोंक्षे : (*गम्भीरता से*) कई मामलों में।

काशीकर : मुजरिमा मिस बेणारे, आप वकील के अधिकार अपने हाथों में ले रही हैं। अदालत की कार्यवाही में रुकावट पैदा कर रही हैं। इसलिए आपको ताकीद दी जा रही है।

बेणारे : (*अपनी जगह से उठकर उसके सामने जाकर उसे पान ऑफ़र करती है।*) थैंक्स! इसलिए आपको मसाला पान दिया जाता है।

कर्णिक : यही! यही है वह बात! कुछ भी सीरियसली लेना ही नहीं तो बात ही ख़त्म! मैडम! सामन्त जी की समझ में आये इसलिए तो कम-से-कम अदालत के कानून से चलिए। बी सीरियस।

सुखात्मे : अन्यथा खेल का बच्चों का खेल हो जायेगा! सीरियसनेस चाहिए।

बेणारे : (*अपनी जगह आकर*) नाऊ बैक टू भ्रूण हत्या! मिलॉर्ड ग़लती हुई। मुजरिम को न्यायमूर्ति के प्रति इतना आदर दिखाने की कोई ज़रूरत नहीं है। मुझे आरोप मंज़ूर नहीं है। मैंने कभी तिलचट्टे को भी नहीं मारा। तो भ्रू...ण हत्या कैसे करूँगी? हाँ! वैसे स्कूल की एक छात्रा पर आज गुस्सा किया था! मतलब ज़रा पीटा उसे। क्या करूँ? लड़कियाँ सुनती ही नहीं।

काशीकर : शपथ लेने वाला ग्रन्थ? रोकडे!

[रोकडे जल्दी से मोटा-सा ग्रन्थ निकाल कर स्टूल पर रखता है।]

और गवाह का कठघरा?

[रोकडे लाने जाता है।]

श्रीमती काशीकर : (*सामन्त से*) इसके बाद सरकारी भाषण! यानी सरकारी वकील का भाषण!

सुखात्मे : (*दोनों कुर्सियों पर पैर फैलाकर, दोनों हाथ सिर के पीछे रखकर सुस्ता रहा था। अब मशीन की तरह उठकर यान्त्रिकता से*), मिलॉर्ड मुजरिमा पर लगाये गये आरोप का स्वरूप (*कर्णिक की सिगार की तरह बीड़ी सुलगाकर धुआँ फैलाते हुए*) महाभयावह है। मातृत्व मंगलमयी होता है...

बेणारे : आपको कैसे पता? (*सभी के चेहरे घूरकर*) ऑर्डर-ऑर्डर (*पोंक्षे खीजकर भीतर के कमरे में जाता है।*)

काशीकर : मुजरिमा मिस बेणारे! कोर्ट की कार्यवाही में रुकावट डालने हेतु आपको फिर से आगाह किया जाता है। ॲटर्नी फॉर द स्टेट, कंटिन्यू कीजिए।

सुखात्मे : मातृत्व पावन होता है। मातृत्व के पीछे हमारी वो... महान है...उदात्तता! स्त्री को हमने जगत् जननी माना है। हमारी संस्कृति उसकी हमेशा पूजा करती है। हम अपने बच्चों को 'मातृ देवो भव' सिखाते हैं। माता पर बड़ा उत्तरदायित्व होता है। जिसे वह समय आने पर प्राणों की आहुति देकर भी निभाती है। अपने बच्चे की परवरिश करती है...

काशीकर : आप एक बात भूल गये...'जननी जन्मभूमिश्च स्वर्गादपि गरीयसी'—संस्कृत में सुभाषित है।

श्रीमती काशीकर : (*उत्साह से*) और वह कविता है न...'माँ तेरे उपकार महान...'

बेणारे : ऑर्डर-ऑर्डर! यह स्कूल के निबन्ध में लिखा जाता है। (*व्यंग्य से ज़बान दबाती है।*)
मुजरिमा मिस बेणारे! कोर्ट के अधिकार अपने हाथ में लेने के कारण आपको पुनः सूचित किया जाता है।

[हथौड़ा ठोकने का नाटक]

सुखात्मे : आय एम डीपली ग्रेटफुल मिलॉर्ड फॉर योर एडिशन। सारांश यह कि स्त्री क्षण भर के लिए पत्नी और अनन्त काल के लिए माता है।

[सामन्त तालियाँ बजाता है।]

श्रीमती काशीकर : अब चलेगा लेकिन रात के कार्यक्रम में ऐसा मत करना।

सामन्त : जी! वह क्या है कि रहा नहीं गया। क्या वाक्य है—लाजवाब!

सुखात्मे : सच है। ऐसी स्थिति में यदि कोई स्त्री अपनी जायी सन्तान का गला घोंटे तो सभ्य नागरिक की हैसियत से हम क्या कहेंगे? इसके जैसा अधम, क्रूर और क्या होगा? मुजरिमा ने यही अधम काम किया है। यही हम प्रमाणों के आधार पर सिद्ध करने वाले हैं।

[रोकडे कठघरा लाता है।]

बेणारे : (*चिढ़ाती हुई*) ऐ बालू...

[वह खीजता है। पोंक्षे भीतर से आता है।]

सुखात्मे : हमारे पहले गवाह अन्तरराष्ट्रीय ख्याति प्राप्त वैज्ञानिक श्री गोपाल पोंक्षे हैं। पोंक्षे कैसा लगा? आपको सीधे अन्तरराष्ट्रीय स्तर तक पहुँचाया हमने। अं?

काशीकर : गवाह को कठघरे में लाया जाये! (*कान खुजलाता है।*)

[पोंक्षे गवाह के कठघरे में आता है। रोकडे ग्रन्थ उसके सामने करता है।]

पोंक्षे : (*ग्रन्थ का पन्ना पलट कर, फिर ग्रन्थ पर हाथ रखकर गम्भीरता से*) मैं जी. एन. पोंक्षे—ऑक्सफोर्ड इंग्लिश डिक्शनरी पर हाथ रखकर कसम से कहता हूँ जो कहूँगा सच कहूँगा, झूठ नहीं!

[बेणारे हँसती है।]

श्रीमती काशीकर : (*डाँटकर*) बालू गीता कहाँ है?

रोकडे : (*दीनता से*) भूल गया। ग़लती से डिक्शनरी लाया। (*खीजकर*) क्या-क्या याद रखूँ भला।

बेणारे : बेचारा बालू

रोकडे : (*गुस्से में*) मुझ पर तरस मत खाना। बताये देता हूँ।

काशीकर : (*हथौड़ा पीटकर*) एग्ज़ामिनेशन टू स्टार्ट

श्रीमती काशीकर : (*सामन्त से खुसफुस के स्वर में*) यह जाँच ज़रा ध्यान से सुनना

[सामन्त गर्दन हिलाता है।]

सुखात्मे : (*पोंक्षे के सामने जाकर*) आपका नाम?

पोंक्षे : जी. एन. पोंक्षे! आगे बढ़िए! इतनी बारीकी से रात में पूछना।

सुखात्मे : गवाह देने वाले पोंक्षे! आप मुजरिमा को पहचानते हैं?

बेणारे : (*पोंक्षे की स्टाइल में*) हूँ!

पोंक्षे : (*बेणारे की ओर देखकर*) अच्छी तरह से।

सुखात्मे : मुजरिमा के सामाजिक स्तर का वर्णन कीजिए।

पोंक्षे : टीचर! स्कूल मास्टरनी अम्मा!

बेणारे : (*ज़बान बाहर निकाल कर चिढ़ाकर*) अच्छी-ख़ासी जवान तो हूँ।

सुखात्मे : मुजरिमा शादीशुदा है या नहीं?

पोंक्षे : वह मुजरिमा से ही पूछिए।

सुखात्मे : लेकिन आपसे पूछने पर क्या बतायेंगे?

पोंक्षे : वैसे व्यावहारिक तौर पर अविवाहित।

बेणारे : (*बीच में ही*) और अव्यावहारिक तौर पर?

काशीकर : ऑर्डर-ऑर्डर! बेणारे मैडम! संयम! संयत होने का महत्त्व न भूलना!
(*सुखात्मे से*) यू मे कंटिन्यू! मैं अभी आया। (*उठकर भीतरी कमरे में जाते हैं।*)

श्रीमती काशीकर : (*सामन्त से*) ऐसा अभी चलेगा। रात में नहीं। तब सब कुछ सही-सही करना होगा।

सुखात्मे : (*स्वयं से*) ये मिस्टर काशीकर! इनको ऐन समय पर वह होता है जो नहीं होना चाहिए।
(*खुलकर*) गवाह नं एक पोंक्षे मुजरिमा का नैतिक चालचलन आपकी नज़र में कैसा है? आम अविवाहित स्त्री जैसा या...! आप इस ट्रायल को सीरियसली लीजिए।

बेणारे : लेकिन इन्हें कैसे पता होगा कि आम अविवाहित स्त्री का नैतिक चालचलन कैसा होता है।

पोंक्षे : (*ध्यान न देते हुए*) अलग

सुखात्मे : यानी?

पोंक्षे : मुजरिमा कुछ ज़्यादा ही...

सुखात्मे : ज़्यादा यानी...

पोंक्षे : यानी पुरुषों के पीछे ज़रा ज़्यादा ही।

बेणारे : (*चिढ़कर*) अ र...रे...बेचारा पुरुष...

सुखात्मे : यह कोर्ट की बेअदबी है मिस बेणारे!

बेणारे : कोर्ट उस कमरे में गया है। फिर इस कमरे में उसकी बेअदबी कैसे हुई? इस विधान का कोई मतलब ही नहीं है, सुखात्मे!
(*सामन्त दिल से हँसता है।*)

सुखात्मे : (*बेणारे से*) आपसे कुछ कहना ही व्यर्थ है। साक्षीदार पोंक्षे...

(*पोंक्षे कठघरे के बाहर खिसक कर कर्णिक से बात कर रहा है।*) नो बडी इज़ सीरियस।

[पोंक्षे कठघरे में खिसकता है।]

मिस्टर पोंक्षे क्या आप बता सकते हैं कि मुजरिमा का विवाहित या अविवाहित पुरुष के साथ किसी तरह का गहरा सम्बन्ध था? या है? (*बलपूर्वक*) विवाहित या अविवाहित पुरुष से?

बेणारे : (*बीच में ही*) हाँ जी! सरकारी वकील सुखात्मे से! और तो और न्यायमूर्ति के साथ भी!
और...हाँ पोंक्षे के साथ, इस...बालू के साथ और कर्णिक जी के साथ भी!

रोकडे : बेणारे 'मैडम'! महँगा पड़ेगा! पहले ही से कह देता हूँ।

पोंक्षे : हूँऽऽ! ऐसे बचपने के साथ यह बच्चों वाला खेल जारी रखने का कोई मतलब भी नहीं है? नो सेंस! सुखात्मे, नो बडी इज़ सीरियस! वे काशीकर उधर गये हैं। इनका ये क्या चल रहा है? मुझे तो कोई बात तक करने नहीं देता!

कर्णिक : हमारे नाटकों के रिहर्सल्स भी इससे सीरियसली किये जाते हैं।

श्रीमती काशीकर : बेणारे यह क्या है? तुम्हारे अकेले के कारण रात में कोई गड़बड़-घोटाला हुआ तो नहीं चलेगा। समझीं क्या?

बेणारे : मैं तो मुकदमा आगे बढ़ने में मदद कर रही हूँ।

[काशीकर भीतर से आकर आसनस्थ होते हैं।]

काशीकर : व्हाट हैपेन? कंटिन्यू मिस्टर सुखात्मे!
मेरी कनखोदनी किधर गयी?

बेणारे : मैं न! गाँव का चक्कर काटकर आती हूँ। आप मुकदमा चलाइए। भ्रूण हत्या! हूँ! गाँव में घूमूँगी तो खुली हवा मिलेगी।

कर्णिक : फिर तो हो गया काम तमाम!

श्रीमती काशीकर : अब मुकदमा पूरा हो जाने दीजिए न!
जो काम हाथ में लिया उसे पूरा करके ही छोड़ना चाहिए।

सामन्त : (*घबराकर श्रीमती काशीकर से*) यानी यहीं पर सब समाप्त? ख़त्म?

काशीकर : (*कनखोदनी मिलने पर*) हाँ मिल गयी! चलिए! हियरिंग टु कंटिन्यू! (*बेणारे को 'सबूरी' का इशारा करते हैं।*) सुखात्मे, अब क्या? क्यों रुके हैं?

सुखात्मे : आपकी कनखोदनी मिलने की राह देख रहा था। मिलॉर्ड, (*वकीली अदा से*) मिस्टर पोंक्षे।

(*कठघरे से बाहर आया पोंक्षे हड़बड़ाकर कठघरे में वापस जाता है।*) मुजरिमा के व्यवहार में आपको कभी कुछ खटका था क्या?

पोंक्षे : मुजरिमा के दिमाग़ में कुछ गड़बड़ी लगती थी। कई बार लगता था! यानी उनके बर्ताव का कोई मतलब ही समझ में नहीं आता था।

सुखात्मे : फॉर एग्ज़ाम्पल?

पोंक्षे : फॉर एग्ज़ाम्पल...एक बार उन्होंने मेरी शादी तय करने का...(*अभी भी देखिए। वे इस वक़्त पागलखाने की मरीज़-सी ज़बान निकालकर दिखा रही हैं!*)

[बेणारे झट् से जिह्वा भीतर खींचती है।]

सुखात्मे : (*महत्त्वपूर्ण मुद्दा मिलने की ख़ुशी में*) गुड!

अब आप जाकर अपनी जगह बैठ सकते हैं मिस्टर पोंक्षे—द ग्रेट साइंटिस्ट...। अवर नेक्स्ट विटनेस मिस्टर कर्णिक...द ग्रेट एक्टर!

[पोंक्षे कठघरे से बाहर आकर बेणारे की ओर देखते-देखते बैठ जाता है। कर्णिक नाटकीयता से आकर कठघरे में खड़ा हो जाता है।]

कर्णिक : आस्क!

सुखात्मे : कसम...नाम...धन्धा सब हुआ? हाँ तो मिस्टर कर्णिक, आप अभिनेता हैं?

कर्णिक : (*नाटकीयता साक्षीदार के आविर्भाव से*) यस! और इसका मुझे अभिमान है।

सुखात्मे : होने दीजिए। मिस्टर कर्णिक यू नो दिस लेडी? (*बेणारे की ओर निर्देश*)

कर्णिक : (*ओवर स्मार्ट बनते हुए देखता है*) यस सर, आय थिंक ...आय नो दिस लेडी...

सुखात्मे : थिंक यानी क्या मि. कर्णिक?

कर्णिक : थिंक यानी सोचना, लगना। आप चाहें तो डिक्शनरी में देखिए। यह यहाँ है डिक्शनरी।

सुखात्मे : (*अनजाने में डिक्शनरी की ओर जाने लगता है। फिर अपने आपको रोककर मुड़ता है।*) मीनिंग नहीं चाहिए मुझे! मिस्टर कर्णिक या तो आप इन्हें पहचानते हैं या नहीं। इसमें से सच क्या है? वह कहिए!

कर्णिक : (*कन्धे उचकाकर*) स्ट्रेंज! कभी लगता है कि हम पहचानते हैं लेकिन दरअसल हम पहचानते नहीं। ट्रुथ इज़ स्ट्रेंजर दैन फ़िक्शन!

सुखात्मे : आपकी पहचान कहाँ हुई?

कर्णिक : यहीं! अपने मण्डल के कार्यक्रमों में। हम 'नक़ली अदालत' के कार्यक्रम करते हैं। ये उनमें भाग लेती हैं। हाँ! याद आया! यहीं पर हुई पहचान (*सब कुछ अति नाटकीयता से कहता है।*)

सुखात्मे : कार्यक्रम कैसे होते हैं, मिस्टर कर्णिक?

कर्णिक : बढ़िया।

सुखात्मे : (*वकीली अदा से*) मिलॉर्ड, इस ख़ास मुद्दे को दर्ज किया जाये।

काशीकर : (*कान खुजलाते हैं।*) हो जायेगा। आगे बढ़िए।

सुखात्मे : मिस्टर कर्णिक सत्य का स्मरण कर बताइए कि आप जो नाटक खेलते हैं उनमें माता का वर्णन किन शब्दों में किया जाता है।

कर्णिक : आजकल के नये नाटकों में वह होता ही नहीं। ये नाटक जीवन की अर्थहीनता पर होते हैं। यानी मनुष्य के जीवन सम्बन्धी।

काशीकर : यह जँचता नहीं। मनुष्य के सामने कुछ उद्देश्य होना चाहिए। 'अनन्त हमारी ध्येयासक्ति'...ऐसा आदर्श होना चाहिए। ध्येय होना ही चाहिए।

सुखात्मे : वह रहने दीजिए। माता की परिभाषा यदि आपको करनी हो तो किस तरह करेंगे?

कर्णिक : (*सोचकर*) जो जन्म देती है वह माता!

सुखात्मे : मिस्टर कर्णिक, जन्म दिये हुए बच्चे का पालन करने वाली माता या उसका गला दबाने वाली माता? आपकी राय में परिभाषा क्या है?

कर्णिक : दोनों ही माताएँ हैं! क्योंकि दोनों प्रसूत होती हैं।

सुखात्मे : मिस्टर कर्णिक! आप मातृत्व किसे कहेंगे?

कर्णिक : बच्चे को जन्म देना।

सुखात्मे : जन्म तो कुतिया भी पिल्लों को देती है।

सुखात्मे : वह भी तो माता होती है। मानवी ही माता है और कुतिया माता नहीं ऐसा कौन कहता है?

बेणारे : (*आलस झटकती हुई*) बक अप कर्णिक!

[कर्णिक उपेक्षा करता है।]

सुखात्मे : कर्णिक आज 'फॉर्म' में हैं।

काशीकर : वह रात में दिखाइए 'फॉर्म'! अभी सीधे-सीधे जवाब दीजिए।

सुखात्मे : गवाह कर्णिक! अब ठीक से सोच-समझकर जवाब दीजिए। आरोपी के नैतिक चालचलन सम्बन्धी आपकी क्या राय है?

कर्णिक : (*दो-तीन बार गम्भीर, विचारमग्न पोज़ बदल-बदलकर*) यानी इस मुकदमे तक सीमित या सचमुच के?

सुखात्मे : ऑफ़कोर्स सचमुच के!

काशीकर : (*कान खुजलाते*) मुझे लगता है इस मुकदमे तक ही सीमित मामूली प्रश्न पूछे जायें तो बेहतर होगा।

कर्णिक : तो फिर ठीक है। मुझे मंजूर है। मुझे कुछ भी पता नहीं है मुजरिमा के नैतिक चालचलन के बारे में!

सुखात्मे : पक्का नहीं मालूम?

कर्णिक : पक्का। इस मुकदमे तक तो पक्का नहीं मालूम!

[बेणारे के चेहरे पर तनाव!]

सुखात्मे : मिस्टर कर्णिक (*एक संचारी भाव जागृत*)
मिस्टर कर्णिक, आपने मुजरिमा को विशेष स्थिति में विशेष-ख़ास समय देखा है कि नहीं? जवाब दीजिए। यस और नो?

कर्णिक : (*झट से*) मैंने नहीं, इस रोकडे ने देखा है!

रोकडे : (*घबराकर*) मुझे कुछ नहीं मालूम। मैं कहता हूँ न मैं कुछ नहीं जानता।

सुखात्मे : (*सीना तान कर बैरिस्टरी स्टाइल में*) मिस्टर कर्णिक, थैंक्यू सो मच! यू कैन टेक योर सीट नाऊ। (*कर्णिक कठघरे के बारह आता है।*)

नाऊ मिस्टर रोकडे, आप गवाह के कठघरे में आइए।

श्रीमती काशीकर : (*सामन्त से*) समझ रहे हैं न आप?

सामन्त : हाँ जी!

रोकडे : (*वहीं पर*) मैं नहीं।

सुखात्मे : मिलॉर्ड, चोबदार रोकडे की गवाही मुकदमे के लिए बेहद ज़रूरी है। उसे गवाह के कठघरे में फ़ौरन आने का आदेश दिया जाये।

रोकडे : (*दीनता से*) मैं बिल्कुल नहीं आऊँगा। चाहे तो मैं यहाँ से चला जाता हूँ।

[बेणारे मुक्त रूप से हँसती है।]

काशीकर : रोकडे!

[रोकडे चुपचाप कठघरे में जाकर खड़ा होता है। काँप रहा है। नर्वस]

पोंक्षे : (*कर्णिक से*) क्या देखा रे उसने?

कर्णिक : कहाँ? मैंने मज़ाक किया है। तूने मुझे फँसाया। मैंने उसे। खेल चलता रहना चाहिए न इस सुखात्मे का!

सुखात्मे : शपथ, नाम, धन्धा...मिस्टर रोकडे!

[रोकडे रुआँसा]

मिस्टर रोकडे! मिस्टर कर्णिक ने अपनी गवाही में आपके नाम का उल्लेख किया! आपने सुना। अब आप इस मामले में और क्या-क्या बता सकते हैं?

श्रीमती काशीकर : बालू अब एकदम खुलकर बोल! तो अगले कार्यक्रम में चांस मिलेगा।

इतना बड़ा मौक़ा फिर कभी नहीं मिलेगा। सामन्त देख लीजिए।

[काशीकर आँखों से गुस्सा ज़ाहिर करते हैं। श्रीमती काशीकर के चेहरे पर काइयाँपन।]

सुखात्मे : कहिए मिस्टर रोकडे, क्या देखा आपने?

[रोकडे नर्वस! थूक निगलता है।]

मिस्टर रोकडे! ईश्वर को याद कर कहिए। वहाँ क्या देखा आपने?

[रोकडे की बोलती बन्द]

(*ख़ास फ़िल्मी स्टाइल से*) मिस्टर रोकडे, उस वक़्त, उस जगह क्या देखा आपने? आंसर प्लीज़!

रोकडे : (*जैसे-तैसे*) ब्रह्माण्ड!

[रोकडे पसीना-पसीना! बेणारे खिलखिलाकर हँसती है। कर्णिक पोंक्षे को आँख मारता है।]

काशीकर : (*दाँत कुरेदते हुए*) रोकडे ऐसा ही है निकम्मा!

श्रीमती काशीकर : बालू, फिर मौक़ा नहीं मिलेगा। जवाब दो। कितना डरते हो? आदमी में थोड़ा तो साहस, सभा वक्तृत्व गुण होना चाहिए न?

क्यों सामन्त?

सामन्त : हाँ, लेकिन मुश्किल होता है।

श्रीमती काशीकर : बालू बोल झट से।

बेणारे : बोल बालू—अ आ इ ई...

रोकडे : (*बेणारे पर गुस्सा करते हुए*) बहुत हुआ। (*पसीना पोंछता है।*)

सुखात्मे : (*वकीली स्वर में*) मिस्टर रोकडे...

रोकडे : (*रोककर*) रुको! रुको ज़रा! (*धीरज समेटकर*) (*बेणारे की ओर एक-दो बार देखकर*) मैं बताता हूँ। मैं बीच में एक बार गया था उनके यहाँ...

सुखात्मे : (*वकीली स्वर में*) किसके यहाँ? मिस्टर रोकडे किसके यहाँ गये थे आप?

रोकडे : मुझे बीच-बीच में मत टोको! मैं गया था दामले जी के यहाँ...

[बेणारे तनाव में]

पोंक्षे : अवर प्रोफ़ेसर दामले?

कर्णिक : यानी उनके कॉलेज के हॉस्टल रूम में गया होगा।

रोकडे : हाँ। ऐसे ही शाम में गया था। अँधेरा था। वहाँ ये थीं। ...ये बेणारे मैडम!

सभी : कौन?

रोकडे : अब हँसिए! उड़ाइए मज़ाक! यही थीं वहाँ। दामले और ये बेणारे...

[बेणारे सख़्त! कर्णिक-पोंक्षे में इशारेबाजी]

सामन्त : (*श्रीमती काशीकर से*) यानी यह सच है या अदालती सच है?

सुखात्मे : (*सजगता से*) मिस्टर रोकडे आप शाम के वक़्त, अँधेरा छाने के समय प्रोफ़ेसर दामले के रूम में गये थे। वहाँ आपने क्या देखा? (*स्वर में हिंस्रता/पशुता*) क्या देखा वहाँ?

काशीकर : (*पसन्द आने पर भी*) सुखात्मे, यह ज़्यादा निजी स्तर पर जा रहा है।

सुखात्मे : नहीं! बिल्कुल नहीं, मिलॉर्ड! सिर्फ़ मुकदमे के तहत है यह। हाँ तो मिस्टर रोकडे...

बेणारे : यह मुझे मंज़ूर नहीं। इस खेल-खेल की अदालत से उसका कोई सम्बन्ध नहीं।

श्रीमती काशीकर : बेणारे, तुम इतना बेचैन क्यों हो रही हो? चलने दो।

बेणारे : मेरी निजी बातों में किसी के भी दख़लअंन्दाज़ी करने का कोई कारण नहीं। मैं कहीं भी जाऊँगी। दामले मुझे खा नहीं रहे थे।

सुखात्मे : रोकडे, आपने वहाँ क्या देखा? बताइए।
बेणारे मैडम! मुकदमे का स्पिरिट कम मत कीजिए। सुन लीजिए। मज़ेदार होता है यह खेल। धीरज रखिए। रोकडे आपने क्या देखा? साफ़-साफ़ कहिए क्या देखा? शरमाइए मत!

रोकडे : (*रुककर, सीधा देखकर*) दोनों बैठे थे!

सुखात्मे : और क्या देखा?

रोकडे : इतना ही देखा।

[सुखात्मे निराश होता है।]

हाँ पर मुझे हादसा लगा। अँधेरा होने पर दामले के रूम में...

बेणारे : दूध पीता बच्चा है बालू अभी!

रोकडे : मुझे देखकर आपका चेहरा क्यों उतर गया फिर? मुझे दामले जी ने बाहर से ही क्यों भगाया? हमेशा भीतर बुलाते हैं कमरे में।

बेणारे : क्यों भगाया दामले जी जानें! तुझे आने नहीं दिया था तो मेरा चेहरा क्यों उतरेगा? वह तो अच्छा-ख़ासा था। तुम्हें लौटाया सो तुम्हें बुरा लगा?

सुखात्मे : (*काशीकर से*) मिलॉर्ड गवाह रोकडे ने जो देखा और उतना ही देखकर वे क्यों लौटे यह उन्हें ही पता है। लेकिन उन्होंने जो देखा उसे दर्ज कर लिया जाये। मुजरिमा का बर्ताव संशय उत्पन्न करने वाला है और अजनबी व्यक्ति को आक्षेपाहर्य लगने वाला है।

बेणारे : कुछ लगने वाला नहीं है। वैसे देखा जाये तो कल मैं अपने प्रिंसिपल के केबिन में दिखूँगी। तो क्या मेरा चालचलन संशयात्मक होगा? हंय! हमारे प्रिंसिपल की आयु पैंसठ वर्ष की है।

सुखात्मे : मिलॉर्ड मुजरिमा की यह टिप्पणी भी हम सबूत के तौर पर इस्तेमाल करने वाले हैं। सो इसे दर्ज कर लिया जाये।

बेणारे : जिनके साथ मैं अकेले में होती हूँ ऐसे और पच्चीसों लोगों के नाम-पते चाहिए तो मैं दूँगी! मुकदमा लड़ रहे हैं शक्की मानसिकता वाले! संशयग्रस्त! मामूली शब्दों के अर्थ भी समझते हैं क्या?

[कर्णिक पोंक्षे को इशारा करता है]

सुखात्मे : मुजरिमा का यह कथन भी हमारे लिए महत्त्वपूर्ण है अतः दर्ज कर लिया जाये।

काशीकर : (*दाँत कुरेदते हुए*) कौन-सा कथन? 'शब्दों के अर्थ नहीं समझते' वाला?

सुखात्मे : नहीं! और पच्चीसों के नाम-पते जिनके साथ ये होती हैं।

बेणारे : कुछ देर पहले मैं इनके—यानी सामन्त के साथ यहाँ आयी। तब भी अकेली ही थी। लिख लीजिए इनका भी नाम।

सामन्त : (*झट से उठकर आत्मीयता से*) नहीं साब! ये मैडम मुझसे बिल्कुल सज्जनता से पेश आयीं। हम जादू-मोहिनी विद्या आदि पर बातें कर रहे थे। बस!

सुखात्मे : मिलॉर्ड, मोहिनी विद्या का उल्लेख पते का है। इसे भी दर्ज किया जाये।

काशीकर : (*दाँत कुरेदते हुए*) लेकिन सुखात्मे अदालती कार्यवाही में यह सब कहाँ तक सही है?

कर्णिक : वैसे भी यह बतौर प्रैक्टिस है। दिस इज़ जस्ट रिहर्सल!

पोंक्षे : दिस इज़ जस्ट गेम। खेल है यह बस! यहाँ कौन सीरियसली अदालत का कामकाज कर रहा है? सुखात्मे मज़ा आ रहा है। चलने दीजिए। (*कर्णिक से*) यह वकील ठीक तो है। फिर इसकी वकालत क्यों नहीं चलती रे?

सामन्त : (*श्रीमती काशीकर से*) मोहिनी विद्या यानी और कुछ नहीं वह अपना हिप्नोटिज़्म...

पोंक्षे : (*उसे बिठाते हुए*) आप बैठ जाइए! यह सिर्फ़ मनोरंजन है।

कर्णिक : सुखात्मे रुकिए मत! आगे बढिए! क्यों काशीकर मैडम कैसा लग रहा है?

श्रीमती काशीकर : प्रकरण रोचक बनता जा रहा है। इतना मज़ेदार होगा पता नहीं था। सुखात्मे चलने दीजिए बीच में मत रुकना।

सुखात्मे : (*उत्साह से*) मिस्टर रोकडे आप जा सकते हैं।

(*रोकडे उसाँस छोड़ सीधा भीतर ही भाग जाता है।*)

नाऊ मिस्टर सामन्त...

सामन्त : (*खड़ा होकर, अविश्वास से रोमांचित होकर*) मैं? मुझे पुकारा?

सुखात्मे : आइए। (*गवाह के कठघरे की ओर इशारा करते हैं।*) सामन्त आकर खड़ा होता है।

श्रीमती काशीकर : डरिए मत सामन्त! पूछे गये प्रश्नों के...

सामन्त : जवाब देने हैं।

सुखात्मे : होशियार हैं आप।

श्रीमती काशीकर : और कुछ नहीं। बस प्रैक्टिस है यह। असली रात में है।

सामन्त : हाँ जी! रात में असली! मैं डरा बिल्कुल नहीं हूँ। बस हड़बड़ाहट है ज़रा-सी। (*सुखात्मे से*)
शपथ लेता हूँ। प्रैक्टिस के लिए।

सुखात्मे : ऑल राइट! चोबदार रोकडे ऽ (*रोकडे नहीं है।*)

सामन्त : वे ऊपर गये हैं शायद। मैं ही लेता हूँ। (*जाकर डिक्शनरी उठाता है। उस पर हाथ रखता है।*) शपथ लेता हूँ कि मैं रघुनाथ भिकाजी सामन्त सच बोलूँगा। झूठ नहीं बोलूँगा। यानी इस मुकदमे का सच यानी वैसे झूठ ही। फिर भी कहता हूँ क्योंकि प्रैक्टिस होनी चाहिए। (*हाथ डिक्शनरी पर ही*) उसका क्या है कि जानबूझकर झूठ बोलने का कलंक न लग जाये (*क्षमायाचना के स्वर में*) हम ईश्वर को मानने वालों में से हैं। शपथ ग्रहण की गयी। अब (*फिर से गवाह के कठघरे में जाकर*) बोलिए! (*फिर श्रीमती काशीकर से*) देखा? मुझे डर नहीं लग रहा है लेकिन सब नया है न? इसलिए ज़रा गड़बड़ा गया हूँ। (*सुखात्मे से*) पूछिए अब।

सुखात्मे : नाम, धन्धा, सब हुआ।

सामन्त : क्या पूछना है? पूछिए!

सुखात्मे : नहीं। अब मिस्टर...

सामन्त : (*झट से*) सामन्त! उसका क्या है कि लोग मेरा नाम भूलते हैं इसलिए बता दिया...

सुखात्मे : इट्स ऑल राइट मिस्टर सामन्त, आरोपी मिस बेणारे को आप पहचानते हैं?

सामन्त : (*गर्व से*) हाँ तो! वैसे ज़्यादा नहीं। दो-ढाई घण्टों का परिचय तो क्या होगा। लेकिन हो गया परिचय! मैडम बहुत अच्छी हैं।

सुखात्मे : लेकिन आपकी नज़र से उनके प्रति आपकी अनुकूलता उतनी विश्वास योग्य मानी नहीं जायेगी!

सामन्त : नहीं-नहीं! क्यों नहीं मानी जायेगी? मेरी माँ एक पल में आदमी के चेहरे से उसकी परख कर लेती हैं। अब उसे दिखता नहीं सो बात अलग। बेचारी की उम्र भी तो हो गयी है।

[रोकडे आकर उसके स्थान पर खड़ा हो जाता है। बेणारे कठघरे में आँखें बन्द कर बैठी है। दोनों हाथों पर गाल टिकाये हुए।]

आप सोयी हैं क्या बेणारे मैडम?

बेणारे : *(बन्द आँखों से)* जाग रही हूँ। जब चाहिए तब नींद नहीं आती। आती ही नहीं।

सामन्त : इस मामले में मुझे कोई तकलीफ़ नहीं। जब चाहूँ तब नींद आती है। *(सुखात्मे से)* आपको?

सुखात्मे : मेरा नींद का गणित अलग है। आती है तो झट से वरना चार-चार घण्टे नहीं।

काशीकर : *(कान-दाँत कुरेदते हुए)* सिर पर माका तेल मलिए सुखात्मे। मालिश कीजिए। मैं वही करता हूँ। कितना भी गहरा सामाजिक प्रश्न हो माका तेल से नींद गहरी आती है। नींद उत्तम तो भेजा शान्त। और मस्तिष्क शान्त न रहे तो सामाजिक प्रश्न क्या खाक हल होंगे? भेजा और पेट दो महत्त्वपूर्ण बातें हैं।

सामन्त : *(सुखात्मे से)* बस अब प्रश्न पूछ लीजिए।

सुखात्मे : *(पिछली बात का सिरा पकड़कर)* मिस्टर...

सामन्त : सामन्त

सुखात्मे : मुजरिमा मिस बेणारे को मिस्टर रोकडे ने शाम के अँधेरे में प्रोफ़ेसर दामले के कमरे में देखा।

सामन्त : सही है।

सुखात्मे : उस वक़्त प्रोफ़ेसर दामले और आरोपी के अलावा तीसरा कोई वहाँ न था।

सामन्त : करेक्ट। ऐसा रोकडे बोले।

सुखात्मे : उन्हें देखकर आरोपी का चेहरा उतर गया।

सामन्त : करेक्ट। ऐसा रोकडे ने कहा। लेकिन आप मुझसे कुछ पूछिए न।

सुखात्मे : पूछ ही तो रहा हूँ। उसके आधे घण्टे बाद आप वहाँ गये?

सामन्त : मैं? कहाँ? नहीं-नहीं। वह कमरा मुम्बई में। मैं यहाँ इस गाँव में। ना ना! अजब है यह। मैंने आपके उस प्रोफ़ेसर दामले को अब तक देखा भी नहीं है। वे काले हैं या गोरे मुझे नहीं मालूम। फिर उनके रूम में कैसे जाऊँगा। ऐसा क्या कर रहे हैं?

सुखात्मे : आप वहाँ पहुँचे।

सामन्त : आप कुछ ग़लत समझ रहे हैं वकील साहब।

सुखात्मे : मिस्टर सामन्त! मुकदमा लड़ने के लिए हम यह सब मानकर चल रहे हैं।

कर्णिक : इल्ज़ाम काल्पनिक है। इसलिए सब काल्पनिक है।

पोंक्षे : सिर्फ़ मुजरिम सच में है।

सामन्त : (*श्रीमती काशीकर से*) लीजिए। मैंने गड़बड़ की ही। (*सुखात्मे से*) हाँ ठीक है। मैं वहाँ पहुँचा आधे घण्टे बाद आगे?

सुखात्मे : आगे का आप ही बतायेंगे।

सामन्त : मैं कैसे कह सकता हूँ?

सुखात्मे : फिर कौन कहेगा?

समान्त : ओ! मैं ही कहूँगा। पर मुश्किल है। मुजरिमा और प्रोफ़ेसर दामले...रूम...शाम...

पोंक्षे : अँधेरा...

कर्णिक : उसके बाद आधा घण्टा...यानी घना अँधेरा...नाइट सीन...कॉलेज कैम्पस में नीरवता...

सामन्त : (*सहसा*) हाँ पूछिए। मैं पहुँचा तो क्या हुआ कि दरवाज़ा बन्द था।

सुखात्मे : दरवाज़ा बन्द?

सामन्त : हाँ! बाहर से नहीं भीतर से बन्द...मैंने दरवाज़ा ठकठकाया। नहीं। ग़लत! बेल बजायी। दरवाज़ा खुला। सामने एक अजनबी आदमी। पहचानो? अजी वही! प्रोफ़ेसर दामले। मैं उन्हें पहली बार देख रहा था। सो अजनबी ही लगेंगे न?

पोंक्षे : बढ़िया सामन्त।

श्रीमती काशीकर : (*कर्णिक से*) अच्छी गवाही दे रहा है न!

सामन्त : (*अधिक उत्साह से*) सामने दामले थे। मुझे देखकर झुँझला गये। बोले, 'यस! कौन चाहिए?'

पोंक्षे : (*कर्णिक से*) दामले का सही वर्णन कर रहा है न?

सामन्त : मैंने कहा, 'प्रोफ़ेसर दामले' उन्होंने कहा, 'वे घर में नहीं हैं।' और उन्होंने दरवाज़ा बन्द कर लिया। मैं पलभर हतबल खड़ा रहा। सोचने लगा वापस जाऊँ या फिर बेल बजाऊँ? मेरा काम भी महत्त्वपूर्ण था।

सुखात्मे : कैसा काम?

सामन्त : कैसा यानी? कुछ भी। समझ लो कि मैं प्रोफ़ेसर दामले का लेक्चर अरेंज करना चाहता था। प्रोफ़ेसर हैं तो लेक्चर देते ही होंगे। तो मैं उनके लेक्चर का कार्यक्रम तय किये बगैर कैसे जाता?...

उतने में मुझे उनके कमरे में से रोने की आवाज़ आयी।

श्रीमती काशीकर : रोने की?

सामन्त : हाँ जी! रोने की यानी सिसकने की आवाज़ वह भी औरत की।

सुखात्मे : (*रोमांचित होकर*) यस!

सामन्त : पलभर के लिए मैं वहीं खड़ा रहा। मेरी समझ में नहीं आ रहा था कि कौन रो रहा है? अब आप मुझसे यह पूछेंगे कि मुझे क्यों नहीं लगा कि प्रोफ़ेसर दामले के परिवार का कोई होगा! असल में, उसके रोने की स्टाइल से लग रहा था कि वह परिवार से सम्बन्धित नहीं है। रोना अस्पष्ट था! अपने ही घर में भला कोई दबी आवाज़ में क्यों रोयेगा? यही सोचते मैं खड़ा रहा तो कुछ शब्द सुनायी दिये।

श्रीमती काशीकर : शब्द?

कर्णिक-पोंक्षे : किसके?

सामन्त : नो! आप नहीं पूछेंगे। वकील साहब पूछेंगे।

सुखात्मे : किसके?

सामन्त : यानी उस महिला के! जो भीतर थी।

श्रीमती काशीकर : अजी बताइए तो किसके शब्द थे। कौन थी? (*और सहसा नज़र बेणारे की ओर*)

सामन्त : नो! वकील साहब पूछेंगे, आप नहीं।

सुखात्मे : हाँ पूछा। अब जल्दी से बताइए कि क्या कहा गया था? किसके शब्द थे। मिस्टर सामन्त जल्दी बताइए। बिल्कुल टाइम वेस्ट मत करना...बी क्विक!

सामन्त : अं? शब्द? सभी बताऊँ क्या?

सुखात्मे : जितना याद है उतना बताइए! लेकिन बताइए।

सामन्त : (*जल्दबाजी में हाथ की किताब से पढ़कर*) मुझे ऐसी स्थिति में छोड़ दिया तो मैं कहाँ जाऊँ?

[बेणारे तनाव में]

श्रीमती काशीकर : ऐसा पूछा?

सामन्त : वह मैं कैसे बता सकता हूँ?

सुखात्मे : (*झल्लाकर*) फिर कौन बता सकता है?

सामन्त : वैसा नहीं। मैं उस प्रश्न का जवाब बता रहा हूँ जो प्रोफ़ेसर दामले ने दिया था।

सुखात्मे : अच्छा-अच्छा!

सामन्त : कहाँ जाओगी यह तुम ही तय करोगी। मुझे तुमसे पूरी हमदर्दी है लेकिन मैं कुछ कर नहीं सकता। मेरी प्रतिष्ठा—मुझे उसकी रक्षा करनी होगी। इस पर कहा गया 'सब कुछ करके अब प्रतिष्ठा की गप्पें हाँक रहे हैं? क्रूर, निर्दयी हैं आप।' इसके जवाब में कहा गया 'प्रकृति क्रूर है।'

काशीकर : (*कान खुजलाते हुए*) आय सी, आय सी!

सुखात्मे : (*रोमांचित*) कमाल है। वाक़ई कमाल है।

सामन्त : 'आपने मुझे त्यागा तो मुझे आत्मघात ही करना होगा। और कोई रास्ता नहीं है।' उस पर जवाब आया 'तो फिर करो। मैं भी मजबूर हूँ। लेकिन यदि तुमने ऐसा कुछ किया तो मुझे वेदना होगी।'

सुखात्मे : सिंपली थ्रिलिंग।

सामन्त : 'हाँ लेकिन ऐसे धमकाने से मैं अपने बुद्धिप्रामाण्य निर्णय से ज़रा भी पीछे नहीं हटूँगा।' इस पर कहा गया, 'ध्यान

रखिए। एक नहीं दो जनों की हत्या का पाप चढ़ेगा आप पर! यह सुनकर 'राक्षसी हास्य!'

बेणारे : (*क्रोध से*) बस! बहुत हो गया।

काशीकर : (*हथौड़ा पटक कर*) ऑर्डर-ऑर्डर।

बेणारे : यह सरासर झूठ है।

पोंक्षे : हाँ तो फिर?

कर्णिक : झूठ होने पर भी रोचक है।

श्रीमती काशीकर : सामन्त, आगे कहिए।

बेणारे : बिल्कुल नहीं। बन्द कीजिए यह सब।

सामन्त : (*नासमझी में*) लेकिन क्या हुआ?

बेणारे : यह रुकना चाहिए। इसमें से कुछ भी सच नहीं है।

सामन्त : जी हाँ।

बेणारे : आप खुलेआम झूठ बोल रहे हैं। असत्य।

सामन्त : हाँ तो। (*पीछे पकड़ी हुई किताब दिखाकर*) मैं तो इस किताब से पढ़कर बोल रहा हूँ।

सुखात्मे : मिस्टर सामन्त, उस हँसी के बाद क्या हुआ?

बेणारे : इसके आगे एक भी शब्द कहा गया तो मैं चली जाऊँगी।

सुखात्मे : मिस्टर सामन्त!

बेणारे : यह सब तोड़-मरोड़ कर रख दूँगी। सब चकनाचूर कर दूँगी।

श्रीमती काशीकर : अरे लेकिन तू यदि दूध की धुली है तो यह ताण्डव क्यों कर रही है?

बेणारे : आप लोगों ने जानबूझकर मुझे फँसाया है।
षड्यन्त्र रचा है मेरे ख़िलाफ़!

सामन्त : मैडम! ऐसा कुछ भी नहीं है! सच में!

सुखात्मे : मिस्टर सामन्त आंसर! प्रोफ़ेसर दामले राक्षसी हँसी हँसे। उस पर उस स्त्री ने क्या कहा?

सामन्त : (*हड़बड़ाकर पुस्तक उलटता-पुलटता है*) ठहरिए!
मैं वह पन्ना ढूँढ़कर निकालता हूँ और फिर बताता हूँ।

बेणारे : सामन्त आप एक भी शब्द कहेंगे न तो मैं...आप देखेंगे फिर।

सुखात्मे : (*क्रूर व्यंग्य भरी आवाज़ में*) मिस्टर सामन्त...

सामन्त : मुसीबत है! वह पन्ना भी तो नहीं मिल रहा...

सुखात्मे : (*काशीकर से*) मिलॉर्ड, अभी-अभी जो कहा गया है वह कथन स्वयं ही प्रमाण है और कुछ भी कहने की आवश्यकता नहीं है। इसे ही हमारे पक्ष में प्रमाण मान लीजिए।

काशीकर : रिक्वेस्ट ग्रांटेड!

बेणारे : कर लो, जितनी बातें दर्ज करनी हैं कर लो। (*आँखें भर आयी हैं। आवाज़ भर्रायी हुई। रुआँसी लेकिन लापरवाही से*) क्या कर लेंगे आप मेरा? कीजिए!

[आँखों से अश्रुधारा! विंग में चली जाती है। और ख़ामोशी। सन्नाटा! सामन्त के अलावा सभी के चेहरों पर अजीब-सा खूँखार भाव! चौकन्नी क्रूरता उभरती है।]

सामन्त : (*व्याकुलता से*) अरे रे! मैडम को क्या हुआ सहसा?

काशीकर : (*कान कुरेदते हुए*) सहसा सब रहस्यमयी हो गया! समूचा सामाजिक परिवेश गन्दा बन गया है। कुछ भी पावन नहीं रहा।

सुखात्मे : इसीलिए मिस्टर काशीकर! आप जैसे प्रबुद्ध, विचार करने वाले लोगों को चाहिए कि वे इन सभी बातों को गम्भीरता से देखें। दिस शुड नॉट बी टेकन लाइटली।

श्रीमती काशीकर : एकदम सही।

सुखात्मे : मात्र विचार करने से काम नहीं चलेगा। एक्शन! एक्शन लेना चाहिए। क्यों कर्णिक?

कर्णिक : यस! एक्शन!

पोंक्षे : राइट।

सुखात्मे : यहाँ भावना से काम नहीं चलेगा। सब मिलकर—'वी मस्ट एक्ट!'

श्रीमती काशीकर : लेकिन दरअसल हुआ क्या है?

काशीकर : आप चुप रहिए। सुखात्मे, क्या हुआ होगा? कुछ अन्दाज़ में?

सुखात्मे : (*जैसे पता हो*) दैट इज़ द मिस्टरी!

[सामन्त परेशान-सा खड़ा।]

एण्ड आय थिंक, वी नो द आंसर टु दिस मिस्टरी!

कर्णिक : कैसे?
पोंक्षे : कैसे?
रोकडे : कैसे?
काशीकर : कैसे?
श्रीमती काशीकर : कैसे?

[भीतरी कमरे के दरवाज़े में बेणारे खड़ी है।]

सुखात्मे : (*नहीं जानता कि बेणारे खड़ी है*) अरे लोगों। सरल तर्क है। मिस्टर सामन्त ने जो किताब से पढ़कर सुनाया उसमें तथ्य है! इट होल्ड्स वॉटर! दाल में काला है।

श्रीमती काशीकर : यानी मिस बेणारे और प्रोफ़ेसर दा...

सुखात्मे : यस! बियाँड द शेड ऑफ़ डाउट! शक़ की कोई गुंजाइश ही नहीं है।

श्रीमती काशीकर : अजी!

रोकडे : मुझे पहले से पता था!

सुखात्मे : श्श ऽ ऽ चुप!

[दरवाज़े में खड़ी बेणारे को देखते ही सब चौंक जाते हैं। और चुप हो जाते हैं। उसकी ओर देखते हैं। वह बिल्कुल कुछ तय कर अपना छोटा बैग, पर्स उठाती है और बन्द दरवाज़े की ओर (बाहर जाने वाले) जाने लगती है। साँकल खोलती है। सभी देख रहे हैं! दरवाज़ा खुलता नहीं। वह दरवाज़ा खींचती है। ज़ोर-ज़ोर से खींचती है पर दरवाज़ा खुलता नहीं। वह बाहर से बन्द हुआ है। वह और बल लगाकर खोलने का प्रयास करती है पर वह नहीं खुलता।
सामन्त के अलावा सभी के चेहरे पर विकृत हँसी छाती है।]

सामन्त : हो गया काम! बाहर से कुंडी सरक गयी लगता है। इस दरवाज़े का यही झंझट है। मैडम आप रुकिए। बाहर से आते समय दरवाज़ा खोलते समय कुंडी पूरी तरह हटायी नहीं गयी तो दरवाज़ा ऐसे बन्द हो जाता है। अब कुछ भी कीजिए नहीं खुलेगा। आज ऑफिस भी

बन्द है यानी बाहर कोई नहीं होगा। जो खोल सके।
(*दरवाज़ा फिर-फिर खटखटाता है।*)
(*बेणारे को देखकर*) आपने साँकल हटायी तब ग़लत हुआ! पूरी तरह से हटानी चाहिए थी।

[फिर से ठकठकाता है लेकिन कोई फ़ायदा नहीं। अब वह दूर जाकर खड़ा रहता है।]

बन्द!

[बेणारे दरवाज़े की ओर खड़ी देखती है।]

काशीकर : (*कान खुजलाते हुए*) सुखात्मे, मुझे लगता है ऐसी स्थिति में मुकदमे की कार्यवाही ज़ारी रखी जाये।

सुखात्मे : (*विकृत हँसी से, उत्साह से, वकीली अदा से झुककर*) यस मिलॉर्ड। (*आँखों में चमक*) मिलॉर्ड मुजरिमा को ही अब गवाह के कठघरे में बुलाया जाये।

(पर्दा गिरता है)

तीसरा अंक

[स्थान—वही। शाम का समय! सभी पात्र दूसरे अंक के अन्त में जहाँ थे वहीं पर।]

सुखात्मे : (*विकृत हँसी व उत्साह से वकीली अदा से झुककर*) यस मिलॉर्ड! (*आँखें चमकती हैं*) मिलॉर्ड मुजरिमा को सबसे पहले गवाह के कठघरे में बुलाया जाये।

काशीकर : (*कान खुजलाते हुए*) मुजरिमा मिस बेणारे गवाह के कठघरे में आइए। आइए मिस बेणारे!

[बेणारे वैसे ही खड़ी]

कमाल है। न्यायासन के सामने इतना दुःसाहस! चोबदार रोकडे मुजरिमा को कठघरे में लाओ।

रोकडे : (*डर के! सिहर के!*) मैं?

[बेणारे वैसे ही खड़ी]

श्रीमती काशीकर : ठहरिए! मैं ही लाती हूँ। चोबदार क्यों चाहिए भला। (*ज़बर्दस्ती बेणारे को खींचती है।*) चल री बेणारे।

[बेणारे को ज़बर्दस्ती कठघरे में खड़ा किया जाता है। उसके चेहरे पर घुटन, डरे हुए जानवर-सा भाव]

सुखात्मे : (*बेणारे की ओर देखकर काला गाउन उत्साह से पहनकर*) मिलॉर्ड, यह मुकदमा अब गम्भीर मोड़ पर आ पहुँचा है। सो इसका स्वरूप देखते हुए आपसे विनती है कि न्यायमूर्ति भी अपना गाउन पहनेंगे तो परिस्थिति पर क़ाबू रहेगा।

काशीकर : एग्ज़ेक्टली! रोकडे। मेरा गाउन दो।

[रोकडे उन्हें काला गाउन देता है। उसे पहनते ही वातावरण गम्भीर। वे खुद भी रोबदार और गम्भीर लगते हैं।]

सुखात्मे : मिस्टर सामन्त, मिसेज़ काशीकर, पोंक्षे, कर्णिक, आप सब तरीक़े से, अनुशासित ढंग से वहाँ बैठिए।

[खुद को सँभालते हैं। आँखें मूँदकर ध्यानस्थ होकर गाल पर उँगलियाँ फेरते हुए तोबा-तोबा करते हुए कहीं दो-चार नमस्कार करते हैं।]

किसी भी कामकाज के लिए निकलने के पूर्व कुलदेवता की उपासना कर निकलने की आदत सिखायी है हमें पिताजी ने, मिस्टर काशीकर। ऐसा करने से पवित्र लगता है। मन को शक्ति प्राप्त होती है। (*शक्ति प्राप्त होने जैसे पहलवान की तरह दो-चार क़दम इधर-उधर चलकर*) हाँ! नाऊ टु बिज़नेस! गुड! मुजरिमा को शपथ दिलाइए! यानी ग्रहण करने दीजिए।

[रोकडे डिक्शनरी लेकर बेणारे के सामने खड़ा हो जाता है। बेणारे बुत की तरह खड़ी!]

काशीकर : (*टोपी सँभालते हुए*) मुजरिमा मिस बेणारे! शपथ लो!

[बेणारे बुत की तरह]

श्रीमती काशीकर : (*आगे आकर*) दो। मैं दिलवाती हूँ!

(*ठहरो! डिक्शनरी रोकडे के हाथों से लेकर*) 'बेणारे, कहो कि कसम से सच बोलूँगी। झूठ नहीं बोलूँगी।'

बोलो जल्दी!

[बेणारे चुप!]

काशीकर : कमाल है।

श्रीमती काशीकर : (*डिक्शनरी रोकडे को सौंपते हुए*) समझ लीजिए न कि शपथ ले ली उसने! उसका हाथ तो था ही डिक्शनरी पर! सुखात्मे, अब पूछिए जो पूछना है।

काशीकर : अब कोर्ट की बेअदबी हो ऐसा कोई बर्ताव नहीं होना चाहिए। कोर्ट सख़्त हिदायत देता है तुझे! सुखात्मे, गो!

कर्णिक : फायर!

सुखात्मे : (*बेणारे के सामने चक्कर काटकर, उँगली से निर्देश करते हुए*) आपका नाम लीला दामले न?

सामन्त : (*झट से*) नहीं-नहीं! बे-णा-रे। दामले उस प्रोफ़ेसर का!

श्रीमती काशीकर : सामन्त आप ज़रा सुनिए। उसे कहने दो।

सुखात्मे : मिस लीला बेणारे—

[वह न सुनने का और न देखने का प्रयत्न कर रही है]

सुखात्मे : कोर्ट को अपनी आयु बताइए।

[पोज लेकर खड़े इस विश्वास से कि वह नहीं बताएगी! बेणारे बुत-सी]

काशीकर : मुजरिमा बेणारे! गवाह के रूप में जो सवाल आपसे किये जा रहे हैं उनका जवाब देने की ज़िम्मेदारी आप पर है। (*कुछ रुककर*) आरोपी बेणारे! किस बात की राह देख रही हो? जवाब दो। आंसर द क्वैश्चन!

श्रीमती काशीकर : वही क्यों बताये? मैं समझती हूँ...कि अन्दाज़ से उसकी आयु बत्तीस के ऊपर ही होगी। कुछ ज़्यादा ही। लेकिन इससे कम नहीं होगी। चेहरा ही बता रहा है!

सुखात्मे : थैंक्यू मिसेज़ काशीकर।

काशीकर : थैंक्यू किसलिए? वेट! मुजरिमा ने अभी तक अपनी आयु बतायी नहीं है। मेरा पूरा ध्यान है। मुजरिमा बेणारे आयु?

श्रीमती काशीकर : लेकिन मैंने तो...

काशीकर : आरोपी से पूछे गये प्रश्न का उत्तर कोई और दे और उसे माना जाये ऐसी किसी कोर्ट की परम्परा नहीं है। आप बीच में मत बोलिए!

मुजरिमा प्रश्न का उत्तर दो! आंसर

[बेणारे चुप]

सामन्त : वह क्या है कि महिला से आयु पूछना हमारे यहाँ स्त्री दाक्षिण्य ...संस्कृति के ख़िलाफ़...

काशीकर : यह क्या बदतमीजी की जा रही है? प्रश्न का उत्तर न देकर? यह कोर्ट है या और कुछ?

[टेबल पर हाथ पटकते हैं प्रभाव जमाने हेतु]

पोंक्षे : बिल्कुल सही। यह कोर्ट का अपमान है।

काशीकर : मुजरिमा जवाब न देगी तो उसका कुछ इलाज ढूँढ़ना होगा। दिस इज़ द क्वैश्चन ऑफ़ दी प्रेस्टिज ऑफ़ दी कोर्ट। मुज़रिमा को जवाब देने के लिए दस सेकेण्ड का समय दिया जाता है। (*घड़ी देखने लगते हैं।*) अब कोई मज़ाक नहीं।

सुखात्मे : (*दस सेकेण्ड होने पर नाटकीयता से*) मिलॉर्ड, मुजरिमा की ख़ामोशी ही हमारे प्रश्न का जवाब है। सो वी टेक अवर क्वेश्चन बैक! हम प्रश्न वापस लेते हैं।

काशीकर : ऑल राइट! चौंतीस वर्ष से कम नहीं। चाहे तो मैं लिख लेता हूँ। मैं कह देता हूँ समाज में फिर से बाल विवाह रीति शुरू होनी चाहिए। स्त्री का ऋतुमती होने के पहले ही विवाह कर देना चाहिए। तभी सभी अनाचार बन्द होंगे। मेरी साफ़ राय है कि हमारे समाज का नुकसान सबसे ज़्यादा आगरकर और धोंडो केशव कर्वे जैसे समाज सुधारकों ने किया है। सुखात्मे! माय फ्रैंक ओपीनियन!

सुखात्मे : (*वकीली अदब से*) यस मिलॉर्ड!

[रोकडे जल्दी में काशीकर का वाक्य नोटबुक में लिख लेता है! बेणारे कठघरे में बुत-सी।]

(*बेणारे के पास पीछे से जाकर*) मिस बेणारे!

[वह चौंककर तनकर खड़ी हो जाती है।]

क्या आप कोर्ट को बता सकती हैं कि इतनी बढ़ती उम्र तक आप अविवाहित क्यों रहीं? कैसे? हाँ मैं प्रश्न थोड़ा अलग पद्धति से पूछता हूँ! आप कोर्ट से कहिए कि अब तक आपके जीवन में विवाह के कितने मौक़े आये? और वे मौक़े क्यों फिसल गये?

काशीकर : आंसर! (*घड़ी आगे दिखाकर पर वह चुप।*) दिस इज़ टू मच बाबा।

श्रीमती काशीकर : सीधी तरह से कुछ न कहने का मानो उसने तय कर रखा है।

[बेणारे चुप]

सुखात्मे : मिलॉर्ड, मुजरिमा की गवाही कुछ देर के लिए रोकी जा रही है। बाद में सही समय पर फिर ली जायेगी।

[बेणारे कठघरे से निकलकर दरवाज़े की ओर जाती है। दरवाज़ा बन्द! सामने पोंक्षे है इसलिए थोड़ा मुड़ती है। उतने में श्रीमती काशीकर उसे पकड़कर मुजरिम के कठघरे में खड़ा करती हैं।]

काशीकर : नेक्स्ट विटनेस?

सुखात्मे : मिसेज़ काशीकर।

[श्रीमती काशीकर उत्साह से पल्लू सँवारते गवाह के कठघरे में आकर खड़ी हो जाती हैं।]

काशीकर : (*सुखात्मे से*) इसे कहते हैं उत्साह! खाली पुकारने की देरी और हाज़िर हो गयी।

श्रीमती काशीकर : इतना भी 'यह' करने की ज़रूरत नहीं है! (*गवाह के स्वर में*) मैंने अभी शपथ ली है! बेणारे और मैंने—एक साथ! तो समझ लीजिए ली। और मैं सच ही कहूँगी। मुझे किस बात का डर है?

सुखात्मे : ठीक है। मिसेज़ काशीकर, आप एक जानकारी दे सकती हैं क्या? इतनी आयु बढ़ने तक मिस बेणारे अविवाहित कैसे रह सकती हैं?

श्रीमती काशीकर : उसमें क्या? विवाह नहीं हुआ इसलिए!

सुखात्मे : दैट्स इट। लेकिन आयु के बत्तीस वर्ष तक...

काशीकर : (*बीच में ही*) चौंतीस! सुखात्मे चौंतीस वर्ष!

सुखात्मे : हाँ! चौंतीस वर्ष तक एक सुशिक्षित, खानदानी लड़की का...

श्रीमती काशीकर : लड़की? अजी महिला कहिए महिला! यदि वह लड़की है तो मैं युवती, है न?

सुखात्मे : हाँ ठीक है महिला कहेंगे। लेकिन विवाह क्यों नहीं हुआ? इसका कुछ खुलासा?

श्रीमती काशीकर : सिर मेरा! खुलासा क्या! जिनको करना होता है उनके झट से हो भी जाते हैं...

सुखात्मे : यानी मिस बेणारे विवाह करना नहीं चाहती थीं। ऐसा...

श्रीमती काशीकर : और नहीं तो क्या! शादी के बगैर भी सब कुछ मिल जाने पर ऐसा ही होता है आज के ज़माने में...सुख चाहिए लेकिन ज़िम्मेदारी नहीं। मैं कहती हूँ न!, हमारे ज़माने में लड़की चाहे काली-कलूटी, लँगड़ी कैसी भी हो! उसकी शादी हो ही जाती थी। जहाँ कमाने के रोब आते हैं वहाँ यह सब नाटक चलता है। पैसा कमाने के नाम पर यह अनीति फैली है समाज में, सुखात्मे!

(*रोकडे नोटबुक में लिखता है उसे*) हो गया तेरा लिखना (*रोकड़े से*)?

(*सुखात्मे से*) आगे पूछिए।

सुखात्मे : आपने कहा कि शादी के बगैर सब कुछ मिल जाने पर ऐसा होता है...

श्रीमती काशीकर : हाँ कहा।

सुखात्मे : यह सब कुछ क्या होता है ज़रा उदाहरण के साथ कहिए मिसेज़ काशीकर!

श्रीमती काशीकर : इऽऽ (लजाती है।)

काशीकर : (*कान खुजलाते हुए*) अब इस उम्र में लजाती क्या हैं? पहले जवाब दीजिए पूछे गये प्रश्न का! आयु बढ़ गयी लेकिन समझदारी नहीं बढ़ी...

श्रीमती काशीकर : कोई ज़रूरत नहीं है मेरी आयु का पंचनामा करने की!

काशीकर : आंसर!

श्रीमती काशीकर : सब कुछ यानी गृहस्थी में मिलता है वह सब कुछ!

सुखात्मे : मुजरिमा बेणारे के सम्बन्ध में ऐसा कहना अन्यायकारक होगा ऐसा नहीं लगता आपको?

श्रीमती काशीकर : मुझे नहीं लगता! आजकल ऐसे कई उदाहरण दिखते हैं।

सुखात्मे : अन्यों का रहने दीजिए। मिस बेणारे के बाबत ऐसा कोई सबूत है आपके पास? सबूत हो तो बताइए।

श्रीमती काशीकर : और सबूत क्यों चाहिए? उसका बर्ताव ही सबूत है। अपनी है इसलिए बोलने का नहीं, इतना ही। अन्यथा पुरुषों के साथ—चाहे जितने पहचान के हों बगैर शादीशुदा औरत को इतना फ्री बर्ताव करना चाहिए? कुछ सीमा तो होनी चाहिए। ज़ोर-ज़ोर से हँसती है! गाती है! नाचती है! हँसी-मज़ाक करती है। रात नहीं देखती, दिन नहीं देखती। किस-किस के साथ घूमती रहती है अकेली...

सुखात्मे : (*इन सबूतों से अपेक्षा भंग होता है।*) मिसेज़ काशीकर! इन बातों से उस व्यक्ति के खुले स्वभाव के दर्शन होते हैं। ज़्यादा से ज़्यादा इतना कह सकते हैं।

श्रीमती काशीकर : खुला स्वभाव नहीं। हर बात में खुला। अब बोलने का वक़्त आया है। इसलिए बताती हूँ—कोर्ट से! अरे इसको

पकड़िए ज़रा! (*बुनाई-कढ़ाई का सामान सुखात्मे को सौंपते हुए*) रात के कार्यक्रमों के बाद इसे घर पहुँचाने के लिए प्रोफ़ेसर दामले ही क्यों चाहिए?

[बेणारे तय करके चुप है।]

सुखात्मे : (*साहस से*) आय सी! रात के कार्यक्रमों के बाद घर पहुँचाने के लिए मिस बेणारे प्रोफ़ेसर से ही कहती हैं।

[पोंक्षे-कर्णिक एक-दूसरे को इशारा करते हैं।]

श्रीमती काशीकर : हाँ तो एक बार—हम—यानी मैं और ये...शायद इस सितम्बर में ही....है ना जी?

काशीकर : गवाही में पूरक गवाही नहीं। जो कहना है आप कहिए।

श्रीमती काशीकर : हाँ सितम्बर में ही! यह अकेली रात में घर कैसे जायेगी इसलिये हमने कहा, 'चलो तुझे घर पहुँचाते हैं। लेकिन यह बड़ी तरकीब से दामले के साथ भाग गयी। हम ढूँढ़ते रह गये। यह गायब।'

सुखात्मे : (*वकीली पद्धति से खुश होकर*) पिक्युलिअर!

श्रीमती काशीकर : अभी कुछ देर पहले 'झूठ है, षड्यन्त्र है' कहकर चिल्ला रही थी। अब चुप क्यों है? इसी से देख लीजिए। सच आख़िर सच ही होता है। वह कढ़ाई-बुनाई का सामान दीजिए।

सुखात्मे : (*वह सामान देते हुए*) मिसेज़ काशीकर! प्रोफ़ेसर दामले गृहस्थ आदमी हैं।

श्रीमती काशीकर : हाँ! पाँच बच्चों के बाप हैं।

सुखात्मे : तो फिर बुजुर्ग की हैसियत से मिस बेणारे विशुद्ध मन से उनके साथ जाती होंगी, है न?

श्रीमती काशीकर : तो फिर हम? ये और मैं; हम क्या गुण्डे-मवाली थे क्या? दामले का ठीक! बुजुर्ग। इस बालू का क्या?

[रोकडे मन में डरता है।]

सुखात्मे : (*उत्साह से*) उसका क्या?

[बेणारे के चेहरे पर तनाव!]

श्रीमती काशीकर : वही तो बता रही हूँ। इसके साथ भी कार्यक्रम के बाद अँधेरे में बेणारे ने लागलगट की थी। बालू ने खुद मुझे बताया था। सही है ना रे बालू?

[कर्णिक के अलावा सभी में कानाफूसी! सुखात्मे उत्साह में]

रोकडे : (*दीन आवाज़ में*) हाँ...नहीं...

सामन्त : (*कर्णिक से*) नहीं साब! ये अभी मेरे साथ अकेली थीं लेकिन कुछ नहीं...(*कर्णिक उसे चुप कराता है...*)

सुखात्मे : मिसेज़ काशीकर! आप जाइए! आपकी गवाही ख़त्म। मिलॉर्ड रोकडे को पुनः गवाही के लिए बुलाया जाये। (*रोकडे सकुचाता है सुखात्मे टहलते हुए बेणारे के पास जाकर धीमी आवाज़ में*) क्यों बेणारे? खेल में रंगत आ गयी न?

काशीकर : रोकडे गवाही देने चल।

[रोकडे बेणारे की ओर न देखते हुए दबे पाँव गवाह के कठघरे में जाकर खड़ा हो जाता है।]

श्रीमती काशीकर : (*जाते समय*) बालू, डर मत, सब बता दे।

सुखात्मे : (*बालू के पास जाकर*) मिस्टर रोकडे! आपके और मिस बेणारे के सम्बन्ध के बारे में मिसेज़ काशीकर ने अभी जो खलबली युक्त गवाही दी उसमें कहा कि...(*रोकडे नकारार्थी गर्दन हिलाता है।*)

श्रीमती काशीकर : ऐ बालू, तूने कहा नहीं था मुझसे!

सुखात्मे : मिस्टर रोकडे! न डरते हुए कहिए। उस कार्यक्रम के बाद जो-जो हुआ—अच्छा-बुरा, मज़ेदार-तकलीफ़देह—वह सब कुछ अदालत से कहिए। आपका यह कर्तव्य बनता है। क्या हुआ कार्यक्रम के बाद?

रोकडे : (*अशक्त-सा*) मैं...मुझे...

सुखात्मे : कार्यक्रम के बाद हम सब कार्यक्रम स्थल से निकल गये।

कर्णिक : और ये दोनों पीछे रह गये...

श्रीमती काशीकर : और इसने हाथ पकड़ा बालू का...

पोंक्षे : गॉश!

सुखात्मे : और? क्या किया रोकड़े? क्या हुआ? व्हाट नेक्स्ट?

श्रीमती काशीकर : मैं बताती हूँ।

काशीकर : आप मत कहिए। उसे कहने दीजिए।

सुखात्मे : यस मिस्टर रोकडे! बिना डरे बताइए। बी नॉट आफ्रेड!

काशीकर : आफ्रेड? हम सब हैं न? यह क्या मुग़लाई है? (*रोकडे साहसी होते हुए अब उसे लगता है बेणारे के ख़िलाफ़ उसकी रक्षा की जायेगी।*)

रोकडे : (*साहस से*) उन्होंने मेरा हाथ पकड़ा!

सुखात्मे : यस?

रोकडे : वैसे मैंने कहा...यह ठीक नहीं...मुझे पसन्द नहीं...आपको शोभा नहीं देता...मैंने ऐसा कहा...

सुखात्मे : आगे...

रोकडे : मैंने हाथ छुड़ा लिया। वे दूर चली गयीं। मुझसे कहा, 'किसी से कुछ मत कहना जो हुआ वह...।'

बेणारे : यह झूठ है।

काशीकर : (*हथौड़ा पटक कर*) ऑर्डर-आर्डर! बीच में रुकावट डालने हेतु आरोपी को हिदायत दी जाती है। रोकडे कंटिन्यू।

रोकडे : बताओगे तो तुम्हारे ख़िलाफ़ कुछ करूँगी। ऐसे बोलीं वे मुझसे बड़े भैया! (*काशीकर की ओर देखा*)

सुखात्मे : यह कब की बात है?

रोकडे : मिलॉर्ड, मुजरिमा को यह क़तई शोभा नहीं देता कि अपने से इतनी कम उम्र वाले लड़के से—जो कि छोटे भाई समान है...एकान्त में ऐसी हरकत करें और धमकायें भी। अपना पापाचरण गुप्त रखने का उनका यह प्रयास था। यही अर्थ ध्वनित होता है।

श्रीमती काशीकर : लेकिन सच को आँच कहाँ?

सुखात्मे : आपको धमकाया। नेक्स्ट क्या हुआ रोकडे?

रोकडे : (*हाथ अपने गाल की ओर लेते हुए*) मैंने...मैंने तमाचा जड़ दिया।

पोंक्षे : व्हाट?

कर्णिक : हाऊ मेलोड्रामेटिक!

रोकडे : हाँ। मैंने कहा...आप मुझे क्या समझती हैं? आप कुछ भी कीजिए! पर मैं भाभी से कहे बगैर नहीं रहूँगा! हाँ।

काशीकर : सब कुछ उसे बताया। मुझसे मत कह हँ! क्यों रोकडे?

रोकडे : (*बुदबुदाता है।*) भैया ग़लती हुई! मुझे लगा कि...आपको भाभी से पता चलेगा ही। मैं...मैं...

सुखात्मे : आगे क्या हुआ? व्हाट नेक्स्ट-व्हाट?

रोकडे : आगे? आगे कुछ नहीं! इतना ही। मैं जाऊँ?

सुखात्मे : यस मिस्टर रोकडे...

[जेब से काग़ज़ निकालकर बुदबुदाते हुए नोट करने लगता है...आठ दिन पहले...डोंबीवली कार्यक्रम... रोकडे जल्दी-जल्दी कठघरे से बाहर...दूर जा खड़ा रहता है...पसीना पोंछते हुए। चेहरे पर सन्तोष...]

श्रीमती काशीकर : बालू बाद वाला क़िस्सा—तमाचा मारने वाला तूने मुझसे कहा नहीं था!

सामन्त : (*पोंक्षे से*) नहीं! यक़ीन नहीं आता!

[वातावरण में उल्लास]

पोंक्षे : (*अपनी जगह से, पाइप का कश खींचते*) सुखात्मे, माय विटनेस—मेरी गवाही लीजिए। मुझे ज़रा बुलाइए तो! (*नज़र दीन बेणारे पर, स्वर में उतावलापन*) मुझे बुलाइए।

काशीकर : सुखात्मे! कॉल पोंक्षे! लेट अस हिअर हिम—बुलाओ। सुना ही जाये अब!

सुखात्मे : मिस्टर पोंक्षे को गवाह के रूप में बुलाया जाये।

रोकडे : मिस्टर पोंक्षे! चलिए गवाही के लिए।

[पोंक्षे कठघरे में खड़ा होता है।]

पोंक्षे : पुनः शपथ लूँ? ऑक्सफोर्ड इंग्लिश डिक्शनरी पर हाथ...

काशीकर : समझे! सुखात्मे चलिए, पूछिए।

सुखात्मे : मिस्टर पोंक्षे! मुजरिमा मिस बेणारे के बारे में...

पोंक्षे : (*नज़र बेणारे पर*) बताने लायक मेरे पास कुछ अहम् बात है।

[बेणारे बैठी-बैठी तनकर और तनाव में]

उनसे बस इतना ही पूछिए कि उनके पर्स में हमेशा 'टिक् ट्वेंटी' की बोतल वे क्यों रखती हैं?

[बेणारे को झटका लगता है।]

श्रीमती काशीकर : अब यह क्या नया है?

पोंक्षे : यह खटमल मारने की जालिम दवा है। फेमस!

सामन्त : (*कर्णिक से*) घर के लिए ले जाती होंगी।

सुखात्मे : यह जालिम दवा टिक् ट्वेंटी बेणारे के पर्स में होती है। यह आप कैसे जानते हैं मिस्टर पोंक्षे? यह बात अदालत को बताइए!

[बेणारे बेहद तनाव में]

पोंक्षे : उनकी एक छात्रा हमारी चाल में रहती है। लगभग दस दिन पहले एक दिन वह मेरे पास आयी और बोली हमारी मैडम ने आपको दिया है!

काशीकर : क्या टिक् ट्वेंटी?

पोंक्षे : बन्द लिफ़ाफ़े में एक चिट्ठी थी। लिफ़ाफ़ा खोला तो उसमें और एक लिफ़ाफ़ा था। वह भी बन्द। उसमें एक काग़ज़ था जिस पर लिखा था, 'मुझसे मिलेंगे क्या? काम है! दोपहर में सवा एक बजे स्कूल के पीछे उडुपी के होटल में मैं आऊँगी! आप वहाँ बैठिए।' यह बात मुझे अच्छी नहीं लगी! लेकिन मैं गया। क्या माजरा है यह देखने के लिए। महज़ मज़े के तौर पर! पाँच मिनट में मिस बेणारे आयीं। चेहरे पर चोरी जैसा भाव! जल्दी में उनका आना।

[बेणारे अत्यधिक तनाव में]

सुखात्मे : आय सी।

काशीकर : आगे क्या हुआ, पोंक्षे।

पोंक्षे : उन्होंने कहा, 'यहाँ नहीं।' कोई देखेगा। भीतर फैमिली रूम में बैठेंगे।

श्रीमती काशीकर : वाह री!

पोंक्षे : हम फैमिली रूम में बैठे। चाय का ऑर्डर दिया। मिस बेणारे का मुझसे जो काम था वह होने पर उन्होंने रूमाल निकालते हुए पर्स खोला तो पर्स में से एक बोतल नीचे गिरी।

[पल भर भयावह ख़ामोशी]

सुखात्मे : वह टिक् ट्वेंटी का बोतल था। गुड। लेकिन मिस्टर पोंक्षे आपने यह नहीं बताया कि मिस बेणारे का आपसे क्या काम था? बोतल गिरने से पहले क्या हुआ था?

[बेणारे आवेग से नकारार्थी गर्दन हिलाती है]

पोंक्षे : उन्होंने मुझसे विवाह करने की इच्छा ज़ाहिर की।

कर्णिक और
श्रीमती काशीकर : क्या!!

[रोकडे और सभी चौंकते हैं।]

काशीकर : सुखात्मे, यह कल्पनातीत इंटरेस्टिंग है। (*बेणारे पर भुक्कड़ वकीली नज़र*) क्या उन्होंने आपसे प्रेम होने की बात कही?

पोंक्षे : नहीं! यह कहा कि मैं पेट से हूँ।

[हलचल, हड़बड़ी, कानाफूसी! बेणारे मुरझायी हुई, चेहरा नीचे झुकाये, पत्थर-सी बैठी है।]

कर्णिक : ऐ पोंक्षे, सच कह रहा है क्या?

पोंक्षे : झूठ क्यों बोलूँ भला?

काशीकर : कंटिन्यू...पोंक्षे! रुकिए मत!

सुखात्मे : मिस्टर पोंक्षे!

पोंक्षे : बेणारे ने मुझे कसम दिलायी थी कि मैं उनका नाम किसी से न कहूँ! मैंने आज तक वह कसम निभायी।

श्रीमती काशीकर : लेकिन कौन है वह?

काशीकर : चुप रहने का क्या लेंगी? द कैट विल बी आउट ऑफ़ द बैग! इतनी उतावली क्यों हो रही हैं आप? मेरी समझ में नहीं आता पोंक्षे कि किसी एक के होने वाले बच्चे की माँ...दूसरे से यह कहकर उससे शादी का प्रस्ताव रखती है...

पोंक्षे : एग्ज़ेक्टली!

सुखात्मे : इस पर आपने क्या कहा मिस्टर पोंक्षे? मानवतावादी विचार कर विशाल दृष्टिकोण से सवत्स धेनु को स्वीकार करने की तैयारी दर्शायी क्या?

पोंक्षे : मेरा जवाब स्पष्ट है।

सुखात्मे : अर्थात्! नकार।

पोंक्षे : यस!

सुखात्मे : टिक् ट्वेंटी की बोतल पर्स से गिरी वह इसके बाद वाला सीन था न? मिस्टर पोंक्षे?

पोंक्षे : ऑफ़कोर्स! मैंने ही उठाकर दी उन्हें बोतल! और बाद वाला उनका—मेरा संवाद कहूँ?

बेणारे : (*उफनकर*) नहीं! नहीं! नहीं!!!

काशीकर : (*हथौड़ा पटक कर*) सायलेन्स! मिस्टर पोंक्षे, संवाद कहिए! (*सुखात्मे से*) अब नाम भी पता चलेगा।

बेणारे : नहीं! पोंक्षे शपथ है मेरी आपको?

सुखात्मे : मिस बेणारे धर्मसंकट में पड़ गयीं! ऐसा क्या संवाद हुआ आप दोनों में।

काशीकर : पोंक्षे झट से कहिए! रुकिए मत। यह अहम् रूप से सामाजिक मुद्‌दा है...

पोंक्षे : लेकिन उनको पसन्द नहीं आयेगा।

काशीकर : (*हथौड़ा पटकते हुए*) यहाँ जज कौन है मिस्टर पोंक्षे? और मुजरिमा को अच्छा लगे, बुरा लगे इसका विचार अदालत में कब से होने लगा? फ्रॉम ह्वेन? आय से कंटिन्यू...

बेणारे : (*पोंक्षे के सामने आकर*) पोंक्षे...

काशीकर : (*हथौड़ा पटकते हुए*) ऑर्डर। मुजरिमा कठघरे में जायें। रोकडे, मुजरिमा को कठघरे में ले जाओ...

[रोकडे थोड़ा आगे बढ़ता है।]

बेणारे : आप कहकर तो देखिए पोंक्षे!

काशीकर : मुजरिमा...कठघरे में चलिए...रोकडे...

श्रीमती काशीकर : (*आगे आकर बेणारे का हाथ पकड़कर*) चल री। पहले वहाँ खड़ी हो जा। रोकडे पकड़ हाथ।

[रोकडे सिर्फ़ पीछे चलता है।]

चल री जल्दी।

[उसे खींचते हुए कठघरे में खड़ा कर देते हैं और श्रीमती काशीकर और रोकडे उसके पहरेदार बन जाते हैं।]

काशीकर : अनुशासन यानी अनुशासन! पोंक्षे आप जारी रखिए आपका कहना। क्या हुआ था संवाद? (*मेरी कनखोदनी किधर है?*) हाँ मिली। बोलिए।

सुखात्मे : मिस्टर पोंक्षे, क्या था संवाद?

पोंक्षे : इधर-उधर की बातें हुईं। यानी 'सुखात्मे वैसे भला आदमी है। लेकिन किस्मत का मारा है बेचारा। वकालत चलती नहीं। बार रूम में पेशन्स खेलते बैठता है। उसके बारे में तो मशहूर है कि केस सुखात्मे के पास गया तो समझो जेल जाना पक्का! जज के सामने उसकी घिग्घी बँध जाती है...'

सुखात्मे : (*गुस्सा, अपमान बर्दाश्त करते हुए*) आय सी...यस आय सी—बोलते जाइए आप!

पोंक्षे : (*काशीकर रोकडे को बेहाल करते हैं। क्योंकि उनके मन में हमेशा शक बना रहता है कि रोकडे का और उनकी पत्नी का कुछ चक्कर चल रहा है! क्योंकि उनकी सन्तान नहीं है न...*)

श्रीमती काशीकर : ऐसा कहा उसने? (*दुखी होकर बेणारे की ओर आग बबूला होकर देखती है।*)

काशीकर : (*ज़ोर-ज़ोर से कान कुरेदते हुए*) हाँ कहते रहिए...

पोंक्षे : ऐसी इधर-उधर की बातें हुईं। फिर वह बात...

कर्णिक : वेट! मेरे बारे में क्या कहा उसने?

पोंक्षे : कुछ नहीं!

कर्णिक : ज़रूर कुछ कहा होगा। मैं फालतू अभिनेता हूँ...ऐसा ही कुछ कहा होगा। मैं जानता हूँ उसका मत...अच्छी तरह से जानता हूँ उसे।

पोंक्षे : उन्होंने सहज ही पूछा, 'आपका कहीं मामला जम गया है क्या?' मैंने कहा, 'नहीं! मन मुताबिक़ जब तक नहीं मिलता तब तक मैं इंटरेस्टेड नहीं हूँ शादी करने में!' तब उन्होंने पूछा, 'यानी कैसे? क्या अपेक्षाएँ हैं? मन मुताबिक़ यानी?'

मैं : आमतौर पर लड़कियाँ मूरख और पागल होती हैं। ऐसा मेरा मानना है। मुझे—आय वॉन्ट मैच्योर पार्टनर—

वह : मैच्योरिटी यानी प्रबुद्धता अनुभव से आती है। ऐसा आपको नहीं लगता।

मैं : पता नहीं।

वह : और अनुभव आयु के साथ वृद्धिंगत होता है। कुछ अलग पद्धति के जीने से आता है और ऐसा अनुभव सुखद होता है। अनुभव लेने वाले को उससे यातनाएँ होती हैं लेकिन अन्यों से वह आमतौर पर स्वीकारा नहीं जाता। आप स्वीकारने के लिए तैयार हो जायेंगे? यानी सचमुच कोई आपसे आयु और शिक्षा से अधिक मैच्योर?

मैंने कहा : अब तक मैंने ऐसा कोई विचार सीरियसली नहीं किया है।

वह : तो फिर कीजिए। ऐसा मेरा कहना है आपसे! मैंने पूछा—क्या आपकी नज़र में ऐसी कोई लड़की है? उन्होंने कहा—हाँ है। आप जैसा चाहते हैं वैसी है वह। सिर्फ़ आपको उसका 'अलग होना' समझ लेना होगा। मेरी समझ में नहीं आ रहा था कि मेरा विवाह तय करने की इनको क्या पड़ी है? मैंने यूँ ही पूछा, 'अलग होना यानी क्या?' तब उन्होंने कहा—उस लड़की का प्रेम भंग हुआ है।...और यह भी कहा...क्या कहा?—ठहरिए याद करता हूँ...हँ यह कहा कि उस प्यार का फल...यहाँ वे थोड़ा सकुचायीं...फिर कहा उसके पेट में है। उस लड़की का कोई दोष नहीं है। परिस्थितियाँ भयावह हैं और वह लड़की उस बच्चे को जन्म देना चाह रही है। दरअसल यही वजह है कि इसके बाद वह जीना चाह रही है। उस बच्चे की ख़ातिर!...शादी भी इसीलिए करनी है उसे। मुझे शक हुआ। इसीलिए मैंने जानबूझकर पूछा—अरे...रे! बुरा हुआ उसके साथ! आख़िर कौन है वह पापी?

सुखात्मे : तब उन्होंने प्रोफ़ेसर दामले का नाम बताया?

पोंक्षे : नहीं। उसके पहले उन्होंने कहा—उन्हें पापी वग़ैरह मत कहिए। हो सकता है वह भलामानस हो! बड़ा विद्वान होगा। उस लड़की में ही शायद कहीं कोई कमी हो। वह उसे समझा नहीं पायी होगी कि उसके मन में उसका और बच्चे का कितना ऊँचा स्थान है। बल्कि यूँ कि उस आदमी से ज़्यादा उसे बच्चे का महत्त्व अधिक है।

सुखात्मे : और?

पोंक्षे : और यह कि लड़की ने उस व्यक्ति की विद्वत्ता से भक्ति की लेकिन उसे केवल लड़की का शरीर ही समझ में आया। आगे भी वे इसी अर्थ का काफ़ी कुछ बोलती रहीं। उसे दामले की गृहस्थी में स्थान मिलना असम्भव है इस बारे में।

सामन्त, कर्णिक

सुखात्मे : दामले के?

काशीकर : (*टेबल पर हाथ पटक कर*) द कैट इज़ आउट ऑफ़ द बैग।

पोंक्षे : दरअसल नाम न बताने की कसम से मैं बँधा हुआ था लेकिन...

सुखात्मे : डज़ेंट मैटर मिस्टर पोंक्षे। अनावधान से तोड़ी हुई कसम से पाप नहीं चढ़ता। कम-से-कम कोर्ट में तो नहीं ही। यानी वह पेट का गर्भ प्रोफ़ेसर दामले का, आगे कहिए...

पोंक्षे : और उन्होंने मेरे पाँव पकड़े...

काशीकर : आय सी...

पोंक्षे : जब उन्होंने मेरे पाँव पकड़े तब मैंने सीधे कहा—आपको यह शोभा नहीं देता मिस बेणारे, आपने मुझसे यह पूछा इसी को मैं अपना अपमान समझता हूँ। मैं क्या इतना गिरा हुआ लगता हूँ आपको? तब...मेरा वह चेहरा देखकर वे उठीं। हँसती गयीं! बोलीं—आपको क्या लगता है यह सब सच है? मैंने मज़ाक किया और आपने सच माना। वे हँसती रही लेकिन...

श्रीमती काशीकर : मज़ाक?

पोंक्षे : लेकिन उनकी आँखें भर आयी थीं। इससे साफ़ ज़ाहिर था कि...और वे हड़बड़ी में चली गयीं। देर हो रहीं है कहकर!

सुखात्मे : थैंक्यू मिस्टर पोंक्षे—फॉर द वैल्युएबल प्रूफ़ यू हैव गिवेन! (*पोंक्षे कठघरे के बाहर आता है। सुखात्मे लिख लेता है...दस दिन पहले...रोकडे...उसके दो दिन पहले...*) दैट्स फाइन मिलॉर्ड। यह प्रमाण इतना ठोस है कि इस पर सिर खपाने की कोई ज़रूरत नहीं है। संशयातीत

है। मुजरिमा ने पहले पोंक्षे को पकड़ा लेकिन वहाँ दाल नहीं गली, तो रोकडे को...अब मुजरिमा की गवाही ...मिलॉर्ड...

[बेणारे की ओर निर्देश। वह अधमरी है।]

कर्णिक : (*नाटकीयता से*) वेट। वेट। इस मुकदमे सम्बन्धी महत्त्वपूर्ण तथ्य मुझे उजागर करने हैं।

सुखात्मे : मिस्टर कर्णिक, इन द बॉक्स।

[वह खोखली नाटकीयता से खड़ा होता है। काशीकर ज़ोर-ज़ोर से कान खुजलाता है।]

सुखात्मे : स्पीक मिस्टर कर्णिक। अदालत से क्या कहना चाहते हैं आप?

कर्णिक : (*रोब जताते हुए*) मुजरिमा बेणारे और रोकडे के सन्दर्भ में जो सबूत रोकडे ने अदालत के सामने पेश किया वह ग़लत है।

रोकडे : (*फटी आवाज़ में*) आपका क्या सम्बन्ध?

कर्णिक : क्योंकि इस प्रसंग में जो बोला गया जो हुआ उसका इत्तेफ़ाक से मैं साक्षी रहा हूँ।

काशीकर : (*कान साफ़ करते हुए*) कौन सा प्रसंग? अब ज़्यादा जटिलता में न जाते हुए कहिए...

कर्णिक : जीवन ही एक जटिल बात है—पाश्चात्य नाटककार यानी नाटककार आयनेस्को

काशीकर : (*हथौड़ा पटकते हुए*) टु दि पॉइंट। विषयान्तर नहीं। मुद्दे के सन्दर्भ में बात कीजिए।

कर्णिक : जटिलता की बात छेड़ी गयी इसलिए कहा।

सुखात्मे : मुजरिमा बेणारे और गवाह रोकडे के बारे में जो कहा गया है मिस्टर कर्णिक, अदालत के सामने आप उसमें क्या संशोधन करना चाहते हैं?

कर्णिक : सच को याद कर मुझे यह कहना पड़ेगा कि रोकडे ने मुजरिमा के मुँह पर तमाचा नहीं मारा।

रोकडे : (*दबी आवाज़ में*) यह झूठ है।

कर्णिक : जो घटित हुआ वह कुछ ऐसा था—मुजरिमा ने रोकडे को रोका। मैंने देखा सो आगे क्या होता है यह देखने के

लिए अँधेरे में खड़ा रहा। मुजरिमा ने पूछा–फिर क्या तय किया आपने?

रोकडे के शब्द थे–भाभी की इजाज़त के बगैर मैं कुछ कर नहीं पाऊँगा। मुझसे विनती मत करना। तब मुजरिमा ने कहा–भाभी की गुलामी में कब तक जीवन गुजारेंगे? तब रोकडे बोला–इलाज नहीं। होती है किसी की किस्मत ऐसी! मैं शादी का विचार नहीं कर सकता। मुजरिमा ने कहा–फिर विचार करो। मैं पालूँगी आपको। कोई कमी नहीं होने दूँगी। भाभी-भैया से डरने की कोई बात ही नहीं रहेगी। आप स्वतन्त्र होंगे। तब रोकडे बोला–मुझे डर लगता है और आपकी ऐसी हालत में मैं शादी करूँगा तो लोग थूकेंगे मुझ पर। हमारे खानदान में किसी ने ऐसा कुछ नहीं किया। आप मुझ पर अवलम्बित मत रहना। वरना भाभी से कहूँगा। इस पर मुजरिमा ने गुस्से से...

रोकडे : (*फटी आवाज़ में*) झूठ है।

कर्णिक : रोकडे के मुँह पर तमाचा जड़ा।

रोकडे : झूठ है। बिल्कुल झूठ।

[श्रीमती काशीकर रोकडे की ओर गुस्से से देखती हैं।]

सुखात्मे : थैंक्यू मिस्टर कर्णिक। यानी मुजरिमा ने रोकडे पर शादी के लिए दबाव डाला। यह सत्य है। हाँ मतभेद इसमें है कि किसने किसे तमाचा मारा।

कर्णिक : देखने में भी भिन्नता है।

सुखात्मे : दैट्स सो मिस्टर कर्णिक। (*कठघरे से बाहर जाने का निर्देश करते हैं।*)

कर्णिक : मुझे और भी कहना है।

काशीकर : कुछ लफड़े का न हो तो सुनाइए। जटिलता नहीं चाहिए।

कर्णिक : मिलॉर्ड।

काशीकर : (*हथौड़ा पटकते हुए*) आप क्या खुद को वकील समझते हैं? गवाह हैं सो गवाह जैसे कहिए–न्यायमूर्ति महाराज!

कर्णिक : न्यायमूर्ति महाराज–

काशीकर : हाँ! कहिए! सरल बात कहिए। जटिलता नहीं।

रोकडे : (*धीमे से मिसेज़ काशीकर से*) भाभी!

श्रीमती काशीकर : चुप। बात मत कर मुझसे।

[मुँह फेर लेती है। वह और दीन होता है।]

कर्णिक : न्यायमूर्ति महाराज! मुजरिमा का मौसेरा भाई मेरी पहचान का है। संजोग से परिचय हुआ—दादर जिमखाना पर क्रिकेट मैच के दौरान। यानी हम दोनों का कॉमन फ्रेंड 'बैचलर्स इलेवन' से खेल रहा था। मेरा वह फ्रेंड मुजरिमा को पहचानता है। यानी काफ़ी उसे पहचानते हैं। अप्रत्यक्ष रूप से। मुजरिमा के बारे में उन्हें जानकारी है।

काशीकर : आय सी—आप गपशप की अदा में क्या कह रहे हैं? अदालत का मान-सम्मान है कि नहीं कुछ?

कर्णिक : (*सम्मान देने वाला पोज़ लेकर*) तो मुजरिमा के मौसेरे भाई और मुझमें सहज बात छिड़ी। उसने मुझे इम्पोर्टेंट इंफॉरमेशन। यानी जानकारी दी।

सुखात्मे : क्या?

कर्णिक : यही कि मुजरिमा ने एक बार आत्महत्या का प्रयत्न किया था।

सुखात्मे : (*खुशी से*) दैट्स द पॉइंट। टिक् ट्वेंटी बोतल की परम्परा है।

कर्णिक : ऐसा नहीं कह सकते लेकिन जो घटित हुआ वह मैं बताना चाहता हूँ। मुजरिमा ने प्रेमभंग के कारण आत्महत्या का प्रयत्न किया था। और यह निराशा उसे प्रेमभंग से आयी थी जो कि मुजरिमा ने पन्द्रह वर्ष की आयु में अपने मामा से प्रेम किया था।

श्रीमती काशीकर : (*अचरज से*) मामा से?

सुखात्मे : मिलॉर्ड मामा से यानी माँ के भाई से अनैतिक सम्बन्ध।

काशीकर : पहला मोड़! वाह सुखात्मे!

सुखात्मे : मिलॉर्ड वाह क्या बात है? मुजरिमा का बर्ताव शुरू से बहका हुआ है। भूतकाल भी पतनशील है। बात एकदम साफ़ है।

[बेणारे लुढ़कती हुई दरवाज़े की ओर बढ़ती है। श्रीमती काशीकर उसे बुरी तरह से खींचकर कठघरे में लाती है।]

श्रीमती काशीकर : कहाँ चली री? दरवाज़ा बन्द है। बैठ यहाँ।

कर्णिक : मेरी बात ख़त्म नहीं हुई है।

[काशीकर को बनावटी अभिवादन कर कठघरे से बाहर आकर अपना स्थान ग्रहण करता है।]

काशीकर : (*सहसा कुछ याद आने जैसा टेबल पर हाथ पटककर*) कोई शक नहीं। शक की कोई गुंजाइश नहीं सुखात्मे!

सुखात्मे : मिलॉर्ड किस सन्दर्भ में?

काशीकर : बताता हूँ सुखात्मे, अदालत की परम्परा नज़रअन्दाज़ कर मैं बेहद महत्त्वपूर्ण साक्ष्य देने जा रहा हूँ।

सुखात्मे : मिलॉर्ड।

काशीकर : इस मुकदमे का बहुत बड़ा सामाजिक महत्त्व है। सुखात्मे, यह मज़ाक नहीं है। अदालत की प्रचलित परम्परा भंग कर मुझे गवाही देनी ही चाहिए। सुखात्मे आस्क मी! आस्क मी परमिशन!

सुखात्मे : मुकदमे की अहमियत को देखते हुए, परम्परा के अपवादस्वरूप स्वयं न्यायदेवता को गवाह के कठघरे में आने के लिए इजाज़त दी जाये।

काशीकर : परमिशन ग्रांटेड! (*कठघरे में खड़े हो जाते हैं।*) क्रॉस मी। कम ऑन (*बोलने के लिए व्याकुल! नज़र बेणारे पर।*) कोई शक नहीं।

सुखात्मे : (*वकीली अदा से*) मिस्टर काशीकर, आपका व्यवसाय?

काशीकर : सोशल वर्कर उर्फ़ सामाजिक कार्यकर्ता।

सुखात्मे : मुजरिमा को पहचानते हैं आप?

काशीकर : अच्छी तरह से। यह समाज में धँसी हुई अनैतिकता की जोंक है। मेरी स्पष्ट राय है। ये अविवाहित प्रौढ़ाएँ।

सुखात्मे : (*विशेष अधिकार से*) बिना पूछे राय मत दीजिए। मिस्टर काशीकर।

काशीकर : राय यानी राय। उसे व्यक्त करने के लिए मैं किसी की अनुमति के लिए रुकूँगा नहीं।

पोंक्षे : ब्रावो!

सुखात्मे : मत रुकिए! मिस्टर काशीकर, कोर्ट में मुजरिमा पर जो आरोप लगाया गया है उस सन्दर्भ में आप कोई सबूत पेश करना चाहते हैं क्या?

काशीकर : उसी के लिए तो यहाँ खड़ा हूँ।

सुखात्मे : कहिए।

काशीकर : (*बेणारे की ओर देखते हुए*) मुम्बई के एक सुप्रसिद्ध नेता हैं नानासाहब शिन्दे। मेरा उनके यहाँ आना-जाना रहता है। समाज सेवा हमारे बीच का पुल है। वे शिक्षण मण्डली के अध्यक्ष हैं। उनकी महानता अलग। उससे हमारी बराबरी नहीं। हाँ तो बीच में कभी उनके यहाँ गया था। रात के नौ बजे थे। काम था सो बैठा था उनके यहाँ। पड़ोस के कमरे का संवाद सुन रहा था!

[बेणारे चौंक जाती है।]

संवाद में नानासाहब की आवाज़ थी और दूसरी आवाज़ भी कुछ परिचित-सी लगी।

श्रीमती काशीकर : किसकी थी वह आवाज़?

काशीकर : सुखात्मे! समझाइए। इस तरह बीच में टोका न जाये। रुकावट नहीं चाहिए। हाँ तो वह दूसरी आवाज़ किसकी थी यह समझ में आने के पहले ही संवाद समाप्त हुआ। नानासाहब बाहर आये। बातों-बातों में उन्होंने बताया, 'हमारी शिक्षण मण्डली के हाईस्कूल में एक टीचर हैं। वे आयी थीं। लगातार आ रही हैं। उनके बारे में चली एक इंक्वायरी ड्रॉप करने के लिए कह रही हैं। महिला जवान है। झट से 'ना' नहीं कह सका। बाद में बुला लिया है।' मेरे मन में उत्सुकता थी कि वे कौन हैं? नानासाहब कुछ बोले नहीं पर अब पक्का लग रहा है कि वे कोई और नहीं थीं बेणारे मैडम ही थीं। वही आवाज़! कोई शक नहीं।

श्रीमती काशीकर : हाँ क्या?

काशीकर : पक्का क्यों लग रहा है। पूछिए सुखात्मे! क्योंकि आज सुबह नानासाहब को जन्मदिन की बधाइयाँ देने गया था। नाना साहब फ़ोन पर गुस्से में किसी से बात कर रहे थे। 'विवाह पूर्व गर्भधारण? ऐसी औरत पढ़ा नहीं सकती। अनैतिक है। उस औरत को काम से हटा दीजिए। दूसरा कोई रास्ता नहीं है।' और अन्त में उन्होंने ऑर्डर ही

दिया—आज ही हस्ताक्षर के लिए उनको निकाल देनेवाला ऑर्डर मेरे पास भेज दीजिए।

[बेणारे हादसे से असन्तुलित होती है।]

अब बताइए आपके सामने कौन आता है? ये बेणारे ही।

सामन्त : अ...रे...रे! नौकरी चली जायेगी उनकी!

सुखात्मे : नो इलाज मिस्टर सामन्त! टिट फॉर टैट। जैसी करनी वैसी भरनी। जीवन का यही नियम है।

[रोकडे नोटबुक में लिखने लगता है।]

लेकिन मिस्टर काशीकर आप किस बलबूते पर कह रहे हैं कि ये ही हैं वह औरत। बेणारे ही हैं?

काशीकर : सरल बात है। इतना भी न समझूँ? मैं कोई दूध पीता बच्चा हूँ क्या? चालीस साल का मेरा अध्ययन है समाज का! आप हैं कहाँ? मैं भाँप लेता हूँ। तिनका पकड़कर दरिया लाँघता हूँ। मेरे मन में मेरे तर्क के प्रति बिल्कुल आशंका नहीं है। बेणारे ही हैं। कल देखिए उसे ऑर्डर मिलता है कि नहीं!, स्कूल से निकाल दिये जाने का ऑर्डर। यही मैं दर्ज कराना चाह रहा था। (कठघरे से सीधे न्यायासन पर जाकर बैठते हैं।) प्रॉसिक्यूशन कंटिन्यू!

[बेणारे के हाथ में छोटी बोतल! वह मुँह में लगाने ही वाली थी कि कर्णिक झट से बोतल को धक्का देते हैं। बोतल गिरकर पोंक्षे के पैर के पास जाती है।]

पोंक्षे : (*बोतल उठाकर न्यायमूर्ति के टेबल पर रखता है।*) टिक् ट्वेंटी।

[सामन्त घबराया हुआ! काशीकर देखते हैं। रख देते हैं।]

काशीकर : प्रॉसिक्यूशन कंटिन्यू!

सुखात्मे : इस अन्तिम गवाही ने महत्त्वपूर्ण काम किया है। हमारा काम समाप्त। अब मिलॉर्ड द केस फॉर द प्रॉसिक्यूशन रेस्ट्स (*थकान से कुर्सी में जाकर धँसते हैं।*)

काशीकर : (*न्यायमूर्ति की गम्भीरता से*) ॲटर्नी फॉर द एक्यूज़्ड!

[सुखात्मे आरोपी के वकील की हैसियत से उस स्टूल पर जाकर गर्दन मरोड़कर बैठते हैं।]

आपके गवाह हों तो बुलाइए।

सुखात्मे : (*आलस से, वकीली अभिवादन कर मुरझाए स्वर से*) यस मिलॉर्ड! हमारे पहले गवाह हैं प्रोफ़ेसर दामले।

रोकडे : (*चोबदार जैसे*) प्रो. दामले? दामले हाज़िर हों? (*काशीकर से*) प्रो. दामले ग़ैर-हाज़िर।

काशीकर : (*सुखात्मे से*) नेक्स्ट विटनेस प्लीज़।

सुखात्मे : माय नेक्स्ट विटनेस, नानासाहब शिन्दे।

काशीकर : (*दाँत कुरेदते हुए*) ग़ैर-हाज़िर। वे कहाँ आयेंगे? नेक्स्ट।

सुखात्मे : इस मण्डल के सदस्य मिस्टर रावते!

काशीकर : वे भी ग़ैर-हाज़िर! आरोपी के गवाह इतने ही?

सुखात्मे : मिलॉर्ड, फरियादी पक्ष के गवाहों से फिर से साक्ष्य लेने की ज़रूरत है।

काशीकर : नामंज़ूर! टेक योर सीट।

सुखात्मे : केस फॉर द एक्यूज़्ड रेस्ट्स। (*जाकर मुजरिमा के वकील के स्टूल पर धड़ाम से बैठ जाते हैं।*)

काशीकर : (*दाँत में फँसा कुछ थूककर*) गुड! नाऊ ॲटर्नी फॉर द प्रॉसीक्यूशन, आर्ग्यू! अब ज़्यादा वक़्त मत लेना।

[सुखात्मे जगह बदलते हैं। पहले वाली कुर्सी में आकर बैठते हैं और पहलवान की तरह खड़े होकर]

काशीकर : संक्षेप में निबटाइए—

सुखात्मे : (*सरकारी वकील की हैसियत से*) मिलॉर्ड, आरोपी मिस लीला बेणारे पर लगाये गये आरोपों का स्वरूप भयावह है। मुजरिमा ने स्वर्ग जैसे पवित्र मातृत्व पर कलंक लगाया है। कानून की कोई भी सज़ा इस अपराध के लिए कम ही है। मुजरिमा का चालचलन (*कैरेक्टर*) अनैतिक है। उसने सामाजिक, नैतिक मूल्यों का घोर अपमान किया है। ऐसे बर्ताव वाला मुजरिम समाज का भयावह शत्रु ही है। ऐसी समाज-विघातक प्रवृत्तियों को यदि बढ़ावा मिलेगा तो इस देश का और देश की संस्कृति का पतन ही होकर रहेगा। इसीलिए मुजरिमा के इस गुनाह के

प्रति क़तई सहानुभूति न दिखाते हुए कर्मठता से फैसला करने की आवश्यकता की ओर हम सम्माननीय कोर्ट को ध्यान देने की विनती करते हैं। मुजरिमा पर भ्रूण हत्या का आरोप है लेकिन उससे भी बढ़कर उसने भयावह गुनाह किया है। वह यह कि विवाह पूर्व मातृत्व! जिसे हमारे धर्म ने, परम्परा ने पाप माना है। और तो और इस ग़ैर-कानूनी मातृत्व से हुई सन्तान की परवरिश करने का मुजरिमा का ठोस निर्णय यदि सफल होता है तो समाज का अस्तित्व ही ख़तरे में आ जायेगा और नैतिक मूल्य नाम की कोई चीज़ ही नहीं रहेगी। इसे यदि रोका नहीं गया तो विवाह संस्था ही अशेष हो जायेगी और अनाचार, दुराचार, अनैतिक सम्बन्ध आदि का बोलबाला होगा और संस्कार सम्पन्न हमारे समाज का सपना मिट्टी में मिल जायेगा। मुजरिमा ने हमारी परम्परा, अस्मिता, संस्कृति, धर्म की जड़ को ही उखाड़ फेंकने का जैसे षड्यन्त्र रचा है। अतः इसको रोकना, सफल न होने देना न्याय देवता का और हममें से हर एक ज्ञानी, विवेकशील नागरिक का पवित्र, अनिवार्य कर्तव्य है। मुजरिमा स्त्री है इसलिए इस मामले पर सहानुभूति से विचार करने की आवश्यकता नहीं है क्योंकि सामाजिक स्वास्थ्य की ज़िम्मेदारी दरअसल स्त्री की ही होती है। 'न स्त्री स्वातन्त्र्यमर्हति' यह हमारी परम्परा की धारणा है और उसका आदर करना ही चाहिए। सो हमारी ठोस माँग है कि 'न मिस बेणारे स्वातन्त्र्यमर्हति!' मुजरिमा को सख़्त से सख़्त सज़ा सुनायी जाये यह हमारी विनती है। इसी के साथ हम अपनी कार्यवाही समाप्त करते हैं।

काशीकर : गुड! अटर्नी फॉर द एक्यूज़्ड। मुजरिमा का वकील।

सुखात्मे : (*सुखात्मे जगह बदलकर उदास चेहरे से उठते हैं। और जान पर बीती है जैसे क़दम उठाकर झूठ-मूठ की संवेदना से*) मिलॉर्ड, गुनाह भयावह है इसलिए मैं बहस करना नहीं चाहता। लेकिन मनुष्य पतनशील है। जवानी भरमाती है। मोह में फँसाती है इसे मद्देनज़र रखते हुए मुजरिमा

के इस भयावह गुनाह को क्षमाशीलता से देखा जाये। मानवता के नज़रिये से मिलॉर्ड!

[न्यायमूर्ति के टेबल के पास आते हैं। बेणारे बेजान-सी]

काशीकर : गुड! नाऊ मुजरिमा बेणारे—

[वह ख़ामोश]

सज़ा सुनाने के पहले मुजरिमा आप अपने पर लगाये गये इल्ज़ामों के बारे में कुछ सफ़ाई पेश करना चाहेंगी क्या? आपको दस सेकेंड दिये जाते हैं। (*घड़ी देखते हैं*)

[बेणारे वैसी ही बेजान-सी! कहीं से पार्श्वसंगीत सुनायी देता है। प्रकाश बदलता है। कोर्ट जैसा है वैसा स्टैंडस्टिल! बेणारे खड़ी रहती है तनकर!]

बेणारे : हाँ मुझे काफ़ी कुछ कहना है। (*आलस झटकते हुए, अँगड़ाई लेते हुए*) कई साल बीत गये। कुछ कहा ही नहीं। पल आते रहे। पल बीतते रहे। एक-एक तूफ़ान गले में अटकता रहा। सीने में मरणप्रायः आक्रोश उभरते रहे। लेकिन हर बार होंठ भिंचे रह गये। लगा कि कोई इसे समझ ही कैसे सकेगा? दहाड़ती लहरें होंठों तक आकर बिफर-बिफर जाती हैं। तब आसपास के लोग पागल, अल्पबुद्धि, मूरख ही लगने लगते हैं जिसे अपना कहा या माना जाता है वह भी! लगता था यह सब हँसी के साथ खिलखिलाती हँसी के साथ पचाती जाऊँ और तब भीतर ही भीतर रोते-चीखते अंतड़ियाँ फट जाती थीं! लगता था सीना चीरकर साँस अभी रुकेगी! जान बोझ बन जाती थी।

(*उसाँस छोड़कर*) जान नहीं जाती तभी उसका महत्त्व समझ में आता है। जीने की व्याकुलता समझ में आती है। सुख की महत्ता पता चलती है। तब आने वाला हर पल नया, अनोखा लगता है। हम ही अपने लिए नये होते हैं। तब! आसमान, पंछी, बादल, ठूँठ बने वृक्ष का एकाध हिस्सा, खिड़की का हिलता हुआ पर्दा और आसपास की नीरवता, दूर से आने वाली आवाज़ें, अस्पतालों की दवाइयों की गन्ध...सब कुछ जीवन से भरा-भरा लगता

है। लगता है समूचा जीवन हमारे लिए हमारे इर्द-गिर्द महकता हुआ गा रहा है। आत्महत्या—जो हो नहीं पायी उसमें का आनन्द बहुत गहरा और व्यापक होता है। जीने की वेदना से भी बड़ा! (*लम्बी साँस लेकर*) प्राण बिखेर देने पर ही पता चलता है उनके होने के उत्सव का। प्राणों को प्राणों से बढ़कर जब सँभालते हैं तभी पता चलता है कि वे बिखेर देने योग्य कितने क़ीमती हैं। हैं कि नहीं मज़ाक! सँभालें तो बिखेर देने की अहमियत पता चलती है। बिखेर देने पर ही शेष रह जाने का सुख प्राप्त होता है और ये सब कभी पूरा पड़ता ही नहीं। पुनः-पुनः वही। वैसे ही। (*टीचर की स्टाइल से*) जीवन जो है जैसा है। जीवन यानी वह! जीवन यानी वैसा! जीवन यानी फटते जाने वाले पन्नों की किताब। जीवन यानी खुद को ही डसने वाला जालिम विषैला साँप। जीवन यानी विश्वासघात। जीवन यानी उपेक्षा। जीवन यानी नशा। जीवन यानी इन्तज़ार। जीवन यानी कुछ भी नहीं और कुछ तो है या कुछ यूँ ही है—ऐसा कुछ भी नहीं! (*सहसा अदालत की अदा से*) मिलॉर्ड! जीवन है तो महाभयावह बात। जीवन को ही सूली पर चढ़ा देना चाहिए। न जीवन जीवनमर्हति! जीवन की पूछताछ कर उसे नौकरी से निकाल देना चाहिए। लेकिन क्यों? मैंने अपने काम से बेईमानी की? मैं जान छिड़ककर बच्चों में घुल-मिल कर उन्हें पढ़ाती रही। मुझे पता था जीवन इतना सीधा-सरल नहीं होता। मनुष्य अमानुष बन सकता है। अपने ख़ून के रिश्ते भी हमें समझना नहीं चाहते। इस जीवन में बस एक ही चीज़ सर्वमान्य है और वह है शरीर! कितना भी नकार दीजिए लेकिन वह सर्वतोमुखी मान्य है! भावना यानी, लोगों की नज़र में, बस! संवेदनशील होकर कुछ बोलने की अदा। मुझे सब कुछ दीख रहा था। मैं वही सब कुछ जी रही थी। झुलस रही थी। पर किसे पता है कि यह सब मैंने उन मासूम बच्चों को नहीं सिखाया! यह ज़हर मैंने पचाया।

लेकिन उन्हें इसका एहसास तक होने नहीं दिया। मैंने उन्हें सौन्दर्य सिखाया। पवित्रता सिखायी। भीतर ही भीतर रोते हुए मैंने उन्हें हँसना सिखाया। अन्दर से निराश होते हुए मैंने उन्हें आशावादी बनाया। और ऐसी मेरी नौकरी—मेरा इकलौता मनोरंजन—किस गुनाह के कारण छिनी जा रही है? मेरा निजी चरित्र यह मेरा उत्तरदायित्व है। मुझे क्या करना है यह मैं तय करूँगी। हर किसी को यह तय करने की सहूलियत होनी चाहिए। वह और किसी का उत्तरदायित्व हो ही नहीं सकता। हर एक का अपना स्व-धर्म, स्व-भाव होता है; रास्ता होता है और अन्त भी। उसका अन्यों से क्या सम्बन्ध? (*झट से स्कूल वाले हलके-फुलके मूड में*) श्श ऽ ऽ आवाज़ बन्द! सायलेन्स! कितनी चिल्लाहट? (*कठघरे से बाहर आती है और ऐसे चक्कर काटती है जैसे क्लास रूम में हो*) सब चुप बैठिए मूर्ति की तरह। (*ख़ामोशी से सभी को निहारती हुई*) बच्चों ये कौन हैं?

[एक-एक चेहरे पर प्रकाश आता है। सारे चेहरे विकृत लाश की तरह बेजान]

यों बीसवीं सदी के सुसंस्कृत मनुष्य के अवशेष! देखिए हर एक का चेहरा कितना खूँखार, जंगली दिखता है। उनके होंठों पर घिसे-पिटे सुन्दर शब्द हैं। लेकिन भीतर अतृप्त वासनाओं के भंडार हैं।

[स्कूल की लेक्चर ख़त्म होने की घण्टी की आवाज़ बच्चों का अस्पष्ट कोलाहल। वह सुनते हुए पलभर के लिए शान्त, तल्लीन हो जाती है। खो जाती है। वे आवाज़ें दूर जाती हैं—बन्द हो जाती हैं। शान्ति—नींद से जागने जैसी जागृत होती है और आसपास की नीरवता से भयभीत होती है]

नहीं नहीं! अरे मुझे ऐसे अकेले मत छोड़ो। मुझे डर लगता है। बेहद डर। (*भयभीत, मुँह छुपाकर वेदना से*) मुझे स्वीकार है कि मैंने पाप किया है। माँ के भाई से प्यार किया है। लेकिन घर के अनुशासन में वही मेरे

पास...मेरे बहार आये शरीर की प्रशंसा करता रहा...मेरा लाड़-प्यार करता रहा...मुझे क्या पता था कि जिसके साथ मुझे दिल फाड़कर एकरूप होने की प्यास थी, जिसके साथ जीना सार्थक लगता था। उसका मेरा मामा होने से पाप हो जायेगा? अरे उस वक़्त मात्र चौदह बरस की थी मैं। पाप यानी क्या यह भी पता न था। (*दहाड़ मारकर रोती है बच्ची-सी*) मैंने शादी की ज़िद की वह इसलिए कि सभी के जैसे मुझे भी खुलेआम सुन्दर जीना हासिल हो। लेकिन माँ से लेकर सभी ने विरोध किया और मेरा पुरुष चोर की तरह भाग गया। ऐसा गुस्सा आया उस पर कि लगा भरे बाज़ार में उसे पीटूँ और थूक दूँ उस पर। लेकिन तब मैं दुर्बल थी। अज्ञानी थी। मैं ही कूद पड़ी मौत की खाई में। कूद पड़ी घर की छत से। पर मरी नहीं। फिर मैंने प्यार किया। बालिग होकर। प्रौढ़ होकर। जान से भी बढ़कर। लगा यह कुछ अलग है। पर एक अलौकिक बुद्धिवाले से...प्रेम नहीं भक्ति थी वह। लेकिन ग़लती यहाँ भी हुई। मन से की गयी भक्ति में प्रसाद शरीर का दिया गया और बस उतना ही लेकर मेरा प्रगाढ़ प्रबुद्ध देवता मुँह फेरकर चला गया। मेरा मन, मेरी आराधना उसे चाहिए ही नहीं थी। (*धीमी आवाज़ में*) वह देवता था ही नहीं। मनुष्य ही था। जिसका सब कुछ था सिर्फ़ शरीर और शरीर के लिए। फिर शरीर। (*चीखकर*) यह शरीर हर बार धोखा करता रहता है। (*वेदना से कराहती है*) इस शरीर से घिन आती है मुझे और इस पर बड़ा प्यार भी आता है। इस पर गुस्सा भी आता है और फिर लगता है वह मेरा ही है न? मेरा अपना शरीर है। मेरे सिवा जायेगा कहाँ? और उसे नकारकर मैं कहाँ जाऊँगी। कृतघ्न मत होना उससे। उसने ही स्वयं झुलसते हुए मुझे एक सुन्दर, स्वर्गीय, तृप्त क्षण दिया है। यह भूल जाऊँ मैं? शरीर ने ही मुझे शरीर के परे ऊँचाइयाँ छूते हुए दिव्य लोक में उस क्षण पहुँचा दिया था। इसे नकारूँ मैं? और अब उसी

ने धारण किया है उस क्षण का साक्षी—एक नाजुक-सा अंकुर। कल के मुस्कराते, चहकते, छलाँग लगाते—मेरे बच्चे का। मेरे प्राणों का। और इसलिए उसे यह शरीर चाहिए। (*आँखें मूँदकर भावावेश में बुदबुदाती है*) उसे माँ चाहिए। उसे पिता चाहिए। उसे घर चाहिए। संरक्षण चाहिए और प्रतिष्ठा भी चाहिए।...

[अँधेरा-प्रकाश-घड़ी की टिक्‌टिक्]

[बेणारे पूर्ववत् कठघरे में खड़ी—चुपचाप। अन्य लोग भी अपनी-अपनी जगह पर।]

काशीकर : (*घड़ी का हाथ नीचे कर*) टाइम इज़ अप। मुजरिमा को कुछ कहना नहीं है और वैसे भी कहकर कुछ फ़ायदा नहीं। पाप का घड़ा भर गया है।

नाऊ जजमेंट! रोकडे मेरी पगड़ी दो।

(*रोकडे जल्दबाजी में देता है। वह पहनकर न्यायाधीश की मुद्रा में*) मुजरिमा मिस बेणारे ध्यान से सुनें।

मिस बेणारे, किये हुए गुनाह महापाप हैं। उन्हें क्षमा नहीं। प्रायश्चित करना ही होगा। इस अतिरिक्त स्वतन्त्रता पर पाबन्दी होनी ही चाहिए। सामाजिक रूढ़ियाँ महत्त्वपूर्ण होती हैं। समाज की बुनियादी संस्था है विवाह। मातृत्व महान, मंगलमयी, पवित्र है। आपने उसे अपवित्र किया। अतः यह कोर्ट इसे गम्भीरता से लेता है। इतना सब करने पर भी आप समाज में सिर ऊँचा कर जी रही थीं। यह बात क्षमायोग्य क़तई नहीं है। गुनहगार लोगों को अपनी हैसियत भूलनी नहीं चाहिए। आपने यह सीमा लाँघी अतः आपके इस घमण्ड के कारण यह अदालत क्रोध व्यक्त करती है। कल की पीढ़ी का भविष्य आपके हाथ में था। आपने जो अनैतिक बर्ताव किया है वह रास्ता आप इस पीढ़ी को दिखा रही थीं। ये कुसंस्कार आप करने वाली थीं इसमें शक नहीं। यानी वर्तमान समाज का ही नहीं भविष्य के समाज का भी अस्तित्व आपके कारण ख़तरे में है। आपको नौकरी से निकाल देने का स्कूल पदाधिकारियों का निर्णय सही है। ईश्वरी कृपा से

ख़तरा टल गया है। फिर भी आपसे या अन्य किसी से ऐसा पाप या गुनाह भविष्य में न हो इसलिए आपके पाप का प्रमाण विनष्ट करने का यानी आपको ज़िन्दा रखकर आपके गर्भ की मृत्यु की सज़ा यह अदालत सुनाती है।

बेणारे : (*कराहकर*) नहीं। यह मैं आपको नहीं करने दूँगी। ऐसा नहीं होने दूँगी।

[सभी पुतले की तरह। बेणारे सिसकते हुए अपने वकील के स्टूल की ओर जाती है और वहाँ निढाल-सी बैठती है। सिसकते हुए टेबल पर गर्दन टेककर कुर्सी पर लुढ़क जाती है। सिर्फ़ सिसकियाँ सुनायी देती हैं। सन्नाटा! हॉल में अँधेरा। दरवाज़े पर दस्तक। चौंककर सभी उस ओर देखते हैं–दरवाज़ा धीरे से अधखुला होता है। प्रकाश की रेखा आती है और दो-तीन लोग भी।]

एक : (*सबको निहारते हुए*) कार्यक्रम शुरू हुआ क्या? यानी वह नक़ली न्यायाधीश?

[सभी चौंक जाते हैं। सभी को याद आता है और वे सकपका जाते हैं। सामन्त बत्ती जलाता है। सभी झट से नॉर्मल बनने का प्रयास करते हैं।]

सामन्त : (*उठकर आगे आकर*) नहीं। अभी नहीं। अब जल्दी ही शुरू होगा। आप बाहर ही रुकिए...चलिए ...पाँच मिनट...चलिए तो।

[उन्हें जैसे-तैसे बाहर करता है।]

कर्णिक : वाह! क्या मज़ेदार समय बीता। नहीं?

श्रीमती काशीकर : समय का पता ही नहीं चला!

पोंक्षे : व्हाट्स द टाइम। अँधेरा हो गया है।

काशीकर : रोकडे, कार्यक्रम का समय देखना तेरा काम है न? क्या कर रहा था इतनी देर? नालायक कहीं का!

सुखात्मे : रहने दीजिए काशीकर! मज़ा आया न? ऐसा लगा सचमुच का केस लड़ रहा हूँ।

काशीकर : चलिए। सब जल्दी तैयार हो जाइए।

पोंक्षे : आय एम ऑलवेज़ रेडी!

[बेणारे की ओर निर्देश। सभी गम्भीर हो जाते हैं। निढाल-सी बेणारे की ओर सभी देखते हैं। उसके पास आते हैं।]

श्रीमती काशीकर : (*बालों का गजरा ठीक करते हुए*) अरे इसने इतना मन पर लिया। बड़ी भावनाशील है यह लड़की।

काशीकर : और क्या! इतना कोई मन पर लेता है क्या? आफ़्टर ऑल इट वॉज़...।

सुखात्मे : जस्ट अ गेम। और क्या?

पोंक्षे : अ शिअर गेम।

कर्णिक : बेणारे! उठिए। शो का समय हो गया है। शो मस्ट गो ऑन।

श्रीमती काशीकर : (*उसे हिलाकर*) उठ री बेणारे। अरे कार्यक्रम समय पर शुरू करना है। चल उठ। अरी सब झूठ था। सच थोड़े ही था?

[सामन्त भीतर आता है।]

पोंक्षे : सामन्त, चाय का इन्तज़ाम कीजिए। बेणारे मैडम को चाय की सख़्त ज़रूरत है।

सामन्त : जी!

काशीकर : (*उठते हैं। पगड़ी निकालकर रखते हैं। सामने टेबल पर रखी टिक्-ट्वेंटी की बोतल की ओर ध्यान जाता है। डरकर देखते हैं। फिर जल्दी में अन्यों से*) चलिए जल्दी। मुँह धोकर तैयार हो जाइए। खेल काफ़ी हुआ। अब नाऊ टू बिज़नेस। चलिए...

[सभी आवाज़ न करते हुए मिलकर भीतर जाते हैं।]

रंगमंच पर बेणारे वैसी ही निढाल-सी। दरवाज़े पर सामन्त। संकोच से, नासमझी में भीतर आकर...मंच पर रखे सामान में रखा हुआ कपड़े का हरा तोता निकालता है। दरवाज़े की ओर जाने लगता है। लेकिन बेणारे को देखकर दुखी होता है। क्या करे? उसे सूझता नहीं। वह धीमे से पुकारता है—बेणारे मैडम ...लेकिन वह सुनती नहीं। वह और नासमझी में। कुछ नहीं सूझता तो वह तोता अदब से, वात्सल्य भाव से

उसके सामने रखता है और बाहर निकल जाता है।
बेणारे कुछ हिलती है—शक्तिहीन! फिर निढाल-सी। पास में वह तोता है—

कहीं से उसी की आवाज़ में सुर सुनायी देते हैं—

चिड़िया से फिर तोता पूछे,
चिड़िया से फिर तोता पूछे...
'क्यों री तेरी आँखें गीली।'
'क्या कहूँ रे बाबा! ले गया कोई घरौंदा मेरा!'
चिव...चिव...चिव...चिव रे
'कौए दादा कौए दादा
देखा क्या रे तूने घरौंदा मेरा?'
'नहीं री, नहीं री! बिल्कुल नहीं
तेरा-मेरा वास्ता ही क्या है री?'
चिव-चिव-चिव-चिव-चिव...
चिव...चिव...

[प्रकाश सिर्फ़ बेणारे पर। बाकी रंगमंच अँधेरे में।]

(धीमे-धीमे पर्दा गिरता है।)

❑❑